KB152878

이재철

# 아동문학의 이해

국학자료원

이 도서의 국립중앙도서관 출판예정도서목록(CIP)은 서지정보유통지원
시스템 홈페이지(http://seoji.nl.go.kr)와 국가자료공동목록시스템(http://www.nl.go.
kr/kolisnet)에서 이용하실 수 있습니다. (CIP제어번호: CIP2014021717)

# 『이재철 아동문학의 이해』를 복간하며

사계 이재철 선생이 한국 아동문학계에 커다란 영향을 끼친 세 권의 저서가 있다. 『아동문학개론』문운당, 1967, 『한국현대아동문학사』일지사, 1978, 『세계아동문학사전』계몽사, 1989이다. 이 저술들은 대략 10년 주기로 출간되었다. 그것은 사계 선생이 당시 아동문학 연구 불모지 시대에 그 연구의 초석을 놓는 계획적인 집필이었다는 사실을 말한다. 그만큼 그 저술들은 아동문학계에 개론, 문학사, 사전이란 제목을 달고 나온 최초의 연구 성과이자 척박한 한국 아동문학 연구의 토대를 마련한 업적이었다. 선생은 아동문학의 숱한 학문적 제약 속에서도 불퇴전의 집념으로 아동문학의 공시적·통시적 체계를 세우며 그 학문적 기초를 닦았다.

그 중 『아동문학개론』은 우리나라 아동문학 분야에서 최초의 전공서적이며 대학 강의 교재의 효시였다. 이 저서가 출간된 이후 이를 모방한 아류들이 나돌았을 정도였다. 선생은 초판 출간 16년이 지난 뒤 한글세대를 위해 개정판 『아동문학개론』서문당, 1983을 다시 내었다. 이때 "세월이 흘렀으니 한자 위주의 그 표기방법도 눈에 거슬리고 내용도 다시 손질해야 할 단계에 왔다"며 재출간 이유를 명백히 밝혔다. 개정판은 전체적으로 한글 표기로 바뀌었고, 부분적으로는 '작가론' 편을 빼는 등 현실성에 맞게 수정되었다.

이제 개정판 『아동문학개론』이 나온 지 30년이 지났다. 그 사이 아동문학을 바라보는 시각은 문학적 인식 면에서나 출판 시장과 독자 수용 면에서 크게 변화되었다. 문학계에서 서자 취급을 받아오던 아동문학은 어린이를 위한 문학, 성장기 아동의 정서와 인성의 순화에 영향을 미치는 문학이라는 인식을 넘어 모든 이들에게 동심을 회복시키는 소중한 문학으로 인지되었을 뿐 아니라 부가가치가 높은 문학으로 각광을 받기에 이르렀다. 아동문학이 문학적으로나 학문적으로 달라진 위상은 대학 강단에서도 쉽게 알 수 있다. 많은 대학에서 아동문학이란 이름으로 강의가 개설되고 아동문학도 인문학이란 인식이 확산되었다.

하지만 아직도 아동문학 지망생들을 위한 쓸 만한 교재나 대학의 기초적인 강의 자료가 부족한 현상은 여전하다. 그런데도 선생의 『아동문학개론』은 절판된 채 지금까지 방치되어 왔다. 우리는 이를 안타깝게 여겨, 개정판 이후 30년 만에 다시 『아동문학개론』을 손질하여 『이재철 아동문학의 이해』라는 제목으로 복간하게 되었다. 이는 선생 사후 3년만의 일이다.

재개정판 『이재철 아동문학의 이해』는 『아동문학개론』을 복간하는 데 그치지 않고 오늘의 현실에 맞게 수정하였다. 곧 30년 전에 집필된 제4편 세계아동문학 개관과 제5편 부록 대신에 선생께서 생전에 심혈을 기울여 쓴 '북한아동문학연구'를 새로이 수록했다. 통일시대의 아동문학 정립을 위해 북한아동문학의 총체적 실상도 포함시킨 것이다. 이는 분단시대에서 통일시대를 예비하는 기초적 자료가 될 수 있다는 판단에서였다. 이 또한 선생의 『아동문학개론』, 『한국현대아동문학사』 이후 통일을 대비하여 북한의 아동문학까지를 포함한 선구적 연구이기 때문이다.

생전에 사계 선생의 꿈은 오직 하나 '아동문학 학문화의 길'이었다. 그가 『한국현대아동문학사』 집필을 위해 평생 모은 자료를 경희대학교에 기증하고 '한국아동문학연구센터'를 설립한 것은 그 일념에서였다. 우리가 재개정판 『이재철 아동문학의 이해』를 복간하는 뜻은 바로 선생의 이러한 꿈을 실현시키는 데 한 걸음 더 다가서기 위해서이다.

오늘날 아동문학에 대한 인식이 새롭게 바뀌고 아동문학을 공부하고자 하는 지망생들이 날로 늘어나는 데도 아직 이들을 위한 이론서가 부족한 것은 사실이다. 이 『이재철 아동문학의 이해』가 아동문학을 공부하고자 하는 이들에게 좋은 안내서이자 길잡이가 되기를 바라는 마음이다. 특히 어려운 여건 속에서도 흔쾌히 이 책의 출간에 앞장서준 국학자료원 정구형 대표께 고마움의 인사를 드린다.

2014년 여름
한국아동문학연구센터 『이재철 아동문학의 이해』 간행위원 일동

# 차례

## 제3편 아동문학 각론

## 제4편 북한아동문학 연구

제 1 편

◆

아동문학의 본질

### 제1장

아동문학의 정의

아동문학英美 Children's literature; Juvenile literature, 佛 Littérature enfantine, 獨 Kinderliterature[1]이란 작가가 아동이나 동심을 가진 아동다운 성인에게 읽히기 위해 쓴 모든 저작으로 문학의 본질에 바탕을 두면서 어린이를 위해 목적·대상, 어린이가 함께 갖는공유, 어린이가 골라 읽어온 또는 골라 읽어갈선택·계승 특수문학으로서, 동요·동시·동화·아동소설·아동극 등의 장르를 통틀어 일컫는 명칭이다.

따라서 아동문학이란 이름은 성인문학과 구별하려는 외적인 한 분류에 의한 편의적 용어에 지나지 않는다. 아동문학은 창작문학에 관한 모울튼Moulton, Richard Green, 1849~1924의 형태적 분류[2]에 따른다면 동시와 동요는 창조적 명상인 시가서정시·lyric에, 동화와 아동소설은 창조적 서술

---

1 서구에서 아동문학이 독자적인 영역을 굳힌 것은 18세기에서 19세기에 걸쳐서이지만 총칭적 호칭은 그보다 뒤늦게 엘렌 케이Ellen Key(1849~1926)의 『아동의 세기 Jahrhundent des Kindes』(1900)와 국제연맹에 의한 5개조의 <어린이 권리 선언>(제네바 선언이 나온 1924년 곧 20세기를 기다리지 않으면 안 되었다. 따라서 이 용어가 정착되기 전까지 영미에선 Fairy Tales; Nursery Tales; Household Tales, 독일에선 Kindergeschichte; Kindererzählung; Kindermärchen, 프랑스에선 Conte de fées; Conte de Nourrice라는 별칭이 있었으나 그것들은 현재 '아동문학'이란 총칭적 명칭의 부분적 영역으로 쓰이고 있다.

2 R. G. Moulton, 本多顯彰 역, The Mordern Study of Literature(동경: 岩波書店, 1958), p. 28.

인 서사서사시 · epic에, 아동극은 창조적 표출인 희곡희시 · drama에 각각 대입시켜 구분할 수 있으므로 굳이 특수문학이라 고집할 수 없다. 그러나 아동문학은 그 주체를 '아동'과 '동심'에 두는 특수한 조건을 충족시켜야 되는 특수한 문학임으로 해서 그렇게 부를 수도 있는 것이다.

아동문학이 특수문학으로 성립되는 까닭은 작자와 독자 및 소재와 기능의 한계와 성격을 밝히면 더욱 분명해진다. 곧 아동문학은 그 생산면이나 수요면, 그리고 그 소재나 기능면에서 성인문학과는 달리 언제나 아동을 주체로 하는 특수관계를 가지기 때문이다. 이제 이러한 관계를 좀 더 자세히 살펴보면 다음과 같다.


## 1. 아동문학의 독자

아동문학은 아동 및 동심을 가진 성인을 독자로 하는 문학이다. 아동문학이 그 명칭에서 보여 주듯이 아동을 독자로 하는 것은 매우 당연한 일이다. 또한 그런 만큼 아동문학은 내용면이나 형식면에서 아동에게 읽히는 문학이요, 아동이 읽어야 할 문학이어야 함도 당연한 귀결이다. 그리고 그러하기 위해서는 아동문학은 독자인 아동의 정신적 이해능력과 신체적 애용능력에 적합한 내용과 형식이어야 함은 물론이거니와, 지적으로나 육체적으로 아직도 미분화 · 미성숙한 어린이에게 주는 것인 만큼 읽어서 그들의 심신발육에 도움을 줄 수 있는 문학이어야 하는 것이다. 그런데 이 경우, 아동문학은 반드시 아동만을 독자의 대상으로 삼는 것은 아니다. 그것은 엄연히 아동문학 작품을 읽고 있는 성인도 있기 때문이다. 성인은 어린이를 위하여 아동문학 작품을 읽는 경우도 있지만, 언제나 영원한 영혼의 고향인 동심의 세계를 잊지 못하고 때때로 어린 시절로 돌아가고 싶은 충동과 욕구 탓으로 그것을 버리지 못하는 경우가 많다. 그러므로 아동문학의 독자는 아동은 물론이거니와, 동심을 가진 성인까지 넣어서 생각하는 것이 온당하다. 그러나 그렇다고 하더라도 어디까지나 주된 독자가 아동임은 더 말할 나위가 없다.

## 2. 아동문학의 작자

아동문학이 아동에게 읽힐 것을 전제로 창작된 문학이라 함은 그 창작정신이 아동이란 개념의 토대 위에서 아동에게 호소한다는 분명한 목적의식에서 출발되어야 함을 의미한다. 그리고 그것은 작가가 어린이의 생명과 생활을 사랑하고 그들 내부에 깃든 인간의 가능성을 존중하며, 교육적으로 무엇인가 아름답고 참되고 바른 것을 주려는 의욕에 불타고 있어야 됨을 전제로 하는 것이다. 그러므로 상업주의에 편승하여 아동의 비위에만 영합하려는 무책임한 작가나, 처음부터 아동보다 자기 탐구나 자기 성장만을 위주로 아동문학 작품을 쓰려는 작가는 진정한 아동문학가일 수는 없다.

물론 뛰어난 아동문학 작품을 창조하는 과정에서 그런 자기 발견 및 형성이 이루어지는 것은 바람직한 일이나, 처음부터 그것만을 염두에 두는 사람은 아예 생활기록을 쓰거나 성인문학을 지향하는 것이 훨씬 합리적이기 때문이다. 그러므로 아동문학의 작자는 동심을 가진 성인이요, 사랑에 입각한 문학정신의 소유자라야 되는 것이다.

김동리金東里 씨는 아동문학의 작자에 대하여 아동이 지은 작품도 아동문학으로 취급하고, 아동이 지은 것이 문제가 아니라 지어진 결과가 문제며, 아동이 아닌 일반의 경우도 마찬가지라고 규정하고 있다.[3] 이 견해는 작품의 예술성을 중시하는 견해로서 어느 면으로는 타당성이 있다고 할 것이나, 일반적으로 여러 가지 무리한 조건과 맹점을 내포하기도 한다. 아동이 설령 천재적인 수필 아닌 작품과 아주 뛰어난 동시 아닌 아동시를 얻었다 하더라도 그 미성숙·미분화 상태의 어린이를 작가로 인정한 나머지, 그 작품들을 의도적 가치를 노린 문학작품으로 평가할 수는 없는 것이다.

"아동문학이란 어른이 어린이에게 읽히는 것을 강하게 의식하고 창조한 모든 문학을 말한다"[4]라는 말이 분명할진대, 명백히 문학창조의 목적의식을 자각한 문학만이 진정한 순수·본격의 아동문학인 것이다.

구전·전승되어 온 옛 이야기나 옛 노래가 모두 아동문학이 될 수 없듯, 비록 우수한 아동자유시라고 할지언정 그것이 아동문학의 주체세력이 될 수는 없다. 다만 그것은 교사가 어린이의 인간형성을 위해 지도 창작케 한 학습상의 부산물일 뿐, 엄격히 말하여 아동시로써 아동문화에 속한다 할 것이다. 그러므로 아동문학을 동심의 눈으로 풀이한 성인의 작품이요, 동심을 가진 성인을 그 작가로 한다고 일단은 규정할 수 있다.


## 3. 아동문학의 소재

일반문학이 소재가 일체의 삼라만상 곧 모든 작가의 모든 대상이듯이, 아동문학의 소재도 무엇이든 가능하다. 그것은 현실적 소재로부터 비현실적이거나 공상적인 소재에 이르기까지 성인문학과 조금도 다를 바가 없다.

---

3 김동리, 「아동문학이란 무엇인가」, 『아동문학』 1호(서울: 배영사, 1962), 6쪽.
4 國分一太郎, 「兒童文學の本質」, 『文學敎育基礎講座』 1호(동경: 명치도서출판주식회사, 1957), 7쪽.

아동문학의 소재가 성인문학과는 달리 미성숙한 인간이나 비인간非人間을 더 많이 다루는 것은 사실이다. 그러나 그렇다고 아동문학의 소재를 미성숙한 인간이나 비인간으로 한정할 수는 없다. 그것은 아동문학도 현실적 소재를, 성인문학도 비인간적 소재를 얼마든지 다룰 수 있기 때문이다. 예컨대 동화가 현실적 소재를 많이 다루고 있으나, 다만 그것을 공상적 수법으로 처리하고 있는 것만이 다를 뿐이다. 소재는 같되, 소재의 처리가 동심의 세계를 바탕으로 하는 것만이 성인문학과 엄연히 구별되는 것이다.

김동리 씨가 아동문학의 소재를 미성숙한 인간아동과 비인간동물 · 요정 · 귀신 · 도깨비 · 천사 · 악마 · 반신적(半神的) 영웅 · 거인 · 해적 · 산적 등[5]에 중심을 두고 규정한 데 대하여 조지훈趙芝薰 씨가 동심에 중심을 두고 규정한 것도 이러한 이유에서일 것이다.

> 김동리 씨는 아동문학의 소재는 그 주체를 '미성인간'(아동)과 '비인간'(천사 · 악마 · 도깨비 · 거인 · 도적 · 이인 등)으로 한다고 규정했지만, 성인문학에도 소재의 주체는 아동일 수도 있고 셰익스피어의 희곡에도 유령이 나올 뿐 아니라, 아동문학에도 기성 인간과 완전한 인간이 나올 수 있으므로, 이 구절은 아동문학의 소재는 그 주체를 동심으로 한다고 규정하면 미성인간이니 비인간이니 하는 군색한 표현을 할 필요가 없어지는 것이다. 사실 아동문학에서는 소재의 주체가 아니라 그 소재를 받아들이고 처리하고 구성하는 마음, 눈과 솜씨의 동심이 주체가 된다는 데 그 근본적 문제가 있는 것이다.[6]

이러한 견해를 결론적으로 요약하면, 아동문학의 소재는 바로 동심의 세계에서 찾아야 하고, 관찰 또한 동심의 눈으로 보고 파악함으로써 동안童顔에 어필하는 것이어야 한다.

---

5 김동리, 앞의 책, 7쪽.
6 조지훈, 「아동문학은 아동을 주체로 한 문학이다」, 『아동문학』 1호(서울: 배영사, 1962), 17쪽.

## 4. 아동문학의 기능

아동문학은 특수문학임으로 해서 그 특수성에 따르는 기능, 곧 목적과 사명을 가지기 마련이다. 그것은 한마디로 예술성을 상실하지 않는 테두리 안에서 공리적이요 목적의식이긴 하지만, 교육성 곧 아동의 단계적 심신계발에 이바지하는 것이어야 한다. 그리고 그것은 사회가 요구하는 참다운 인간상에 따라 달라질 수 있는 것으로, 미의 추구를 통하여 풍부한 감동을 아동에게 줌으로써 인간성을 미화시키고, 지식의 축적 속에서 아동을 바람직한 인간성personality을 갖춘 사람으로 형성시키는 것이라 할 수 있다.

곧 좁게는 자기로부터 넓게는 인간과 자연과 우주까지 포용할 줄 아는 인간성을 구현시키는 데 있다고 할 것이다. 그리고 그것은 아동이 성장하여 홍익인간의 대도大道에서 진선미를 갖춘 휴머니스트로 살아갈 수 있도록 풍부한 문학적 자양분을 아동문학이 제공해야 됨을 의미하는 것이다. 그러므로 아동문학가가 이러한 본래의 목적과 사명감을 망각하고 유희적 읽을거리로서 아동문학을 취급하거나 아르바이트의 일거리로 함부로 쓴다면, 진정한 아동문학과는 인연이 먼 것이 되어 버리는 것이다.

그러기에 미의 추구도 아동문학이 특수문학인 만큼 성인문학과는 달리 표현되어야 한다. 아동문학이 내용과 형식에 걸쳐 단계성과 교육성을 바탕으로 하여 현실주의적인 것보다는 이상주의적인 것을, 사실주의적인 것보다는 로만주의적인 것을 추구하는 까닭도 사실은 이러한 계몽정신교육적 사명감에서 필연적으로 요구되는 특수한 조건이다. 한갓 오락적인 흥미성에만 기울거나 필요 이상으로 윤리적 효용가치를 미적 효용가치보다 앞세우거나 또는 공식적이며 유형적인 선악의 개념만 고취한다면, 아동문학은 어느덧 윤리 교과서화하고 비문학적으로 통속화할 것은 명약관

화한 일이다.

그러므로 언제나 아동문학은 새로운 사회적 각도에서 선과 악의 올바른 개념을 불어 넣어 주고, 상상력과 상상력의 신장을 통하여 아동들이 보다 나은 정서적 · 생산적 · 적극적인 복지사회의 구성원으로서 자랄 수 있도록 이끌어 줘야 하는 것이다. 그리고 이러한 것은 현실적이든 가공적이든 간에 아동의 생활 위에서 언제나 그들 편에서 진실하게 이야기되어야 한다.

그들의 생활은 물활론物活論, hylozoism: animism적이며 마술적魔術的, magic 세계로 되어 있다. 이러한 세계는 성인의 눈으로 볼 때에는 정녕 꿈의 세계이나, 어린이의 마음속에서는 진리처럼 생각되고 있는 세계다. 그러므로 아동문학의 사명은 아동의 꿈과 동경과 원시에로 뻗어가는 영원성을 다치지 않고 곱고 정성스럽게 키워 주려 남달리 마음을 쓰는 데 있다.

그렇게 됨으로써만이 아동문학은 진정 '아동을 위한다'는 본래적 사명과 그 목적에 따른 기능을 온전히 발휘할 수 있을 것이며, 사회가 바라는 올바른 아동상의 형상화라는 궁극적 목표를 달성할 수 있다. 그리고 그러한 마음가짐만이 봉건적 교화주의와 물질만능시대의 사랑의 부재에서 허덕이는 아동을 해방시키는 참다운 아동문학을 창조할 수 있을 것이다.

### 제2장

아동문학의 대상

앞장에서 이미 밝힌 바와 같이 아동문학의 대상은 '아동' 및 '동심을 가진 성인'이다. 그러면 이러한 특수 대상의 구체적인 연령 계층과 그 발달 심리적 특징은 무엇인가?

그 양상을 심리학적인 면에서, 독서 지도의 면에서 살펴보기로 한다. 여기서는 심리적 면에서 '동심'과 '동심을 가진 성인'이 같은 궤도에 놓여 있는 것을 감안하여 '아동의 특수한 심리적 발달 현상'만을 고찰함으로써 대상의 특징과 연령적 한계를 밝힐까 한다.

## 1. 아동 발달의 정의

발달은 "개체가 발생하면서부터 성숙으로 옮겨갈 때에 일어나는 구조나 형태의 변화"[1]이며, "유기체나 그 기관이 양적으로 증대하고 구조에 있어서 정밀화하며, 기능에 있어서 유능화有能化"[2] 하는 과정이라 할 수

---

1 장병림, 『아동심리학』(서울: 법문사, 1965), 35쪽.
2 위의 책, 36쪽.

있다. 이것은 곧 인간이 개체로서 발생하면서부터 미성숙한 상태에서 성숙한 상태로 진보하는 것이며, 또 그것은 양적 변화에 그치지 않고 질적 변화를 수반하는 것을 의미한다. 그리고 이러한 발달과정은 결코 동일한 속도로 직선적으로 진행하는 것이 아니고, 시기에 따라 빠르고 늦음이 있을 뿐만 아니라 많든 적든 간에 율동적으로 진행함을 의미하는 것이다. 그러므로 우리는 성인문학과는 달리 아동의 발달 단계에 따른 아동문학의 단계적 적용을 고려하지 않을 수 없다.

이제 이와 같은 양적·질적 변화를 동·서양의 두 심리학자에 의한 발달의 단계를 살핌으로써 아동문학과의 관계를 밝혀 볼까 한다.


## 2. 아동문학과 발달 단계와의 관계

먼저 아동 발달 단계를 독서지도와 관계 지어 구분해 보면 다음과 같이 된다.

① 자장애기기4세경까지 : 자기를 중심으로 하는 신변의 인간과 물상의 명칭·성질·관계 등을 설화에 의해 재확인하는 것을 배우는 단계. 생활의 기본적 습관의 자립이 설화에 의해 촉구된다.
② 옛이야기기4~6세경까지 : 신변의 생활을 소재로 하여 이것을 상상에 의하여 재구성한 설화에 흥미를 가지는 단계. 논리성이 분화하기 이전의 자기중심적 사고가 발달하고, 소박한 선악의 판단이 싹튼다.
③ 우화기6~8세경까지 : 옛이야기기의 심성은 존속되나 실제생활이 사회적으로 확대하기 때문에, 새로운 생활장면에서의 행동의 규범에 관심을 가지게 되는 단계. 따라서 왕성하게 가치의 판단을 구하며,

모랄moral을 내포한 설화를 애호한다. 글을 읽기 시작하나 그림의 보조가 필요하다.

④ 동화기8~10세경까지 : 자기중심적 심성에서 탈피하여 설화에 의한 현실의 재구성을 즐기게 되는 단계. 그러나 자기생활의 단순한 재확인에 그치는 것이 아니라, 오히려 타인의 경험을 통하여 새로운 현실을 배우려고 한다. 그래서 생활의 공간을 확대하면서 그것에 대한 태도와 가치적용에 자주성을 증대시켜간다.

⑤ 소설기10~12세경까지 : 논리적인 사고력이 발달하여, 새로운 행동의 영역을 적극적으로 개발하여 가려는 단계. '판타지'도 내적 논리를 갖춘 것이 되어 행동의 장벽을 극복하는 스릴을 즐긴다. 또한 사회적 자각이 정화되어 인간관계의 갈등이 아직 표피적이나 흥미를 끌게 한다.

⑥ 전기기12~15세경까지 : 생활 속에서 현실에 당면하는 여러 가지 저항에 대하여 반발하며, 그것을 타개하는 방법을 모색하는 단계. 소위 반항기의 심성이다. 역경에 도전하며 그것을 극복하려는 인물을 중심으로 한 설화에 공감한다.[3]

---

3 阪本一郎, 「讀書指導と兒童文學」, 『兒童文學槪論』(동경: 牧書店, 1963), 398~399쪽.

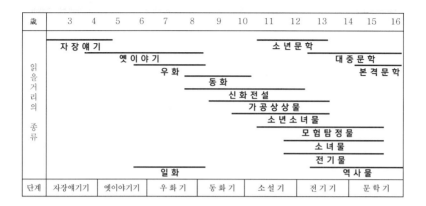

이것은 발달 단계와 독서지도의 상호관계를 알게 해주는 독서흥미의 발달도표이지만, 이러한 대상의 적용 정도나 한계를 동·서양의 두 심리학자의 발달 단계의 대입시켜 보면 더욱 아동문학의 단계적 독자층은 분명해진다.

① 유아乳兒기1~8세경까지 : 기초적인 감각운동적 지성기
② 유아幼兒기6세경까지 : 자유감정 발달의 유치원기
③ 아동기11세경까지 : 다시 지성시대인 초등학교기
④ 청년전기12~14세경까지 : 청년기를 준비하는 문제의식기
⑤ 청년기14, 15세 이후 : 적극적 반항의 감정발달기
⑥ 성년기24세 이후 : 성인시대[4]

① 제1아동기0~3세 : 쾌락적인 감정·감각운동적 지능기
② 제2아동기3~7세 : 개인적인 감정·부정확한 지능기
③ 제3아동기7~11세 : 사회적인 감정·정확한 지능기
④ 제4아동기11~14세 : 협동적인 감정·형식적인 지능기[5]

---

4 波多野完治,「發達の段階」,『現代心理學』3호(동경: 河出書房) 참조.

위에 보인 세 학설에서 알 수 있듯이, 결국 아동문학의 독자는 좁게는 문자를 읽기 시작하는 6세경에서 이른바 반항기의 심성을 가지기 시작하는 전기기의 초기인 12세경까지 한정할 수 있는 것이다.

곧 6세에 접어들어 자기 둘레의 사물에 관심을 가지게 되면서부터 성장함에 따라 점차로 왕성한 가치판단을 추구하게 되고, 모랄을 내포한 설화를 애독한다는 것은 아동문학이 그 무렵부터 그들에게 필요하다는 것을 말해 주는 것이다.

> 6세에서부터 8세까지의 아동은 평균 1개월에 한 권, 8세에서 10세까지의 아동은 1.5권, 10세에서 12까지의 아동은 1개월에 2권, 12세에서 14세까지의 아동은 1개월에 3권, 14세에서 16세까지의 아동은 1개월에 2.5권 이상은 읽지 않는다고 한다.
>
> 초등학교 시기의 독서의 취미에는 개인차가 많지만, 일반적으로 공상적·상상적 요소를 내포한 이야기가 이 시기의 아동에게 즐겨 읽혀진다. 그러나 성장함에 따라 남아는 동물에 대한 이야기와 모험에 관한 이야기를 좋아하고, 여아는 가정생활 및 어느 정도 소설적인 것을 좋아하는 것 같다. 터만(Terman) 등에 의하면 11세 여아는 주로 모험과 신비에 관한 이야기에 흥미를 가지게 되지만, 남아는 과학이나 발명에 관한 것을, 여아는 가정생활이나 학교생활에 관한 것을 좋아하고, 12세 때 독서의 열정이 정점에 달한다고 한다.
>
> 이 시기는 바로 고독을 좋아하고 이것을 얻기 시작하는 때와 일치하는 셈이다. 영웅숭배의 경향과 아울러 12세 아동은 이야기라든가 역사상의 영웅 및 위인의 전기에 마음을 설레이지만, 발명·시합·모험에 관한 서적은 남아들이 좋아하며, 가정생활·학교생활·모험·남아에 관한 이야기라든가 성서 이야기는 여아들이 좋아한다.

---

5 Paul Césari, 周鄉博 역, 『아동발달단계』, Psychologie de Lénfant(Collection Que Saisje)
(동경: 白水社, 1954), 17쪽.
이밖에 스트라츠C. H. Stratz의 「Der Körper des Kindes und Seine Pflege」(1922)에 의한 양성아동기(兩性兒童期, 8세부터 15세까지)나 헐록H. B. Hurlock의 「Developmental Psychology」(1959)의 청년 초기(12세부터 16, 17세까지)라는 학설도 있다.

14세경이 되면 남아는 시합·영웅·모험 및 발명에 관한 것을 아주 좋아한다. 그 다음에 전기·여행·역사·고전과 같은 것을 좋아하고, 여아는 남아보다 성숙한 취미를 나타내 보이며, 성인용의 서적 특히 감상적인 소설을 좋아하게 된다.

15세경이 되면 여아의 독서 취미는 주로 시라든가 소설에 집중하며, 남아는 역사 및 자기의 기호에 맞는 서적을 고르는 경향이 나타난다. 16세경이 되면 성인과는 약간 다르지만 성숙한 독서 습관이 형성되어 간다고 한다.[6]

이것은 터만Terman, 메디슨Lewis Madison, 1877~1956, 리마M. Lewis, M. Lima 등이 밝힌 독서 경향의 발달 단계에 따른 상세한 설명이다.

이로써 우리가 알 수 있는 것은, 독자와 아동문학과의 접촉이 좁게로는 대체로 글을 깨치기 시작하는 취학기에서 비롯하여 독서의 열정이 강해지는 초등학교 6학년12세까지로 잡을 수 있지만, 넓게로는 중학교 시기까지 연장되는 것으로 볼 수 있다는 사실이다. 곧 좁은 의미에서의 대상은 취학기를 전후한 시기로부터 동양의 청년전기14, 15세, 서양의 제4아동기 14세에 해당하는 중학생까지 폭넓게 설정할 수 있다는 점이다.

그리고 이러한 단정의 근거는 그 성격에 비추어 비교적 사실주의적 수법으로 그려진 현실적이면서도 사건 중심적인 비非성인적 아동소설이 엄연히 중학교 3학년 정도까지 읽히고 있다는 사실일 것이다.

---

6 장병림, 앞의 책, 153쪽.

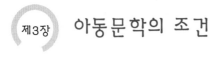# 제3장 아동문학의 조건

아동문학의 조건 곧 한계성이란 아동문학이 지니는 특질을 의미한다. 이 특질은 아동문학이 갖추지 않으면 안 될 조건이다. 이러한 아동문학의 한계성은 그 복잡한 성격 탓으로 내용과 형식의 두 면으로 나누어 고찰해 보는 것이 그 바른 이해를 위하여 보다 효과적일 것이다. 그러나 이들 조건 곧 갖가지 요소들은 각각 독립되거나 분리해서 존재하는 것은 아니다. 서로 혼연일체가 되어 이것들의 결정체가 작품을 이루고 있는 것이다.

그러므로 이러한 내용적·형식적 조건은 있어야 할 바, 아동문학의 성격과 방향을 제시하는 것이다.

## 1. 내용면에서 본 특질

### 1) 로만주의 문학으로서의 아동문학 – 이상성과 몽환성

로만주의romanticism 문학으로서의 아동문학은 이상성과 몽환성을 그 주된 특질로 한다. 이상성이란 '꿈'의 세계요, '있어야 될' 세계를 추구하는 인간의 영원한 향수의 세계이다. 아동들이 정신적으로 미분화·미성숙의 상태이므로, 현실에서 발생되는 사물이나 사실들에 대하여 건전한 비판 능력을 갖추지 못하고 있는 것은 잘 알려진 사실이다. 그러므로 그러한 아동들에게 주어질 아동문학은 일반문학의 경우처럼 리얼리즘realism 정신에서 있는 그대로를 보이거나, 휴머니즘humanism 정신을 앙양하기 위한 것이라고 할지라도 극단적인 인간성의 양면과 동물적이며 본능적인 면만을 지나치게 강조할 수는 없다. 만일 꿈꾸는 시기에 처해있으며, 미적 정서가 가장 풍부한 아동에게 자연과 사회와 인간의 추악함과 잔혹함을 있는 그대로 보인다면, 판단력이 부족한 어린이들에게 어떤 영향을 줄 것인가는 더 이를 여지조차 없겠다. 그러므로 아동문학은 있는 그대로가 아닌, '있어야 할 세계'를 보다 강하게 요구하게 되고, 따라서 사실적이며 현실적인 소재를 취재한다 할지라도 추악함과 위선보다는 미와 진실을 더 많이 묘사해야 되는 것이다.

그럼으로써 아동문학은 비현실적이며 비사회적인 원시성의 내포가 불가피하며, 현실적이기보다는 이상성이 보다 많이 담겨진다.

아동들은 생리적으로 심리적으로 또 윤리적으로 아직 성숙하지 못한 인간이다. 성인의 시야 밖에 있는 원시인의 애니머티즘animatism: 有生觀·物活論과 애니미즘animism; 有靈說·精靈說은 곧 그대로 '어린이의 마음'[1]이요, 마술적magic 사고는 어린이로 하여금 신비와 꿈의 안목을 가지게 하며, 현실을 정의하는 데에 항시 원시적이요 몽환적이다. 그러기에 그들의 사고와 행동은 순진무구한 대로 불가사의한 세계를 불가능함이 없는 날개를 파닥거리며 엉뚱하게 달리는 것이다.

여기에 아동문학이 사회여건·주제면·소재면에서 현실주의이기보다는 이상주의적이요, 사실주의이기보다는 로만주의적 문학으로서 보다 자유로운 환상과 꿈과 동경의 문학이 되는 근거가 있다.

---

1 조지훈, 앞의 책, 18쪽.

## 2) 인도주의 문학으로서의 아동문학-윤리성과 교육성

인도주의humanism 문학으로서의 아동문학은 윤리성과 교육성을 그 내용적 특질로 삼는다. 이러한 윤리성이나 교육성은 아동문학의 근본적 특질의 하나인 단계적 성격을 바탕으로 출발한다. 곧 그것은 아동문학 작품이 심신의 발달 단계에 놓인 어린이들에게 그들의 정신내용을 풍성하게 하고 확충시키는, 이를테면 어린이의 연령적 단계에 알맞으면서도 내일의 조국을 걸머질 시민으로서, 인류의 벗으로서 가지지 않으면 안 될 새로운 의식·사상·모랄을 육성하는 내용을 갖추어야 됨을 의미하는 것이다.

이와 같은 단계성 위에서 고려되어야 할 윤리성이란 인간이 참되게 살아가는 행동반경의 방향이며 척도이다. 이 경우, 모랄의 정의는 '그 시대의 발전적 진보적인 사상'[2]에서 내려져야 함은 물론이다. 그러면 이러한 윤리와 아동문학과는 어떻게 단계적으로 관계 지어지는가? 사회적인 윤리와 도덕은 반드시 문학작품을 통해서만 전달되는 것은 아니다. 그러나 문학에 의해서 윤리성이 전달·강조되어야 함은, "공식적 혹은 기계적으로 기억에 메모되는 것이 아니고, 마음속에 동화되어 독자의 심적 혈액이 될 수 있으므로 그 효과는 지적 전달보다 크다"[3]는 점에 있다. 특히 아동은 예술적 표현의 밑바닥에 깔려 있는 교훈을 미적 인식과 감동에 의해 가장 절실하게 공감·동화할 수 있기 때문이다.

그러므로 아동문학은 보다 인간으로서 가져야 될 도의심 곧 윤리의식을 강조해야 될 것은 물론이나, 그러나 그것은 어디까지나 그들의 단계적 발육에 걸맞는 것이라야 된다. 아직 이해력과 판단력이 부족한 어린이들에게 지나치게 선악과 정사正邪의 대립적 개념 규정에서 범하기 쉬운 지

---

2 이원수, 「아동문학입문」, 『교육자료』 99호(서울: 교육자료사, 1965), 206쪽.
3 위의 책, 208쪽.

나치게 본능적이며 동물적인 장면 처리나 이율배반적 부조리성을 현실 그대로 노출시킬 수는 없다. 사랑의 문학으로서 아동문학이 특히 유념해야 될 것은 바로 이 점이다. 아직 세속적 악에 오염되지 않은 어린이들에게, 비록 도덕적 관념을 고취하기 위한 것이라 하더라도 그들의 동심을 멍들게 하는 상대적인 현실악과 참혹한 인간행위를 그대로 보일 수는 없는 것이다. 특히 악이 재앙을 만들고 권력과 금력이 정의와 진리를 대신하는 인간사회의 왜곡된 장면은 사실적이기보다 교육적으로 그려져야 되는 것이다. 그것은 자칫하면 인간과 사회에 대한 불신과 절망감을 조성할 뿐만 아니라, 동물적 본능의식만 부채질하는 결과를 불러오기 때문이다.

그러므로 윤리성은 넓은 의미에서 교육성에 보다 그 뿌리를 박고 있지 않으면 안 된다. 그것은 어린이의 단계적인 성장에 이바지하는 문화성과 흥미성을 바탕으로 한 보다 차원 높은 교육적 의도이며, 또한 봉건적인 선악형善惡型과 전근대전 인권유린에의 투쟁이다. 곧 그것은 주제가 평화와 민주주의, 바른 애국심과 국제우호의 정신을 바탕으로 하여 인간성을 존중하고, 생활의 즐거움을 발견하는 진실한 정신으로 가득 차 있어야 됨을 요구하는 것이다. 이 점에 있어서 아동문학은 확실히 학교교육의 형식적인 답답함과 약점을 커버할 수 있는 가장 좋은 무기이다. 그러나 그것은 미성숙인간의 지적·정서적 발달을 외면해서는 이루지 못한다. 그것은 각 단계의 연령계층에 놓인 아동에게 쉬이 이해될 수 있는 방법을 가져야 될 것은 물론이거니와, 어린이를 참되게 감동시킬 수 있는 예술성과 형상적 표현 위에서 시도되어야 한다. 그와 더불어 고도의 교육성을 상실하는 날 그것은 이미 아동문학이 될 수 없다는 사실을 명심해야 한다.

그러기에 아동문학은 '아동에게 읽힐 것'을 전제로 한 문학으로서, 그들에게 잘 읽힐 수 있도록 하기 위해서는 또한 '흥미성'이 필연적으로 요구된다.

건전한 문학은 인생과 사물의 진실성, 사건과 인물, 그 생활방식이나 사상 감정에의 친근감·절실감에서 오는 흥미를 수반하지 않으면 안 된다. 그리고 그러한 흥미성은 인간생활 그 자체가 내포하는 모순·아이러니·결점·유머 등에 의하여 한층 더 재미있고 보다 즐거운 효과를 가져오는 것이다. 어린이들은 아무리 좋은 내용이라도 흥미나 재미가 없으면 우선 거들떠보지도 않기 때문에 참으로 이러한 오락성은 중요한 것이다. 그러나 흥미성은 성인문학에서의 통속문학과는 달리, 건전하고 소박한 내용으로써 아동의 흥미를 유발시키는 것이어야만 한다. 그러기에 이러한 흥미성은 또한 단계적 성격에 따른 아동의 정서와 지능계발에 이바지하는 문화성을 수반하지 않으면 안 된다. 근대문학이 인간을 신에게서 해방시키고 지배자에게 예속된 지배질서에서 벗어나 시민의 개인의식을 수호하는 데 있다면, 근대아동문학은 필연적으로 무시되고 학대받는 어린이를 한 사람 몫의 인간으로, 곧 독립된 개인으로 다루어 그들을 향상시키는 문화성을 갖추어야 됨은 당연한 귀결이다. 곧 아름다운 정서를 기르는 인간성을 등장케 해서 밝은 꿈을 주며, 상상력을 신장시켜 진실을 탐구하려는 용기와 국가·사회에 대한 올바른 봉사의 관념을 심어줌으로써, 그들의 올바른 성장에 최선을 다해야 되는 것이다.

이상의 내용적인 모든 조건 곧 아동문학의 특질과 한계성은, 결국 아동문학이 로만주의로서의 아동문학이든 인도주의로서의 아동문학이든 간에 단계성에 입각해서 현실적이기보다는 이상적이요, 꿈과 동경의 문학으로서 사랑의 문학이어야 함을 밝혀 주고 있다. 뿐만 아니라, 아동을 주된 대상으로 삼고 있기 때문에 윤리성이나 교육성이 필요하나, 그것은 미적 표현을 얻음으로써 훈훈한 예술미의 입김을 통한 응결된 교육성이 보다 강조되어야 함을 의미하는 것이다.

## 2. 형식면에서 본 특질

아동문학의 조건과 한계성을 다시 형식면에서 찾는다면 원시문학 및 본격문학적인 특질면에서 이야기할 수 있다. 그것은 아동문학의 내용이 '원시적 소박한 시정詩情'[4]을 원시적으로 표현하여 단순명쾌한 성격을 갖고 있으나, 역시 예술문학이기에 본격문학적 가치를 지녀야 되기 때문이다.

### 1) 원시문학으로서의 아동문학─원시성과 단순명쾌성

원시문학으로서의 아동문학의 한계성은 형식의 원시성과 단순명쾌성에 있다. 이 원시적 성격은 아동문학이 발생 당시부터 지녀온 전통적인 구전 문학의 내용적·형식적 특징이기도 하다. 한편, 그것은 아동과 원시인이 심리면과 사고면에서 같은 성질을 띠고 있음을 입증한다. 구전동요·전래동화에서 볼 수 있는 소박 건전한 원시인의 생활과 꿈의 표현은 바로 아동의 사고와 꿈의 반영인 것이다. 그러므로 원시인의 종교나 사상이나 세계관은 아동의 그것과 일치하고, 따라서 단순소박한 원시적 사고방식은 아동의 일반적 성정이 되고 있다. 원시 미개인에게는 그들대로의 과학이나 종교가 있었듯이, 아동에게도 그들 나름의 과학과 종교가 있기 마련이다. 그것은 이미 말한 바와 같이 전래동요나 동화의 대부분이 주제는 물론이거니와 형식까지 단순하고 소박한 표현을 하고 있는 데서 얼마든지 볼 수 있는 것과 같은 원시성이다.

그러므로 아동문학은 본질적으로 주제나 작중 인물의 성격이나 줄거리가 단순명쾌할 뿐만 아니라 이성보다 감각에 호소하고, 아동에게 이해될 수 있는 평이한 형식을 요구한다. 이 경우, 테마의 명쾌성은 사건의 간결 명쾌한 해결을 요구하는 것인 바, 결국 아동문학은 구상과 언어 표현

---

4 최태호, 「동경과 이상의 문학」, 『아동문학』 1호(서울: 배영사, 1962), 13쪽.

에 있어 단순명쾌성을 지상의 방법으로 삼게 되는 것이다. 만일 주제나 작중 인물의 성격이나 사건이 복잡하다면, 그것은 원시적 아동이라 할 독자에게 판단의 혼란과 이해의 장애에만 부딪치게 할 뿐 아무런 도움도 줄 수 없기 때문이다. 그러나 아동의 사고력과 상상력에 알맞게 단순화시킨다고 해서 적당히 얼버무려서도 안 된다. 그러한 단순성은 예술적 연구를 거치지 않으면 필연적으로 아동문학을 통속화시킬 뿐이기 때문이다. 이러한 단순명쾌성은 형식면에서도 중시되어야 하나, 내용면에서도 단계성에 의하여 유의되어야 할 조건이다.

## 2) 본격문학으로서의 아동문학─ 비非안이성과 예술성

아동문학은 그것이 가지는 특수성으로 말미암아 예술문학이 아닌 것처럼, 또 성인문학보다 안이한 것처럼 종종 그릇된 인식과 착각을 받아 왔다. 그러나 아동문학이 어린이를 독자로 하고 원시성에 의하여 공상적·상상적 수법이나 단순명쾌한 수법에 의하여 처리된다고 해서 결코 안이한 문학형식이 될 수는 없다. 어린이의 생활에 밀착된 생활성을 중시해야 되기 때문에, 오히려 성인문학적인 표현보다 한결 더 어려울 것은 두말할 여지도 없는 것이다. 아무리 로맨틱한 것이거나 비현실적 꿈의 표현이라도, 어린이들의 현실 관찰과 사고를 통해서만이 건전한 꿈이 되고 공상이 될 수 있기 때문이다. 현실 속의 어린이의 사고와 태도를 조금도 더하지 않고 덜하지 않는 정확한 묘사는 참으로 어려운 일이다. 더구나 어린이의 발달 단계가 리얼리즘과 메르헨의 추구를 동시에 갖고 있다면, 참으로 아동의 전체적 정신생활의 이해를 전제하지 않으면 안 되는 것이다. 그들의 단계적 발육에 알맞은 표현과 예술적 가치를 얻으려면, 일반문학적 기법을 쌓은 뒤에 출발해야 하는 이중의 수업을 요구하는 것이다. 더러 아동문학가가 이미 지나 버린 자기의 어린 시절만을 염두에 두고 현재의 어린이를 잘못 보거나, 무턱대고 쉽게 쓰면 된다는 그릇된 사고는 모두 이러한 본격문학으로서의 아동문학의 이해가 부족한 데서 나온 오류인 것이다. 이런 의미에서 아동문학을 성인문학의 입문기 문학처럼 생각하는 그릇된 인식은 하루 빨리 고쳐져야 한다. 세련된 기법, 원숙한 필치의 소유자가 다시 어린 시절로 돌아가서 좋은 작품을 남길 수 있다는 사실을 우리는 서구의 작가에게서 보다 많이 보아 온 것이다.

이것은 곧 아동문학이 문학인 이상 예술성을 갖추어야 한다는 것을 의미한다. 그리고 이러한 예술성은 "개별적 · 구체적 · 특수적인 사물의 상태 · 동작 관계 등을 전체적으로 정확히 생생하게 포착함으로써"[5] 가능하다. 곧 예술성은 예술적 전형화의 방법을 통해 예술적 인식을 독자에게 체험시켜야 됨을 의미한다. 이러한 예술적 인식은 과학적 인식과는 달리, 아동의 심성에 가장 적합한 방법으로 절실한 미적 충족과 즐거움을 가져다준다. 그러기에 아동문학가는 아동 인식의 단계적 발달원리인 구체적인 것에서 추상적인 것으로, 특수적인 것에서 일반적인 것으로, 그리고 개별적인 것에서 보편적인 것으로 가는 발달과정을 잘 이해해야 될 뿐만 아니라, 이러한 원리에 입각해서 사물의 포착 방법과 표현방법을 구사해야 되는 것이다. 곧 그러한 예술성은 아동문학이 원시성과 교육성을 요구한다고 해서 질의 저하를 의미하는 것이 아니라, 보다 알찬 문학적 형상화를 통해야 됨을 의미하는 것이다. 그러므로 예술성은 단순한 미화된 문장 속에서 그것이 갖추어지는 것이 아니라, 진지한 예술적 인식과 표현을 통해서만 본격적 아동문학으로서 형성되는 것이다.

이상에서 언급한 이상성 · 몽환성 · 예술성 · 단계성 · 윤리성 · 교육성 · 문화성 · 흥미성 · 원시성 · 단순명쾌성 · 생활성 등등의 모든 아동문학의 특질과 한계성은 결국 교육성과 예술성으로 집약된다. 올바른 역사의식

---

5 國分一太郎, 앞의 책, 25쪽.

과 아동관을 바탕으로 한 훌륭한 교육성이 담겨 있는 높은 예술성의 아동문학, 그것을 우리는 요구하는 것이다. 이러한 모든 조건을 갖출 때 비로소 "아동문학은 넓은 의미에서 생에 대한 향수의 문학으로 유물관唯物觀보다 유심관唯心觀에 서서 소년의 인간성 해방과 개성 발육을 지향하며, 나아가서 인도주의와 사회를 개선하려는 이상주의 문학이 될 것이다."6

---

6 船木枳郎, 「아동문학」, 『현대아동문학사전』(寶文館, 1958), 151쪽.

제 2 편

◆

한국 아동 문학사

### 제1장

한국 현대아동문학사 방법론 서설

## 1. 아동문학사의 목적

육당의 『소년』지로부터 그 기점을 잡더라도 아동문학은 이제 100여 년의 역사를 가지게 되었다. 그러나 그 사적인 과정이 소론[1] 정도로 언급되어 왔을 뿐, 아직도 학문적인 분석과 연구를 거친 정지 작업이 본격적으로 시도되지 않고 있음이 오늘날 아동문학계의 연구 실상이다.

더구나 그동안 여러 문학사가들에 의해 '신문학사'나 '현대문학사'가 집필될 때에도 아동문학은 거의 망각 지대에서 도외시되어 이 나라 현대문학사의 전체 실상을 파악할 수 없었음은 물론, 아동문학에 대한 일반의 인식조차도 거의 비뚤어진 상태에서 벗어나지 못한 형편이었다.

필자는 여기에 늦게나마 착안하여 이미 1964년의 「한국아동문학사의 시대구분 시고」[2]와 1967년 「한국현대아동문학사」[3]란 소사小史를 통해 그

1 윤석중, 「한국아동문학소사」, 『아동문학의 지도와 감상』(서울: 대한교련, 1962); 어효선, 「아동문학사 연표」, 『아동문학』 12호(1965. 7), 105~119쪽; 이원수, 「아동문학의 결산」, 『월간문학』 창간호(1968. 11), 239~243쪽.
2 졸고, 「한국 현대아동문학사의 시대구분 시고」, 『한국일보』 1964. 11. 5일자(제7차 국어국문학 전국 대회 발표 요지 : 『국어국문학』 28집 1965. 5. 20).
3 졸저, 「한국아동문학사」, 『아동문학개론』(서울: 문운당, 1967), 31~82쪽.

기초 작업을 꾀한 바 있고, 이어서 이를 토대로 「한국현대아동문학사」를 해방 전편4과 해방 후편5으로 나누어 그 연구한 결과를 학계에 보고한 바 있다. 그러나 그것으로는 너무나 미흡함이 많음을 느껴 이제 그 본격적인 문학사의 구축을 위하여 본론을 쓰게 된 것이다.

오늘날 많은 아동문학가와 여기에 올바른 안목을 가진 사람들의 관심에 의해 지적되고 있는 것처럼 한국 아동문학의 역사적 진전 저해가 평론 부재에 있다면, 이미 펴낸 초간본『아동문학개론』1967, 「한국아동문학사」와 더불어 이 개고판은 그것을 얼마큼 지워 보려는 필자의 조그마한 계몽적 노력의 일단이 될 것이다.


## 2. 아 동 문 학 사 의  방 법

문학사 기술의 방법론을 거론할 때마다 항상 사가史家들에 의해 제기되는 문제는 문학사가 '문학'인 동시에 '역사'여야 한다는 그것의 이율배반적 본질에서부터이다. 원래 예술로서의 문학은 그 본질상 역사와 영원히 화동할 수 없는 인간 정신의 양극점에 자리한다. 개성과 초시간성을 그 본질적 속성으로 하는 문학과, 보편성과 시공성을 그 본질적 속성으로 하는 역사, 이 양자를 동시에 충족시킬 수 있는 원리란 도대체 발견될 수가 없는 명제인 것이다. 그럼에도 불구하고 문학사는 문학과 역사의 그 어느 하나도 다치지 않고 동시에 포용하여야 함이, 그 본질이요 바람직한 기술 방법이다.

그리하여 오늘날 대부분의 문학사가들은 이 상반 · 대립적인 두 요소

---

4 졸고, 「한국현대아동문학사(해방 전편)의 연구」(1969. 1. 31, 문교부).
5 졸고, 「한국현대아동문학사(해방 후편)의 연구」(1972. 5. 30, 문교부).

의 지양과 극복을 통한 발전적 통합의 방법을 찾는 것을 주된 당면 과제로 삼고 있다.

대부분 종래의 문학사들이 '문학'의 역사가 아니거나 문학의 '역사'가 아니었던 현상[6]을 극복하기 위한 본론의 기본자세는 크랜R. S. Crane의 입론[7]에 따라 문학사 기술의 중심 자원을 작가와 작품에 두고 문학사를 전개하고자 하는 것이다. 전자는 문학의 '역사'를 위해 다루어야 할 중심 자원으로서의 작가이며, 후자는 '문학'의 역사를 위해 다루어야 할 중심 자원으로서의 작품인 것이다.

구체적인 시공간적 입점 위에서 작가들을 굴대로 한 모든 문학적 행위와 사상事象이 사적인 체계 속에 정리되고, 작품들을 굴대로 그 개별 작품들 각각에 부착된 모든 속성들이 분석 검토될 때, 문학사는 일차적으로 '문학'과 '역사'를 어느 하나 소홀히 하지 않는 양면성을 동시에 포용할 수 있다고 판단되기 때문이다.

이에 따라 본론은 작가를 둘러싼 모든 문학적 자원의 사적 정리를 위하여 역사적 조사 연구historical research의 방법을 빌어올 것이며, 작품을 둘러싼 모든 해석과 역사적 의의를 추출하기 위하여 역사적 비평historical criticism의 방법을 동원할 것이다. 문학사의 기술에 있어서 이러한 두 가지 방법적 인식은[8] 그것이 '역사'와 '문학'을 동시에 포용해야 하는 문학사의 문제점aporia을 극복하는 데 상당히 도움을 줄 것이다. '역사'를 잃지 않기 위해서 조사 연구자로서 과학적 방법을 통해 자료를 수집 정리하는 전자의 방

---

6 René Welleek and Austin Warren, *Theory of Literature*(Harmandwarth Penguin, 1960) p. 253.

7 R. S. Crane, Critical and Historical Principles of Literary History(Chicago The University of Chicago press, 1967) pp. 1~2.

8 이에 대한 최초의 인식은 스필러R. Spiller에서부터인 듯하다. R. Spiller. Literary History ed. by J. Thrope, The Aims and Methods of Scholarship(N.Y. Modern Language Association of America, 1936) p. 59.

법은 곧 문학사 기술의 실증주의적 태도를 부정하지 않는 것이며, '문학'을 잃지 않기 위해서 창조자로서 비평적 방법을 통해 자료를 조직·해석하는 후자의 방법은 문학사를 거부하는 반역사주의적 태도를 비판적으로 수용·극복하는 일이 되기 때문이다.

그러나 아동문학의 경우, 우리의 현실적 여건에서 이 양자의 방법을 적절히 동원한 이상적인 문학사를 기술한다는 것은 거의 불가능에 가깝다. 앞 절에서 지적된 대로 아직 본격적인 학문적 접근이 거의 없었고 그 전모를 밝힐 만한 작가론조차 이루어지지 않고 있음은 물론, 대부분의 작가와 작품이 발굴되지 않은 채 사장되어 있는 현재의 연구 실태 아래, 역사적 조사연구와 역사적 비평의 조화를 도모한 문학사의 기술이란 거의 만용에 가깝기 때문이다.

그리하여 필자는 본론을 통하여 '완성된 아동문학사'를 제시하고자 하는 과욕은 배제할 것이다. 제한된 현실적 여건을 최대한 극복하여 양자의 방법을 조화시킴으로써 '역사'와 '문학'을 동시에 놓치지 않으려는 기본적 입장은 고수하되, 보다 고차적인 작품 분석을 통한 연속성continuity, 인과성causality, 영향론과 의미망의 구축 등의 시도보다는 우선 일차적인 아동문학적 사료의 정리와 체계화에 중점을 둘 것이며, 오늘날 아동문학의 현상을 극복·지양하려는 필자의 의지로써 서술될 것이다.

따라서 본론은 문학사로서 이중의 한계를 지니고 있다는 사실의 솔직한 인식에서 출발하고 있다. 하나는 우리 현대아동문학의 자료사로서 지니는 한계이며, 다른 하나는 아동문학의 계몽사로서 지니는 한계이다. 그러나 이러한 한계의 극복은 본론을 토대로 재구성할 때만이 가능할 것이라는 필자 나름의 신념이 본 연구의 미비점을 어느 정도 보상할 것이다. 곧 본론의 한계를 극복한 진정한 아동문학사의 기술은 본론을 토대로 필자의 영원한 과제로서 계속 모색될 것이며, 동시에 우리 아동문학사 연구의 중심 과제가 될 것임을 믿어 마지않기 때문이다.

## 3. 아동문학사의 시대 구분

인간이 있은 후에 민족이 있었고 그 민족이 문자 언어를 가졌다면 그들의 생활과 사상의 표현은 곧 문학이 된다. 그러므로 우리의 현대아동문학 형성의 본질을 전통의 계승적 발전, 곧 고전아동문학의 점진적인 시대적 변모로 보느냐, 전통의 단절, 곧 이질적 전통의 수립으로 보느냐, 아니면 전통적인 바탕에 서구적인 이질의 것을 접합시킨 것으로 보느냐[9] 하는 문제는 비단 아동문학사뿐만 아니라 다른 장르의 문학사에서도 중요한 관심거리이다.

필자는 여기에서 주로 긍정적인 방향, 곧 접합 쪽으로 내다보았다.[10] 곧 아동문학의 범주와 영역을 전래동요 및 전래동화까지 포함한다면 삼국시대의 민요 및 설화로부터 그 아득한 사적 계보를 들추어내어야 될 것이지만, 여기서는 설화와 동화의 보고인 고대 문헌『삼국유사』 및『삼국사기』의 연구라든가, 민요라는 큰 이름 아래 채집된 동요에 관한 원시적인 형태에 대해서는 한국문학을 고전문학과 신문학으로 나누어서 편의상 논의하는 것처럼, 일단 그러한 전래문학[傳乘文學]은 제외하기로 하고 명백한 자각과 목적의식을 가지고 창작된 갑오경장 이후의 창작문학[현대문학]만을 그 영역으로 한정한 것이다.

끊임없이 연속하여 흐르고 있는 현대아동문학사를 기계적으로나 공식적으로 토막짓거나 인위적으로 구분한다는 것은 가장 위험하고도 부자연스러운 일이다. 흐르는 물에도 굽이가 있고 파동과 기복이 있는 것처럼, 문학의 역사에서도 시간적 변화나 흐름의 양상이 일정한 변화곡선으로 지속되지는 않지만, 거기에는 각기 다른 변화와 흐름의 폭과 파장이 점철

---

9 조지훈, 「시문학사의 방법론 서설」, 『문학춘추』 2권 7호(1965), 250쪽.
10 졸저, 앞의 책, 34쪽.

되어 있고 동질적인 시간의 지속이 있으며 굴곡이 있다. 시대구분이 문학사 기술의 가장 중요한 전제가 되는 까닭이 여기에 있다. 곧 시대 구분은 역사 이해의 중심 수단으로서, 올바른 시대의 파악은 올바른 문학사의 전개에 있어 필수 불가결한 조건인 것이다.

말하자면 문학사에서의 시대 구분은 문학사를 체계화하는 가장 좋은 문학사 기술의 수단이다. 이러한 인식은 일찍이 헤겔 이래로 서구 역사 기술의 기초를 이루어 왔고, 우리의 경우에도 최초의 문학사라고 하는 자산 안확의 『조선문학사』1922, 韓—書店 이래 모든 문학사에서 시대 구분의 중요성이 인식되어 왔던 것이다. 따라서 문학사 기술에 있어 시대 구분의 중요성에 대한 논의는 이 이상 더 덧붙일 필요조차 없는 문학사의 기초작업이라 할 것이다.

본론에서 현대아동문학사의 시대를 구분함에 있어 필자의 이론적 기반은 첫째, 문학적 시대literary periods란 문학적 연대literary chronicles와 다른 정태적靜態的 질적 개념으로서의 역사적 시간historical time이라는 점, 둘째 문학사에서 시대 구분은 문학적 사상literary events의 체계화와 역사 시학 historical poetics의 정립을 위한 기능[11]과 문학적 이상 및 가치 실현의 수단으로서의 기능[12]이라는 이중적 기능을 지니고 있다는 점에 두려고 한다. 다시 말하면, 시대는 일정한 시간량의 기계적 분절인 연대가 아니며, 한 시대는 다른 시대와는 다른 그 시대만의 동질적 속성과 그 시대가 공유한 문학적 가치의 특성에 따라 결정되어야 한다는 태도가 본론에서 현대아동문학사를 시대별로 구분 짓는 기본 자세인 것이다.

이와 함께 모든 문학적 사상事象은 다른 사상과 동떨어지지 않은 인간이 이룩한 모든 정신 문화의 일부라는 태도도 시대 구분의 기본 관점으로

---

11 Claudio Guillén, Literature as System(Princeton, Princeton University Press, 1971), pp. 485~497.
12 R. Welleck and A. Warren, op. cit. p. 265.

원용되었다. 곧 문학사는 문화사의 일부인 것이다.13 프랑스 문학이 프랑스 국가 전체 삶의 한 양상이 듯이 우리의 현대아동문학사도 우리 전체 삶의 한 양상인 것이다. 따라서 그 시대의 모든 사회 문화적 사상事象이 그 시대의 문학적 사상과 불가분의 관계를 맺고 있다는 사실의 인식이 본론의 시대를 구분하는 중요한 요인으로 동원된 것이다.

이에 따라 우리의 현대 아동문학사를 고찰한다면, 다음과 같은 시대 구분이 가능하리라고 본다.

1. 아동문화운동 시대(1908~1945)
　A. 태동초창기(1908~1923)
　B. 발흥성장기(1923~1940)
　C. 암흑수난기(1940~1945)

2. 아동문학운동 시대(1945~)
　A. 광복혼미기(1945~1950)
　B. 통속팽창기(1950~1960)
　C. 정리형성기(1960~)

먼저 아동문화운동 시대와 아동문학운동 시대라는 두 시대의 설정은 전자의 시대가 아동문학을 통한 문화운동적 성격이 지배적이었고 문학적 활동의 가치 규범이 계몽적 문화운동성을 지니고 있었으며, 후자의 시대는 이를 극복한 여건에서 전개되는 아동문학의 예술적 차원을 고양시키기 위한 문학운동적 성격이 지배적이었다는 사실에 근거하기 때문이다.

갑오경장1894 이후, 특히 육당의 『소년』지1908 창간부터 해방1945에 이르기까지 우리 현대 아동문학의 해결 과제와 담당 기능은 이중적이었다.

---

13 Guistave Lanson, Essais de méthode de critique et d'histoire Littéraire (Paris, Hachette, 1965), p. 33.

하나는 조선왕조의 지배윤리로서 내려온 주자학적 가치 체계에서의 장유유서적 아동경시관념을 불식하고 어린이의 개성과 인격을 존중하는 아동의 감각해방에 대한 과제이고, 다른 하나는 주권을 상실한 식민지 치하에서 요원한 조국의 독립을 위해 필연적인 민족운동으로서의 아동 해방과 교화계몽의 필요성이었다. 이러한 당면 과제를 안고 출발한 아동문학이 교화계몽을 중시하는 문화운동적 성격으로 전개되었음은 필연적인 것이었다. 이러한 현상은 동시대의 성인문학에서 보여주는 문학적 현상보다도 한층 더 두드러졌다. 그 이유는 물론 교육성을 중시하는 아동문학의 본질적 속성에 기인된 아동문학 자체의 특수성 때문이었다.

『소년』 창간부터 소파의 『어린이』지 탄생1923까지는 육당과 춘원을 중심으로 한 신문학운동 속에서 현대 아동문학이 태동된 시기였다. 그러나 이 시기는 아직 아동문학에 대한 뚜렷한 양식적 인식이 되지 않은 상태였고, 이것은 소년의 등장과 『어린이』지의 창간부터 본격적으로 극복되어 문학을 통한 아동문화운동이 급속도로 자리 잡히기 시작하는 것이다. 그러다가 1920년대 후반기부터 대두하기 시작한 프로문학의 팽대와 문학적 자각 현상이 1930년대에 오면 그러한 문화운동과 나란히 아동문학의 문학성에 대한 관심이 싹트기 시작한다. 곧 아동의 감성 해방보다는 아동을 통한 민족주의 운동으로서, 독립의 의지를 키우면서 계몽적 교육성 위주에서 탈피하려는 현상이 1930년대를 통해 나타나기 시작하는 것이다.

이와는 달리, 해방 이후부터 오늘날까지의 아동문학이 지닌 과제와 담당 기능은 전대가 문학 외적 사상事象에 치우친 데 반하여 아동문학 자체의 문학적 사상事象에 집중되었다는 점이 다르다. 조국의 광복으로 주권회복이라는 지상과제가 해결되고 조선조의 주자학적 윤리관이 상당히 완화된 해방 후의 현실적 여건에서 볼 때, 우리의 아동문학이 문화운동에서 문학운동으로 전환된 사실은 지극히 당연한 귀결점이었다.

해방 직후는 전대의 문학을 정리하고 새로운 출발을 하려는 의지가 아동문학을 통해 두드러지게 표출되었던 모색기였다. 새 국가 창건을 통한 새 민족사의 정립을 향한 새로운 문화운동이 활발하였고, 이를 통해 문학의 진로를 찾으려는 몸부림이 이 시기를 통하여 일관되었던 것이다. 그러다가 6 · 251950를 맞는 민족적 수난을 당하여 그러한 모색은 좌절되고 한때 대중문학의 팽창을 초래한다. 곧 전란으로 인한 생활의 궁핍과 UN군의 주둔에 의한 외래 대중문화의 무분별한 유입으로 나타난 퇴폐적인 사회 풍조가 아동문학에 그대로 영향을 미친 것이라고 할 수 있다.

그러나 1960년 4 · 19까지의 이 시기는 대중적 아동문학이 순수 본격아동문학과 갈라지는, 곧 아동문학이 다양하게 복합적으로 여러 형태로 이루어진 시기로써, 그 특징을 지니고 있다. 그리고 1960년 이후 오늘날까지의 문학은 진정한 의미에서 비로소 아동문학운동이 본격적으로 전개되는 시기다. 예술적 차원에서 아동문학이 검토 · 반성되었던 이 시기야말로 본격문학으로서의 자각을 통한 문학 본연의 방향 정립이 시도되었고, 이러한 모색은 오늘날에 와서도 그대로 계승되고 있다.

따라서 식민지 치하와 광복 후를 크게 나누어 한국 현대아동문학사를 고찰한다는 것은 어느 모로나 현명한 시대 구분이 될 수 있을 것이다. 또한 나아가 이러한 사관의 형성은 긴 세월 뒤까지 내다보는 안목도 될 수 있을 것이며, 그럼으로써 올바른 의미의 과거에 대한 설명이나 기록이 아니라 과거의 정신적 위상이 이룩될 수 있을 것이다.

**제2장** 현대아동문학의 전통과 근대사적 배경

## 1. 고전아동문학과 그 전통

현대아동문학의 성립 배경에는 우리의 전통적 고전 유산이 계승된 통시론적 파악과 개화 이후 외래 문화의 급격한 수용에 따른 서구의 문학적 영향이 만나는 공시론적 파악의 두 방법을 통해 고찰될 때, 보다 분명한 성립 배경의 실상을 추출해 낼 수 있을 것이다.

이에 따라 먼저 우리의 고전아동문학의 양상을 더듬어 현대아동문학과 어떠한 전통적 맥락을 이루고 있으며, 고전아동문학이 현대아동문학에 시사하는 한국적인 개성의 문학적 지향이 어떻게 정립되어야 할 것인가를 살펴보기로 한다.

잘 알려져 있다시피 아동문학의 기원은 멀리 예술의 기원론, 문학의 기원론에까지 거슬러 올라가야 하므로, 우리의 고전아동문학 역시 원시 종합 예술의 분화 과정에서 그 원류를 찾아, 현대로 이어지는 맥락 관계를 구명해야 한다. 그러나 불행히도 현대 이전 아동문학의 사적 계보를 더듬는다는 것은 현실적으로 대단히 어려운 형편에 놓여 있다. 문헌 자료의 빈곤과 인멸도 그 중요한 이유가 되겠지만, 무엇보다도 이 분야에 대한 연구가 거의 이루어지지 않고 있다는 사실이 가장 중요한 이유가 될 것이다.

다만 우리의 고전아동문학이 '아동을 대상으로 하는 문학'이라는 양식적 분화가 이루어지지 않은 채 일반문학 속에 거의 혼재해 왔다는 사실, 특히 기록문학 쪽보다는 구비문학적 전통 속에 그 자취와 계보를 온전히 담고 있다는 사실이 한 특성으로써 지적될 수 있다.

사실 구비문학특히 설화와 민요은 그 본질적 속성이 아동문학의 그것과 상당히 긴밀한 상호 유사성을 지니고 있다. 구비문학의 원시성원형성, 모순불합리성 · 비논리성과 단순성, 소박성이나 인격화 현상personification은 곧 아동문학이 가진 본질적 속성의 그것과 일치하며, 구비문학의 설화는 아동문학의 동화에, 민요는 동시 · 동요에 직접 계승된 가장 비슷한 현대 기록문학에서의 형태적 유사성을 지니고 있는 것이다. 이러한 점에서 우리의 고전아동문학은 멀리 삼국시대 이전까지 거슬러 올라가 그 자취를 더듬어 볼 수 있다.

단군신화는 그 가장 오래된 동화문학의 원형이 될 것이며 고주몽신화는 보다 동화의 본질에 접근된 이야기로서의 흥미와 곡절로 가득 차 있는 동화 발생기의 원초적 형태라 할 것이다. 이 밖에도 동화문학적 원형을 보여 주는 것들로서는 신라의 시조신화들[박혁거세 · 석탈해 · 김알지 신화], 가락국의 수로왕 신화, 제주도의 삼성三姓시조신화 등 『삼국사기』, 『삼국유사』나 『고려사』, 『동국여지승람』 등에 전하는 정착 신화나, 현재 구전되고 있는 몇몇 천지창조나 홍수에 관한 창세 설화 등을 지적할 수 있을 것이다.

그러나 전래동화로서의 참모습을 보여 주는 문헌상 오래된 작품을 찾는다면 신라에서 구전되던 방이설화와 구토설화를 들 수 있다. 이들은 논리를 초월한 공상적 현실이 자유롭게 구사되고 우화적 수법을 통한 기지와 풍자가 번득이는 작품 분위기의 면에서 현대 동화의 전통적 계승의 원류로 파악해도 좋을 것이다. 이와 같은 전래동화는 삼국시대부터 통일신라에 이르기까지 많은 편린들을 문헌을 통해 엿볼 수 있으며, 특히 고려조에 와서 채록되어 정착된 『삼국유사』와 『삼국사기』, 설화집 신라 『수이전』은 이 시기 동화문학의 풍부한 자료를 지니고 있다.

그 중에서도 『삼국사기』에 전하는 온달설화, 『수이전』에 전하는 「최고운전」崔孤雲傳, 「죽통미녀」竹筒美女, 「호원」虎願, 『삼국유사』에 전하는 「연오랑세오녀」延烏郎細烏女, 「거타지」居陁知 설화 등이 주목할 만한 고전적 동화 유산으로 손꼽을 수 있을 것이다. 고려조에 오면 신라 때 구전되던 설화가 더욱 분화·파생됨으로써 전래동화는 양적으로 크게 불어나 『삼국유사』·『삼국사기』 등의 기록과 정리 작업이 실현될 만큼 발전하였다. 그리하여 조선조를 거치면서 조선조 설화와 함께 『고려사』高麗史·『어우야담』於于野談·『지봉유설』芝峯類說·『용재총화』慵齋叢話·『오주연문장전산고』五州衍文長箋散稿·『대동야승』大東野乘·『비림』稗林·『동국여지승람』東國輿地勝覽 등에 기록되어 있으나, 아직 이의 정리가 되지 않아 안타깝게도 그 구체적인 모습과 작품적 특성을 파악하기가 어려운 형편이다.

다만 조선조 후기에 와서 설화계 소설의 발달과 함께 이러한 전래동화의 소설화 경향에 힘입어 「콩쥐팥쥐전」·「별주부전」·「흥부전」 등의 동화적 기록이 이루어졌으나, 진정한 의미의 동화문학적 정착이 아니라 전래동화의 성인소설적 재구성이라는 점에서 아쉬움을 금할 길 없다. 그러나 20세기에 이르러 비로소 본래적으로 수집·채록된 무수한 전래동화의 질적 수준과 양적 분포로 보아 우리의 고전아동문학이 결코 빈곤하지는 않았다는 점이 특기할 만하다.

한편 동요문학은 민요와 혼류되어 그 구분이 명백하지 않은 상태로 구전 또는 정착되어 내려오다가 근대에 오면서 일반문학에서 전래동요의 모습으로 점차 분화되어 나갔다. 초기 동요의 수효는 문헌의 일실逸失로 지나치게 엉성한 상태를 면치 못하지만, 문헌상 최초의 동요문학적 원형은 가락국 김수로왕의 강림 신화에 삽입되어 전하는 구지가와 이보다 후대인 삼국시대의 서동요나 해가사를 통해 추정할 수 있다. 이들 작품으로 보아 초기 동요의 형태는 단순 명쾌한 단형의 리듬과 즉흥적인 유희적 기능이 중시되어 전개되었을 것임을 추정할 수 있어, 현대 창작 동요의 초기 특징과 일치되는 동요문학의 전통적 면모를 엿볼 수 있다.

그러나 문헌 자료를 통해 파악할 수 있는 고전 동요문학의 가장 두드러진 특징은 거의 대부분이 참요적 기능을 가진 전래동요라는 점일 것이다. 신라의 계림요鷄林謠, 백제의 완산요完山謠로부터 고려 때의 보현찰요普賢刹謠 · 호목요瓠木謠 · 만수산요萬壽山謠 · 묵책요墨册謠 · 아야요阿也謠 · 우대후요牛大吼謠 · 이원사요李元師謠 · 목자요木子謠 등과 조선조의 남산요南山謠 · 구맥요求麥謠와 보마다요寶馬多謠 · 수묵묵요首墨墨謠 · 만손요萬孫謠 · 충성요忠誠謠 등을 거쳐 조선 말기의 녹두새요 · 파랑새요에 이르기까지 가장 많은 양의 참요적 기능을 가진 전래동요가 문헌에 정착되어 전한다.

이러한 사실에서 찾을 수 있는 고전 동요의 한 특징은 현실을 비판하고 예언하는 비판적 리얼리즘의 실현이 고전 동요문학의 주된 기능을 가지고 있었다는 사실이겠으나, 그것이 진정한 동요문학의 주된 기능이었는지 아니면 채록의 이유가 이 참요적 비판기능을 지녔기 때문인지가 구명되지 않는 한, 고전 동요문학이 비판적 리얼리즘을 가장 극명하게 표출하였던 장르라는 속단은 타당성을 지니지 못할 것이다.[1]

한편 구지가 · 서동요로써 동요의 원초적 모습을 보였던 전승 동요는

---

1 임헌영, 「리얼리즘과 아동문학」, 『창작기술론』(아동문학사상 2)(서울: 보진재, 1970), 29쪽.

고려 · 조선전기를 통하여 거의 문헌상 보이지 않았고, 영 · 정조 이후 소설의 발달에 힘입어 소설 속에 삽입되어 전함으로써 사적 단절이 없었음이 그 대강의 모습을 보여 주고 있다. 옹고집전의 자장가, 심청전의 자장가, 흥부전의 달거리 · 구구풀이, 춘향전李古寫本의 한글 풀이 등 전승 동요들은 모두 영 · 정조 이후 소설 속에 기록되어 전한다. 뿐만 아니라 판소리 계열이 아동극의 원류로 나타나는 점도 이와 같이 조선조 후기의 일이고 보면, 우리의 고전아동문학은 조선조 후기에 와서 비로소 아동문학다운 모습을 갖추게 되어 현대와 이어지는 사적 맥락을 가지게 되는 것이다.

따라서 현대아동문학은 고전아동문학과 단절되어 새롭게 생성된 것으로 인식되어 왔던 일반의 통념은 그릇된 것이다. 현대아동문학이 지니고 있는 형식적 내용적 특성들이 그대로 우리의 고전 속에 내재해 있다. 특히 아동문학이 지닌 서사적 속성이나 작품세계 · 표현세계 등의 유사성과 동요문학에 나타나는 운율적 리듬, 기능적 특성들은 오늘날 현대아동문학의 작품 세계와 소재 및 표현 수법의 다양화를 도모할 수 있는 훌륭한 본보기가 될 것이다.

다만 고전아동문학이 현대와 다른 차이를 보이는 것은 아동을 개별적인 인격체로 보지 않은 데서 아동문학을 하나의 양식으로 인정하지 않고 일반 문학 속에 포함시키고 있었다는 점, 기록 문학으로서의 아동문학이 정리 되지 못했다는 점 등을 들 수 있다. 이러한 차이는 아동을 위해서이기보다 어른 스스로를 위해 창작되고 존속된 결과에 기인한 것이다. 현대아동문학이 태동되면서부터 전개된 문화운동적 성격은 곧 개화를 위하여 이러한 고전아동문학의 풍토를 바꾸려는 역사적 근거에서 비롯된 것이다.

## 2. 근대사적 배경과 한국 현대아동문학

### 1) 근대화의 기저

한국 현대아동문학은 근대 정신의 소산이다. 그러면 그 근대성과 근대화란 어떻게 발아하고 형성되어 왔을까?

근대성의 일반 특질이 "인간 개인의 개성이 존중되고 모든 생활을 과학적, 합리적 견지에서 영위함"을 뜻하고, "개인 간에 새로운 형태의 사회관계를 발전시키는 탐구적이며 창조적인 정신적 태도의 발전"[2]이 근대화라면, 이러한 근대성이나 근대화의 편린이 이 땅에서 발아한 때를 18세기 중엽까지 거슬러 생각할 수 있다.

우선 그 사상적 기저를 살펴보면, 무엇보다 실학 사상과 천주교 사상을 들 수 있다. 곧 영·정조시대를 전후하여 새로운 학파인『반계수록』의 유형원을 선두로 하여『성호사설』의 이익,『지봉유설』의 이수광,『잡동산이』의 안정복,『목민심서』의 정약용,『열하일기』의 박지원,『북학의』의 박제가,『실사구시설』의 김정희 등 기라성[3] 같은 이 무렵의 무수한 경세치용학파, 이용후생학파, 실사구시학파의 출현이 그것이다.

이러한 새로운 경학, 국학, 북학 및 자연과학의 발흥은 유교사상의 연원인 정주학을 비판하는 자를 '사문난적'이라 하던 전시대를 무색케 할 정도로 백화난만의 기세를 보여 준 것이다. 그것을 '실정實正', '실증實證', '실용實用'에서 비롯한 '실학實學'이라 하든[4] '경세치용'의 학'이라 하든,[5] 공리

---

2 문덕수 편,「근대성」,『세계문예대사전』상(서울: 성문각, 1975), 201쪽; James O'Connell, "The Concept of Modernization", The South Atlantic Quartely(1965), p. 287.
3 이상백,「실사구시의 학풍」,『한국사』(근세후기편)(서울: 을유문화사, 1945), 459~470쪽; 박종홍,「실사구시의 실학사상」,『철학개론』(서울: 백영사, 1954), 252~260쪽.
4 천관우,「반계 유형원 연구」,『역사학보』3호, 137쪽.
5 한우근,「이조실학의 개념에 대하여」,『조선후기의 사회와 사상』(서울: 을유문화사, 1961), 391~392쪽.

공담을 떠난 실증적 사고방식에 있어 확실히 자각적, 탐구적 사상이었던 것이다.

또한 이러한 실학파 전성시대와 때를 같이 하여 천주교는 이수광 · 이익 · 안정복 · 박지원 등의 이해를 얻고, 이가환 · 정약용 형제 및 이승훈에 의해 유입되어 서구의 인식과 함께 우리의 과학사상, 종교사상에 일대 변동을 가져온 것이다.

한편, 사회적인 근대화의 기저라 할 봉건적 세도정치에 반항한 1811년의 '홍경래난'과 소위 전정, 군정, 환곡의 민폐에 의해서 일어난 1862년의 '삼정소요'는 과거의 반란이 공통적으로 정권 획득에 그 초점을 두고 있음에 비해 이들의 공통적 성격은 좀 색다르다.

반란을 선도한 사람의 내심의 이념은 어쨌든지 간에 그들이 표방하고 민중에게 호소하고 선동한 것은 정권획득이 아닌, 경제생활의 견딜 수 없는 가렴주구에 대한 불평으로서6 그 속에 흘렀던 민권 존중사상은 최근세 이후의 근대화 운동에 한층 박차를 가한 것이기 때문이다.

### 2) 근대화와 개화사상

진정한 근대화의 기점은 사관에 따라 학자들 사이에 이견이 분분하다. 그러나 그 기점을 어느 연대와 무슨 사건에다 잡아야 하느냐 하는 것이 문제가 된다면, 우선 그것 자체로서 벌써 적어도 그 여러 기점들 사이에서 그 형태나 내용과는 상관없이 근대화가 이룩되고 있었다는 것이 증명되는 것이다.7

우선 근대사의 기점을 근대화의 기점으로 생각한다면, 첫째로 문제가 되는 것은 1876년의 병자수호조약이다. 그러나 그것은 이미 밝혀진 대로 식

---

6 조지훈, 「한국현대문학사(제3회)」, 『문학춘추』 1권 6호(1964), 273쪽.
7 고병익, 「근대화의 기점은 언제인가」, 『신동아』 24호(1966), 154쪽.

민지화의 실마리를 만든 사건으로 근대화의 계기[8]가 되었을 뿐인 것이다.

'이 나라 근대화 운동의 자주적인 선구'[9]라고 일컬어지는 1884년의 갑신정변은 집권 후 그들이 포고한 14개 조항의 정강처럼 수구 세력과 보수 사상에 대한 소수의 급진적인 개혁 운동이었다. 그리고 자율적 개화운동의 기점이었다는 점에서 의의가 깊은 것이었다. 그러나 그것은 정변의 성격처럼 3일천하로 끝나고 만 것이다.

그런 점에서 본다면 동학혁명과 동학사상은 다수의 민중을 발판으로 한 가장 투쟁적이요 획기적인 근대화 운동이라 할 수 있다. 프랑스 혁명을 선도한 루소의 「민약론」에 비교되는[10] '인내천'과 '보국안민'·'제폭구민'의 기치를 높이 들었던 동학은 이미 교조 수운 최제우에 의해 1860년에 창도된 참된 뜻의 자율적·자각적 근대 사상이었던 것이다.

① 집안 모든 사람을 한울같이 공경하라. 며느리를 사랑하라. 노비를 자식같이 사랑하라 우마육축은 학대하지 말라. 만일 그렇지 못하면 한울님이 노하시니라.

② 조석반미를 낼 때에 한울님께 심고(心告)하라. 청결한 물을 길어 반식(飯食)을 청결케 하라.

③ 묵은 밥을 새 밥에 섞지 말라. 흐린 물을 함부로 버리지 말라. 담(痰)이나 비즙(鼻汁)을 아무데나 토하지 말라. 만일 길이거든 반드시 물으라. 그리하면 한울님이 감응하시나니라.

④ 일체 모든 사람을 한울로 인정하라. 손이 오거든 한울님이 오셨다 하고 어린아이를 때리지 말라. 이는 한울님을 치는 것이니라.

⑤ 잉태 있거든 몸을 더욱 조심하되 아무 것이나 함부로 먹지 말라. 모든 일에 태아를 위하여 조심하라.

⑥ 다른 사람을 시비하지 말라. 이는 한울을 시비하는 것이라. 무엇이든지 탐하지 말라. 다만 근면하라.[11]

---

8 천관우, 「한국 근대화 문제」, 『진단학보』 23호(동아문화연구소 심포지움, 1962) 참조.
9 이선근, 『한국사(최근세편)』(서울: 을유문화사, 1961), 639쪽.
10 김양기, 『동학과 동학란』(1947) 참조.

이것은 교조가 처형당한 후 불요불굴의 의지와 노력으로 교세 재건에 골몰하던 제2대 교조 최시형이 1889년 11월에 반포한 6개 조항의 '내수도문內修道文'이다. 1867년 '해월신사법설海月神師法說' 6장 대인접물待人接物 편의 일반화 내용을 검토해 보면 '인내천人乃天'이란 인권 옹호 사상과 '사인여천事人如天'이란 인간 평등사상이 잘 드러나 있다. 과거의 봉건적 · 유교적 덕목이나 계명에 비하여 얼마나 대중적이요 근대적인가. 특히 제 4항에 보이는 아동 보호 사상은 비록 미온적인 것이기는 해도 부장父長 중심과 성인 중심의 사상에서 벗어나려는 움직임을 보인 것으로, 참으로 민주적인 사고를 가진 것이라 하겠다.

그러기에 1894년 1월에 드디어 폭발한 녹두장군 전봉준에 의한 '동학혁명'은 최초의 본격적인 민중운동으로서의 농민운동이요, 반봉건주의적인 민족주의 운동이요, 사회 개혁 운동이었다. 비록 외세를 개입시키는 과오를 남긴 채 실패로 돌아가고 말았으나, 다음의 제3대 교조인 손병희에 의해 주도된 1919년 3 · 1운동을 낳는 기반이 된 것이다.

이와 같이 동학은 민중의 호응을 얻은 자율적인 근대화 운동이었으나 아깝게도 좌절되고 만 대신에 우리가 항용 근대화 운동과 신문화 운동의 공식적 기점으로 삼고 있는 갑오경장1894은 다분히 외부의 간섭에 의한 타율적인 근대화였는데도 그 목표로 보아서는 여태까지의 근대화 운동을 가장 질서 있게 정리12한 운동이었다.

곧 그것은 비록 수동적이며 형식적인 것이었으나 고종 31년에 공포된 전 23조목의 '사회개혁안'과 '홍범洪範 14조'에서 보는 바와 같이 가장 대규모적인 근대화의 시도였던 것이다.

그리고 이러한 개화사조와 갖가지 개혁의 시도는 정치적 움직임만으로 그치지 않고 사회적으로나 문화적으로 급격히 근대적인 양상을 수반했다.

---

11 이선근, 『한국사(현대편)』(서울: 을유문화사, 1963), 10~11쪽.
12 천관우, 앞의 책, 주 21 참조.

기독교계에 의한 1885년을 전후한 배재학당·이화학당의 설립, 육영공원1886의 설치, 신교육령1895의 실시, 단발령1896 등 교육 및 생활면에서의 개화풍조는 물론이거니와, 그것은 문화운동에도 미처 한글 전용의 『독립신문』1896의 간행 등 근대적인 문학의 등장에 초석을 놓은 국어운동은 이때부터 활발히 전개된 것이다. 그 중에서도 기독교는 갑오경장 이후 강력히 전파되어[13] 이 나라의 봉건성을 밀어내는 데에 크나큰 영향을 끼쳤지만, 선교사에 의한 성경 한글번역도 이 나라의 개화에 움직일 수 없는 중대한 일익을 담당했다.

이와 같이 우리나라의 근대화는 여러 운동이 남긴 바 개화사상으로 해서 갑오경장에 이르러 비로소 근대적 성장의 문턱에 접어들게 된 것이다.

## 3) 한국 현대아동문학의 현실적 조건

한국의 현대아동문학을 올바르게 이해하고 해석하기 위해서는 무엇보다 위에서 살펴본 한국 근대사의 과정을 감안하는 것이 가장 선행조건이다. 그것은 모든 인간 행위가 역사적 배경을 토대로 하여 성립되는 것과 마찬가지로 아동문학도 이 역사적·시대적 배경을 떠나서는 논의 될 수가 없기 때문이다. 그러므로 이 나라의 근대와 현대의 시대적 특수성은 바로 한국 현대아동문학의 특수성인 동시에 한국 현대아동문학사의 현실적 조건이기도 하다.

근대화의 출발이 개개인에서 우러나온 융합체로서가 아니고 순전히 정치적 정략적 목적을 위해 개개인에게 강조되었으므로 개화의 결과도 자연히 형식적·외형적 성공만 거두었을 뿐, 내부에는 여전히 전근대적인 봉건적 습성이 그대로 남아 있는 게 과거의 현실이었다. 그리고 이러한 현상은 사실상 아동의 권리 회복에도 중대한 지장을 초래하여 아직도

---

13 조연현, 『한국현대문학사』(서울: 인간사, 1961), 29쪽.

그 잔재를 우리는 너무 많이 오늘날의 일상에서 볼 수 있다. 곧 어린이를 어른의 부속물이나 장식물로 잘못 알아 아직도 그들의 독자적 성장 기간과 독자적 인권을 온전히 인정해 주지 않고 있는 것이다. 바로 여기에 한국의 근대적 특수성으로서의 사회적 표상이 숨어 있는 것이다.

그리고 이와 같은 근대의 아동관이나 아동의 위치는 여러 가지 특수성과 한국 현대아동문학의 현실적 조건과 인과관계를 그대로 암시해 주는 것이기도 하다. 한국 현대문학의 초기 활동인 신문화운동의 그 중요한 특성의 하나가 언문일치에 있었다는 것도 한국 근대사의 특수성을 단적으로 지지해 주는 것이지만, 이 나라의 현대문학이 엄격한 의미에서 기실 아동문학에서 성장하였다는 사실史實도 바로 근대사의 특수성을 그대로 나타내 주는 것이 되는 것이다.

뿐만 아니라, 그렇게 출발한 아동문학이 문학운동으로 나아가기보다 유교적 · 봉건적 요소에서 급격히 탈피하려는 아동인권회복을 위한 감성해방과 식민지 치하에서 민족의식을 고취하려는 문화운동으로만 거의 시종하였다는 것도 움직일 수 없는 그러한 현실적 조건 때문인 것이다.

그러기에 우리나라의 아동문학은 그렇게 긴 세월 동안 역사를 가지면서도 질보다 양을 자랑해야 되고, 아직도 이론적으로나 창작상으로나 황무지 상태를 벗어나지 못하고 있다.

이렇게 볼 때, 우리 근대사의 흐름이나 근대화의 과정에 대한 투철한 성찰 없이는 한국 현대아동문학은 파악될 수 없음을 다시 한 번 절감케 되는 것이다.

# 제3장 한국 현대아동문학 약사

## 서언

세계적으로 아동문학이 독자적인 영역을 굳힌 것은 18세기에서 19세기에 걸치면서이지만, 아동문학이란 총칭적 이름이 영국에선 Children's literature · Juvenile · literature로, 프랑스에서는 Littérature enfantine로, 독일에서는 Kinderliterature로 정착하기 시작한 것은 20세기에 들어와서이다.

우리나라에서는 육당 최남선에 의하여 소년문학1908 · 『소년』과 아동문학1914 · 『아이들 보이』이란 호칭이 사용된 이래, 소파 방정환의 『어린이』지誌를 거치면서 점차로 개념형성이 되어오다가 성인문학과 대립되는 개념이 아니라 일반문학으로 이행되는 연속선상의 문학으로서, 그 내용과 형식상의 특수성으로 해서 편의상 아동문학이란 문학용어로 통일 · 정착하게 된 것이다.

따라서 이러한 총칭적 호칭이 형성된 시기와 과정에서 볼 수 있는 바와 같이 이 땅의 근대적 아동문학은 이 땅의 신문학과 함께 탄생한 것으로, 그것은 어린이가 어른의 종속적 위치에서 독자적 위치를 굳힌, 더 크게는 신문학이란 배경 곧 근대사—다시 말하면 근대화의 과정 속에서 싹트고 형성된 근대정신의 소산이었던 것이다.

곧 이미 전장에서 밝힌 바와 같이 18세기 중엽英 · 正시대의 '실학운동'을 필두로 천주교 도래, 홍경래란, 삼정소요, 갑신정변, 동학혁명, 갑오경장 등을 겪음으로써 자아의 각성을 바탕으로 실증적 · 평등적 · 창조적 · 근대적 개화사상 속에서 성숙해 나온 것이다.

특히 이 가운데 다수의 민중을 발판으로 한 가장 투쟁적이요 획기적인 근대화운동인 동학사상은 루소의 「민약론」에 비유되는 '인내천'사상으로 '보국안민', '제폭구민'의 자율적 · 자각적 근대사상이었다.

> "인시천(人是天)이니 사인여천(事人如天)하라. (중략) 도가부인(道家婦人)은 경물타아(經勿打兒)하라. 타아(打兒)는 즉타천의(卽打天矣)이니 천염기상(天厭氣傷)이니라."

이것은 천도교 제2세 교조 최시형이 1867년에 설법한 「해월신사법설」 6장 대인접물 편의 일절이지만, 이것이야말로 명문화된 근대적 인권옹호 및 인간평등사상이었으며, 또 최초의 아동인권보호사상의 표현이었던 것이다.

따라서 이것은 실학사상에서 조선주의와 개화계몽사상을 추출하여 아동문학의 태동 초창기를 담당했던 육당과 함께, 3 · 1운동을 주도했던 제3세 교조 손병희의 셋째 사위로서 아동문학의 발흥성장기를 담당했던 소파의 아동문화운동 시대 전개에 결정적인 정신적 배경과 그 연원이 되었다.

그러나 한국의 근대화는 그 근대적 성장의 문턱이었던 '갑오경장'이 역사적 필연성에 의한 자연발생적 소산이 아닌, 외적 타율에 의해 조성된 의도적 소산이었던 것처럼 그 과정이 사뭇 이질적인 모순과 특수성을 수반했다.

곧 르네상스를 서구 근대사의 기점으로 삼는다면 엄청난 시간적인 격차에 의한 후진성, 4·5세기에 걸친 서구의 근대화 과정을 한꺼번에 도입하면서 다시 서구의 새로운 현대를 소화해야 했던 전통이 접합된 것 같은 기형성, 따라서 서구의 근대와 현대를 동시에 받아들임으로써 야기된 시대사조의 혼류, 봉건적 체제 아래서 구한말의 개화 체제에로 옮아가면서 이내 식민지로 전락한 비주체적이며 타율적인 정치적 환경의 특수성이 그것이다.

따라서 한국의 현대아동문학은 이러한 역사적·시대적 배경이 빚어낸 타율적 암흑성 곧 근대사 및 일제침략시대의 이해 없이는 논의될 수 없는 것이며, 또 그것이야말로 한국 현대아동문학의 특수성인 동시에 한국 현대아동문학사의 현실적 조건이기도 했던 것이다.

그러므로 여기서는 역사의 기복을 따라 외부적 조건과 작품 형식상의 조건을 아울러 감안, 해방 전과 광복 후로 크게 나누어 그 사적 과정을 고찰해 보기로 한다.


## 1. 아동문화운동 시대(1908~1945)

이미 앞에서 밝힌 바와 같이 한국 현대아동문학은 한국 근대사의 갖가지 특수성을 배경으로 삼았기 때문에 문학운동으로서의 자각적인 출발이 있기 이전에 과도기적 계몽기간을 갖지 않을 수 없었으니, 그것이 곧 아동문화운동 시대의 출현이다.

우선 아동문학은 문학으로서의 자각보다 유교적·봉건적 요소에서 급격히 탈피하려는 아동인권회복을 위한 감성해방과 주권을 상실한 조국의 내일을 걸머질 어린이들에게 개화 계몽사상과 모국어를 통한 민족의식을 고취하는 게 가장 급선무였다.

따라서 적치하의 아동문학정신은 바로 조국과 어린이에 대한 사랑의 정신일 수밖에 없었고, 우리의 것을 통한 문화운동이 바로 문학운동이었으며, 그러기에 그것은 문학운동으로 출발하기에 앞서 국권과 인권 회복을 위한 계몽적 문화운동으로 제기되었다.

### 1) 태동 초창기(1908~1923)

#### (1) 소년문학의 태동과 그 배경

태동기의 아동문화운동은 일제 강점1910을 전후한 정치적·문화적 모든 계몽, 구국운동을 배경으로 맹아했다. 곧 전문 23조목의 '사회개혁안'과 '홍범 14조'를 내걸은 대규모적 근대화 선언인 갑오경장1894을 전후한 신문화운동이 '신교육령1895' 이래 창설된 신식학교와 『한성순보』1883·『독립신문』1896 및 『대조선독립협회회보』를 필두로 간행된 신문, 잡지 그리고 '독립협회' 이래 우후죽순처럼 창립된 각종 단체를 중심으로 진흥된 것처럼 그것은 개화사상의 실천으로 표면화되었다.

『독립신문』에 게재된 개화 가사와 창가는 비록 충군애국사상이 주된 것이었으나 민주개화사상을 곁들인 자주독립의식이 중심이었다. 그 형식에 있어 아직도 3·3조, 4·4조를 기조로 하는 고가사체적古歌詞體的 고가체古歌體의 구투 속에서 맴돌기는 했으나, 작자와 직업의 분포 상황에서 알 수 있는 바와 같이 일반 민중의 시대적 감격을 열광적으로 표현한 것이었다.

그리고 그것은 마침내 1904년경에 이르러 육당의 「경부선철도가」 등 창가와 같이 7·5조, 6·5조, 8·5조 등으로 변조를 시도하여 고대 가사와 민요라는 고식적인 시가를 신시 내지는 신체시로 탈바꿈시키는 한편 창작동요를 낳는 온상이 되었다.

한편, 산문문학에 있어서도 1906년『만세보』에 연재된 이인직의 「血의 淚」에서 비롯된 신소설의 전성기는 비록 고대소설의 탈을 완전히 벗어나지 못했으나 국한문혼용의 번안소설에서 순국문전용의 창작소설로 언문일치운동과 한글 전용운동의 과정을 밟으면서 현대소설로 넘어오는 교량적 기능을 다했다.

더욱이 신소설 중 번안·개작 소설들인 전기소설「성공위인프랭크린 자서전」, 윤리소설「이태리소년」쿠오레, 탐정소설「삼명자」, 역사소설「우미인」등 선구적 아동소설이라 할 간행물이 있었다는 사실과, 1908년 간행된 안국선의 신소설「금수회의록」은 놀랍게도 이 나라 최초의 우화체 아동소설이었다는 점은 특기할 일이었다.

「금수회의록」은 금수회의소에 모인 길짐승·날짐승·벌레·물고기·풀·나무 등이 주인공으로 등장하여 대부분의 신소설이 권선징악만을 정공법으로 그린 데 반하여, 「이솝 우화」처럼 짐승세계를 통해 인간을 풍자한 것으로 발표 당시에는 큰 사회적 물의를 일으켜 금서소동까지 빚어낸 점, 한국판 스위프트의 「걸리버 여행기」처럼 동화나 아동소설로 개작될 수 있는 신소설이었던 것이다.

따라서 이러한 신문학의 근대적 전개에서 볼 수 있는 창가와 신소설의 흐름은 그대로 육당의 신체시정형동시와 춘원의 초기소설아동소설을 낳는 단단한 과도기적 기반을 제공하게 되었다.

### (2) 육당과 춘원의 초기문학

1883년『한성순보』가 간행된 이래, 육당의『소년』1908지가 창간되기까지 아동물이라곤 총 35종의 각종 잡지 중『소년한반도』1906~1907밖에 없었다. 그러나 이것은 신학문 소개의 아동교육지였으며, 역시 최초의 아동지는 신문학의 기원을 이룩한『소년』지였다.

육당 최남선의『소년』은 그야말로 이 나라 최초의 근대적 종합 교육지이자 아동잡지의 효시였다. 비록 19세의 편집인이 낸 그 소년이란 개념이 오늘의 소년과는 다른 신구 교체기의 소년이긴 했지만, 매호마다 되풀이 된 창간사의 구호권두언처럼 "우리 대한으로 하여금 소년의 나라로 하라. 그리 하라하면 능히 이 책임을 담당하도록 그를 교도하여라"라는 취지문에 충실한 아동지였다.

4년간23권에 걸쳐 주로 육당·춘원·벽초 등이 집필한 내용은 계몽교훈물이 중심이 된 한주국종문漢主國從體文이기는 했으나, 신문학의 온상 구실을 단단히 한 셈이었다. 따라서 그것은 초창기의 한국 근대문단을 형성한 신문학 운동의 기반이기도 했지만, 엄밀한 의미로 따진다면『소년』지야말로 그 내용과 정신에 있어 아동문학지의 효시였던 것이다.

그것은 첫째 창간사에서 밝힌 바와 같이 다사다난한 시대에 국가와 민족의 장래를 소년에게 의탁하려는 위대한 포부로 차 있으며, 둘째 그 내용 또한 소년의 읽을거리 일색으로 아동교양물이어서 대부분의 소설류가 아동물인「거인국표류기」·「이솝이야기」·「로빈슨 무인절도 표류기」·「어른과 아이」등 번안물과 춘원의「어린 희생」등이었을 뿐만 아니라, 셋째「소년」이라 이름 붙인 점, 넷째 육당 및 관계인의 연령이 불과 20세 미만의 소년들이었고, 다섯째 아동문학적 요소를 가진 문예물이 대부분이며, 또 이들이 본격적 아동문학 작품을 출현시킨 촉진제요 본보기가 되었다는 점으로 보아 분명히『소년』지는 아동문학의 선구적 잡지였던 것이다.

특히 대서특필할 사실은 오늘날 신시의 기점으로 삼는 창간호에 발표된「해에게서 소년에게」가 주제·소재·효능·독자 등 여러 면에 걸쳐 과도적 소년시정형동시였고, 2호에 게재된「우리 운동장」은 선구적 창작 동요였다는 점이다.

우리로 하야금 풋뿔도 차고
우리로 하야금 경쟁도 하야
생(生)하야 나오난 날쌘 기운을
내뿜게 하여라 펴게 하여라.


그리고 그러한 『소년』지의 소년문학적 성격은 그 뒤를 이어 나온 후속지들인 육당의 『붉은 저고리』1913, 통권 12호, 『아이들 보이』1913~1914, 통권 12호, 『새별』1913~1915, 통권 16호 등 본격적 아동잡지에 이르러 한층 구체화되었다.

『붉은 저고리』는 제목은 물론이거니와 한글을 중심으로 한 동화, 동요, 우화 등 분명한 장르명으로 작품구분을 함으로써 순수한 아동잡지임을 과시했는데, 그것은 다음과 같은 7·5조의 「바둑이」라는 동요의 첫 절만 보아도 알 수 있다.


우리 집 바둑이는 어엿브지요
아츰마다 학교에 가는 때 되면
문밖에 대령했다 앞장 나서서
겅둥둥 동구까지 뛰어 나와요


육당은 뒤에 이 『붉은 저고리』를 『아이들 보이』 제12호1914. 8 광고문에서 '우리 아동문학의 선구'라고 자저함으로써 그 결정적인 의도를 스스로 증명했던 것이다.

한편 『붉은 저고리』가 발행된 그해 9월에 나온 『아이들 보이』는 우선 목차부터 순 한글로 표현한 순수 어린이 잡지였는데, 특히 소년문단격인 '글 쏘느기'라는 소년문학과 신문장 건립운동에 크게 이바지했으며, 권말의 '한글 풀이'는 최현배의 「가로 글씨의 이론과 실제」1934, 「한글」 5권 2호보다 자그마치 20여 년이나 앞선 한글 풀어쓰기 운동이었다.

구차고 어진형이 아우 잇스되
형세는 부자언만 마음이 도척
지나다 못하야서 아우에게로
도아달라 갓다가 괄시만 담쏙

(중략)

남을 물에 너려면 저부터 드니
저를 앗기면 엇지 남을 다칠가
남잡이가 저잡이 되는 보람을
적은 이야기가 밝히 보이네.

이것은 12호에 발표된 총 14절 56행의 「남잡이와 저잡이」의 일절이지만 이것은 분명히 최초의 근대적 동화였던 것이며, 그것은 다음의 동화요였던 것이며, 그것은 다음의 「검둥이와 센둥이」라는 같은 12호에 실린 동화 문장과 더불어 이 잡지의 아동문학의 선구성을 한층 선명히 해주는 증좌證左였다.

 캄캄한 쌍 밋헤서 검둥이와 환흔 달 누리에서 나려온 센둥이가 어느 숲속에서 만낫습니다. 검둥이 허고 센둥이 허고 벌써부터 이약이를 흐는대 환흔 달누리에서 이리 캄캄흔 숲속에 온지라 센둥이 눈에는 검둥이가 분명히 보이지 아니닉다.

『새별』은 앞서 소개한 잡지들에 비해 보다 「읽어리」란 등 문예면에 역점을 두어, 뒷날 '소년문학의 선구'라고 『청춘(靑春)』 제3호1914. 12 광고문에서 자부까지 했던 것이다.
 이 같은 육당은 신문관1907과 조선광문회1910를 통하여 조선주의적 민족자주성을 확립하여 신문화운동을 일으켰을 뿐만 아니라, 네 종류의 아동지를 내어 새로운 아동관과 아동문학관을 제시함으로써 아동문화운동에 선구적 발자취를 남겼던 것이다.

한편 춘원 이광수도 육당에 못지 않은 기여를 했는데 육당의 여러 간행물에 직접·간접으로 관여한 것은 물론, 이미 그는 「무정」1917보다 10여 년이나 앞서 「정육론」1908을 발표하여 새로운 근대적 아동관 형성에 획기적 이정표를 남겼다.

봉건적인 교육방법에 반기를 든 「정육론」은 루소의 「에밀」과 어느 모로나 상통하는 것이었지만, 「자녀중심론」1918은 봉건적·유교적 가족제도나 인권사상에 대한 정면 도전이요, 전근대적 인습에 대한 과감한 저항이기도 했다.

그리고 그것은 개성적 감정을 개방하자는 동의에서 시작하여 그의 초기소설인 「어린 희생」1910, 「소년의 비애」1917, 「어린 벗에게」로 표출되었고 또 「민족개조론」1922으로 집약되었다.

이 같이 육당과 춘원은 소위 '육당·춘원 2인 문단시절'1908~1919을 통하여 한결같이 아동문학적 신문화운동의 주축으로 이 나라의 근대적 아동문학운동에 그 중요한 기반을 제공한 것이다.

### (3) 태동기의 성격

앞에 말한 바와 같이 육당과 춘원의 신문학운동은 순문학운동이었다기보다 개화계몽적인 국민운동이요, 국권신장을 위한 민족운동이었다.

그러므로 태동기의 아동문학은 그 자체가 독자적 영역을 가지고 태동·성장했다고는 볼 수 없으나, 그러한 사회운동 속에서 과도기적 성격을 띠면서 서서히 발아·개화하고 있었던 것은 움직일 수 없는 사실이었던 것이다.

첫째, 1910년 전후하여 나타난 신문화운동의 모태인 무수한 신문, 잡지가 개화계몽을 표방하는 교육지나 종합교양지였기에 아동문화운동의 배경이 될 수 있었다는 것.

둘째, 그 중에서도 『독립신문』과 『소년』을 필두로 잇달아 나온 『붉은 저고리』 · 『아이들 보이』 · 『새별』지 등은 순수한 아동잡지였다는 것.

셋째, 당시는 신구의 교체기였기에 '소년'은 청년다운 소년이기는 했으나, 분명히 그 당시로는 소년다운 대우를 받고 소년다운 의식을 가졌다는 것.

넷째, 따라서 이러한 과도기적 갖가지 현상은 내용면에서 신구사상을 병행혼류시키고, 형식면에서 완전히 한주국종漢主國從시대를 지나 국주한종체國主漢從體나 순국문전용체로 옮겨오지 못하게 했고, 한문 숙어 중심의 표현이 남아 있을 수밖에 없었다는 것.

다섯째, 개화가사와 창가가 아직도 고가사의 옛투를 꽤 답습했으나 신체시정형동시와 변조창가동요를 발생시켜 동시 · 동요의 온상이 되었다는 것.

여섯째, 신소설과 춘원의 초기 소년소설은 진정한 아동소설과 동화우화를 낳을 수 있는 움직일 수 없는 소지를 마련해 주었다는 것.

일곱째, 육당이 『소년』에서 『청춘』으로 성장 과정을 밟았듯이 한국아동문학도 육당의 태동기에서 소파의 발흥기로 성장할 수 있었다는 것.

이와 같이 태동 초창기에는 과도기적 성격을 지녔기에 인격존중사상과 개화계몽사상을 바탕으로 한 계몽주의적 문화운동기일 수밖에 없었고, 또 그것은 새 아동관과 새 아문학관이 최초의 근대적 표방일 수 있었던 것이다.

그러므로 『소년』지부터 소파 출현까지의 약 20년간은 역사적으로는 개화 준비기간갑오경장－일제강점 중의 일이요, 우리 아동문학사로는 아동문화운동의 태동기이자 아동문학운동의 발아기라고 할 것이다.

## 2) 발흥성장기(1923~1940)

### (1) 근대적 아동문학의 형성(1923~1930)

소파 방정환의 출현은 확실히 한국의 아동문학을 위해서는 구세주의 출현과 같았다. 그로 말미암아 여태까지 육당六堂에 의해서 겨우 그 명맥을 이어오던 초창기 아동문학이 이제 그 본격적 출발을 보아 근대적 아동문학을 형성하기에 이른 것이다.

그것은 소파1899~1931의 「어린이」1923지가 동요황금시대와 아동잡지의 족출시대를 가져와 그가 작고할 무렵까지 이른바 전기 아동문화운동을 주도하였기 때문이다.

그리고 이것은 독립 전취기간강점—3·1운동이라는 정치·문화적 배경 속에서 발흥하였다. 곧 거족적 항쟁이요 민족역사상 일대 전기를 안겨준 기미독립운동은 일제강점 이래의 민족적 소망과 울분을 한꺼번에 터뜨린 적치하 최대의 시위운동으로, 이는 자율적으로는 조국의식의 집약과 보편화에 의해 민족운동을 촉진시키고, 타율적으로는 일제로 하여금 종래의 무단정치에서 문화정치로 정책 변경을 가져오게 하여 표면적으로나마 민족문화형성의 형식적인 조건을 마련해 주었기 때문이었다.

그것은 이 운동에 힘입어 나타난 '청년외교단'1919에서 시작하여 '대한민국 임시정부' 수립에 이르러 최고조를 달했던 수십여 결사단체와 상해 및 미국에서까지 조직된 단체만 보아도 알 수 있거니와, 이들 각 단체는 군사·정치·사회계몽·교민친목 등 그 추구하는 방향은 달랐지만 궁극적인 목표는 동일하였다.

한편, 교육열과 향학열도 크게 높아져 1922년에는 '민립대학 기성회'가 발족되어 이것은 이듬해 일제로 하여금 '경성제국대학령'을 발표케 만들었고, 또 그것은 경제적·문화적 자각으로 나타나 국산장려운동과 노동운동의 일환으로 '노동공제회'1920 '자작회'1921가 결성되는가 하면 민족의 대변지인 『조선일보』, 『동아일보』1920를 창간케 하여 자주독립에로의 시론을 통일시켜주고, 민족주의적 여론형성에 크게 이바지했다.

그러기에 3·1운동을 전후해서 형성된 이러한 일련의 자기 재발견 내지는 자아각성의 과정은 비단 문화운동에만 관계된 것이 아니라, 문학운동에도 그 영향을 크게 미쳐 근대문학의 새로운 전기를 마련해 주는 데 크나큰 원동력이 되었던 것이다.

그리하여 문단에서도 젊고 역량 있는 신인들이 새로이 문단을 형성하기 시작했으며, 수많은 동인지와 종합교양지가 잇달아 나와, 이것은 전기 아동문화운동기의 특징이었던 아동잡지의 족출에 직접적인 배경과 영향이 되었다.

곧 『창조』1919, 『폐허』1920, 『백조』1922 등 순문예 동인지와 『개벽』1920, 『조선지광』1922 등 수 10종의 종합지들이 전기의 추상적 문학운동을 후기의 구체적 문예운동으로 변모시켰으며, 그것은 곧 아동문학계에도 파급되었다.

그리하여 순수문학적 온갖 사조의 도입과 장르 및 창작 직능職能의 전문의식을 확연히 하고 구어체 문장을 확립하여 『새별』 폐간 이후 정체기에 빠져 발표 무대마저 상실하고 있던 아동문학계에 소파와 『어린이』지의 등장을 불가피하게 요청하게 된 것이다.

어린 시절부터 소년문제와 청년운동에 남달리 관심이 깊었고 3·1운동의 주도자인 의암 손병희의 사위로서 자주독립의식에 충만해 있던 소파는 기미운동이 끝난 후 조국광복의 길은 기성의 힘보다는 자라나는 제2세들에게 걸어야 되겠다는 것이 그의 소신이었다.

그래서 그는 천도교 안에서 국권회복의 먼 장래를 내다보고 소년운동을 극구 주장하였지만, 청년운동과 농민운동만이 독립의 지름길이라는 다수의 주장에 어찌할 바를 몰랐다.

그러나 그는 이에 굴하지 않고 천도교회 간부를 설득하여 1921년 '천도
교소년회'를 결성하였고 1922년 5월 1일 '어린이 날'의 제정을 주창하는
가 하면, 같은 해 최초의 세계명작동화집 『사랑의 선물』을 다음과 같은
서문을 붙여 번안 출간하였다.

> "학대 밧고, 짓밟히고, 차고, 어두운 속에서 우리처럼, 또 자라는 어
> 린 영(靈)을 위하야 그윽히 동정하고 앗기는 사랑의 첫 선물로 나는 이
> 책을 짜엇습니다."

그리고 나아가 1923년 3월 20일에는 드디어 우리나라 최초의 본격적
인 아동문예지요, 명실공히 전기 아동문화운동을 주도한 『어린이』1923~
1934, 통권 123호지를 창간하였다.

그리하여 이로써 아동인권의 역사적 회복을 의미하는 『어린이』라는
호칭을 보편화시켰으며, 이해 5월 1일에는 손진태 · 윤극영 · 정순철 · 고
한승 · 진장섭 · 조재호 · 강영호 · 정병기 · 조준기 등과 더불어 동경에서
최초의 아동문화운동 단체인 '색동회'를 조직하고 '어린이날'을 범사회적
으로 제정하는 데까지 이르렀다.

주로 『어린이』와 제휴하여 동요 · 동화 · 아동극 · 역사훈화 집필, 해외
아동문학의 번역 · 번안, 구연동화 및 강연 · 연예회와 각종 전시회의 개
최, 동요작곡, 아동지의 편집참여, 보육학교 경영 등으로 아동의 인권 회
복에 이바지한 이 '색동회'는 1920년대의 아동문화운동을 주도하여 그 큰
기둥이 되었는데, 회원으로서는 앞의 창립회원 회에 마해송 · 최진순 ·
최영주 · 이정호 · 정인섭 · 이헌구 등이 활약하였다.

『어린이』지통권 123호는 12년간 간행되면서 그 판형도 4 · 6배판에서
이내 4 · 6판으로 다시 국판으로 바뀌고 수없는 삭제, 정간, 압수, 편집인
구금 등 많은 우여곡절을 겪었지만, '색동회'와 '천도교청년회'를 배경으

로 개벽사에서 출간되어 전기 아동문화운동을 명실공히 지탱하는 민족주의적 본격 아동지로서 빛나는 업적을 쌓았던 것이다.

비록 소파가 세상을 떠난 뒤1931 편집인은 이정호 · 신영철 · 최영주 · 윤석중의 순으로 바뀌었지만, 동요 · 동화 · 동화극 등 분명한 장르의식을 확립하고, 마침내 1925년경에는 작곡 동요의 보급으로 남녀노소를 가리지 않고 불린 동요황금시대를 가져와, 이때를 전후하여 유능한 신인동요작가 서덕출 · 윤석중 · 이원수 · 윤복진 등을 배출하였고, 1933년에는 박영종木月을 등장시켜 오늘의 한국아동문학을 가능케 했던 것이다.

그리고 특기할 일은 이 나라의 역사와 위인 및 산수지리에 대한 특집을 자주 기획함으로써, 아미치스의 「쿠오레」[사랑의 학교]에 버금가는 「어린이독본」 연재와 함께 어린이에게 자주민의 긍지와 민족의식을 고취하였으며, 소년운동을 통해 항일민족운동이 밑거름이 되어 주었다는 사실이다.

대체로 집필진은 동화에 방정환 · 진장섭 · 고한승 · 마해송 · 이정호 · 최병화 · 연성흠 등이, 동요에 방정환 · 한정동 · 유도순 등과 앞서 보인 신인 동요작가들이, 동극에 정인섭 · 신고송, 동요작곡에 윤극영 · 정순철 등이 부지런히 붓을 들었으며, 훈화적 교양물(역사 · 지리 · 과학)은 차상찬 · 박달성 · 신영철 · 최영주 · 손진태 · 조재호 등이 도맡았는데, 특히 마해송의 동화 「바위나리와 아기별」 · 「토끼와 원숭이」 등과 윤석중 · 이원수의 동요는 이 잡지의 크나큰 수확이었다.

1920년대는 동요와 함께 아동잡지의 황금시대여서 『어린이』지에 잇달아 수십 종의 아동지가 우후죽순처럼 쏟아져 나왔는데, 이미 『어린이』지 이전에도 『학원』1919, 『학생계』1920~1925, 『소년소녀문단』1922 등이 나왔지만, 『어린이』가 나온 그 해 10월에 『신소년』1923~1934지가 창간된 것을 비롯하여, 『반도소년』1924~1925, 朴埈杓, 『신진조선』1925~1926,

朴埈杓, 『소년시대』1925, 金鎭泰, 『새벗』1925~1934, 『아이생활』1926~1944, 『소년계』1926~1929, 崔湖東, 『영데이』1926~1934, 崔相鉉, 『별나라』1926~1934, 安俊植, 『학창』1927, 閔大鎬, 『아동낙원』1927, 이원수, 『노동야학』1927, 『장미』1927, 池乙順, 『少年朝鮮』1928~1929, 崔順貞, 『학생』1929~1930, 방정환, 『조선아동신보』1929, 白大鎭 등 이루 헤아릴 수 없을 만치 크고 작은 아동용 잡지가 쏟아져 나왔고, 지방에서도 『샛별』1923, 朴弘根 · 개성과 『소년세계』1925~1932, 李元珪 · 평양 등이 나와 그 부수도 1926년엔 『새벗』이 3만 부를, 1930년엔 『어린이』가 또 3만 부를, 그리고 『학생』이 1만 부를 기록할 만큼 그 극성과 열의는 자못 괄목할 만했다.

이러한 현상은 육당의 『소년』지 이래의 조선주의적 경향의 전통적 계승과 3 · 1운동 이후의 항일 아동문화운동을 설명하는 사실이지만, 이러한 거족적 제2세 국민에 대한 기대는 해외에서도 나타나 1919년 1월엔 미국 Columbus Ohio 한인학생회의 박진섭과 김현규 등이 『소년한국』을, 1924년에는 중국 상해에서 『상해소년』을 각각 내어 상업주의와는 관계 없이 경제적인 고난을 겪으면서도 모국어를 잃어버린 어린이들에게 모국어를 보여주고 교과서의 구실을, 나라를 잃고 울분에 싸여있는 어린이들에게는 애국심을 심어주어, 어린이들과 같이 울고 웃으며 그야말로 그 운명을 같이했던 것이다.

그러나 이들 잡지들의 경향은 민족의식이라는 공통분모를 가졌지만 그 편집경향 및 색채는 저마다 특이했는데 이들 잡지 중 큰 비중을 차지하는 주요 아동지를 훑어보면 대체로 다음과 같다.

『신소년』지는 신명균 · 김갑제 · 이주홍 등이 편집을 맡아 절충적, 다양성이 주된 특징이었다. 이호성 · 신명균 · 맹계천 · 김은진 · 마해송 · 연성흠 · 고장환 · 정열모 · 권환 · 정지용 · 이주홍들이 그 주된 집필진으로 초기1923~1925에는 교화적인 요소가 강했고, 중기1926~1930에는 '색

동회' 회원들의 참여로 민족주의적 경향이 두드러졌으나, 말기1930~1934
엔 프로문학의 강력한 영향을 받아 진향남 · 이동규 · 정청산 · 홍구 등에
의해 계급의식을 강조하는 잡지가 되어버렸는데, 특기할 일은 이주홍의
처녀동화「뱀새끼의 무도」1928가 발표됐으며, 독자문단에 이원수 · 서덕
출 · 모기윤 · 목일신 · 김성도 · 송완순 · 허수만 등의 동요작가들을 등장
시켰다는 점이다.

『새벗』지는 고병동 · 이원규 · 이적성 · 신재항 등이 편집진용으로 1929
년경까지는『어린이』와『新少年』의 중간지적中間誌的 성격과 홍미위주
를 일삼았으나, 후기엔 좌익 아동지가 되어버렸는데, 주된 집필진은 소설
에 홍은성 · 박인범, 동요에 신재항 · 이정구 등이 활약했고, 그밖에도 한
동욱 · 김재철 · 안영수 · 김영팔 · 최봉하 · 윤소성 · 이적성 · 이원규 등이
참여했다.

『아이생활』지는 일제치하 아동지 중 가장 최장수의 잡지로 해방 전 해
의 1월까지 출간되어 19권 1호를 마지막으로 사라졌는데, 조선야소교서
회와 조선주일학교 연합회를 배경으로 다수의 외국선교사들이 발간과 재
정면에 관여했었고, 애당초 선교를 염두에 둔 기독교 포교의 성격을 띤
아동지였다. 18년 동안 편집인도 여러 차례 바뀌어 한은원에서 시작하여
송관범 · 전영택 · 이윤재 · 주요섭 · 최봉칙 · 강병주 · 장홍범의 순서로
이어 가다가 다시 한석원에 이르러 폐간을 맞이했다.

따라서 그동안 편집경향도 다소 변모하여 초기1926~1933엔 백악준 ·
류형기 · 신흥우 등이 편집에 관여하였고, 김태오 · 주요한 등이 회원 백
여 명을 갖고 있는 '동요연구회원'1931를 내세워 평필을 열심히 들어 7 · 5
조 일변도와 감상적 경향을 경계한 것이 특기할 만 했는데, 주된 집필자
로는 김동길 · 최봉칙 · 주동은 · 최인화 · 주요섭 · 남궁민 · 최창남 · 김
창제 · 이성락 등이 동화와 아동소설을, 황석우 · 김태오 · 윤석중 · 주요

섭 · 춘석 · 혜당 · 김대봉 등이 동요를, 그 외 반우거 · 김윤경 · 양평심 · 이용설 · 이은상 · 홍은성 · 정인과 · 박용철 · 이광수 · 강성범 · 허대전 등이 교양과 평론, 번역 기타의 읽을거리들을 집필하여 다채로운 활동을 보여주었다.

중기1934~1939 이후에도 그러한 종교 중심적인 색채는 그다지 변화가 없었으나, 이 시기는 일제의 탄압에 의해 모든 아동지가 폐간된 뒤, 유독 『아이생활』만이 외국 선교사 및 종교를 배경으로 존속되었던 만큼, 총독부의 조선 문화 말살정책의 입김을 완전히 막을 길이 없어 1937년부터는 일문日文을 섞어 쓰고 황국신민화 정책에 짐짓 따르는 체하여 구차스런 연명을 하였는데, 이즈음의 주요 집필진은 초기와는 얼마간 바뀌어 동화와 소년소설에 김봉진 · 강승한 · 최병화 · 노양근 · 정명남 · 송창일 · 전영택 등이, 동요 동시에는 임원호 · 박영종 · 엄달호 · 목일신 · 김영일 · 김태오 · 김성도 · 임규빈 · 윤복진 등이 있었고, 번역과 평론 그리고 교양 등에는 장승두 · 최봉칙 · 이태호 · 김윤경 · 김영택 · 박태화 · 정인과 · 함대훈 · 김보린 등이 비교적 자주 붓을 들었다.

그러나 말기1940~1944에는 선교사들이 일제히 귀국한 뒤를 이어 기독교 전도지적 특성이 극도로 흐려지는가 하면, 여기에 반비례하여 순전히 친일적인 치욕상을 완연히 드러내어 태반을 일문으로 메워 '내선일체'의 앞잡이 아동지로 변모해 버렸던 것이다.

다만 기록에 남길 수 있는 일이라곤 이헌구 · 박용철 · 윤석중 · 윤복진이 차례로 고선자가 되어 동요 육성의 명맥을 유지하였다는 점과, 마지막 고선자가 된 김영일이 북원백추北原白秋를 직수입한 자유동시론을 전개하여 이종성 · 우효종 등의 추종자를 낳았고, 말기에 동화의 장봉언 · 임인수 · 윤동향 · 이세보 · 우효종 · 이종성 · 이윤선 · 어효선 · 박경종 등의 신인을 등장시킴으로써 문단을 풍성하게 했다는 사실이다. 그리고 1943

년 8월부터 태평양전쟁의 발발로 미국 선교부로부터의 재정지원이 끊기자 이 아동지를 살리려고 당시 문학청년이던 임인수 · 김창훈 · 우효종 등이 동분서주로 '아이생활후원회'李世保를 만들고 박경종이 사재를 털어 지원을 했다는 그 동요에의 열의였다.

『별나라』지는 창간 초부터 무산아동을 위한다는 취지를 뚜렷이 한 그야말로 사회주의적인 계급의식을 짙게 깔은 아동지였는데, 당시 이 나라에 뿌리박기 시작한 프로문학의 영향을 전적으로 받아 오히려 1920년대의 프로성인문학보다 훨씬 극성스러운 고발적, 선동적, 행동적 아동지였다.

관계인은 대부분 좌익문인으로 편집에 안준식과 박세영, 집필진에 박세영 · 안준식 · 이기영 · 송영 · 박아지 · 손풍산 · 윤곤강 · 정재덕 · 이주홍 · 임화 · 엄흥섭 · 김해강 · 염근수 · 이동규 등이 참가하여 시종일관 『어린이』 · 『아동생활』 양지와 소년회 등 민족진영에 도전하는 계급주의적 살기등등한 편집자세로 선전삐라나 구호 같은 작품을 현실의식과 리얼리즘의 표본처럼 내세웠던 아동지였던 것이다.

이밖에도 이 시기에는 여러 군소 아동지들이 많았는데, 이들은 『반도소년』처럼 이원규 · 고장환 · 송천순 · 신재항 등의 소년 운동가들의 프린트판이거나, 『소년조선』처럼 유도순 · 최독견 · 최서해 · 현진건 · 최상덕 · 이서구 · 김동환 등 잘 알려진 이름 있는 문인을 필자로 한 인쇄판이었다. 그러나 단명으로 끝나고 말거나 문단적 영향이나 문학적 성과를 거론 할 수조차 없는 것들이 대부분이었다.

그런데 여기서 특히 주목할 사실은 이들 여러 아동지에 등장한 엄청난 집필자들의 수효보다는 그들의 그 성분이었다. 곧 교양물을 쓴 사람이나 성인문학가들을 제외하더라도 이들이 거의 전문적인 아동문학가들이기보다 아동문화운동의 일환으로 몰려든 소년 운동가, 문학 애호인, 잡지 편집인, 종교인, 언론인, 교육자, 사회문화 운동가, 정치인 내지는 독립투

사셨다는 점으로, 이것은 이 시대의 아동문학운동이 단순한 문학운동이 아니라, 독립운동적, 민족적 문화운동이었음을 다시 한 번 증명해주는 단적인 사실이었으며, 그리고 그것이 프로아동문학인 경우에 더욱 심한 현상을 드러내었다.

아무튼 전기 아동문화운동은 초기에 소파 중심의 천사적인 동심주의가 주류를 형성했으나 국내외의 정치 사조를 직반영하여 사회주의 사조가 유입되자 다같이 민족주의 문학관을 내세우면서도 극단적인 대립상을 보였으며, 성인문단의 영향을 크게 입어 특히 '백조파' 이래의 퇴폐적, 감상적, 로만주의의 세례를 받았을 뿐만 아니라, '파스큘라'를 전후한 신경향파문학의 마취주사를 맞았고, 그럼으로써 계급주의 문학과 국민문학, 그리고 그 양극을 조정하려던 절충주의 문학이론까지 3대 유파 영향을 모면할 길이 없어 여러 문화운동체나 사조가 정립한 시대였지만, 그것이 민족주의 아동문화운동이란 점에서는 한결같이 변함이 없었다.

### (2) 근대적 아동문학의 전개(1930~1940)

이미 전술한 바와 같이 전기 아동문화운동의 후반기부터 득세하기 시작한 프로아동문학은 1930년대에 접어들면서부터 그 극을 이루어 후기 아동문화운동의 성격을 얼마간 암시한 바 있지만, 이 시기에 와서는 민족주의적 아동지와 그 작가들에 대해 적대시하는 양상마저 빚어 그야말로 빙탄북상용氷炭不相容의 현상을 드러내었다.

이 무렵의 프로아동문학의 대표적 작가로는 이기영·안준식·박세영·송영·박아지·임화·신고송·권환·김병호·김대준·엄흥섭·손풍산·윤철·강독경·최옥희·김욱·홍구·이동찬·구직회·이동규·성경린·안우철·강용민·현동염·송평원·김소엽·조철·송호팔·이주홍 등이었는데 이들은 『별나라』지를 주 무대로 정도의 차이는 있으나 모두가 프로문학에 관심을 가지고 그런 경향의 작품을 양산하였던 것이다.

그러나 이들의 문학 활동은 다분히 목적의식적 정치문학운동이었지만, 현실의식을 깊이 하고 문학적 다양성을 가져왔다는 점에서, 또 순수문학의 재무장과 소박한 동심주의적 아동문학관에 현실적 시민의식을 불어 넣었다는 점에서 전기와는 다른 양상을 가져오기도 했다.

그것은 말기의 『신소년』지의 좌선회는 물론이거니와 심지어 소파가 작고한 뒤의 말기 『어린이』지까지 그 영향을 받도록 광분하고 『어린이』의 폐간 후 수삼 년간은 완전히 그들의 독무대로서 『가톨릭소년』1936과 『소년』1937 양지의 창간까지 아동문학사의 조그만 사적 분수령을 설정해야 할 정도로 극심하였지만, 마침내 그것은 홍역을 치른 어린이와 같이 아동문학의 성장과 근대적 아동문단의 형성에 지대한 영향을 남겼기 때문이다.

곧 1920년대의 성인문단과 같은 전기의 소박한 획일적 · 직선적 · 습작기적 아동문단을 청산케 하고 문학적 자각보다 매명의 작가들이 반수 이상을 차지했던1931. 1. 16, 李虎蝶 ·『매일신보』·「동화제작소고」① 참조 아동문단에 유행과 다양성을 갖게 하여 평면적인 과도기적 문단을 변모시키기에 이른 것이다.

바꿔 말하면 문화운동이란 미명 아래 예술적 자각을 등한시했던 작가들이 프로아동문학의 이론적 공격을 받음으로써 자기도태 내지는 지양을 꾀하게 되어, 종래의 민족의식 일변도의 정치적 아동문학관에서 비교적 순수한 예술적 문학관으로 탈바꿈하는 계기를 갖게 된 것이다.

그리하여 그것은 첫째로 자기 합리화나 자기 문학옹호론에 불과한 비논리적 치졸성을 면치 못한 채 표절시비나 인신공격에 치중했던 평문 대신에 김태오 · 주요한 · 이구조에 의한 비평 분야의 새로운 개척을 가져왔고, 둘째로 작가의 시야를 넓히는 해외 아동문학의 소개 붐을 가져와 박용철의 해외 동시 연재 소개 『아이생활』을 필두로 정인섭·이하윤·이헌구·피천득 등이 외국 아동문학의 사조와 경향 및 명작 동화·동시를 번역·해설함으로써 새로운 활력소를 갖게 했고, 셋째로 프로문학이든 순수문학이건 성인문학가들이 적극 참여함으로써 아동문단의 수준을 높여 주게 했고, 넷째로 1920년대 독자문단의 신인들인 윤석중·이원수·서덕출·윤복진 등이 소장으로서, 또 후기에 등단한 박영종·강소천·강승한·김영일·이구조 등 수십 명의 신인작가들이 전기와는 비할 수 없는 참신한 작품을 발표하게 됨으로써 근대적인 작가문단을 형성케 하고, 교화적 문화운동을 문학적 문화운동으로 변모시켜 실제로 아동문단을 복선적 다면체 문단구조로 전환시켰던 것이다.

따라서 이 시기는 문예사조도 크게 혼류하여 최대 공양수로서 민주주의·교훈주의·감상주의를 저마다 내재하고 있었지만, 크게 주관적 동심주의 사조와 사회적 현실주의 사조로 나눌 수 있었다. 전자는 방정환·연성흠·고한승·이정호·정인섭·김복진의 천사주의적 경향, 한정동·유도순·김려수·서덕출의 애상적 경향, 윤복진·강소천·임원호·김성도 등의 자연친화적 경향, 윤석중의 낙천적 경향, 마해송·박영종·강승한의 탐미적 경향, 이구조·김근성의 신동심주의적 경향, 박영종·김영일의 감각적 경향 등 다기하게 분포되어 있다. 또 후자는 마해송·이원수·임마리아·노양근·최병화·임원호 등의 풍자적인 저항적 현실주의 경향과 박세영·정청산·박아지·신고송·이주홍·송완순·안준식·엄흥섭·김우철·이동규 등으로 대표되는 투쟁적 계급주의 경향으로 나눌 수 있다.

소파 작고 뒤에는 전기 아동문화운동 시대보다 발표무대가 그렇게 넓지를 못했다. 그것은 일제가 만주사변1931을 일으킨 이후에는 식민지정책에 박차를 가했기 때문이기도 하였지만, 어려운 경제적인 여건이 또한

그 요인이 되었다. 그러나 그 발악적인 1940년대 초를 맞이하기까지는 김
소운의 『아동세계』1934~1935 · 『신아동』1935 · 『목마』1936~1938, 『소년중앙』
1935, 金東成 · 조선중앙일보사, 『아동문예』1936, 孫完充, 『동화』1936~1937, 崔
仁化, 『가톨릭소년』1936~1939, 『빛』1937~1940, 『소년』1937~ 1940, 『유년』
1937 등과 이밖에도 『어린 벗』연성흠, 『종달새』張茂釗, 『고향집』김영일,
『새동무』 등이 잇달아 쏟아져 나와 이 후기를 장식해 주었다.

그리고 이러한 아동지 외에도 일간지 『조선중앙일보』, 『동아일보』,
『조선일보』 및 총독부 기관지 『매일신보』에 이르기까지 여러 일간지들
은 다투어 아동판을 내어주었고, 특히 『조선일보사』에서는 토요 부록판
으로 『소년조선일보』1937~1940까지 내면서 한글로 된 어린이 읽을거리
난을 만들어 주었다.

그러나 이 시기는 그들이 대륙침략을 본격화하던 때이고, 1937년엔 중
일전면 전쟁을 일으켰을 즈음이라, 중등학교에서의 조선어 과목을 폐지
1938하는 판국이어서 일문과 황민화 표방이란 역겨운 타협 속에서 이들
이 간행될 수 있었던 것이다.

『가톨릭 소년』은 만주땅 간도 용정에서 연길교구재단의 후원으로 발
간된 준선교지의 성격을 띤 아동지로서, 독자는 간도뿐만 아니라 한반도
전역의 신자가정을 상대로 했는데, 주된 집필진으로 동요 · 동화에 목일
신 · 한정동 · 김영일 · 강소천 · 박경종 · 권오순 등이, 동화에 이구조 · 노
양근 · 송창일 등이, 그리고 소년소설에 강승한 · 김독영 · 안수길 · 권오
순 등 주로 순수 문학가들이 대거 참여했으며, 동요 · 동시의 구분과 창작
동화의 개척이 상당한 공적을 남겼다.

한편 『소년』지는 조선일보사에서 윤석중의 편집으로 나온 오락적 아
동교양 문예지로, 경영면을 두드러지게 고려한 상업주의를 적치하로서는
처음으로 짙게 풍겨, 김래성 · 박태원 연재 탐정소설을 싣는 등 현대적 아

동지다운 면모를 보여주었다. 그 주된 집필진을 보더라도 아동소설에 박태원·김래성·이석초·이설·사우춘, 동요에 윤석중·박영종·강소천·최순애, 동화·수필 기타에 '삼사문학'1934 동인이었던 조풍연을 필두로 홍난파·채만식·계정식·김희준·정윤용·심형필 등 대부분 지면인토만을 선정하고 있었다.

이『소년』은 박영종의 많은 동시를 발표함으로써 동요를 만성화된 가창적 정형요에서 벗어나게 하여 자유요라 할 동시로 발전하는 징검다리 구실을 했다. 또한 창작동화도 조풍연·김희준 외에 현덕·송창일·전홍림 등을 등장시켜 얼마간 옛이야기 스타일을 벗어나게 했고, 특히 강소천의「닭」등 동요·동시에 있어 가작들을 많이 발표시켜 이채를 띠었다.

이밖에도 이 후기 아동문화운동 시대의 말기에는 총독부 학무당국의 묵인 아래 '조선아동교육회'를 배경으로 김소운이 출간한 일문을 섞어 실은 과외잡지『아동세계』,『신아동』,『목마』등의 아동지가 있었으나, 식민지 소학교 훈도의 협력을 받은 어용 아동문학의 성격을 면치 못했다.

그러나 동경에서 벨기에인 라파엘 꼴랄 신부에 의해서 나오고 있던『빛』게재改題『성가정(聖家庭)』은 선교 위주의 호화판 아동지였으나 그래도 필진에 윤형수·최민순·윤을수·오기완 등 여러 신부와 정지용·윤석중·이동구 등을 기용하여 한때 2만 5천 부나 발간함으로써 태평양전쟁 발발까지 종교 계통의 마지막 아동지 구실을 해주었다.

아무튼 이 1930년대는 전반기에 프로아동문학의 창궐을 가져왔으나 1920년대의 아동문화운동 일변도와 습작문단의 성격을 상당히 가시게 하여 근대적 아동문단 확립에 이바지했다. 뿐만 아니라, 양에서 질을 바라보는 길을 열어 얼마간 잡초 제거에 성공한 전문화 시대를 가져와 동시와 동요의 장르 자각에 크나큰 진전을 불러온 문자 그대로 발흥성장기여서 제1선 아동문학가들을 옥석혼효玉石混淆의 상태에서 정비·도태시켜

준 중요한 시기였다. 곧 이 무렵은 한정동 · 마해송 · 윤석중 · 이원수 · 이주공 · 윤복진 등 기성 외에 특히 신인으로서 최병화 · 박영종 · 강소천 · 이구조 · 강승한 · 김영일 등을 위시하여 산문작가 정우해 · 조풍연 · 송창일 · 함처식 · 노양근 · 최인화 · 임원호 · 현덕 등과 동요작가 목일신 · 김성도 · 박경종 · 임인수 · 박은종 등을 등장시킨 적치하 결산의 연대이기도 했던 것이다.

### (3) 발흥성장기의 문화적 결산

적치하의 아동문학운동은 단적으로 민족주의적 아동문화운동으로서 소파가 걸어간 길과, 아동잡지의 족출, 동요황금시대로서 그 전모를 파악하기에 어렵지 않다. 문단은 크게 천사적 동심주의 계열, 투쟁적 계급주의 계열, 선교적 교양주의 계열 등 세 분파로 정립했으나, 앞서 누차 지적한 대로 민족주의 · 교훈주의 · 감상주의라는 점에서 공통분모를 찾을 수 있었고, 그것은 필경 항일적 민족문학으로서 아동인권의 존중이란 점에서 적극적이건 소극적이건 휴머니즘 문학이었다.

그러나 1910년대의 육당에서 비롯한 조선주의 내지는 개화계몽 사조가 낳은 관념적 아동관은 1920년대의 소파에 와서 현실적 · 실천적 아동관을 구축하는 데는 성공했으나, 식민지적 상황을 이유로 감상적 · 편애적 아동관을 형성하여 비문학적 문화운동을 지상 과제로 내세움으로써 한때 프로문학의 맹공을 받는 틈을 주었다.

그러나 1930년대의 좌 · 우 격돌 속에서의 문학적 자각과 시야 및 문화의 확대는 준현대적 아동문학의 형성에 크게 이바지했으며 이러한 정치적 · 사회적 자아의 재발견 과정은 창작동화의 마해송, 생활동화의 이구조, 소년소설의 최병화 · 노양근 · 정우해 · 현덕, 그리고 동요에서 동시로 진전하는 길목에서 한정동 · 원석중 · 이원수 · 윤복진 · 박영종 · 강소현·김영일 등 유능한 아동문학가를 배출시켜 어느 정도 습작문단의 굴레를 벗어나는 성과를 거두었다.

그리하여 1920년대의 습작적인 창가적 동요는 1930년대에 들어서면서부터 음악적이며 낙천적인 윤석중, 서민적이며 저항적인 이원수, 서정적이며 자연친화적인 윤복진, 향토적이며 탐미적인 박영종, 로만적인 강소천, 감각적인 김영일에 의하여 시적 동요·정형동시·자유동시의 순으로 신장되었는데, 그런 의미에선 윤석중의 최초의 동시집 『잃어버린 댕기』1933는 기념비적인 작품집이었다.

한편, 산문문학은 율문문학에 비하여 대부분이 전래 또는 재래물의 개작, 재구성한 동화로서 고작 옛이야기 형태를 크게 벗어나지 못했으나, 이나라의 두 번째 창작동화집인 마해송의 『해송동화집』1934에 이어 노양근의 장편소년소설 『어깨동무』1942, 이구조의 아동단편소설집생활동화집 『까치집』1940이 나오자 각기 동화·소년소설·생활동화의 한 타이프만은 제시하는 성과를 낳았다.

또 1930년대에 이르러 평론활동도 그런대로 간헐적으로 있어 김태우의 동요론과 이구조의 동화론이 볼만했으나, 대부분이 인상주의적인 작품평이나 아전인수격 잡문들이었고, 전통적 보수주의와 계급주의 이론은 이전투구적 양상만 보여줄 뿐이었다.

따라서 일제치하의 아동문학은 총체적으로 아동문화운동에 견정적인 의의를 부여했을 뿐, 문학으로서는 일본 아동문학의 강력한 입김과 문학 이전의 상태를 전반적으로 면치 못했고, 다만 해방 후의 아동문학운동 시대를 갖게 하는 데 과도기의 구실을 다했다고 할 것이다.

### 3) 암흑수난기(1940~1945)

일제는 만주사변1931 때부터 군국주의적 침략 근성을 노골화하더니,

1937년 중일전면전쟁을 일으키면서부터는 대륙침공의 교량적 존재인 한반도에 대해서는 그 수탈과 탄압을 나날이 격화시켜 갔다.

그리하여 1937년부터는 일어상용을 강제함으로써 모국어 사용을 금지하기까지 하더니, 태평양전쟁1941을 발발시킨 전해에는 『조선일보』 및 『동아일보』를 강제 폐간시키고, 드디어 1941년에는 이 나라의 두 개 남은 민족문학지이던 『문장』 및 『인문평론』게재『국민문학』속간마저 폐간시키는 상황에까지 몰아넣고 만 것이다.

그리하여 『조선어학회』투옥사건1942에 이어 친일문인단체인 『조선문인협회』1939가 다시 『조선문인보국회』1943로 둔갑하자, 판국은 숨 쉴 틈도 없이 각박해져 그들의 가혹한 민족문화 말살정책 아래에서는 이 나라의 민족문화와 민족문학은 속절없이 암흑기와 공백기를 맞이하지 않으면 안 되었다.

따라서 이 시기엔 아동문학도 1940년 『소년조선일보』가 폐간됨을 시발점으로 거의 진공상태를 면할 수 없었고, 적치하의 잡지 못지 않게 아동문학을 위하여 많은 고정 지면을 할애해 주던 일간 신문들마저 전면적으로 자취를 감추자, 작품 발표는커녕 호구와 도피에 영일이 없었던 것이다.

그동안 아동문학의 최후의 교두보인 『아이생활』은 선교사의 도움으로 1994년 1월까지 그 명맥을 유지하기는 했으나, 1940년 5월부터는 종래의 면목은 간 곳이 없어지고, 본의 아니게도 굴욕적 친일색을 공공연히 띄지 않을 수 없었다.

다만 임인수 · 이윤보 · 이종성 등이 중심이 된 육필 또는 등사판 회람잡지 『초가집』, 『파랑새』 등이 발표 의욕을 달래며, 마지막으로 등장하여 햇빛도 못 본 이주훈아동극 · 경성중앙방송국 · 1940과 함께 암흑기의 가슴을 어루만질 뿐이었다.

한편 이와는 달리, 이 시기에는 문학열을 버릴 길 없어 정인과 · 최뱅화·강승한·김상덕·송창일·이종성·장동휘·이인덕 등 일어로 문학활동을 하는 작가도 나타났는데, 이들은 성인문학계의 친일작가처럼 일어로 동요·동화를 쓰기도 하고, 심지어 그중에는 적극적으로 군국주의 일본의 침략전쟁에 협력하는 사람도 있었다.

이런 가운데는 「대일본의 소년」1940·『아이생활』신년호이라는 작품과 욕을 자세히 다루지 않기로 하지만 이것은 이미 한국문학도 아니요, 문학 그 자체도 아니었던 것이다.

아무튼 적치하의 아동문학은 당시의 정치·사회적 영향에 의해 거의 문화운동으로 시종했으며, 그것은 궁극적으로 민족운동의 한 방편이었다. 그런대로 그것은 본격문학에 선행되는 과도기 문학운동으로 매우 중요한 과정이었던 것이다.


## 2. 아동문화운동 시대(1945~)

위에서 필자는 해방 전의 아동문화운동 시대를 대충 개관하였지만, 이제 비로소 우리는 새로운 아동문학운동 시대에 접어들게 된 것이다.

그것은 적치하 아동문학의 주된 과제가 주권을 잃은 상황에서의 조국광복의 염원에 불타는 민족운동의 일환으로 우리말과 우리글을 통해 이루어진 문학 이전의 아동 감성 해방운동이요, 사회적 문화운동이었다면, 해방 후의 과제는 그러한 문제들이 해소된 뒤의 진정한 의미에서의 아동문학운동이요, 아동해방운동이기 때문이다.

따라서 여기서는 전대의 문화운동적 관점에서 벗어나 문학운동적인 관점에서 1960년대까지의 모든 문학적 운동을 분석·정리하되, 그 시간적 경과의 미진함에 비추어 개관적으로 아동문학운동 시대를 서술한다는 것을 미리 밝혀 둔다.

## 1) 광복혼미기(1945~1950)

### (1) 민족문학 논쟁의 재연과 그 배경

#### ① 해방과 그 정치 · 사회적 배경

비단 문학에서 뿐만 아니라 모든 영역에 걸쳐 해방은 우리 민족 사상 엄청난 사건이었다.

그러나 그 거창한 민족의 해방은 비주체적 외부 정세가 안겨준 '해방의 국제성'[1]에 의해 처음부터 타율적으로 다가왔기에 흥분과 혼란은 그 극에 달했다. 곧 민주 · 공산 양대 진영의 권력 음모의 제물로 결정된 남북 양단, 좌우익의 정치적 암투[2]와 빈번한 테러행위,[3] 경제질서의 파괴와 생산 위축, 유통 구조의 마비, 통화량의 팽창과 물가 폭등[4]이 그것으로 이 시기의 이러한 정치 · 사회 · 경제적 현상은 '수난과 혼란의 연속반응'[5]으로 점철된 혼미 바로 그것이었다.

따라서 이와 같은 혼미상은 문학계에도 그대로 반영되어 성인문단은 과열된 좌우의 대립으로 민족문학 논쟁을 야기했으며 급기야 아동문단에까지 그 혼미상을 그대로 파급시키기에 이르렀던 것이다.

---

1 이병도, 「해방 20년사」, 『해방 20년 기록편』(1965), 63쪽.
2 최서영 외 2인, 「해방 30년사」, 『해방 20년 기록편』(1965), 100쪽.
3 이병도 외 7인, 「해방 20년사」, 전게서(주 1), 101~263쪽 참조; 홍승만 외 4인, 「해방 20년사」, 『해방 20년 기록편』(1965), 259~314쪽.
4 이중섭, 「20년의 경제사」, 『해방 20년사』 전게서(주 1), 79쪽 참조.
5 『조선일보』 1947년 8월 15일자 사설.

## ② 성인문단의 민족문화 논쟁

이미 1920년대에 국민문학파와 프로문학파의 사상적 대립이라는 것으로 민족문학 논쟁을 전개한 바 있는 문단은 해방이 되자마자 정치계보다 오히려 먼저 이 논쟁을 재연했다.

물론 전대가 순수 민족주의를 바탕으로 한 데 반해 이 시기는 지나치게 노골적인 정치성을 지닌 것이기도 했지만, 아무튼 이들 좌우익 양파는 다 같이 정치 구조와 직결된 민족문학의 건설이라는 슬로건을 내세우면서 전대보다 오히려 더 격렬히 맞섰던 것이다.

곧 해방 직후 8월 좌익계의 '문학건설' 결성으로 본격화한 '문화단체총연합회'약칭 문건: 좌익 대 '한국문화단체총연합회'약칭 문총: 우익의 사상적 대립이 그것으로서, 이들은 단순한 문학적 논쟁의 한계를 벗어나 정치적 대결로 그것을 쟁점화하여 마침내는 좌익계의 테러 행위와 지하운동으로까지 몰고 와 이미 문학 자체의 본질마저 포기한 채 '당黨의 문학'과 '공식 公式의 문학'이라는 시녀侍女문학까지 낳기에 이르렀다.

따라서 이와 같이 극심한 사상적 대립 속에 벌어진 민족문학논쟁은 좌익이 특권층이 아닌 '광범한 인민의 사상이나 감정을 집약적으로 표현'한 계급적 사회주의로서의 민족문학을, 우익이 '민족 단위의 휴머니즘'을 기본으로 자유민주주의의 원리에 입각한 순수 민족주의로서의 민족문학을 내세움으로써 빙탄불상용氷炭不相容으로 나날이 그 대립상을 격화시켜 갔다. 특히 김동석과 김동리의 순수 논쟁으로 출발한 좌우익 사이의 문학 논쟁은 이 시대의 문학 현상을 가장 잘 대변해 주는 것으로서, 그것은 아동문학계에도 그대로 전수되어 문학적 혼미상을 더욱 가열시킬 뿐이었다.

## ③ 아동문단의 혼미상

아동문단에 나타난 좌우익의 대립상은 성인문단의 그것처럼 그렇게 조직적으로 정돈된 것은 아니었으나, 좌익에 의한 기존 민족주의적 아동문학에 대한 도전은 참으로 격심한 것이었다. '문학가동맹'의 '아동문학위원회'를 중심으로 한 박세영·송완순·이동규·김동리·박아지·한효·신고송·양미림 등이 윤석중·최병화·박영종 등 이른바 낙천적·천사적 동심주의 작가를 상대로 한 공격은 매우 저돌적이었다.

이들의 논지는 역시 당시 좌익 성인문인이나 1930년대『신소년』·『별나라』를 중심으로 전개한 계급적 사회주의 문학의 이론을 그대로 빌어온 것으로서 '장래의 이윤 획득 경쟁에 있어서 우승자'로서의 아동상 구현을 목표로 한 극도의 사회적 기능을 중시하는 데 일관했다. 반면에 우익 진영은 뚜렷한 문학조직체를 통한 활동은 없었으나, 박영종 등의 '청년문필가협회' 참여로, 또는 윤석중·조풍연 등을 중심으로 조직된 '조선아동문화협회'1945·약칭 아협를 통해 이에 대처하기도 했으나 대부분의 작가들이 이러한 와중에 휩쓸리기를 피하는 소극적인 태도를 보임으로써, 아동문단의 양상은 방향감각을 상실한 채 지향 없는 혼미현상을 그대로 나타내기도 했다.

곧 이러한 좌익의 선동적 공격과 우익의 소극적 방어 및 무사안일적 기회주의의 횡행으로 인한 무질서한 문단 풍토는 광복 후의 문학 건설이라는 거대한 과제를 제쳐둔 채, 고작 전대 문학의 피상적인 답습의 테두리 안에서 맴도는 게 이 시대의 일반적 현상이었던 것이다. 특히 민족진영은 계급적 사회주의에 입각한 투쟁적 아동상의 제시로 좌익이 도전해 온 데 대해 뚜렷한 대안의 제시나 응대도 하지 못한 채 방향의식을 상실한 무감각성을 그대로 드러낸 것이나 다름이 없었다. 그리하여 이러한 무기력한 기회주의적 처신은 조국광복의 벅찬 의의를 무위로 그치게 할 만큼 문단의 혼미상만 더욱 조장시키는 결과를 자초하고 말았던 것이다.

(2) 이 시기 출판물과 중요 작가들

출판물이나 작가를 막론하고 이러한 시대적 혼미상에 편승되었음은 되풀이 말할 여지도 없을 것이나, 특히 출판물은 그 양적 풍성함이 어느 시대 못지 않게 두드러진 게 또한 이 시기의 특징이기도 했다. 그것은 물론 광복 후 잃어 버렸던 모국어를 다시 찾은 기쁨에서 우후죽순처럼 갑작스레 불어난 출판사들이[6] 아동 출판계에까지 파급되었기 때문이다. 그런데 그 아동출판계의 현상은 희망적 양상보다는 혼란상만 조장하는 데 중요한 구실을 했을 뿐이었다.

따라서 불과 5년 동안에 간행한 아동잡지만 해도 20여 종을 상회하는 무수한 유 · 무명 아동지들이 쏟아져 나왔는데, 그 대표적 아동지만 해도 『소학생』1946~1950, 『소년』1948~1950, 『어린이』1948~1949, 『어린이나라』1949~1950, 『아동구락부』『진달래』게재, 1947~1950, 『아동』1946 등의 우익지와 『새동무』1945, 『별나라』1945, 『아동문학』1946~1948, 『신소년』1946 등의 좌익지, 『아동문화』1948 등의 아동문학 전문지가 문화운동적 요소 또는 주의 · 사상의 합리화를 위한 선전 · 선동적 요소를 제각기 표방하면서 그 의욕을 과시한 것이다.

그러나 이들 대부분은 경제적 배려도 없이 무모한 정열만을 무기로 삼거나 당시의 인쇄 사정과 용지난 또는 편집의 구태의연한 답습 등에 의해 단명으로 끝나기 일쑤였다.

단행본류 역시 조악물의 범람과 만화의 위세로 혼란의 양상은 동일했지만 그래도 윤석중의 「초생달」1946 · 「굴렁쇠」1948, 박영종의 「동시집」1946 · 「초록별」1946, 이원수의 「종달새」1948, 윤복진의 「별초롱 꽃초롱」1949, 김영일의 「다람쥐」1950 등 동요동시집과 마해송의 「토끼와 원숭이」

---

6 기사에 의하면 당시 일간신문이 70여 종, 주간이 60여 종, 잡지 140여 종, 출판사가 150여 개사로 급증되었다 한다. 이종석, 「출판 20년」, 『해방 20년』(1965), 187쪽.

1946, 이주홍의 「못난 돼지」1946, 현덕의 「포도와 구슬」1946, 이민수의 「봄이 오는 날」1949, 노양근의 「열 세 동무」1946 등의 동화집 및 아동소설집의 출간은 대부분 해방 전 작품을 수록하거나 개고한 것이었지만 정리와 지양을 도모했다는 점에서 그 의의는 깊었다.

그리고 이밖에도 고장환의 『조선동요선집』1946, 윤복진의 『아동문학선집』1948, 박영종의 『현대동요선집』1949 등 사화선집의 출간과 조풍 등의 외국 명작물 번역도 이 시기의 큰 수확이었다.

다만 주요섭의 『웅철이의 모험』1945을 필두로 한 수십여 종의 소년소설 및 탐정모험물의 대량 출간은 아동문학의 대중화 내지는 독자와의 거리를 밀착시키고 조악한 만화의 독소를 제거했다는 점에서는 유익했지만, 아동문학을 통속화시키는 요람이 되었다는 점에서는 비난을 면치 못했다.

한편 이 시기의 문단은 좌우익의 사상대립에 휘말려 대부분 무지향적 안일주의에 빠지거나 좌익 작가들의 정치 시녀화 또는 기회주의자의 대두로 모처럼 획득할 수 있었던 문학의식의 고조와 수용의 기회조차 대부분 잃어버리고만 게 무엇보다 안타까웠다. 따라서 작가의 자세 역시 구태의연한 도식적 교훈의식에 빠지거나 지나친 좌우익의 대립현상에 의해 방향 감각 마비증에 걸려 광복 후의 문학적 임무를 오직 소수의 작가들에만 전가하는 현상을 노정하기도 했다.

곧 마해송 · 이원수 · 이주홍 · 현덕 등 투철한 현실의식을 근간으로 한 작가를 제외한 최병화 · 고한승 · 노양근 · 주요섭 · 조풍연 · 임인수 · 정인택 · 방기환 · 정비석 · 김내성 · 이종환 등의 산문작가, 이원수 · 박영종 · 김영일 등 자유동시 운동의 호응자와 윤석중 · 윤복진을 제외한 임인수 · 임원호 · 김진태 · 권태응 · 한인현 · 이영철 등의 동요동시작가, 함세덕 · 신고송 등의 동극작가와 박철 · 양미림 · 임서하 · 이동규이상 산문 · 송돈식 · 현동염 · 이종성 · 송완순 · 염근수 · 박아지 · 박세영이상 율문 등의 좌익작가들이 그러한 부과된 문학적 과제를 해결하는 데 포기의 자세를 취했다는 점이 그것이다.

그리고 특히 새로운 아동상의 창조, 새로운 문학론의 건설을 주창했던 좌익작가들은 오히려 그들 자신이 설정한 도그마에 집착함으로써 도식적 획일주의에 빠지고 마는 자가당착적 모순마저 불러오기까지 했다. 그러나 신인 권태응 · 박은종 · 어효선 등의 동시 · 동요작가와 동화작가 김요섭의 등단은 이 시기 문단의 중요한 수확으로서, 특히 1948년 이후 김요섭의 활약은 참으로 동화문학의 생성에 큰 영향을 미쳤던 것이다.

### (3) 광복혼미기의 제성격

#### ① 율문문학의 소장

아동문화운동 시대에서 아동문학운동 시대로 전환하는 과정에서 가장 두드러진 문학적 특징은 문학의 판도가 율문 중심에서 산문 중심으로 이행되었다는 점이었다. 곧 1920년대의 동요황금시대의 위세는 이미 아동문화운동 시대의 서술에서 지적한 바이지만, 해방 후의 현상은 이와는 정반대로 질 · 양 면에서 산문이 크게 우세했던 것이다.

그것은 첫째 감성적 공명이 요구되었던 전대와는 달리 주권회복 후에는 이지적 공명이 요청된 데서 온 동요 · 동시의 효용성 감퇴, 둘째 18세기 이후 산문 중심 추세에 휘말린 장르상의 영향, 셋째 독자의 대중적 취향에의 편중, 넷째 율문작가의 구태 답습으로 인한 율문의 질적 수준 저하 등이 그 이유이지만 동요시단의 자체적 책임에 더 큰 요인이 있었다.

곧 이 시기 율문문학의 수준은 발상의 유형성, 관습적 시어의 남용, 소재의 안일한 선택, 예리성의 결여, 정형율에의 편승 등의 결함을 탈피하지 못한 채 명맥유지상 적치하 작품의 권위를 맹종하는 인상을 씻지 못했던 것이다.

그러나 이러한 율문문단 일반의 풍토와는 달리 1930년대 후반에 일어난 자유동시 운동의 계승으로 율문의 고식적인 장벽을 깨뜨리려는 개인적인 시도가 없지도 않았다. 곧 이원수의 시적 의미 기능 확대, 박영종의 에스프리 계발, 김영일의 형식타파에 대한 시도가 그것으로 이것은 율문문학의 위축을 극복하려는 강한 문학의식의 발로이기도 했다. 따라서 이러한 시도는 결과적으로 시적 톤과 율격의 고조를 가져왔으며, 또 그것은 1950년대 순수본격동시 출현의 바탕으로서 1960년대 본격동시운동과 직접적인 맥락을 잇는 원동력이 되었다는 점에서 문학사상 중요한 과정이었던 것이다.

② 산문문학의 왕성

율문문학의 위축현상에 따른 산문문학의 득세 요인은 대체로 크게 두 가지를 지적할 수 있었다. 곧 이 시기 산문의 가장 두드러진 현상이었던 본격소년소설의 대두와 동화문학의 생성이 그것으로서, 이는 전자가 산문의 양적 득세를, 후자가 산문의 질적 득세를 가져온 데에 각각 그 특징이 있었다.

첫째로 소년소설의 경우, 철저한 소설적 골격을 바탕으로 한 본격적인 소년소설이 처음으로 이 시기에 대두되었다는 점이다. 곧 정인택의 『봄의 노래』1948를 시발로 방기환 · 염상섭 · 정비석 · 김내성 · 이종환 등 주로 성인소설가들에 의해 출현을 본 이 소년소설은 자체적 속성이라 할 강한 전달력이 작자의 문화운동적 욕구와 독자의 대중적 취향 추세에 영합됨으로써 당시의 아동독서계를 크게 매료시켰던 것이다. 그러나 이것은 양적인 풍성만 가져왔을 뿐, 별다른 문학적 기여를 남기지는 못했으며, 다만 1950년대의 통속팽창상을 가져오는 데 직접적 계기가 되고, 침체했던 동화문학의 생성에 큰 자극을 준 데 그 영향력을 남겼을 뿐이었다.

둘째로 동화문학의 경우, 「바위나리와 아기별」의 수준을 뛰어넘지 못하더니, 이 시기의 소년소설이 자극되어 비로소 그 생성을 보았다는 점이다. 곧 전례 없는 양적인 풍성, 마해송·이원수에 의한 최초의 장편동화 탄생, 생활동화의 유행으로 인한 장르의 다양화, 구성상 합리성과 환상성의 중시에 의한 동화의 수준 향상 등이 그것이지만, 마해송·이주동의 풍자문학 시도와 이원수의 동화에의 관심을 바탕으로 특히 신예 김요섭이 등장함에 따라 그 본격적인 생성은 결정적인 의미를 띠게 되었으며, 또 그것은 이 시기 산문문학의 질적인 왕성을 확인하는 것으로서 특히 1960년대 본격동화운동과 깊은 맥락을 갖게 된 것이다.

### ③ 과도기적 여러 특수성

시간적으로 보면 불과 5년 동안의 짧은 시간이지만, 이 시대에 나타난 문학적 사상은 어느 시대 못지않게 많은 문제점과 중대한 의미를 내포하고 있음이 또한 이 시기의 특징이다.

곧 이 시기는 혼미적 양상 속에 가능과 절망의 양면성을 동시에 병존시킴으로써 해방 전의 후기 문화운동 시대와 광복 후의 문학운동 시대를 이어주는 교량적 위치를 그대로 드러냈던 것이다.

따라서 이러한 관점에서 이 시대가 가진 여러 특수성을 요약·추출해 본다면, 이 시대는 ① 좌·우익의 대립에 의한 혼미 ② 새로운 아동문화운동의 재흥 ③ 전대 아동문학의 정리와 결산 ④ 과도기적 문단 형성 ⑤ 율문 중심에서 산문 우위에로의 교체 ⑥ 대중적 아동문학의 태동, 실질적 문학운동의 지향 등의 시대로서, 가위 그러한 과도기적 현상이 그대로 드러났다고 할 수 있었다.

곧 이 시기는 전대를 결산하는 방황과 모색이 동시에 이루어지면서 해방 후 1960년대까지의 문학 현상에 대한 가능성을 암시해 준 시대라는 점에 그 문학사적 의의가 있었던 것이다.

## 2) 통속팽창기(1950~1960)

### (1) 통속적 상업문학의 대두와 배경

#### ① 정치·문화적 배경

6·25전쟁은 한국 자체 내에서 스스로 만든 폭발이었다기보다 국제적 동서냉전의 여파로 일어난 약소민족의 비참한 수난이었다는데 처음부터 그 민족적 비극이 있었다.

따라서 그것으로 인한 비극적 양상은 전쟁 그 자체뿐만 아니라 전쟁을 위해 동원된 제반 정치·사회·문화적 사상까지 복잡한 혼란상을 수반했을 뿐만 아니라, 모든 기존의 가치질서 체계까지 뒤흔들 만큼 심각한 부작용을 야기했다. 곧 정치체계의 도괴가 빚어낸 정치적 무질서와 이것이 가져온 각종 사회문제들, 예컨대 300여 만을 육박하는 피난[7]·이재민의 홍수, 완전히 파멸된 경제체제 등으로 정치·사회적 현실은 '허위와 타성과 배리·부덕불법의 충일'[8]한 혼란 바로 그것이었던 것이다.

곧 그것은 전통적 가치기준과 정신적 유산의 상실,[9] 전쟁으로 유입된 외래풍조의 무비판적인 수용, 학계와 종교계의 타락과 매스미디어의 대중 영합 등 문화적 혼란까지 겹쳐 이른바 전후의 배금주의적 찰나 중시의 향락풍조가 일세를 풍미하기도 했다. 따라서 그것은 사회·문화계 전체의 통속화를 가져와 문학의 통속팽창화에 치명적인 악영향을 미쳤다.

#### ② 문단적 배경

그러므로 이 시기 문단의 사정 또한 처음부터 그러한 혼란의 양상을 빚

---

7 홍승면 외, 『해방 20년 기록편』(1965), 37쪽.
8 장면, 「민족갱생의 길」, 『신세계』 1권 4호(1956. 7), 17쪽.
9 송건호, 「쓰레기통 속에 장미꽃은 피고 있다」, 『현대』 1권 2호(1957. 12), 41쪽.

지 않을 수 없었다. 곧 전쟁 발발 직후 문단은 광복 후 처음으로 '문총구국대'1950, '종군작가단' 등 전시 문단체제에의 전환으로 국난의 극복을 위해 통일된 결속을 보여 주긴 했으나 '천지를 모르고 놀아난'[10] 100여 명을 상회하는 소위 반역문인의 족출[11]과 휴전 후 문단세력의 다툼으로 야기된 문학단체의 분열[12] 등 갖가지 혼란상을 가져온 것이다.

그러나 통속대중화는 문단 자체의 파당적 분열이 그 주원인이라기보다 당시 사회의 풍조나 생활조건의 혼란이 빚어낸 부작용이라는 게 더욱 타당했다. 곧 '양심이니 애국이니 부르짖는 것도 어느 정도 자기와 그 가족들이 최저 생활을 보시할 수 있는 환경에서였지 굶주려 가지고는 그러한 정신도 마비되어 혼란에 빠지고 마는 것'[13]이라는 적나라한 고백에서 짐작할 수 있는 바와 같이 그것은 전시 · 전후의 비참한 사회상이 그 결정적인 요인이었다.

그러기에 문단은 출판 시설의 파괴와 잔여 시설의 위축에서 오는 발표 기회의 확보를 위해서는 말세적 향락 풍조에 빠진 대중과 영합치 않을 수 없었고, 또 그것이 작가의 빵 문제를 해결하는 유일한 수단일 수밖에 별다른 도리가 없었던 것이다.

### ③ 통속대중문학의 등장

따라서 이러한 정치 · 사회 · 문화적 풍조 및 문단 여건은 불가피하게 이 시대의 아동문학을 통속대중화의 와중으로 몰고 가기에 안성맞춤이었다. 곧 아동문학은 사회 독소에 물든 아동독자의 기호와 타락 영합한 현

---

10 조연현, 「한국해방문단 10년사」, 『문학과 예술』 6호(1954), 141쪽.
11 1950년 8월 10일 문총구국대가 반역문인에게 보내는 공개경고문을 발표하면서 최고집행위원회에서 심의한 명단에 의거함. 전선문학(문학 전시관)(1950. 10), 49~52쪽.
12 김동리, 「한국문학협회」, 『해방문학 20년』(1966), 148쪽.
13 김송, 「결전하의 편상」(나의 피난 일기장에서), 『신조』 1호(1951. 6), 82쪽.

금주의적 아동물 출판계 및 시대상황으로 인해 "문학적인 것보다는 스토리 본위의 [이야기]"[14]가, "에로 기사와 대중영합의 통속소설"[15]이 난무하는 이른바 통속대중문학의 대두를 초래케 하고야 만 것이다.

그러나 아동문학의 이러한 숙명적 비극은 이상의 환경 외부적 요인들만으로 초래된 것은 아니다. 그것은 곧 아동문학 자체 내에서 조성된 역사적 인과성이 그러한 통속 초치의 필연성을 이미 내포하고 있었기 때문이다. 곧 전기 1940년대 후반기의 현상이었던 본격소년소설의 대두가 벌써 통속화의 불씨를 안고 있었던 것이며, 또한 전시 아동을 위한 변칙적인 문화운동적 요구[16]에 대거 참여한 성인작가들의 아동에 대한 몰이해와 아동문학을 얕잡아 보는 데서 일어난 작품의 표피적 처리 등에서 보는 바와 같이 자체 내부적 요인들도 보다 통속화에 중요한 구실을 했던 것이다.

그러므로 이 시기의 아동문학은 이 같은 정치, 문화 및 문단적 배경이 안겨준 내외적인 제반 요인으로 인해 어쩔 수 없이 통속대중문학이 우세를 보이는 문단이 될 수밖에 없었던 것이다.

### (2) 통속팽창기의 양상

#### ① 통속대중 독물의 범람

그러나 통속적 양상이 본격화된 시기는 전쟁 발발 직후이기보다 휴전이 성립되고 정부가 다시 서울로 환도한 1954년 이후라는 게 보다 정확했다. 그것은 전쟁 초에는 갑작스런 전쟁이 안겨준 긴박성 때문에 미처 통속적 독소들이 서식할 겨를이 없었을 것이라는 추론적 이유도 있었지만,

---

14 이원수, 「모색하는 여러 경향」, 『자유문학』 2권 6호(1957. 12), 206쪽.
15 이원수, 「전란중의 '소년세계'와 문학운동」, 『현대문학』 128호(1965. 8), 242쪽.
16 이 요청의 결과, 구호문학과 교육적 아동문학의 유행현상을 초래했다.

가장 명료한 근거는 이 시기 출판물의 경향에서 그것이 더욱 분명히 드러났기 때문이다.

곧 그것은 1952년을 기점으로 환도 이전 창간된 아동지들인『소년세계』,『새벗』,『학원』지 등에서 볼 수 있는 바와 같이 대체로 공통적으로 '아동독물讀物의 특수성을 띠고 나온 아동지'[17]였다는 점, 특히 환도 후 20여 종의 아동잡지의 격증이 의미하는 문화운동적 경영체제에서 상업주의적 경영체제에로의 변모, 그것을 나타내는 소년소설 · 탐정모험물의 대폭적인 증가와 만화 및 입시 위주의 편집 추세[18] 등은 그대로 그러한 통속화 현상을 보여주었던 것이다.

그러나 대중독물의 범람 요인은 공기성公器性이라는 그 자체의 속성을 가지고 있는 잡지 · 신문에서보다는 오히려 자기 정체를 숨기고 유령출판으로서도 능히 경영의 수지타산이 가능한 통속대중적 단행본류의 범람에서 더욱 조장되었다. 곧 인기 있는 연재물이라면 끝나기 무섭게 단행본으로 출판되는 현상, 심지어 유행물을 모방한 사이비 소년소설, 탐정모험물, 외국물의 번안 · 번역물의 범람,「복수의 칼」·「쾌남아 쌍클」이니 하는 등의 악질만화의 홍수 등에서 볼 수 있는 바와 같이 그것은 아동 독물의 숨김없는 타락상이었던 것이다.

② 대중문학의 팽창상

<중요 참여 작가들>

이미 시사한 바와 같이 이 시대 통속대중문학의 중추는 역시 소년소설이었고, 이에 동원된 작가 역시 거의 80%가 성인문학가들이었다.

가장 인기 있는 작가로 손꼽혔던 정비석 · 박계주 · 김래성을 위시한

---

17 목해균,「아동독물과 아동교육」,『동아일보』(1955년 8월 25일자).
18 『어린이세계』창간호(1956. 7)의 예를 보면 만화가 7편으로 큰 비중을 차지하고 있었고, 입시편중의 편집 예는 특히 일간신문 아동관과 주간지에서 얼마든지 볼 수 있었다.

곽학송 · 김영수 · 김말봉 · 김광주 · 임옥인 · 최정희 · 최인욱 · 전영택 · 홍효민 · 최태응 · 전영택 · 안수길 · 곽하신 · 장덕조 · 이봉구 · 손소희 · 안동민 · 손창섭 · 박용구 · 박경리 · 김송 등 주로 순정미담물을 쓴 작가들, 방인근 · 조남사 · 조풍연 · 박태원 등 모험 탐정물을 쓴 작가들 · 명랑물로 인기 있었던 최요안 · 조흔파 · 박흥민 · 유호 등이 모두가 성인작가들이며, 이런 경향이 짙은 이종환 · 방기환 · 장수철 · 손동인 등 역시 성인작가 출신의 아동문학가로서 순수 아동문학가로는 강소천 · 최태호 · 한낙원 · 이주훈 · 이원수 · 김요섭 등 불과 소수에 지나지 않았다는 사실이 그것이다.

그리하여 이들 성인작가들은 성인문단 내에서 순수 · 통속 작가군 할 것 없이 아동문학에 대한 깊은 이해도 없이 호도적 아동애호심만 가지고 서로 비슷한 통속화 경향을 보여 주었던 것이다. 따라서 그것은 아동문학에 대한 그들의 피상적 자세를 증명했을 뿐, 결국 무책임한 참여에 끝나고 만 것이다.


&lt;작품의 특성과 경향&gt;

소년소설을 중심으로 한 이 시대의 통속대중문학 작품의 공통적 특성은 문학일반론의 그것과 마찬가지로 작가의 새로운 경험 창조가 아니라 경험의 재현에 편중함으로써 작품의 형상화에 극히 어리석음을 면치 못했다는 데 있었다.

따라서 이러한 작품들은 줄거리 중심의 서술법, 소재의 획일성과 사건의 편협성, 사상의 비형상적 노출, 허구로서의 비진실성, 안이한 상황 설정, 등장인물의 유형적 몰개성화 등에 의한 경험의 도식화로 작가의 창조적 상상력의 결핍을 누구나 공통적으로 저지르고 있었던 것이다.

뿐만 아니라 작품의 일반적 경향 역시 그러한 도식화에 발이 묶여 경향의 획일성을 두드러지게 드러냈다. 곧 대표적 경향을 묶어서 이분한다면 현실 비호적 경향과 몰현실적 경향으로 나눌 수 있는데, 대체로 전자는 전쟁소설과 순정소설의 일부가, 후자는 모험 · 탐정소설 · 명랑소설 · 공상과학소설이 이에 해당되었다.

이들 두 경향은 당대의 현실contemporary에 바탕을 두느냐 않느냐에 따라 상이점을 가지고 있었지만 현실적 리얼리티를 전혀 고려치 않았다는 점에서는 공통성을 가지고 있었다. 그러나 이 시대에 양적으로 가장 우세했던 경향은 역시 전자인 현실비호적 경향으로 현실의 극복을 현실 비호로써 극복하려는 도식적인 현실을 정하여 아동을 교화하려는 지극히 짙은 구호적 교육성을 내포하고 있었다.

반면에 몰현실적 경향은 '현실을 무시하며 야옹하는 식의 작품'[19]들인 이른바 윤리의식의 노예로 전락한 도덕교과서식 작품이거나 교육성마저도 외면한 채 막연한 정의감만 내세우는 자극적인 탐정, 모험, 명랑, 공상과학물들이 대부분이었다.

따라서 이 시대의 이 같은 문학은 창조하고 인도하는 본격문학적 본연의 자세를 스스로 포기하고 비문학적으로 시대에 영합함으로써 아동문학 전체의 평가를 그만큼 질적으로 격하시키고 말았던 것이다.


### (3) 이 시기 출판물과 중요 작가들

이미 전하의 분석에서 그 일반적 경향이 지적된 바와 같이 이 시기의 출판계는 수난과 비난을 한 몸에 감수해야만 했던 게 그 실정이었다.

특히 그러한 현상은 이 시기의 아동잡지에서 더욱 짙게 드러났는데, 그것은 잡지 간행량의 감소와 간행잡지의 단명 현상 등 출판 사정의 악순환, 그리고 1950년대 통속팽창을 조장시킨 중심체였다는 비난에서 볼 수

---

19 최요안, 「작품경향의 검토」, 『경향신문』(1951년 11월 1일자).

있는 바와 같이 이 시대 잡지계의 일반적 경향이기도 했다.

그러나 이러한 아동지의 통속화 양상은 전쟁으로 인해 경영체제가 전대 문화운동적 운영체제에서 영리적 상업주의 경영체제로 전환됨에 따라 야기된 현상이기도 했으나, 그것은 초기인 피난 시절보다는 후기인 환도 후에 더욱 두드러지게 나타났다.

곧 초기 피난지에서 출간된 아동지인『소년세계』1952~1956는 순수문학적 경향으로,『어린이 다이제스트』1952~1954는 국제적 종합교양성으로,『새벗』1952~1971은 종교적, 문학적 특성으로 전쟁의 와중에서도 제각기 고군분투하고 특히『새벗』,『학원』1952 등은 최장수 아동지였다는 데 비해, 후기인 환도 후에 출간된『학생계』1954,『어린이 세계』1955,『어린이 동산』1956,『대한소년』1958,『새동화』1958,『소년계』1958,『소년생활』1958,『국민학교 어린이』1958,『착한 어린이』1959 등은 불과 1, 2년의 단명으로 그러한 경영부실과 안이한 제작 태도의 무모성을 여지없이 드러낸 것이 그것이다.

그러나 이 시기에는『소년한국일보』1958,『소년조선』1958 등의 위시한 10여 종의 주간 및 일간 아동신문의 간행이 중요한 아동 호물護物 구실을 했으며, 단행본도 대부분 통속문학의 와중에 영합한 타락상을 면치 못했으나 서덕출의『봄편지』1951, 이종택의『새싹의 노래』1956, 박경종의『꽃밭』1954, 박은종의『초롱불』1958 등의 동요시집과 강소천의『꽃신』1953 ·『꿈을 먹는 사진관』1954, 마해송의『떡배 단배』1953 ·『모래알 고금』1958, 이원수의『숲속나라』1953, 이주홍의『아름다운 고향』1954, 박화목의『부엉이와 할아버지』1955, 김요섭의『깊은 밤 별들이 울리는 종』1957, 신지식의『감이 익을 무렵』1958, 이영희의『책이 산으로 된 이야기』1958 등의 동화 및 아동소설집, 주평의 동극집『파랑새의 죽음』1958 등이 잇달아 나옴으로써 이 시대 단행본이 전적으로 통속화에만 기울어졌다는 비난을 모면케 해 주었다.

한편 이 시기의 문단상은 출판물의 개황처럼 어느 시대보다 커다란 변화를 수반한 게 특징이었다. 해방 당시부터 노골적으로 표면화한 좌우 두 파의 대립이 6 · 25의 발발로 정리 정비된 현상은 그 가장 큰 변화로서 한 정동 · 강소천 · 장수철 · 박홍근 · 박경종 등의 월남과 윤복진 현덕 · 송 돈식 · 박인범 · 임서하 · 임원호 등의 월북은 곧 그러한 문단의 재편 · 재 정비를 의미하는 것이었다. 곧 이러한 정비가 실현되는 동안 대부분의 작 가들은 당시의 전시체계에 참여하여 '문총구국대' · '종군작가단' 등을 바 탕으로 또는 피난지에서 잡지 간행 · 작품 발표 등으로 국난의 극복에 힘 을 기울이면서 사상적으로 단합된 통일 체제를 최초로 보여 주기도 했던 것이다.

이 시기 중요 작가들은 작가 수와 발표량에 있어서 성인작가들이 압도 적으로 우세했으나 문학적 성과는 순수아동문학가 쪽이 훨씬 높았는데 최계락 · 이종택 · 이종기 등 이른바 3家 동시인을 위시한 한정동 · 윤석 중 · 박영종 · 박홍근 · 이응창 등이 동시로, 마해송 · 이원수 · 강소천 · 김 요섭을 위시한 이종환 · 방기환 · 최태호 · 장수철 · 홍은순 · 함처식 · 한 낙원 · 이주훈 · 손동인 · 김태성 · 최요안 · 조흔화, 동화 · 아동소설로, 주 평 · 홍은표 등이 동극으로 주로 활동했다.

그러나 이들 역시 소수를 제외하고는 대부분 통속적 대중문학에 편승 함으로써 집중적인 아동문단의 성장은 기대하기가 어려웠다. 그러나 1950 년대 후반기에 접어들어 신춘문예 등 엄격한 관문을 통과한 참신하고 패 기 찬 신인들이 등단함으로써 1960년대를 위한 1950년대 말의 준비기는 그 가능성을 마련하고 있었다.

곧 1950년대 후반기 이후의 신지식 · 이영희 · 정주상 · 장욱순 · 윤사섭 등의 동화 · 아동 소설작가, 1950년대 말기를 전후한 신현득 · 박경용 · 유경환 · 조유로 · 김종상 등의 동시인 출현은 이들이 1960년대 아동문학의 중추적 인물이라는 점에서 그 의미가 컸던 것이다.

### (4) 1950년대의 아동문학사적 의의

#### ① 본격문학 생성의 기반 조성

이처럼 1950년대 문학의 양상이 '안이한 히로이즘과 저속한 센티멘털 리즘의 세계에서 저회하고 있는 실정'[20]에 의하여 통속 대중화하자 '아동 문학도 문학인가'[21] 하는 극단론까지 나올 만큼 아동문학의 전서는 암담 했다. 그러나 그러한 상황 속에서도 문학의 전통을 고수하려는 일부 순수 작가들은 나타나는 법이어서, 이 시기에는 통속팽창 속의 문학적 각성이 서서히 태동하기도 했다.

그리하여 그것은 문학운동적 성격이나 또는 일부의 교도에 의한 인위 적·계몽적인 결과이기보다 오히려 통속 혼란 속에서 얻어진 작가적 양 심이나 자기 회의에 의한 자연 발생적 현상이었다는 점에서 의의가 깊었 으며, 동시에 1950년대 후반기를 넘어서면서 몇 가지의 뚜렷한 각성적 행 동까지 보여 주었다는 데 문학사적 의의가 있었다.

곧 각종 문학단체 내의 아동문학 분과 설치와 마해송의 '자유문학상' 수상 등 각종 문학상이 아동문학가들에게도 수여됨으로써 아동문단이 실 직적인 공인을 획득하고, 일간신문의 신춘문예 제도 설치 등으로 신인 등 단제도가 혁신되자 처음으로 현대적 아동문단이 형성되기에 이르렀던 것 이며, 1950년대 후반기에는 잡초 제거 논의로 문단의 정화 의식까지 확대 되자 비로소 본격문학 형성의 기반이 단단히 굳혀지게 된 것이다.

---

20 이주홍, 「아동문학의 문단적 위치」, 『자유문학』 4권 12호(1959. 12), 216~217쪽.
21 이종환, 「아동문학소고」, 『문예』 4권 4호(1953. 11), 48쪽.

② 본격문학의 현실화

따라서 통속의 와중을 딛고 고난과 악조건 속에서도 본격문학으로서의 아동문학은 미흡하나마 서서히 그 모습을 드러내고 있었다.

먼저 산문문학의 경우, 통속적 대중문학의 온상 지대로서 그 전적인 책임이 있음에도 불구하고 산문 시대의 정착과 양적 폭증에서 추출되는 발전적 소지의 확보가 몇몇 소수 정예 작가의 자극으로 통속화를 극복하는 데 성공을 거두고 있었던 것이다. 곧 사상성에 근거를 두면서도 풍자문학의 전설로 '동화 세계의 확대'[22]를 보여준 마해송, 동화와 소설을 겹치면서도 전대의 현실의식에의 집착으로 또 다른 사상적 패턴을 제시한 이원수, 교육적 미학의 승화자인 강소천, 환상적 미와 현실의식의 접목을 시도했던 김요섭 등의 끈질긴 모색과 1950년대 후반기에 등단한 신지식·이영희·장욱순·윤사섭 등의 출현으로 그토록 극성스런 상업주의적 통속문학의 유혹을 헤집고 산문문학은 본격화를 실현했던 것이니, 산문문학은 비로소 이때부터 통속과 본격문학의 뚜렷한 양립 현상으로 현대적 의미를 부여받을 수 있었던 것이다.

한편 율문문학의 경우는 산문과는 달리 기성작가들에 의해서가 아니라 1950년대를 전후해서 등단한 신인들에 의해서 순수본격동시를 출현시켰다는데 그 특징이 있었다. 물론 그것은 기성의 문학적 토대를 기반으로 출현된 것이긴 하지만, 이 시대 기성들의 문학활동이 그 질에 있어서 오히려 전대의 진통적 모색조차 무색하리만치 침체된 수준을 면치 못했던 데 비하면 어느 모로나 대견한 현상이었다. 따라서 그것은 박영종이 성인시를, 그리고 이원수·김영일·박은종 등이 산문 쪽으로 주력을 옮겨버린 변화, 한정동·윤석중은 물론 박경종·목일신·임인수·어효선·박홍근까지 슬럼프에 빠져 동시단의 형편은 실로 말이 아니었던 시기에

---

22 김성도, 「동화세계의 확대」, 『매일신문』(1958년 7월 1일자).

중요한 하나의 돌파구를 안겨준 셈이 되는 것이다.

곧 이른바 1950년대의 삼가 동시인이라 할 최계락 · 이종택 · 이종기의 등장이 그것으로서, 이들은 이미지의 신선미, 비유법의 확장, 사상성의 도입, 언어 합성의 수법 개발, 정형 만능주의에서의 탈피 등으로써 형상화된 동시 곧 순수본격동시의 출현에 이바지한 것이다.

그리고 그러한 동시단은 1950년대 말기에 접어들면서 부쩍 의욕스럽고 절실해진 기운에 힘입어 1960년의 새로운 혁신의 신인으로서 등장한 조유로 · 박경용 · 신현득 · 유경환 · 김종상 등을 맞이함으로써 1960년대 순수본격동시운동의 전초적 터전을 마련하는 데 획기적인 성공을 거둔 것이다.

### ③ 문화운동의 명맥과 문학단체의 등장

한국 아동문학의 출발은 소파 중심의 아동문화운동에서부터 싹튼 것이었지만, 1950년대는 그러한 운동의 의미가 변질되기 시작한 연대였다. 곧 해방 전의 아동문학운동은 사회운동 내지는 민족운동적 성격으로 형성된 데 반해 해방 후의 그것은 아동계몽과 아동해방이란 새로운 성격으로 탈바꿈하게 된 것이 그것이다.

물론 1950년대는 전쟁이라는 비참한 상황에도 불구하고 문필이나 매스컴을 통한 개인적이며 소극적 활동이었지만 문화운동은 그런대로 전개되고 있었고, 또 윤석중 중심의 '새싹회'1956 창립가 유일한 조직적 문화운동체로 명맥을 이어주기는 했다.

그러나 대체로 문단은 조직적 문화운동을 하는 대신 문학단체를 통한 문학활동에 더 깊은 관심을 쏟는 형편이었다. 곧 이원수 주동의 '한국아동학회'1954를 필두로 '한국아동작가협회'1957, 지방의 '대구아동문학회'1957, '부산아동문학회'1958 등의 결성이 그것으로, 이들은 자체 역량의 신장과 권익 옹호, 문학적 연수 및 아동 백일장을 통한 글짓기운동 등 주로 문학을 중심으로 현대적 아동문화운동을 전개했던 것이다.

④ 통속팽창기의 결산

이제 서상을 종합하여 이 시기의 사적 특수성을 정리해 보면, 대충 다음과 같은 두 가지의 측면에서 그 문학사적 의의를 이야기할 수 있을 것이다.

첫째, 1950년대 자체의 사적 특수성과 거기에서 유발된 본격과 통속의 분화현상이 그것으로서, 곧 전 문학사를 통해 유독 1950년대만이 발전적 측면보다는 저해적 측면이 강했다는 점이다. 그리고 이러한 측면의 극대화 속에서 비로소 전대까지의 미분화된 통속과 본격문학이 문화의 의미를 부여 받아 현대적 양상을 띠게 되었다는 사실이다.

둘째, 1950년대는 한 시대 문학으로서의 독립된 의미를 갖기보다는 1960년대 본격문학운동의 교량적 성격이 강했다는 점이다. 곧 형성된 본격문학이 운동적 성격보다는 개인적 폐쇄성을 강하게 드러냄으로써 과도기적 성격을 완연히 보여주었다는 점이다.

## 3) 정리형성기(1960~)

### (1) 4 · 19와 정리형성의 양상

### ① 4 · 19의 영향과 문학적 의의

주어진 역사의 파동을 감수하는 입장에서 처음으로 역사를 창조하는 능동적인 전환점을 부여했다는 점에서 현대사상 최대의 가능성을 시사해 준 4 · 19는 또한 그것이 자유민권의 승리가 안겨 준 시민의식의 태동, 근대화의 정신적인 기초 구축, 진정한 민족의식의 생성 등 정치 · 문화적 영향을 가져왔다는 데 보다 중대한 문학사적 의의가 있었다.

그것은 4 · 19를 계기로 진정한 리얼리즘 정신을 문학상에 현현시킨 가능성을 가져왔으니, 곧 역사의식에 대한 적극적 수용, 외래문학과 정치로부터의 예속을 극복하려는 문학의 주체성에 대한 관심을 증대시켰을 뿐만 아니라, 순수 · 참여 논쟁으로 제기된 문학기능론의 재검토, 신문학 60년을 계기로 추구된 문학사적 반성과 방향 모색 등 일찍이 볼 수 없었던 진지한 문학적 자각의식들을 가져온 것이다.

② 아동문학계의 자각과 반성

그러기에 아동문학계도 이 같은 4 · 19의 문학적 의의를 자양분으로 하여 1950년대 말기에 성숙된 내적 기반을 토대로 이른바 '내적 혁명'23이라 할 아동문학 자체의 여건에 힘입어 비로소 본격문학으로서의 반성과 자각현상을 불러일으킴으로써 정리 · 형성의 군건한 토대를 닦게 된 것이다.

곧 독재체제의 도괴로 각성된 어용주의 문학에의 반성, 교육성에 대한 소승적 파악으로 야기된 호도적 교훈주의 문학에의 반성, 대중적 상업주의 문학에의 반성, 그리고 이러한 독소 때문에 만연된 변모 · 지양 없는 정체상태에서의 반성 등을 불러일으키게 한 것이다.

그리하여 그것은 아동문학의 비예술성, 문학 이전의 저급성, 작가의 무정견, 문단의 안이한 풍토에 대한 끊임없는 반성과 자각을 몰고 왔으며 현상의 유지를 박차고 현상을 개조하려는 문학적 자각을 가져온 것이다.

③ 본격문학 생성을 위한 문단의 동향

따라서 이러한 4 · 19의 의의와 아동문학 자체에서 조성된 내발적 가능

___

23 박경용, 「플라스코 속의 형성」, 『아동문학』 16집(1968. 5), 40쪽.

성은 필연적으로 본격문학 형성을 위한 문단의 움직임을 한층 활기찬 양상으로 만들었던 것이다.

곧 첫째로 1950년대 말기부터 보여준 등단제도가 신춘문예와 추천제[24]로 완전히 정비됨으로써 역량 있는 신인들이 문단풍토 개선의 주력을 담당케 되었으며, 둘째 문학단체가 행정적 집단체제에서 동인중심의 집단체제로 발전됨으로써 본격문학운동의 온상을 조성시켰고, 셋째 문학선집, 개인전집, 외국명작전집 등 출판물에 의한 정리작업이 문학사의 자료적 정리를 통해 문학적 반성과 자각의 장을 제공했으며, 넷째 일반문학상의 수상은 물론 '각종 아동문학상'[25]의 제정으로 당해 작품의 문학적 검토와 상호 비교 대비에서 안이한 창작 풍조가 불식되었고, 또 그것은 작품 위주의 위계질서 확립을 가져와 본격문학 형성을 위한 문단의 정비가 한층 구체성을 띠게 되었던 것이다.

따라서 이 같은 문단의 고무적 동향은 '문학 본연의 궤도에 서는 일'[26]이었으며, 동시에 그것은 본격문학운동의 중요한 기반으로서도 충분했던 것이다.

## (2) 본격문학운동의 양상

### ① 본격동시운동

1960년대 본격문학운동의 가장 획기적인 성과였던 본격동시운동은 먼저 전대까지의 비시적 유형성을 탈피하고 '시로서의 동시'를 구축하기 위한 일련의 문학에로의 복귀운동이었다. 따라서 이에 가담한 이른바 전

---

24 월간신문의 신춘문예제도는 이 시기 10여 개사 이상이 채택했으며, 추천제는 『아동문학』·『월간문학』·『가톨릭소년』·『한글문학』지가 대표적이었다.
25 대표적 아동문학상으로는 소천아동문학상(1965년 제정), 세종아동문학상(1968년 제정), 한정동아동문학상(1969년 제정) 등이 있다.
26 이원수, 「아동문학」, 『해방문학 20년』(1965), 6쪽.

위 시인들은 '동시도 시'라는 지극히 당연한 명제를 캐치프레이즈로 내걸었다.

곧 동시의 평면성 극복, 폐쇄적 시어의 개방, 동심세계의 확장, 지시적 전달기능의 탈피, 도식적 교육성에서의 해방 등 과거의 고형적 동시관에 대한 전면적 재검토를 통해 시로서의 동시를 위한 자신들의 문학운동에 정당성을 찾으려 했던 것이 그것이다.

그리하여 이 운동은 1960년대 후반기를 넘어서면서부터 운동적 성격을 더욱 뚜렷이 드러냈는데, 1950년대 말기에 등단한 박경용·유경환·신현득·조유호·김종상을 주축으로 한 최계락·이종기·최승렬·석용원·윤부현·이석현·김사림·이상현·최춘해 등이 그 주역들이었다.

이들은 이 시기 동시단의 가장 핵심적 이념체라 할 '동시인 동시회'1966 창립를 중심으로 다양한 실험을 통해 동시의 새로운 출구를 모색하는 무수한 시도작들을 쏟아내기도 하였다.

곧 그 대표적 양상만 보더라도 언어감각의 혁신, 이미지 중심의 시어 결합, 시의 형식미 탐색 등과 같은 시적 기교 개발과, 철학에의 접근, 역사의식과의 접목, 현실파악에 대한 방법적 모색, 동시적 환상세계에의 접근 등과 같은 동시 세계의 확대, 동시의 실험, 동시조의 개발, 정형동시의 시적 형상화에 대한 재검토 등과 같은 장르 개발 등등 그 실험적 양상은 실로 다양했던 것이니, 그 문학적 성과 또한 획기적인 것이어서 1960년대 후반기 동시의 수준은 능히 시적 차원에 육박하는 괄목할 만한 전진을 보여 주었던 것이다.

그러나 이것의 지나친 탐색 때문에 야기된 동시의 난해성 문제는 반성과 극복에의 노력이 계속 모색되고 있긴 하지만, 앞으로 동시의 가능성을 좌우하는 중요한 과제로 대두시키기도 했다.

② 본격동화운동

본격동화운동 역시 동시의 경우와 같은 의식에서 출발하고 있긴 하지만 동시만큼 문학운동적 양상이 적극적이거나 창조적 정신에 바탕을 둔 것은 아니었다. 다만 1960년대 이후 초점의 중심이었던 문학의식에 바탕을 둔 것은 준한 발전적 모색의 과정에서 얻어진 성과로서 그 획기적 수확은 역시 1950년대 말부터 1960년대까지 등단한 신인들에 의해 이루어졌지만 기성 중진 중견급들도 이에 못지 않게 영향력을 구사했던 것이다.

그러나 '아동관의 확립, 전통성의 발굴, 창작동화의 체질 개선, 동화문학의 효용성'27에 의한 뚜렷한 방향을 제시했던 '한국동시문학회'1968년 창립의 창립 이후부터는 동화가 문학으로서 정착되어야 한다는 동화 의식이 뚜렷이 작가들에게 부각되기 시작하여 그러한 시도적 움직임이 현저하게 표면화되었다. 특히 당시까지만 해도 이원수·마해송·이주홍 등의 전통과 신지식·장욱순·이영호·최인학 등이 전개한 리얼리즘에 입각한 아동소설에 짓눌렸던 동화가 '아동 산문문학의 정통'28이라는 법통을 인정받게 됨에 따라, 동화의 양적 증가 현상뿐만 아니라 그 시도의 양상도 다양한 측면에서 검토되는 적극성을 보여 주었다.

이에 그러한 시도적 양상과 문학적 성과를 요약해 본다면 ① 환상의 필연성에 대한 자각, ② 주제 의식의 강화, ③ 상징적 수법의 다양화, ④ 전승설화 정리에의 의욕 증대, ⑤ 동화문체의 확립, ⑥ '재미'성의 재인식, ⑦ 생활동화에의 반성 등 전대까지 추구 모색되던 산발적인 과제들의 총합적 검토로서 그것은 동화문학사의 문학적 총결산이라 할만한 중대한 성과였던 것이다. 그러나 역시 지나친 실험의식의 영향으로 동화의 문학

---

27 한국동화문학회 창립 발기취지문에서 요약·발췌한 것임. 1968년 10월 12일자 발행의 유인물 「한국동화문학회 창립발기취지문」 전문 참조.
28 그러나 이 문학단체의 실질적인 문학활동은 없었으며, 다만 그러한 이념이 집단적으로 결속되는 데 큰 의의가 있는 것이다.

적 차원을 넘어선 난해성 문제가 대두되기 시작하여 앞으로 극복해야 할 가장 큰 과제로 남아 있다.

### ③ 아동극운동과 평론문학의 대두

아동극과 비평 분야는 아동문학 사상 가장 낙후성을 보여준 장르라는 점에서 공통점을 지니고 있었다. 그러나 이들 역시 1960년대에 접어들면서부터 전대와는 달리 문학적 성과를 거두었으니, 곧 아동극단운동에 의한 아동극 분야의 활발한 움직임과 평론문학이 비로소 이 시기에 대두되었다는 점이 그것이다.

먼저 아동극운동의 양상을 보면 희곡으로서의 아동극, 곧 문학적 차원에서의 아동극운동이라는 의미보다는 아동극 이론의 확립,[29] 전대까지의 행사 중심적 기능의 지양, 그리고 학교극의 일반화를 위한 노력, 아동극 단극의 시도 등 초창기적 성격이 강했다는 점이 특징이었다.

곧 아동극의 양적 증대, 줄거리 중심에서 탈피한 인물의 성격 중시, 합리적 구성 등의 질적 변모, 전문적 아동극단의 창단으로 인한 창작 의욕의 자극 등 활발한 운동적 양상을 띠기도 했으나, 그것은 주평朱萍 개인을 중심으로 하는 소수의 작가에 의한 고군분투였을 뿐, 문학의식에 입각한 문학운동이 아니라 문화운동적 아동극단운동이었던 것이다.

그러나 이와는 반대로 비평 분야의 문학적 성과는 참으로 지대한 것이어서 1960년대로 들어서자 아동문학 비평계는 비평 기준의 설정과 비평문학의 기초 단계적인 감상·해석적 기능을 넘어선 평가, 교도적 기능을 중시함으로써 '작품을 평가하여 작품의 가치를 판단하며 문학의 새로운 방향을 제시하여 고차적인 문학이론의 지양을 시도'하는 데까지 역점을

---

29 중요한 이론서로는 주평·홍문구·어효선 공저 『학교극사전』(교학사, 1961)과 주평의 『아동극입문』(대한교육연합회, 1963)이 있다.

두게 된 것이다.

곧 『아동문학』 및 『아동문학사상』 양지를 중심으로 한 원리론적 비평, 「아동문학입문」의 이원수, 「아동문학소사」의 윤석중, 「아동문학 서지년표」의 어이선, 『아동문학개론』 1967과 『한국현대아동문학사』의 필자 등에 의한 이론탐구 및 서지적 연구, 박경용·오규원·필자 등의 『햇불』·『교육평론』·『현대문학』지를 통한 실천적 비평 활동이 그것으로 이것은 본격문학운동을 자극시킨 직접적인 동기가 되었으며, 해이해진 작가 자세로 야기된 안이한 문단 풍토를 개선시키는 데 크게 이바지하게 된 것이다.

### (3) 1960년대의 출판물과 작가들

1960년대의 출판계는 양적 풍요와 질적 다양성 속에서 통속과 본경의 뚜렷한 분화현상을 보여주는 게 그 특징이었다.

먼저 정기 간행물의 경우 『새벗』·『카톨릭 소년』 1960 등의 종교적 교양지, 『새소년』 1964·『어깨동무』 1967·『소년中央』 1969 등의 현대적 호화상업지, 『소년한국』 1960·『소년동아』 1964·『소년조선』 1965 등의 일간 아동신문, 그리고 순수 아동문학전문지 『아동문학』 1962~1968, 17집, 종합지 『햇불』 1969~1970, 17호, 특집 기획지 『아동문학사상』 1971, 9집의 간행과 『교육평론』·『월간문학』·『현대문학』 등의 지면 할애 등에서 보는 바와 같이 그것은 본격문학운동을 위한 중요한 발표무대였다.

한편, 이 시기에는 수백 종에 달하는 양적 풍요를 가져온 단행본류의 간행도 성황을 보여 마해송의 『마해송 동화집』 1962, 이원수의 『파란 구슬』 1960, 김성도의 『색동』 1965, 김요섭의 『날아다니는 코끼리』 1967, 신지식의 『바람과 금전화』 1967, 이녕희의 『꽃씨와 태양』 1967, 윤사섭의 『외짝 아기신』 1966, 최효섭의 『시계탑의 열두 형제』 1964, 최인학의 『벌판을 달리는 아이들』1964, 이영호의 『배냇소 누렁이』1966, 손춘익의 『천사의 꼽추』1970 등의 동화 · 아동소설집, 윤석중의 『바람과 연』1966, 이원수의 『빨간 열매』1964, 박홍근의 『날아간 빨간 풍선』1960, 신현득의 『고구려의 아이』1964, 조유로의 『씨씨한 시집』1965, 최계락의 『철쭉길의 들꽃』1966, 이종기의 『하늘과 땅의 사랑』1966, 류경환의 『꽃사슴』1966, 박경용의 『어른에겐 어려운 시』1969, 김종상의 『흙손엄마』1964 등의 동시집이 중요한 이정표의 몫을 했다.

그리고 이 1960년대에는 이밖에도 방정환 · 강소천 · 마해송 · 류여촌의 개인 전집과 아동문학 선집 · 아동문학연간집 · 기념문집 등의 간행도 전대에 볼 수 없는 중요한 소득이기도 했는데, 이들은 다른 간행물과 함께 1960년대의 본격문학 형성에 중요한 밑거름 구실을 다하기도 했던 것이다.

따라서 이 시대의 작가들 역시 그 움직임이 어느 때보다 고무적이고 또 작가의식이 예각적인 것이 특징이었는데, 그 활동 인원만 보아도 가히 백화난만격이라 할 만 했다. 곧 마해송 · 이주홍 · 강소천 · 이원수 · 김영일 · 김성도 · 임인수 · 김요섭 · 박화목 · 박경종 · 김진태 · 박홍근 · 이주훈 · 장수철 · 어효선 · 신지식 · 이영희 등의 기성 중진 중견과 서석규 · 윤운강 · 여영택 · 장욱순 · 윤사섭 · 최효섭 · 오영민 · 황영애 · 유여촌 · 최인학 · 이영호 · 한상수 · 권용철 · 손춘익 · 오세발 · 이준연 · 조대현 · 이현주 · 이효성 · 정진채 · 강준영 등 1960년대를 전후하여 등단한 신예 신인 동화 · 아동소설가, 최계락 · 이종기 · 이종택 등을 제외한 기성 중견 동시인들의 부진한 작품 활동에 비해 가장 왕성한 의욕을 보여 주었던 신현득 · 조유로 · 박경용 · 유경환 · 김종상 · 이석현 · 김사림 · 석용원 · 윤혜승 · 윤부현 · 문삼석 · 오규원 · 차보금 · 이상현 · 이오덕 · 최춘해 · 김녹촌 · 엄기원 · 이탄 · 김완기 등의 신예 신인 동시인, 홍은표 · 주평 ·

이영준 등의 동극작가들은 곧 이 시대에 가장 활발한 활약상을 보여 주었던 작가들인 동시에 1960년대 본격문학운동의 주역들이었다.

그러나 이러한 출판계와 작가들의 문학적 위치는 곧 1970년대 문학의 가능성을 일단 시사케 해 주는 고무적인 현상이기도 했지만, 그것은 1970년대 이후의 문학적 과제를 어떻게 수용하느냐에 따라 다시 평가될 수 있는 국면이기도 한 것이다.


## 결언

우리나라의 아동문학은 해방 전에는 아동문화운동에서 출발하여 민족·사회·문화운동으로 시종했으며, 광복 후에는 정치·사회적 영향으로 혼미와 통속팽창을 가져왔으나, 소수 정예 아동문학가들의 노력과 자각으로 1960년대에 비로소 본격아동문학운동의 생성을 볼 수 있었다.

따라서 한국의 아동문학은 우선 문학적인 자각 위에 선 휴머니즘 문학으로서의 세계아동문학에로의 시야 확대와, 과감한 장르의 확장 및 장편물의 시도와 함께, 동시에 있어서의 '얻은 것은 시요, 잃은 것은 동시'라는 진단과, 동화에 있어서의 판타지와 리얼리티의 심화와 조화, 아동소설에 있어서의 리얼리즘과 로만티시즘의 용해라는 몇 가지 문제점들을 어떻게 극복하느냐가 본격문학으로서의 내일의 한국 아동문학을 점쳐줄 것이다.

제 3 편

◆

아동문학각론

# 제1장 장르론

## 1. 장르의 정의

### 1) 장르의 의의

장르genre란 류類·속屬·형型·양식樣式·취미 등의 뜻으로 쓰이는 불어이다. 그 어원은 라틴어 제누스Genus로서, 종족race·혈통lineage·종류kind·부문class 등을 뜻한다. 이것을 좀 더 상세히 분석하면 다음의 세 가지로 풀이된다.

> ① 본질적인 특징으로서 비슷한 여러 존재의 자연적 무리(群).
> ② 여러 가지 조건을 공유하는 것에 대해 그 차이를 없애고, 정신이
>   그것을 종합하는 데 쓰는 일반 관념.
> ③ 한 사물의 본질적인 성격의 총체.[1]

곧 장르란 어떠한 사물이나 사상들을 객관적 조건에 의해 그 본질을 구명하고, 그것들을 몇 개의 그룹Group으로 종합한 것이다.

---

1 Hatxfeld, Darmester et Thomas, Dictionnaire genéral de la langue française (Paris; Hachette, 1926).

그러면 장르가 문학적 용어로 사용될 때에는 어떠한 의미를 가지게 되는가? 문학작품이라는 것은 여러 가지 각도에서 관찰된 복잡한 성질을 가진 문화현상이므로, 문학 장르의 문제는 그렇게 간단하지 않다.

문학의 유별類別이 결정되는 요소로서 그 형태 · 제재 · 양식진행형 · 목적태도 등을 생각할 수 있으나, 이 요소들은 다시 기다한 파생요소를 내포하고 있어[2] 자못 복잡하기 이를 데 없다. 그러나 이 중에서 특히 형태를 중시하지 않을 수 없다.[3] 다시 말하면 문학에서의 장르는 문학작품의 외면형식에 따르거나, 작품의 소재며 내용 혹은 미적 성격에서 표현하고자 하는 대상과 파악방식 및 감상자에 대한 제시 등 여러 가지 조건에 의해 그 작품의 성격을 규정하는 것이다. 그러기에 장르는 객관적 조건에 의해 유형적 통일을 형성하는 작품군을 의미하고, 주관적 조건에 의해서는 분류될 수 없다. 그리고 그 객관적 조건은 합리적이고, 논리적인 것을 전제로 하는 것이다.

그러나 이러한 객관적 조건은 문학에서 취급되는 새로운 사상이나 사조에 의해 얼마든지 발견될 가능성을 지닌다. 사회나 인간 내면의 갖가지 사상 및 주의들은 시대에 따라 변화되었고 또 변화되어 왔으므로, 문학상의 장르의 개념 또한 역사적으로 생성 · 발전 · 쇠멸하며, 변형 · 분화 · 교체하는 것이다. 그러나 그것은 문학의 통일이나 장르의 부정을 의미하는 것은 아니다. 다만 새로운 각도에서 분류되고 정리될 수 있는 가변성을 띠었을 뿐이다.

---

2 고정옥, 「국문학의 형태」, 『국문학개론』(서울: 일성당 서점, 1949), 5쪽.
3 그래서 Morohology(言語形態學)란 말이 즐겨 사용된다. R. Wellek, A. Warren, Theory of Literature. (Harcourt, Brace & Co. Inc. 1948), 大田 三郎 譯, 320쪽.

## 2) 문학 장르의 발달과정과 아동문학

### (1) 문학형태의 발달과정

문학형태가 서정시lyric와 서사시譚創作, epic와 극시drama의 3대 장르로 구분됨은 이미 본질론에서 보아 온 바다.

이러한 문학형태의 원형질이요 핵이 되는 것은 물론 민요무용民謠舞踊, Ballad dance이다. 민요무용은 운문과 음악과 무용이 결합된 것이다. 시는 민속무용에서 싹을 틔워 음악과 무용을 흡수하고, 몸짓과 악기를 떨어냄으로써 '춤추는 언어' · '노래하는 생각'을 얻은 것이요, 음악과 무용 또한 이질의 요소를 떨쳐버림으로써 따로 서게 되었고, 그들은 도리어 그 내부에 잠재하여 한 개의 핵으로서 존재하는 것이다. 그리고 이렇게 분화한 시가 다시 잔존된 핵의 작용으로 서사시와 서정시 및 극시라는 문학의 세 근본형태를 이룬 것이다. 따라서 서사시는 노래를 버리고 언어만을 취하여 '이야기하는 시'로 탈바꿈해 왔고, 서정시는 언어와 음악을 그냥 지녀 '노래하는 시'가 되었다. 또한 극시는 다시 언어와 노래와 무용을 아울러서 '표출의 시'로 남게 된 것이다.

'이야기하는 시'는 서사시에서 다시 산문화하여 소설로 발전하여 왔으며, '노래하는 시'는 오늘날의 시로 남게 되었고, '표출의 시'는 오늘날의 희곡으로 각각 그 면모를 갖추게 된 것이다. 다시 말하면 민요무용에서 출발한 문학은 워낙 시였으나, 다시 '이야기'와 '춤'과 '노래'의 문학으로 발전하여, 오늘날의 소설과 희곡과 시라는 각기 독립된 영역을 갖게 된 것이다.

### (2) 아동문학과의 관계

아동문학은 그것이 지니는 특수성 · 복잡성에 따라 문학형태의 발달과정에서 본 세 형태가 더욱 여러 갈래로 나뉘어진다.

서정시에 해당하는 장르로서는 동요와 동시가 있다. 이 계통의 전래하는 민요나 동요, 무가 등은 오늘날 아동문학과 그 내용이나 격조에 있어 동일하다. 또한 서정시적 형태가 강하게 담겨있는 동화는 전래한 옛이야기 · 민화 · 신화 · 우화 · 전설 등과 비슷하다. 이러한 전래동화나 전래동요는 작자가 알려지지 않은 민중 공동 제작품으로서, 그 내용과 소재가 동화적 · 동요적 요소로 충만되어 있다.

이들은 원시민족의 사고방식을 대변하는 것으로, 물활론 · 유령설을 바탕으로 하고 있으며, 이것은 곧 아동문학의 대상인 아동의 사고방식과 일치하고 있다. 그러므로 이들 전승문학은 개작 · 재화 · 정리되어 아동문학의 영역에 들어온 것이다. 그리고 또 한 가지 중요한 것은, 이들의 줄거리가 세계 각국의 것끼리 서로 비슷할 뿐만 아니라, 한 국가나 지역 안에서도 비슷한 것이 많다는 것이다. 이는 곧 인간의 원시적 심리형태가 국경을 초월해서 동일한 소망과 꿈과 의식, 즉 유동성을 갖고 있음을 의미한다. 이러한 사실들은 아동문학이 민요무용에서 출발한 발전적 형태이므로, 아동문학 장르가 이것과 관련되어 분류되어야 함을 가르쳐 주고 있다.

이제 이러한 관계를 도식으로 표시하면 다음과 같다.[4]

| 문학형태 발달과정에서 본 아동문학의 장르 | | |
|---|---|---|
| ① 민요무용(Ballad dance) | | |
| □<br>碑<br>文<br>學 | ② 說話文學<br>(설화, 전설, 민담, 우화)<br>※ 동화↓ | 演技文學<br>(탈춤, 인형극, 연극)<br>※ 동극↓ | 歌謠文學<br>(巫歌, 민요, 동요)<br>※ 동요↓ |
| 創<br>作<br>文<br>學 | ③ 서사시<br>동화↓ | 극시<br>극↓ | 서정시<br>동요↓ |
| | ④ 소설<br>아동소설↓ | 희곡<br>아동극↓ | 시↓<br>동시↓ |

---

4 조지훈, 「동화의 위치」, 『아동문학』 2호(서울: 배영사, 1962), 20쪽.

## 2. 아동문학의 장르

아동문학은 문학의 2대 형식에 따라 분류하면 우선 율문과 산문으로 구분된다. 율문은 다시 동시와 동요로 분류되며, 이것은 자유시와 정형시로 대비된다. 또한 산문의 영역에는 동화 · 소년소설 · 아동극[희극] 등이 소속된다. 이것을 시 · 소설 · 희곡의 3대 양식으로 분류한다면 동시와 동요는 시로, 동화와 소년소설은 소설로, 아동극과 아동용 시나리오scenario는 희곡으로 유별될 수 있다.

### 1) 동요와 동시

#### (1) 동요

동요의 시원은 노래였다. 작자 불명의 동요가 고대에서 현대에까지 입으로 전해 내려오는 구전동요나, 『삼국유사』에 실려 있는 『서동요』처럼 문헌에 기록되어 전하는 기재記載 [정착] 동요 등은, 그것의 시원이 시이기에 앞서 노래라는 것을 알게 해 준다.

이것은 우리나라의 대부분의 민요가 그러하듯이, 4 · 4조의 기본적 율조를 근간으로 하고 있다. 이러한 율조는 1920년대에 들어서 전래동요가 아닌 창작동요가 나타나면서부디 7 · 5조의 폭넓은 율조를 가지게 되었고, 그 내용과 표현에 더 큰 변화를 가져오게 된 것이다.

또한 전래동요에서 느낄 수 있는 것은, 사회적 · 정치적 현실을 풍자 · 해학 · 비유로써 만들어지기도 했고, 놀이의 노랫말 또는 유희적 재미로 지어지기도 하였다는 사실이다. 그 예가 부참 · 충참 · 도참 따위와 같은 요참이나 유희요 등이다.

### (2) 동시

동시는 아동의 시로서 신문학과 더불어 탄생하였다고 볼 수 있다. 동시는 그 기원을 전래동요에서 찾을 수 있을지 모르지만, 그 형식은 현대시에서 온 것이라 할 것이다. 왜냐하면, 동시란 서정시에서 출발된, 곧 현대시가 정형시에서 탈피하여 자유시로 진전한 것과 같이, 동요가 가지는 정형의 율조에서 벗어나 현대시의 형식을 취한 것이라 볼 수 있기 때문이다.

자유시가 지니는 내재율에 의한 조형적 음악성이 동시의 특색이다. 그것은 동요가 외형율 곧 음수율에 의존함으로써 음악성을 갖는 데 비해서, 동시는 그와는 달리 음 자체를 효과적으로 배열하여, 한 개의 건물처럼 조형하는 데서 음악성을 수반하는 것이다. 또한 동시는 그 형태에 비추어 자유시형과 산문시형으로 구분할 수 있는데 그 구별은 시행의 진행방식에 의해 가능하다. 그리고 동시는 다시 그 내용에 따라 서정시적 동시와 서경시적 동시 · 서사시적 동시로 분류할 수도 있다.

### 2) 동화와 아동소설

#### (1) 동화

동화는 산문으로 된 한 표현양식이지만, 그것이 가지는 본질과 내용의 특수성에 의해 소설과는 다른 장르로서 존재한다.

옛이야기 · 민담 · 우화 · 신화 · 전설 속에서 추출된 전래동화를 선조로 하는 이 동화는, 그러한 원시적 형태를 개작 · 재구성한 서구적 메르헨 Märchen이나 페어리 테일즈Fairy tales는 물론이요, 전래동화를 계승하여 그것을 아동의 적성에 맞도록 만든 개작동화나, 아동을 위해 새로이 빚어낸 창작동화도 모두 내포한다. 그리고 그것은 다시 음성언어로 표현하는 구연동화와, 문자언어로 표현되는 문장동화로 나눌 수 있으며, 나아가 독자의 연령에 따라 저학년에 알맞은 유년동화또는 저학년 동화와 고학년에 알맞은 소년동화또는 고학년 동화로, 또 내용 유형별로 상징동화 · 환상동화 · 모험동화 · 순정동화 · 생활동화로도 나눌 수 있다.

동화의 특질이 '공상성과 시적이요 추상적인 것은 변함없이 지니면서, 서술에 있어 소설적인 형태를 취하게 된 것'이라면, 현대동화는 다분히 현실적인 면에서 그 소재를 취하고 있다고 할 것이다. 이 현실적 소재를 다룬 것이 동화가 될 수 있는 것은, 그것이 표현에 있어 산문시적이며, 디테일의 묘사를 거의 하지 않기 때문이다. 이러한 동화를 '생활동화'라고 부르며, 그것은 오늘날 동화의 많은 부분을 차지하고 있다. 그리하여 이러한 현실적 소재는 동화의 본령인 초자연적 · 공상적 세계와 연결 · 융화되는 내용을 가지게 된 것이다.

### (2) 아동소설

동화와 함께 서사시적 아동소설은 아동들에게 읽힐 것을 목적으로 창작된 산문문학이다.

아동소설소년소설은 그 주제에 따라 가정소설 · 서정소설 · 순정소설 · 명랑소설 · 모험소설 · 탐정소설 · 과학소설 · 역사소설 등으로 구분되며, 성인문학작품 가운데서 어린이에게 적합한 것을 고쳐 쓴 개작소설rewrited novel도 포함한다. 또한 독자층을 그 생리와 기호 및 취미에 따라 소년과 소녀로 분리시킨다면, 소년소설 · 소녀소설이란 장르도 가능하다. 그러나 대개의 경우, 아동소설은 소년소설 또는 소년소녀소설이라 불리어진다.

이 아동소설은 동화에서처럼 추상적이고 공상적이며 표현이 시적인 것과는 달리, 구체적이고 현실적이며 산문적이다. 개개의 인물 조형과 디테일의 진실에 의해 동화와는 다른 독립된 세계를 형성한다. 또 아동소설은 현실적 · 구상적인 문학형식이므로, 현실적으로 또는 사실적으로 다루어지기 마련이다. 이 경우, 현실적이라는 말은 아동의 생활과 심리를 있는 그대로 그리며, 사건이나 구성에 있어 필연성을 띰을 가리키는 것이다.

한편 아동소설은 아동이 이해할 수 있는 형식으로서, 아동의 생활에 도움을 줄 수 있고 바른 성장을 도울 수 있도록 쓰이지 않으면 안 된다. 곧, 아동소설은 진리를 찾아 고난을 극복하는 뚜렷한 아동상이 형상화되어야 하는 것이다. 이렇게 볼 때, 아동소설은 철저하게 리얼리즘 정신에 투철한 문학이라 할 것이다.

### 3) 아동극의 장르

#### (1) 생활극과 동화극

극시의 형태에서 발달된 희곡의 아동문학 장르인 아동극은, 그 주제에 따라 '생활극과 동화극'으로 나눌 수 있다.

생활극이란 일상생활을 꾸밈없이 그대로 무대 위에 재현하는 것을 말한다. 학교나 가정이나 거리에서 어린이들이 흔히 만나며, 보고 듣고 느끼는 사건들이나 감정들을 그 주제로 한다. 그러므로 여기서의 의상은 입고 있는 그대로인 일상생활복이 많고, 그 대사도 평소에 사용하는 말 그대로를 사용한다.

동화극이란 주로 어린이를 대상으로 한 동화적 연극 또는 희곡을 말한다. 이 동화극은 생활극이 발달하지 않은 옛날에는 로만극으로서 아동극의 전부를 대표하기도 했다. 오늘날의 동화극은 생활극과는 달리, 꼭히 어린이만을 대상으로 하지는 않는 공상적 · 서정적 · 상징적 내용을 가진 희곡을 말한다.

(2) 학교극과 아동극단극

또 아동극은 극에 참여하는 아동의 전문성 여부에 따라 학교극과 아동
극단극으로 나누어 볼 수도 있다. 그러나 이러한 분류는 주로 상연되는
방법이나, 의도 또는 장소 등의 차이에 그 근거를 두는 것이므로 아동문
학의 한 장르로서 서로가 큰 차이를 가지는 것은 아니다.

학교극은 말 그대로 학교에서 아동들에 의해 상연되는 연극이다. 그러
나 흔히 학교에서 학예회나 연구발표를 마친 뒤 행해지는 아동극이 학교
극의 본모습은 아니다. 왜냐하면 그러한 아동극은 아동에게 내재하는 발
표의 욕구를 충족시키거나, 아동들의 학습에 도움을 주기 위한 것이라기
보다는, 성인들을 기쁘게 해주기 위한 의도에 치중하고 있기 때문이다.
결과적으로는 아동들에게 유익한 바가 있었다 하더라도, 학교극은 성인
을 위한 것에서 출발돼서는 안 된다. 아동극은 아동의 것이며, 아동을 주
체로 하여 그들이 타고난 소질과 기호를 길러 주어 바람직한 사회인이 되
게 하는 데 있으므로, 학교극의 근본의도도 이러한 데에 있어야 할 것이
다. 곧 학교극은 작품의 우열보다도 아동이 극에 출연한다는 자체에 더
큰 의의를 두는 것이다.

아동극단극은 흔히 아동극이라고 불리고 있는 것이다. 이때의 아동극
이란 학교극에 대립되는 개념을 가진 좁은 의미의 아동극을 말한다. 아동
극단극은 전문적이요 직업적이라는 점에서 학교극과 다르다. 여기에 출
연하는 아동은 학교극에 출연하는 아동에 비하여 극의 효과를 위한 여러
구비조건이 엄청나게 다르다. 예를 들면 학교극에 출연하는 아동은 연기
가 서투르다 하더라도, 그 극 본래의 목적에 배치되는 것은 아니지만, 아
동극단극에 출연하는 아동은 하나의 예술 작품을 위하여 다분히 직업적
인 요구조건을 충족시켜야 되는 것이다.

그러므로 아동극단극은 출연 아동의 내적 요구를 충족하기 위한 것이

거나, 또는 학습의 효과를 위한 것이기보다는, 극 자체의 우열과 성패에 큰 비중을 두고 있다고 볼 수 있다.

위에서 여러 갈래로 분류하여 살펴본 아동문학의 각 장르를 그림책(사물 그림책 · 동요 그림책 · 생활 그림책 · 지식 그림책 · 이야기 그림책 등)을 제외하고 도표로 나타내면 다음과 같다.

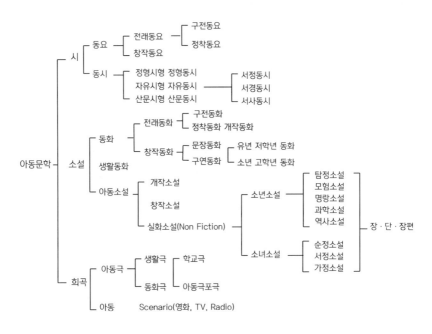

## 3. 동계同系 장르와의 관계

### 1) 동요와 동시의 차이

동요와 동시는 그것이 가지는 창작상의 방향에 비추어, 아동문학의 장르로서도 엄격한 구별이 필요하다. 그럼에도 그 역사적 진전과정을 밟느라 그 개념차이가 퍽 모호하게 되고 있다. 그것은 본디 동요와 동시가 다

같은 서정시에서 출발하였으나, 동시는 동요의 발전적 형태로서 오늘날에 와서는 완전히 아동 율문문학의 주인공이 돼버린 까닭이다.

원래 동요는 전래동요에서 출발한 것이지만, 근대에 와서 창작 동요로 바뀜에 따라 짙은 문학성을 띠게 되었다. 동요가 문학으로서 반드시 갖추어야 하는 예술성을 지니게 됨으로써, 마침내 동요작가는 '동요는 시다'[5]라는 주장으로 동요를 쓰기 시작하였으며, 이렇게 동요가 동시를 닮아 감으로써, 동요와 동시의 한계성은 점점 더 명확하지 못하게 된 것이다. 그래서 동요와 동시 사이에 시적 동요니, 요적謠的 동시니, 또는 이 양자를 통 털어 동요시니 하는 복잡한 명칭이 생기게 된 것이다. 창작의 진보적 견해에 따른다면, 이제 동요는 가창 표현 형태가 되어 버렸으므로 새로이 정형동시를 지향해야 되지만, 아직도 이 양자에 대한 개념 규정이 모호하므로 그 바른 이해를 위해 여기 그 양자의 관계를 밝혀 볼까 한다.

### (1) 요謠와 시詩의 관계

예술문학의 원형질인 민요무용에서 본다면, 동요나 동시는 모두 '노래'에서 나와서 점차 시로 발전한 것들이다.

동양에서도 예부터 시를 영언 · 영가라 하여, 시가 노래에서 나온 것임을 밝힌 바 있거니와, 주자도 일찍이 시의 발생에 대하여 "말이 능히 다하지 못하여 자탄하는 나머지, 발하는 것에는 반드시 자연스런 음향과 절주가 있어 그칠 수 없음이 시다"言之所不能盡而發於咨歎之餘者必有自然之音響節奏而不能已焉此詩之所以作也[6] 하여 오늘날의 詩가 자연적인 영탄으로서의 노래임을 밝힌 바 있으며, 발레리Valery, Paul Ambroise, 1871~1945도 서정시를 감탄사의 전개라고 한 바 있는 것이다.

---

5 강소천, 「같은 나무에 달리는 과일」, 『아동문학』 2호(서울: 배영사, 1963), 15쪽.
6 주자, 『시경』(중국 최고의 시집: B.C. 10~7C경).

이렇게 볼 때 시는 노래에서 나누어져 발전된 형태이고, 그 근본은 노래라고 할 수 있으며, '시는 넓은 의미의 노래요, 노래는 넓은 의미의 시'[7]라는 시와 요의 근본적 관계가 성립된다.

그러나 요에서의 '노래'는 가창 또는 낭송됨으로써 나타나지만, 시에서의 '노래'는 읽고 생각함으로써 나타나기 때문에, 완전히 동일한 것이라고는 할 수 없는 것이다. 그것은 시가 가요에서 시가로, 시가에서 시로 발전해왔음을 보아도 알 수 있다. 곧 시는 차츰 노래의 요소에서 얘기 쪽으로, 청각적인 데서 시작되어 시각적인 방향으로 접근하게 된 것이다. 이것은 곧 시가 정형시에서 자유시로 발전되었으며, 그 필연적인 결과로 동요와 동시는 미의 형성 과정에서 각기 다른 차원의 세계를 갖게 되었음을 의미한다. 그러므로 동요와 동시는 요와 시의 관계라 할 것이다.

### (2) 정형시와 자유시의 관계

시의 역사적 공식이 가요 · 정형시 · 자유시 · 산문시의 순서라면, 동요는 가요와 정형시 쪽에 가깝고, 동시는 자유시와 산문시 쪽에 가까운 사실은 너무나 명백한 일이다.

문학의 표현방식은 예로부터 운문과 산문으로 구별되어 왔고, 그러한 운문의 대표적 문학 장르가 시였음은 문학사가 우리에게 가르치고 있는 바와 같다.

이러한 운문의 표현방식을 가진 시는 곧 정형시는 운문의 특징인 외형율을 가지고 있었으며, 그러한 정형시는 법칙이나 형식을 존중하던 17C. 고전주의의 산물로서, 사상이나 감정을 일정한 외형율에 의해 표현한 것이다. 외형율은 곧 음성율音聲律 · 平仄法; stress system과 음위율押韻法: rhyme 및 음수율音節律 · 造句法; syllablic system에 의해 구성되는 것으로, 음악성을

---

7 조지훈, 「노래와 시의 관계」, 『아동문학』 3호(서울: 배영사, 1963), 17쪽.

중시하였다. 그러나 이러한 외형율에 의존한 시의 전개는 산업혁명 이후에 이르러서는 근대인의 복잡한 심리나 사고의 표현으로는 아주 부적당한 것이 돼버린 것이다. 그리하여 그것은 정치적·사회적인 요구에 의해 필연적인 변모를 가져올 수밖에 없었던 것이다.

1855년 휘트먼Whitman, Walt, 1819~1892이 시집『풀잎』Leaves of Grass을 발간하자, 드디어 자유시의 첫 봉화는 지펴지졌고, 이러한 '서정시의 혁명'은 정형시와 비할 수 없는 폭넓은 주제·사상의 표현 가능성을 가져온 것이다.

이러한 자유시는 언어 자체의 자유로운 배열로써 새로운 음악성을 구축한 것이다. 곧 정형시의 외형율에 대하여, 자유시는 내재율을 가짐으로써 운율에 따른 규칙들을 초탈한 해조·절주·내재한 질서·호흡breath-group에 의존하게 된 것이다. 환언하면 정형시의 음악성은 밖으로 표출되는 것이었으나, 자유시의 음악성은 안으로 감도는 데서 이루어진 것이다. 그래서 자유로운 행의 구분으로 시의 음악성뿐만 아니라, '공간성 및 조형성'[8]까지 수반하게 된 것이다.

이렇게 본다면, 동요는 외형률 특히 음수율을 중심으로 구성되어 있으므로 어린이를 위한 정형시오, 동시는 내재율에 의존하고 있으므로 어린이를 위한 자유시라 할 것이다. 곧 동요는 일정한 양식을 가지고, 노래 부름으로써 시의 생명을 살리고, 모든 정서가 밖으로 표출되는 데 반하여, 동시는 자유로운 내재율로 음악성을 이루며, 읽음으로써 시의 생명이 살아나, 정서를 안으로 궁글게 함으로써 생각하고 뜯어 보게 하는 새로운 이미지를 형성하는 것이다. 그래서 동요가 노래하고 부르는 것에 결정적 비중을 두어 창작되는 것이라면, 동시는 '작품의 내적 정서의 필연성인 표현의 결과'[9]로써 빚어지는 것이라 할 것이다.

---

8 박목월, 「동요와 동시의 구분」, 『아동문학』 3호(서울: 배영사, 1963), 12쪽.
9 위의 책, 10쪽.

### (3) 음악적 미와 회화적 미의 관계

에즈라 파운드Pound, Ezra Loomis, 1885~1972는 시적 미의 발전 경로에서 시를 다음과 같이 세 가지로 분류하고 있다.

① 멜로포에이아Melopoeia : 이 경우에 언어는 그 평범한 의미를 초월하여 음악적 자산으로 채워진다. 그래서 그 음악적 함축이 의미의 내용을 지시한다.
② 파노포에이아Phanopoeia : 가시적 상상 위에 영상의 무리를 가져온다.
③ 로고포에이아Logopoeia : 언어 사이의 이지理智의 무용, 즉 언어를 그것의 직접적인 의미로 쓰는 것이 아니다. 언어의 습관적 사용, 언어 속에서 발견하는 문맥, 일상 그 상호 연락, 그것의 기지旣知의 승인 및 반어적 사용의 독특한 방법을 고려한다.10

재래의 정형시는 요적謠的인 노래하는 시로서 청각적 리듬rhythm을 중시했다. 곧 외형율이 요구하는 양식 아래 언어를 효과적으로 배열함으로써 음악적·시적 미를 추구한 것이다. 그러나 이런 고전주의적 정형정신은 역사적인 진전 과정에서 필연적으로 변모를 강요당할 수밖에 없었다.

'최대의 자유는 최대의 엄격 밑에서 생긴다'는 시론은 '새 술은 새 부대에 담아야 된다'는 이치에 어쩔 수 없이 굴복하게 된 것이다. 곧 자유로운 사상감정의 표출은 운율에서의 해방을 요구하고, 마침내는 산문의식과 운문적 정조까지 부인하기에 이른 것이다. 그리하여 시는 평면적 표현·유형적 표현의 굴레를 벗어나, 시각적 이미지를 중시하는 읽는 시로서 영상적·시적 미를 추구하게 되었고, 이것은 나아가 기하학적 이미지를 지향하는 생각하는 시, 곧 논리적 미까지 추구하게 된 것이다.

---

10 Pound, Ezra Loomis, 김기림 역, How to Read(1981), 25쪽.

그러면 이 경우, 동요와 동시의 관계는 어떠한가? 그것은 두말할 것도 없이 동요가 '멜로포에이아'라면 동시는 '파노포에이아'인 것이다.

이와 같이 동요나 동시의 차이점은, '노래'라는 개념에서는 동일하다고 하겠으나, 동요가 그 미를 밖으로 표출하고 일정한 양식 아래 노래 부르는 것을 전제로 한 음악적·시적 미를 지향한 데 반하여, 동시는 미를 안으로 모아들여 자유분방하게 표현하면서도 어쩔 수 없는 작가의 내적 자기 육성이나 내재적 리듬을 중시하여 회화적 미를 추구하는 데 있다.

그러나 실제로는 요적 수법으로 시적 내용을 담은 것이나, 시적 수법으로 요적 내용을 담은 것이 많다. 아동문학의 율문문학 분류는 때때로 이런 혼란을 빚어내기가 쉽다. 그래서 필자는 여기서 이 애매한 계층을 일단 동요시라고 명명한 것이다.

| 동요 | | 동시 | |
|---|---|---|---|
| (동심의 가요와 정형시) | | (동심의 정형시와 자유시) | |
| ① 노래적인 동요<br>(가창동요) | ② 시적인 동요<br>(형상동요) | ③ 노래적인 동시<br>(정형동시) | ④ 시적인 동시<br>(자유동시) |
| 요적 형식과 수사 | 동요시 | | 시적 구성과 발견 |
| ex) 윤극영(반달)<br>유지영(고드름)<br>이원수(고향의 봄)<br>최옥란(햇빛은<br>쨍쨍)<br>목일신<br>(누가 누가 잠자나)<br>김영일(방울새) | ex) 방정환<br>(늙은 잠자리)<br>서덕출(봄편지)<br>윤석중(키대보기)<br>천정철(시골집) | ex) 석중<br>(외나무다리)<br>한정동(소금쟁이)<br>이원수(빨강열매)<br>최순애(가을)<br>강소천(닭)<br>박목월<br>(흥부와 제비) | ex) 석중(잠깰 때)<br>강소천<br>(조그만 하늘)<br>박목월(여우비)<br>박노춘(고까신)<br>임춘길(장명등) |
| <정형시> | | <자유시> | |

## 2) 동화와 아동소설의 차이

### (1) 산문시적 동화와 산문적 아동소설

동화와 아동소설은 다같이 설화문학이야기 문학에서 출발한 산문형식이다. 산문이 설화문학에서 발달된 것처럼 동화는 원시적인 신화 · 전설 · 설화 · 우화 · 민담 등을 집대성한 끝에 분화한 문학양식이고, 아동소설은 이의 흐름을 받아 발생된 문학양식이다.

동화는 그 발달과정에서 볼 때 본질적으로 내용면이나 형식면에 있어 서사시, 즉 시의 흐름을 이어받은 것으로, 로만주의적인 산물이다. 그러나 아동소설은 소설이 그러한 것처럼, 산업혁명을 전후한 과학문명과 실증주의적 경향으로 탄생한 근대정신의 문학적 표현양식으로서 사실주의적이며 자연주의적이다.

동화를 일반적으로 '옛이야기'라고 생각하는 것은 위와 같은 사정을 이야기해 주는 것이지만, 이 같은 옛날이야기는 인류의 조상들이 원시적 미개시대에 자연과 사물을 과학적으로 이해하지 못했고, 합리적으로 해석하지 못한 데서 나온 것이다. 그러나 그들은 그들대로의 식견으로 자연과 사물을 이해하고 해석한 것이었는데, 그것이 곧 오늘날의 옛이야기의 바탕이 된 것이다.

그러니까 오늘날의 메르헨과 페어리 테일은 이것을 설명하기 위해 빌린 이야기 형식이었던 것이다.

이러한 이야기 형식은 오늘날의 동화로 면면히 내려왔다고 할 수 있으며, 일반적으로 소년소설 · 소녀소설이라 불리어지는 아동소설은 일반소설의 범주에 들어가는 것으로, 아동을 위해 쓰인 소설이며, 근대적 문학형식으로 창작된 것이다. 곧 동화는 그대로 산문시의 정신을 이어받은 산문시적인 것이라면, 아동소설은 완전히 산문적인 점에서 다르다 할 것이다.

## (2) 시적 환상과 현실적 아동의 관계[11]

동화는 전설·신화류의 발상에 근대적 사상을 부여한 문학형식으로 아동에게 감동에서 우러난 기쁨과 인생에 대한 깨우침을 던져주며, 정서와 생활의 폭을 넓힘을 목적으로 하는 설화 형식으로 전승 또는 창작된 아동의 문화재이다.

동화가 그러한데 비해, 아동소설은 성인소설과 같으나, 아동이 그의 지능으로 이해할 수 있고, 한창 자라고 있는 그들의 순진무구한 감정에 쉽게 동화同化할 수 있는 세계를 그리는 것이 특징이다.

곧 동화는 공상의 세계를 취재하는 데 비해, 아동소설은 현실생활을 그대로 반영 묘사하는 것이다. 동화는 시적 환상과 초자연적 모든 공상을 자유롭게 그릴 수 있으며, 따라서 환상적이요 시적이며, 비사실적이며, 비산문적인 가능의 세계로서, 시공을 초월한 꿈의 세계를 시적으로 처리하는 것이다.

인물의 성격·행동 또한 소박하게 요약된 미적 표현으로 보편적 진실을 그려야 하고, 비약적 해방을 꿈꿀 수 있게 되는 것이다. 그럼으로써 노래 부르고 춤추며 말하는 개·돼지·곰·참새가 있을 수 있고, 현실의 소년·소녀가 아닌 시적 소년·소녀가 등장할 수 있는, 주관적이고 이상적이며 산문시적인 요소가 담길 수 있는 세계인 것이다.

이에 대해 아동소설은 아동에게 관계되는 인생을 서술한 창조적 이야기이다. 그러므로 아동문학이란 범위 안에서 현실적이며 사회적인 성질을 가지고 있다. 여기에 등장하는 미성인이나 비인간은 어느 쪽이든 현실적이며 구체적인 형식이라야 하고 묘사라야 하는 것이다. 그러므로 아동소설은 사실적·산문적·비판적이며 필연적인 가능의 세계를, 그리고 모든 현실 문제를 일상적으로 처리하는 것이다.

사실적 인물의 성격이나 행동의 묘사에 있어서 언제나 사실적 진실을

---

11 특집 「동화와 소설」, 『아동문학』 2호(서울: 배영사, 1962), 12~25쪽.

그려야 하고, 그러한 한계 안에서 인간 구원이라는 궁극적 목적[문학적 탐구]가 허락되는 것이다. 곧 아동소설은 언제나 현실의 개·돼지·곰·참새가 등장하고, 현실의 소년·소녀가 등장하는 객관적이고 현실적이며, 산문적이고, 또한 있는 세계대로 그릴 것을 요구한다.

　동화와 아동소설의 차이는, 한 말로 동화가 로만주의적인 세계라면, 아동소설은 사실주의적인 세계다운 데 있다. 그러나 오늘날의 동화는 점차 그 소재나 구성에 있어서 아동소설을 닮아가는 경향이 있다. 현실에서 소재를 취하면서 동화의 면모에 가까운 '생활동화'가 그것이다. 이것은 어디까지나 동화의 영역에 남아 있어야 될 성질의 것이다. 다시 말하면 생활에서 보여지는 현실을 사실적으로 그리지 않고, 동화의 특질에 바탕을 둔 수법으로 처리되어야 한다는 것이다.

　아무리 동화가 아동소설을 닮아간다 하더라도, 동화가 가지는 산문시적이며 꿈을 그리는 독특한 본질은 없어질 수 없다. 또한 아동소설은 어디까지나 소설인 만큼 동화의 본질을 흡수하지는 못하는 것이다. 그러므로 우리는 동화를 정의하기에 앞서, 아무리 현실적이거나 생활적인 소재라도 그것을 시적으로 처리한 이상, 일단 동화의 범주에 넣어야 할 것을 잊지 말아야 될 것이다.

　이상에서 밝힌 바를 정리하면 동화와 아동소설의 관계 및 차이는 다음과 같다고 할 것이다.

| 동화(시적 환상) | 아동소설(현실적 아동) |
|---|---|
| 1. 전통적 문학형식이다. | 1. 근대적 문학형식이다. |
| 2. 산문시적 문학이다. | 2. 산문문학이다. |
| 3. 공상적·시적·상징적 문학형식이다. | 3. 현실적·구체적 문학형식이다. |
| 4. 시공을 초월하여 자유롭게 다룬다. | 4. 현실적이며 필연적인 것으로 다룬다. |
| 5. 소박하게 요약된 미적 표현으로 인간 일반의 보편적 진실을 그린다. | 5. 인물의 성격이나 디테일까지도 '사실'에 입각해서 그려야 한다. |
| 6. 로만주의적 문학이다. | 6. 사실주의적 문학이다. |

## 3) 동화극과 생활극의 차이

동화극이나 생활극은 모두 아동극의 한 장르들이다.

동화극이란 주로 아동을 그 대상으로 삼는 연극 또는 희곡의 한 가지로서, 그 기원은 로만극에서 찾을 수 있다. 18C에 들어와서 고전극이 자취를 감추게 된 까닭은 '회화적이고 음악적인 로만극의 대두'[12]에 있다. 이러한 로만극이 본거지인 독일을 비롯하여 북구를 휩쓸 무렵, 동화극은 연극에 있어서 꽤 두드러진 위치를 점유하고 있었던 것이다.

그림Grimm 형제와 안데르센Andersen에 의해 더욱 강렬한 빛을 피운 동화는 바로 꿈의 세계를 그린 것이었다. 로만적 동경이 그리는 것은 동화적 세계가 아니면 안 되었으며, 그것은 '때와 곳을 초월한 자유향自由鄉'[13]이었다. 이러한 동화는 초자연적 혹은 괴이적인 관념동화와 전통적 동화인 운명동화 및 셰익스피어Shakespeare 등에 영향을 받은 순정동화의 3요소 등을 내포했던 것이다.

그러므로 동화를 주제로 한 동화극의 성질은 절로 환상적이요 서정적이며, 상징적 내용을 가진 희곡이 되었던 것이다. 따라서 동화극은 사실적이기보다는 로만적인 연극으로서 굳히게 되었으며, 자연히 아동극작가들은 어린이들의 꿈의 세계를 소재로 창작하기에 이른 것이다. 그리하여 동화극의 배경은 저절로 상징으로 꾸며지고, 동요가 노래이듯이 대사 또한 운문시조로 되는 수가 많아진 것이다.

동화극이 이러한 반면, 사실주의극에서 발달된 생활극은 동화극과 대립되는 것으로 아동의 일상생활에서 소재를 구하고, 대사까지도 평소에 사용하는 말을 쓴다.

물론 동화극이 현실적 소재나 아동의 일상적 생활을 취할 수 없는 것은

---

12 주평, 『학교극사전』(서울: 교학사, 1961), 41쪽.
13 위의 책, 19쪽.

아니지만, 일상적 소재를 상징적으로 표현해야 하는 데 반하여, 생활극은 있는 그대로를 표출시키는 데 특징이 있었던 것이다. 이와 같이 동화극과 생활극은 상연하는 목적에 따라 학교극이라 불리어지는 장르를 낳았다.

학교극은 주로 '초등학교 · 중학교 · 고등학교에서 교사 또는 학습자에 의해 행해지는 연극 활동'[14]을 말하는데, 여기에는 전문적 연극창조를 목적으로 하는 학교연극과, 연극적 활동을 통하여 인간형성에 도움을 주는 교육극이 있다.

---

14 富田博文, 「학교극」, 『현대아동문학사전』(동경: 보문관, 1958), 58쪽.

## 제2장 동요론

### 1. 동요의 의의

인류의 역사가 시작되면서부터 인간의 내면에는 노래를 부르려는 욕구가 잠재해 있었다. 즉 원시의 민요무용의 발생 요인에서 볼 수 있는 바와 같이, 인간의 누구나 자기의 감정이나 사상을 표현하려는 본능을 가지고 있었고, 이러한 표현의 한 형태로서 노래가 나타나게 된 것이다. 작가가 분명하지 못한 민요나 구전 동요들이, 지역이나 계층에 구애받지 않고 민중 속에서 면면히 이어나와 정착기록요로 남게 된 것이 바로 그것이다.

그리고 이러한 고대적 · 원시적 가요는 발달심리적으로 원시인과 어린이가 같은 궤도에 놓여있음으로 해서 아동의 더없는 애송물이 된 것이다. 곧 오늘날의 어린이는 어떤 노래에 담긴 뜻에 공감을 느낄 때나 율동적 흐름에 흥미를 가질 때, 그 노래를 부름으로써 자기의 감정을 보다 심화시키고, 발산시키기도 하는 것이다.

그러기에 뜻있는 성인은 전래동요를 개작하고, 나아가 그것에 새로운 예술적 가치를 부여하여, 창작동요 내지는 예술동요라는 장르를 개척하기에 이른 것이다.

그리하여 오늘날의 동요는 시대적·사회적 상황에서 얻어진 '노래를 부르려는 목적'뿐만 아니라, 아동들의 바른 성장을 돕는 문학으로서의 존재 가치를 가지고 출발했다. 현대의 동요가 나오기 이전의 전래동요는 아동의 욕구를 위한 소박한 노래로서 소극적인 입장에 머무는데 비겨, 오늘날의 동요는 아동이라는 인간상을 재인식하고, 그 인간형성을 뒷받침하려는 적극적인 의도에서 출발하고 있는 것이다.

동요가 가지는 인간형성에의 기여는 학문이나 학습에서 오는 지적 계발과는 달리 아동의 정서를 심화시키고 인간으로서의 아동의 특성을 바로 키우는 데 필요한 노래, 곧 자연과 인간과 사물의 아름다움을 깨닫게 하는 노래라는 점에서 보다 넓고 큰 의의를 가지고 있다. 뿐만 아니라, 불행에 대하여 굽히지 않는 신념과 부조리에 대하여 투쟁하는 의지를 갖게 하는, 보다 나은 아동상을 형상화하기 위해 그 습관 형성의 한 방편으로서의 노래 즉 동요가 필요했던 것이다.

## 2. 동요의 사적 계보

동요의 원시적인 형태는 시문詩文이기 전에 먼저 노래였었고, 그 노래 곧 민요 속에 동요는 자리한 것이다. 곧 민요는 '극적 민요와 가사적 민요·순수민요·동요'[1] 등을 내포하면서 성장해 온 것이다.

극적 민요는 「춘향전」 등의 고대소설과 같이 희곡이나 가사를 연극적 동작에서 분리시켜, '종이와 글자'에서부터 '음악과 말'로 결합시킨 것이다.

가사적 민요는 구전가사 중에서 오늘날 불리고 있는 「토끼타령」이나 「변강쇠타령」 등과 같은 것이다. 이것은 현대문명 속에 남아있는 노래의

---

1 고정옥, 『조선민요연구』(서울: 수선사, 1949), 43쪽.

하나로서, 농촌생활자 특히 부녀자들의 전통적 생활 속에 깊이 뿌리박고 있으면서, 그들의 생활감정이나 정서를 표현하는 구실을 다해 왔다.

순수민요는 다시 서사민요와 서정민요로 나누어진다. 서시민요는 그 속에 이야기를 내포하는 노래 또는 문답의 노래로서, 내용상으로는 민담 또는 민족설화와 같으며, 긴 형식을 취하고 있다. 서정민요는 순수민요 중의 순수민요라 할 수 있는 것으로서, 다만 부르는 것만을 지향한 노래 이다.

이상과 같은 민요의 여러 가지 형태―극적 민요·가사 민요·순수 민 요―는 각기 제대로의 형식을 가지고 있다. 그러나 동요는 위와 같은 민요 의 여러 형태 중에서 어느 하나의 형식이나 내용을 본받은 것이 아니라, 원시문학의 거의 모든 스타일을 집대성한 성격을 가지고 있다. 이것을 전 래동요라고 하며, 전래되어 온 방법에 따라 구전동요와 정착동요로 나누 고 있는 것이다. 우리나라에 있어서의 전래동요의 형식은 예부터 전해온 3·4, 4·4조가 지배적이며, 내용면에서는 전체기상·조류·식물·곤충· 부모형제에 관한 것, 풍자·해학·유희의 노래, 동녀童女의 노래, 자장 노 래 등 실로 다양하고 광범위하다.

> 善花公主主隱 他密只嫁良置古
> 薯童房乙 夜矣卯乙抱遺去如
>
> 선화공주니믄 눔 그스지 얼어두고
> 맛둥바올 바미 몰 안고 가다. (양주동 박사 역)
>
> 선화공주님은 남 몰래 취가(聚嫁)하여 두고
> 서동 서방을 밤에 몰래 안고 간다. (현대역)[2]
> 미나리는 사철이요 장다리는 한철이요

---

2 임동권, 『한국민요사』(서울: 문창사, 1964), 34쪽.

메꽃 같은 우리 딸이 시집 삼 년 살더니
미나리꽃이 다 피었네. (구전)3

새야 새야 파랑새야 녹두 밭에 앉지 마라.
녹두꽃이 떨어지면 청포 장수 울고 간다. (구전)4

위에 든 세 민요에서 볼 수 있는 바와 같이, 전래동요는 그것이 유포되
던 그 시대의 민중의 생활감정이나 정치·사회 현상을 풍자한 것이 대부
분이다. 그것은 처음부터 어린이를 위해서 지어졌다기보다, 요적謠的인
성격이 어린이의 취미와 성향에 맞아 민요의 일부분으로서 구전동요가
된 데 지나지 않는다. 그러기에 그것은 곧 동요의 전부가 될 수 없었다. 왜
냐하면, 현대의 아동에게는 현대의 감각과 생활감정이 담긴 요謠와 곡曲
이 필요했기 때문이다.

그래서 현대동요는 불가피하게 전래동요의 내용과 형태에 머무를 수
없게 되었고, 그 결과 오늘날의 개작동요 내지는 창작동요의 세계로 그
바통을 넘기게 된 것이다. 우리나라에서는 갑오경장1894 이후 이미 1904
년 육당에 의해 1896년대의 창가 형식이던 4·4조에서 변형된 7·5조,
6·5조, 8·5조의 「경부선 철도가」·「세계일주가」·「한양가」 등 창가
의 출현을 보게 되었으나, 이것도 역시 아동을 위한 동요로서는 아직 먼
거리에 있었다. 곧 그것은 아동을 위하여 지어진 것이 아니라, 성인의 사
회적 관심이나 유희적 산물로써 창작된 것으로, 딱딱한 훈화조가 아니면
퇴폐적이며 감상적인 것이 대부분이었기 때문이다. 그래서 전래동요에서
창가로, 창가에서 다시 오늘날과 같은 창작동요로 옮겨 온 것이다.

---

3 위의 책, 123쪽.
4 위의 책, 123쪽.

## 3. 동요의 형식

동요는 정형시의 일종인 바, 그 운율은 외형율로 나타난다. 우리나라의 동요가 가지는 외형율은 대개 음수율에 국한되고 있으며, 3·4조와 4·4조가 그 대표적인 형식이다. 그것은 민요가 가지는 특성이기도 했다.

오내 곁에 모 숭구던
처자 애기 어데 갔노.

밀양이라 영남 숲에
화초 구경 가고 없네. (경남 밀양)[5]

이것은 모심기 노래로서, 4·4조의 전형적 형식에 맞춘 32음절의 반복체이다. 우리나라 말은 교착어로서 말 꼬리에 접미사가 붙어서 비로소 말로서의 구실을 완전히 하기 때문에, 이러한 표현형식을 낳게 되는 것이다. 즉 체언에 조사가 붙고, 쓰이는 말의 어간에 어미가 붙음으로써 대개 3음절 아니면 4음절이 되므로, 그 결과 빈도가 높은 3음절이나 4음절에 의해서 3·4조나 4·4조가 형성될 수밖에 없었던 것이다. 민요나 전래동요의 이러한 형식은 창작동요에서도 그대로 옮겨진 느낌이 있다.

물결이 남실남실
연달아 찾아와서
옛날 애기 해 달라고
뱃사공을 조릅니다.[6]

갑오경장 이후 서구문화 문명이 급격히 들어오고, 이어서 일본의 지배

---

5 고정옥, 앞의 책, 57쪽.
6 윤석중, 「봄물결」, 『윤석중아동문학독본』(서울: 을유문화사, 1962), 19쪽.

를 받게 되자, 우리나라의 동요는 본래의 3·4조를 애호하는 경향에다 일본 신체시의 영향을 받아 7·5조 형식을 빌려 창작된 것이 많이 나오게 되었다.

봉사나무
씨 하나       } 7(4·3)·5
꽃밭에 묻고

하루 해도
다 못 가       } 7(4·3)·5
파내 보지요

아침결에
묻은 걸        } 7(4·3)·5
파내 보지요[7]

우리나라 창작동요의 초기 작품들, 예컨대 방정환의 「형제별」이나 이원수의 「고향의 봄」, 서덕출의 「봄편지」 등은 모두 한결같이 7·5조의 정형율을 취하고 있는 것이다. 이러한 7·5조는 전래민요에도 있었던 5·5조의 형식을 가미함으로써, 동요는 그 형식에 있어서 점차 복잡성을 띠기 시작했다.

건너갑니다. 외나무 다리
달밤에 도련님이 천자책 끼고

건너갑니다. 외나무 다리
달밤에 아가씨가 물동이 이고

---

7 윤복진, 「씨 하나 묻고」의 전문(1930년 작).

건너갑니다. 외나무 다리
달밤에 다람쥐가 밥 한 톨 물고[8]

　동요의 형식은 위에서 언급한 3 · 4조, 4 · 4조, 7 · 5조나, 7 · 5조와 5 ·
5조를 아우른 형식 등에서 머무르지 않고, 점차 발전하여 글자 수를 맞추
는 가운데서도 다양한 형식을 가지게 되었다.

　　　　빨강 열매
　　　　빨강 열매　　　　}　(4 · 4)

　　　　다닥다닥 열렸네　　　¦　(4 · 3)
　　　　파란 잎은 다 지고　　　¦　(4 · 3)
　　　　맨 열매만 열렸네[9]　　　¦　(4 · 3)

　이 이원수의 「빨강 열매」에서 보는 바와 같이, 비록 기본조는 3내지 4
음절을 바탕으로 하고 있으나, 전체적으로는 7 · 5조나 3 · 4조에 머무르
지 않고 그것을 벗어나려는 낌새가 엿보이기 시작한 것이다. 그리하여 동
요는 고유한 민요의 형식과 같은 3 · 4조에서 벗어나, 자유로운 형식을 시
도하는 데까지 나아가는 듯했다. 그러나 많은 작품은 아직도 구태의연한
상태에 머물러 형식에 구애된 노래 가사의 성격을 벗어나지 못하고 있었
던 것이다.
　뿐만 아니라, 동요는 한국어에서 가장 안정감이 높은 3음이나 4음의 배
열에서 음수율적 효과만을 거두는 데만 기여했기 때문에, 일부에서는 동
요를 아동의 노래 가사에 불과한 것으로 취급하기도 한 것이다. 실제로
내용이 공소한 작품들이 동요라는 이름으로 발표되고 있을지언정, 그것

---

8 윤석중, 「외나무 다리」, 『한국아동문학전집』 4호(서울: 민중서관, 1963), 30쪽.
9 이원수, 「빨강 열매, 작품으로 본 아동문학사」, 『아동문학』 2호(서울: 배영사, 1962),
　62쪽.

은 가사 이상의 아무런 의미도 없었던 것이다. 그리하여 내용의 충실을 꾀하는 데까지 장애를 느끼게 됨으로써, 마침내 정형의 동요는 자유형의 동시에 밀려나 위축되는 형세까지 놓이게 된 것이다.


## 4. 현대동요의 소장


갑오경장 이후 한때 유행하였던 창가는, 앞서 말한 바와 같이 1920년대에 들어와서는 당시의 시대적 감각에 맞는 창작동요의 출현으로 쇠멸하기 시작했다. 당시의 창작동요는 어른들의 생활감정에 주로 맞는 전래동요나 훈가조의 창가만 부를 수밖에 없었던 어린이들에게 크나큰 인기를 가지고 불려, 마침내 1925년경에는 동요황금시대를 이룩하였다.

그러나 그러한 동요들은 명랑하고 건전한 것이기보다 당시 문단을 풍미하던 감상주의의 영향을 받아, 독자의 비위에 영합하려는 듯 애상일변도에 흐르고 있었다. 방정환의 「형제별」이나 한정동의 「따오기」 등이 그 대표적인 예였다. 이러한 현상은 일제에 시달리던 당시의 시대풍조를 대표하는 것이라고 볼 수도 있으나, 실상 그것은 단순한 동요라기보다는 민중의 여리고 어두운 마음을 반영한 넋두리였던 것이다.

> 보일듯이 보일듯이 보이지 않는
> 따옥따옥 따옥 소리 처량한 소리
> 날아가면 가는 곳이 어디메드뇨
> 내 어머니 가신 나라 해 돋는 나라[10]

그러나 이러한 작품만이 있었던 것은 아니다. 이같이 감상주의에 젖어

---

10 한정동, 「따오기」, 『한국아동문학선집』(서울: 동국문화사, 1955), 4~5쪽.

있는 동요가 있었는가 하면, 아동들의 활발하고 건강한 면을 노래한 동요들도 더러 있었다. 윤석중의 여러 동요들이나 목일신의「자전거」등이 그러한 작품에 속한다고 할 수 있는데, 이러한 동요들은 '성인사회의 비극이나 추악한 면은 어린이 세계의 그것이 되어서는 안 된다'는 생각을 가진 동요작가들에 힘입어 더 많이 지어졌다.

1920년대 중반에 양적 전성기를 거친 동요는, 1930년대에 들어와서 부르기 위한 것만 아니라, 내용면에서 시성을 가미함으로써 본격적 예술동요로 질적 향상을 보게 되었다. 정형적인 동요에서 자유형의 동시로 넘어오는 과정에서 겪은 이러한 내용면의 변화는, 이른바 '시적 동요'의 출현을 보게 된 것이다.

> 물 한 모금
> 입에 물고
> 하늘 한 번
> 쳐다보고
>
> 또 한 모금
> 입에 물고
> 구름 한 번
> 쳐다보고[11]

이 강소천의 작품이 취하고 있는 형식은 4 · 4조의 정형율이지만, 그것은 외재율의 효과에만 머무르지 않고, 내용면에서 보다 시적 경지를 추구하고 있는 것이다.

1937년 이후 박영종 · 김영일이 주창한 자유시론은 한때 정형율에 집착하려는 일부 동요작가들의 생각과 대립된 적도 있었으나, 이에 자극을

---

11 강소천,「닭」,『봄동산 꽃동산』(동시 · 동극편)(서울: 배영사, 1964), 10쪽.

받아 우리나라 아동문학의 율문 분야는 점차 동요보다 동시를 많이 낳게 되었고, 동요의 이름으로 발표된 작품들도 여지껏의 형식에서 벗어난 파격적인 것을 보이기 시작했다.

특히 6·25 이후부터 동요는 그 흥성하던 세력이 급격한 쇠퇴현상을 보여, 현재는 곡을 전제로 한 동요짓기 운동 이외의 문학작품으로서는 거의 발표되지 않고 있는 형편이다. 이와 같은 현황은 까다로운 격식이나 형식에 맞추려는 고전주의적 성격에 반발한 현대인의 생리적 귀추로서 7·5도 일변도의 동요가 현대적 율문문학 형식으로는 미흡한 일면이 있음을 말해 주는 것이 된다.

따라서 새로운 가락에다 새로운 내용을 담으려는 노력이 없고서는 지난날의 몇 편의 가작을 제외하면 재래동요는 이미 옛시대의 유물로 돌려도 무방한 단계에까지 이른 것이다. 다만 그것이 가지는 외재율이나 반복 등이 '운율애호기'의 아동에게 적합한 성격을 가지고 있다는 점에서, 문학으로서의 동요는 쓸모가 없다는 주장에 반박할 근거를 찾을 수 있을 뿐이다.

> 아기가 잠드는 걸
> 보고 가려고
> 아빠는 머리맡에
> 앉아 계시고.
>
> 아빠가 가시는 걸
> 보고 자려고
> 아기는 말똥말똥
> 잠을 안 자고.[12]

---

12 윤석중, 「먼길」, 『초생달』(서울: 박문출판사, 1946), 46쪽.

## 5. 현대동요의 방향

그러면 현대동요는 어디로 가야 되는가? 먼저 그것은 지난날의 냉철한 반성에서부터 출발되어야 할 것이다. 적치하에서 출발했던 우리나라 창작동요는, 그것이 아동문화운동의 한 형태인 감성 해방에 이바지했을 뿐, 동심의 미화라는 예술지상주의에 빠져 현실생활과는 동떨어진 작품들만 많이 낳았었다.

이러한 공리주의적 매너리즘에 빠진 작품들은, 재래동요가 가지는 공식적인 형식화에서 오는 발상의 유형성, 관용적인 사어死語 구사, 재롱 등에서 탈피하지 못한 채, 실상 문학으로서의 가치보다 유행가 가사 이상의 생명을 가지지 못했던 것이다. 즉 동요의 쇠퇴현상은 그것이 가지는 형식상의 제약에도 원인이 있겠으나, 질적으로 우수한 작품이 많이 나오지 못했다는 데에 일단 그 원인을 인정해야 될 것이다.

동요의 부흥을 위해서는 먼저 아동생활에 밀착된 어휘 · 발상 · 자유로운 형식 등에 유념해야 한다. 즉 자연에 대한 어린이의 놀람과 의문이나 생활감성을 과학적이며 사회적인 관점에서 포착하여 새로운 음보율에 입각하여 간결하게 표현하지 않으면 진정한 어린이를 위한 동료는 나오지 못한다. 하물며 그것이 딱딱한 문어체의 설명조로 흐르거나, 구태의연한 형식만을 고집하는 데 이르면, 이미 동요는 그 존재가치를 잃고 마는 것이다. 특히 아동들의 불우한 현실을 외면한 작품은 그것이 예술로서 완벽에 가까운 작품이라 할지라도, 아동을 위한 참된 동요는 못 될 것이다.

그리고 동요는 문학작품으로서의 작자의 내부의 소리를 담고 있어야 한다. 아동에 대한 뚜렷한 비전이나 아동교육관이 없으면, 그 작자의 작품은 온전한 방향을 잡지 못할 것이기 때문이다. 그렇다고 해서 지나치게 목적의식이 작용하면 교훈가로 타락할 위험성이 있음도 더불어 생각해야 될 것임은 더 말할 나위가 없다.

또한 동요는 예술성을 갖추어야 한다. 아동들의 아름다운 공상과 순수한 정서를 다치지 않고 그것을 부드럽게 감쌀 수 있는 노래이어야 하는 것이다. 설명적인 사문조이거나 무미건조한 동요는, 문학 이전의 한낱 상품으로서 대량생산되는 것밖에 아무런 의미가 없다. 말초신경만을 자극하는 통속적이며 유행가 가사적인 노래에서 벗어나, 건강한 감성을 가진 노래이어야 한다는 것이다. 그것은 비단 어린이를 위한 노래라는 점에서뿐만 아니라, 정형동시라는 차원에서 예술작품이어야 한다는 점에서도 보다 중요시되어야 할 과제인 것이다.

> 아기 사슴은
> 잠 잘 때만 큰다
> 예쁘게 뛰놀 땐
> 클 틈이 없다.
>
> 아기 사슴은
> 잠 잘 때만 큰다
> 부끄러워 눈을
> 꼭 감고 큰다.
>
> 아기 사슴은
> 잠 잘 때만 큰다
> 아기와 키 대보고
> 기다리며 큰다.[13]

---

13 유경환, 「아기 사슴」, 『아기 사슴』(서울: 일지사, 1974), 92쪽.

# 제3장 동시론

## 1. 동시의 의의

동시는 어린이다운 심리와 감정을 재재로 하여 성인이 어린이를 위해 쓴 시를 말한다. 동시가 성인시와 다른 점은 바로 어린이답다는 점에 있다. 그러므로 동시는 그것이 반드시 어린이만을 대상으로 하여 쓴 것은 아니라 하더라도, 아동문학 본래의 갖가지 조건을 갖추기 위해서는 어린이가 이해할 수 있는 언어와 소박하고 단순한 사상, 감정을 담아야 되는 것이다.

여기에서 먼저 문제가 되는 것은 동시를 쓰는 사람이 성인아동문학가이라는 점이다. 항간에서는 흔히 아동이 쓴 '아동시'까지도 동시의 개념에 포함시키거나, 또는 양자를 혼동하여 이야기하는 경우가 많으나 아동시란 그것이 창작될 때 특별히 문학 본래의 조건인 창조적 의도를 가지고 지어진 것이 아니고 미성인간未成人間이 학습의 방편으로 쓴 것이기 때문에 아동문학의 한 장르로서의 동시와는 엄연히 구별되어야 마땅한 것이다.

동시는 아동의 정서를 순화시키고 사고를 심화시키는 데 큰 교육적 영향력을 발휘한다. 동시가 가지는 이러한 의의를 좀 더 깊이 고찰해 보면,

다음과 같이 크게 두 가지로 나누어 볼 수 있다.

첫째, 동시는 아동에게 그것이 가지는 운율인 내재율을 통하여 언어의 향기, 기품, 음영, 색채 등이 교묘하게 생동하는 것을 음미케 함으로써, 그 속에 흐르는 풍부한 시정에 젖게 할 수 있다.

둘째, 동시는 동요와 달라서 그 속에 높고 깊은 뜻을 품고 있기 때문에 아동으로 하여금 객관적 사상의 의미 파악과 이지적理智的해석을 가능케 함으로써 이론과 설교를 떠나 찬미와 흠모로 아동의 정서 및 시심詩心을 고취시킬 수 있다.


## 2. 동시의 사적 계보

동시의 모태가 되는 것은 동요라고 할 수 있다. 그러나 동시의 발생은 자유시의 발생과 밀접한 관계가 있기 때문에, 그 사적 계보를 들추려면 먼저 자유시의 발생에 대해서 살펴보는 것이 보다 지름길이 된다. 곧 동시는 자유시의 출현에 절대적인 영향을 받은 문학장르로서 성인문학의 자유시와 마찬가지로 아동의 인격을 인정한 근대정신의 소산인 것이다.

정형시는 17세기 프랑스 루이Louis 14세의 절대왕정시대에 모든 것이 엄격하게 통제된 규율과 법칙에 의해서 만들어지던 때의 산물이다. 이때 는 문학사적으로 고전주의에 해당되는 시대로서 내용보다는 형식상의 제 약에서 미를 발견하려는 시대였다. 즉 정형시는 고전주의를 배경으로 하 는 시형태였던 것이다. 이러한 정형시는 휘트먼Walt Whitman이 시집『풀 잎』1856을 냄으로써, 오랫동안 시사詩史를 지배해 오던 그 지위가 흔들리 기 시작한 것이다. 그리하여 1880년대에 들어와서는 프랑스의 시인들에 의해서 자유시 운동은 의식적으로 추진되었고, 최대의 자유 아래 최대의 시의 가능성이 모색되었던 것이다. 이것은 신이나 운명을 주제로 하고 인간이 종속적 위치를 지니고 있던 중세기 문학과는 달리, 인간이 자신들에게 눈을 돌림으로써 사회나 인간 문제들을 현실적 문제를 사실주의에 의거하여 인도주의humanism의 편에 서서 그리려는 근대문학을 그 배경으로 했던 것이다. 그 구속과 틀型을 벗어나려는 자유에 대한 인간의 욕구는 필연적으로 시에서도 나타나서, 형식상의 강한 제약을 주던 정형시는 불가피하게 자유시로 변모하게 된 것이다.

이러한 경향은 20세기 초엽에 우리나라의 문단에도 엄청난 영향을 미쳤다. 1908年『소년』지 창간호에 게재되었던 육당의 신체시「해에게서 소년에게」는 비록 정형시의 틀을 완전히 벗어난 것은 아니었으나, 그 다음에 잇달아 나타난 주요한의「불놀이」1919, 황석우의「벽모의 묘」1920 등은 확실히 정형시에서 자유시로 넘어오는 교량적 구실을 다한 작품으로 좋은 본보기가 되었다. 그러나 당시 우리나라에는 아동문학이라는 문학형태가 완전히 싹트지 못했고, 또 그보다 몇 년 뒤에 아동문화운동이 민족운동의 일환으로 본격화된 뒤에도 성인문단에서 볼 수 있었던 자유시의 형태를 아동문학에서는 찾아볼 수가 없었다.

1925년을 전후한 동요의 황금기에서 형식과 내용에 걸쳐 완전한 동시가 나타나기까지는 자그마치 10년 가까운 세월이 필요했던 것이다. 아동문학이 그 태동기를 맞아 한창 일어나던 시대는 일제식민지로서 민족이 신음하던 시대였으므로, 아동 율문문학의 작품들은 일본문단과 성인문단 초창기의 영향으로, 그나마 창가조의 동요뿐이었다. 그리고 거기에 담겨진 내용 또한 아동을 위하여 그들에게 희망과 용기를 주며, 그들의 꿈과 사고를 표현하려는 적극적인 요소보다는, 성인의 현실도피 수단이나 비참한 현실에의 푸념에 불과한 몇 요소만을 지나치게 감상적으로 나열한 것들이 많았다. 그러나 구속에서 자유로 변모하려는 모든 예술의 경향은 필연적으로 동시의 출현을 가져왔고, 거기에 담겨지는 내용도 이상과 같은 바람직하지 못한 국면에서 점차로 벗어나기 시작한 것이다.

1930년을 전후하여 우선 형식면에서 전통적인 3 · 4조 또는 7 · 5조의 형식을 벗어나려는 노력이 보이기 시작했고, 1933년 동시집이라는 이름으로 간행된 최초의 작품집『잃어버린 댕기』윤석중 이후에야 겨우 자유시[동시]의 기틀이 잡히기 시작한 것이다. 그러나 그것은 정형적인 동요에서 완전히 벗어난 것이 아니라, 그 속에 시성詩性을 가미한 정도에 그침으로써 전통적인 동요의 형식을 견지하려는 보수적 노력이 부단히 작용하고 있었음을 엿볼 수 있다. 그래서 이것들은 '시적 동요' 또는 '요적 동시'라는 애매한 이름으로 불리어졌는데, 성인문단에서 정형시가 자유시로 넘어오는 과정에서 신체시나 준정형시 · 준자유시가 있었던 것과 같이, 아동문학에서도 정형의 동요에서 자유시형의 동요로 넘어오는 과도기적 형태를 흔히 볼 수 있었던 것이다. 그러던 중, 1937년을 전후하여 박영종 · 김영일이 시도한 자유시론은 동요에서 동시로 넘어오는 획기적인 전기를 마련하였다. 그들은 동요가 갖는 정형의 굴레를 완전히 벗어던지고, 형식상 성인문학의 자유시와 같은 명실상부한 동시들을 발표하기 시작한 것이다.

그리하여 이원수 · 박영종 · 김영일에 의하여 본격적으로 자유로운 형식을 가진 동시가 비로소 많이 발표되었고, 일제 말의 수난기와 해방을 거쳐 6 · 25를 겪어 오는 동안에 동시는 그 기반을 든든히 굳히고 마침내는 아동 율문문학의 헤게모니를 완전히 장악하기에 이른 것이다.

그러나 동시가 동요의 틀을 벗어났다 하더라도, 구조면에서나 내용면에서 동요의 평면적 정경묘사의 수법을 완전히 탈피한 것은 아니었다.

시적인 내용을 담은 동시는 1950년대 후반에서부터 1960년대에 들어온 후에야 비로소 젊은 신예 시인들에 의하여 그 완전한 모습을 보이기 시작한 것이다. 이즈음의 잡지나 신문지상에 발표되고 있는 동시들은 형식만 동요에서 벗어난 평면적인 정경 묘사만을 일삼던 종래의 방법에서 벗어나, 이제 아동들의 논리적인 사고나 내면생활의 보다 깊은 곳에서 우러나는 정서에까지 그 바탕을 두게 되었다. 그와 더불어 동시는 점차로 난해성이 문제시되어 논의될 만큼 어려운 작품도 나타나기 시작한 것이다.


## 3. 동시의 여러 형태

동시는 성인시와 마찬가지로 내용면에서 서정시 · 서사시 · 서경시로, 형태면에서 자유 · 정형 · 산문시형으로 나눌 수 있다. 그러나 아동문학이 특수성을 고려할 때 내용면에서 동시와 동화시로 나누거나, 또는 그 형식면에서 손쉬운 방법으로 동시와 산문동시(곧 성인문학의 산문시와 대응되는)로 나누어 볼 수도 있다. 그 밖에도 길이에 따라 장시 · 단시 등으로 나누고,[1] 또는 음악적인 동시 · 회회적인 동시 · 지적인 동시 등으로 나눌 수도 있으나, 여기에서는 논란이 된 바 있는 동화시와 산문동시에 대해서만 잠깐 언급하기로 한다.

### 1) 동화시

동화시란 형식면에서 시적인 짜임새를 가지고 있으면서 거기에 동화적인 내용을 담은 시를 말한다. 다시 말하면 시의 형식과 동화의 내용을 한데 아우른 것이라고 말할 수 있다.

---

1 Herbert Read, 和田徹三 역, Form In Modern Poetry(London: Sheed and Ward, 1932), p. 70.

아빠는
아끼던 돌도끼에 날을 세우고

엄마는
모닥불 옆에서 아기를 낳았습니다.
살빛이 노란 아시아의 시조.
엄마는
골각기를 꺼내어 삼을 갑니다.

아기 울음이
바위에 스며들어 다져집니다.
오늘의 이야기가
차례로 스며들어 다져집니다.

바위도
내일부터 입을 다물면
박혁거세가 날 때까지
견뎌냅니다.

인력이 와서
과일 꼭지를 당겨줍니다.
그러나
훗날 뉴우톤이 발견하게 그냥 둡니다.

스무 그램짜리 조약돌들도
그 때 애들의 공깃돌이 되게
그냥 둡니다.

옛 얘기가 되게 하느라
돌멩이는 일부러 말을 합니다.
옛날얘기가 되게 하느라
나무는 가지마다 말을 합니다.

꿈으로는 몇 만 년이 생각키웁니다.
노랑 모자 쓰고 교문을 들어가는 꼬마들의 모습이 보여웁니다.

−그때 가서 한 번
살아보고 싶다.

씨앗을 여물면서 푸나무들은
몇 만 년 그 때에
다시 태어나고 싶습니다.[2]

　　이것은 신현득의 동화시 「석기시대 일기」의 전문이다. 형식면에서 보면 보통 동시와 조금도 다름이 없다. 다만 줄거리를 가진 동화적인 내용을 담았기 때문에, 저절로 그 길이가 길어져 있을 뿐이다.

　　그런데 동화시가 장형동시와 다른 점은, 그 속에 담겨지는 내용이 줄거리를 가진 것으로 동화적인 구성을 하고 있다는 점이다. 그러므로 동화시는 그 형식을 무시하면 동화의 범주에 드는 것이요, 내용을 무시하면 여느 장형 동시와 같다 할 것이다. 그래서 편의상 동화시를 동시에 포함시키고 있는 것이다. 그것을 아동문학의 다른 장르에 포함시키지 않고, 독자적인 문학장르로서 구분하려는 노력도 있기는 하지만, 동화시가 질적으로 향상되고 양적으로 풍성해져서 아동문학의 다른 장르와 어깨를 견줄만큼 된다면 모르겠으나, 현재 상태로는 그것을 바랄 수는 없다. 그러기에 동화시는 동시 또는 동화의 어느 한쪽에 포함시키는 것이 장르 구분의 복잡성을 피하기 위해서도 현명한 일이 될 것이다.

---

2 신현득, 「석기시대 일기」, 『아동문학선집』 2(서울: 어문각, 1975), 261~262쪽.

## 2) 산문동시

산문동시란 성인문학에 있어서의 산문시와 동일한 형식을 가진 동시를 말한다. 산문시의 출현은 문학의 산문화 경향에서 그 원인의 일단을 찾을 수 있다. 오늘날은 산문시의 전성시대이다. 아동문학뿐만이 아니라 일반문학에서도, 시보다 소설이 압도적으로 그 비중을 확대해 가고 있는 것이다. 시가 아무리 자유형을 지향한다 하더라도, 그것은 새로운 형식을 모색하는 자세에 불과한 것이므로, 산문만큼 자유분방한 것이 될 수는 없다. 그 결과, 시 자체가 산문의 성격을 띠게 된 것이다. 시는 원래 리듬을 염두에 두고 쓰는 것이기 때문에 필연적으로 행을 구분하게 마련이다. 그러나 리듬이나 의미와 이미지의 단락에 크게 구애받을 필요가 없는 산문시에서는 행 구분의 필요성이 없기 때문에 행을 구분하지 않는다. 산문지에서는 리듬이나 이미지보다는 논리적인 연결을 보다 중요시하는 것이다.[3]

---

3 김춘수, 『시론』(서울: 문호사, 1961), 141~144쪽 참조.

푸른 분수의, 푸른 숲 향기의 하늘에, 정오의 싸이렌을 울리면서 애드발룬이 떠 있네요. 푸른 5월의 하늘이 참 멋있게도 애드발룬을 날리고 있다구요? 아니야요. 가만히 지켜 보셔요. 애드발룬이 떠 있는 그 자리의 하늘은 틀림없이 더 깊고, 더 푸르러 금방 터질 듯이 부풀어 있어요. 가만히 지켜 보셔요. (후략)[4]

제 키보다 큰 우체통 앞에 아이가 찾아와 섰습니다. 빨간 우체통 앞, 팔꿈치가 뚫린 계집아이. 아이 손에는 한 장의 편지가 들렸고, 아이는 눈을 깜빡이면서 우체통 큰 입을 쳐다봅니다.

　―여기 넣으면 될까?
　한 손으로 가만히 우체통을 만져 보고 살며시 아이는 두 눈을 감습니다.
　―정말 아빠에게 갈까?
　아이는 발돋움하고 다가섭니다. 그 큰 우체통 입에 고사리 같은 손을 넣어 봅니다. 그리고는 편지 겉봉이 못 미더워 다시 한 번 읽어봅니다. (후략)[5]

박경용의 『애드발룬이 띄우는 하늘』과 유경환의 『아이와 우체통』의 일부이다. 일반 동시와는 달리, 의미나 이미지의 단락을 통한 효과를 그다지 세밀하게 노리지 않고 있다. 앞으로 동시가 음악성에만 구애받아 저급 수준을 벗어나지 못하던 폐단을 없애기 위해서도 우수한 산문동시가 많이 나와야 될 것은 두말할 나위도 없다. 그러나 그것은 아직 장래 문제에 속한다.

---

4 박경용, 『애드발룬이 띄우는 하늘』, 창경원 동물들(서울: 배영사, 1966), 17쪽.
5 유경환, 『아이와 우체통』, 종이배(서울: 교학사, 1964), 4~5쪽 참조.

## 4. 동시 작법

### 1) 창작 이전의 기본적 자세[6]

첫째로, 동시는 성인시보다 창작하기 어렵다는 사실을 인식해야 한다.

동시가 성인시보다 어렵다고 하는 까닭은, 그것이 시이기 때문에 성인이 읽어도 좋은 문학작품으로서의 수준을 확보해야 함은 물론, 아동의 지적 능력의 발달과 이해력, 그리고 생활경험에 적합한 형식과 내용으로서 교육적 효과를 동시에 갖추어야 하는 것이기 때문이다. 동시가 성인시보다 쉽다는 것은, 거기에 담겨지는 사상 감정이나 표현의 매개체로서의 어휘가 아동의 이해의 범주를 벗어나지 않은 평이하고 단순 소박한 것임을 뜻하는 것이지, 제작상의 안이성을 말하는 것은 아니다. 이러한 이론은 동시뿐만 아니라 아동문학 전체 장르에 해당되는 원리이다. 대체로 아동문학이 성인문학에 비하여 쉽다는 그릇된 인식은, 우리나라의 아동문학가 가운데서 성인문단에 등장하여 그 활동무대를 발견하지 못하거나, 또는 우수한 작품을 쓸 수 없음으로써 아동문학으로 전향한 실력 없는 사이비 아동문학가들이 많이 있었다는 데에 기인하는 것이라고 볼 수 있는데, 이런 사고방식은 하루바삐 바로잡혀야 할 것이다. 그러자면 동시인들이 동시는 동시인 동시에 시라는 이중적 자각[7]을 통하여 새로운 수법 · 언어 · 정서 · 사상을 개척 발견함으로써 가능할 것이다.

둘째로, 먼저 종래의 사물에 대한 감각적 표현에만 기울어지던 태도에서 벗어나 현실적으로 표현하려는 자세를 갖추어야 한다.

어린이의 귀여운 재롱이나 그들의 동심에 이끌리어 어떤 기발한 착상

---

6 藏原伸二郎, 「아동문학のつくり方」, 『아동문학の書き方』(동경: 角川書店, 1958), 43~59쪽 참조.
7 문덕수, 「동시의 새 국면」, 『아동문학』 13호(서울: 부영사, 1966), 87쪽.

이나 얕은 기교에만 흐른다든지, 사물을 멋지게 참하게만 표현하여 깊은 감동이 없이 아동의 말초신경만을 자극하는 이상감각의 전시에서 벗어나, 아동의 생활과 직결된 현실적 감동을 담은 생활적 표현이 있어야 되는 것이다. 그것은 한 술의 밥이 아쉬운 아동에게 무지개를 쫓는 아름다운 공상만을 주어서는 결코 큰 의의를 가지지 못할 것이기 때문이다.

> 달달달 돌아가는 미싱소리 들으며
> 저는 먼저 잡니다. 책 덮어 놓고
> 어머니도 어서 주무셔요 네.
>
> 자다가 깨어 보면 달달달 그 소리
> 어머니는 혼자서 밤이 늦도록
> 잠 안 자고 삯바느질 하고 계셔요.
>
> 돌리시던 미싱을 멈추시고
> 왜 잠 깼니 어서 자거라 어서 자거라.
>
> 재봉틀 소리와 어머님의
> 정다우신 그 말씀 생각하면서
> 잠자면 꿈 속에서도 들려 옵니다.
>
> 「왜 잠 깼니, 어서 자거라 어서 자거라」[8]

이원수의 「밤중에」라는 동시의 전문이다. 어려운 가운데서도 오붓하게 살아가는 사람들의 인정을 느낄 수 있는 작품이다. 이와 같이 어려운 현실은 일단 긍정하고 나서 그 속에서 감동을 구축해야 된다. 아무리 현실이 비참하다 하더라도, 허황된 공상세계로 도피함으로써 그것을 벗어나려는 태도는 버려야 될 것이다.

---

8 이원수, 「밤중에」, 『아동문화』 1호(서울: 동지사 아동원, 1948), 96쪽.

셋째로 동시인은 아동의 구미에 영합하려는 태도를 버려야 한다.

아동의 욕구만을 염두에 두고 거기에 강한 제약을 받아, 보다 높은 시정신을 가지지 않으려는 안이한 태도는 버려야 할 일이다. 그것이 끊임없이 추구하고 개척하는 시인으로서의 가져야 할 바 마땅한 자세가 아님은 두말할 나위도 없다.

넷째로, 동심을 지녀야 한다.

동시의 밑바닥은 한마디로 어린이다운 사고와 감동으로 이루어진다고 할 수 있다.

> 산 위에서 보면
> 학교가 나뭇가지에 달렸어요.
>
> 새장처럼 얽어 놓은 창문에,
> 참새 같은 아이들이
> 쏙 쏙,
> 얼굴을 내밀지요.
>
> 장난감 같은 교문으로
> 재조잘 재조잘
> 떠밀며 날아 나오지요.[9]

김종상의 「산 위에서 보면」의 전문이다. 어린이들의 생각은 어른들의 그것과는 사뭇 다르다. 산 위에서 내려다본 학교 모습을 어린이다운 생각으로 표현했다. 이러한 동심의 이해가 동시를 쓰는 데는 필요불가결의 요소인 것이다.

다섯째로, 동요적 정서의 유형에서 벗어나야 한다.

---

9 김종상, 「산 위에서 보면」, 『아동문학선집』 2(서울: 어문각, 1975), 98쪽.

동요는 이미 지나간 시대의 유물이라는 점을 깊이 인식해야 한다. 비록 그것이 전적으로 쓸모없다고 단정할 수는 없고, 또 일부에서 창작동요를 고집하는 이들도 있기는 하나, 아무래도 사고와 정서의 유형화를 초래할 위험성을 내포하고 있기 때문에, 아동 율문문학은 일반 성인시의 방향처럼 자유형의 동시를 지향해야 할 것이다. 또 동요의 틀에서 벗어났다는 것은 7·5조나 3·4조 등의 정식에서 탈피했다는 것만으로는 부족하다. 형식상의 자유화는 물론이거니와, 그 동시에 담겨지는 내용 또한 어디까지나 시적인 것이라야 되는 것이다.

참고로 오늘날의 동시는 종래의 단시적인 데서 장시적인 서사시적인 방향으로 옮겨가고 있음을 밝혀 두거니와, 지난날 비교적 짧은 형식 가운데 감각적인 내용을 주로 담았던 시가 주체세력이었다고 하면, 앞으로는 좀 더 긴 형태를 가지고 있는 장시나 서사적인 산문시, 또는 이야기譚를 갖고 있는 동화시 등의 신장이 요망된다고 할 것이다.

> 산 나라 숲 마을
> 꿀밤 집에는,
>
> 올해도
> 한 나무
> 아기가 났읍니다.
>
> 누가 언니인지
> 아운지
> 모습도 같고,
>
> 키도 몸도 닮아서
> 꿀밤 나무 엄마는,

달밤이면 잠 한심
자지도 않고,

이름을 외우신가
가을 산 소리.[10]

## 2) 동시 창작의 실제[11]

### (1) 제재는 무엇이든 상관이 없다

인식과 영감에 따라 미와 진실은 아름다운 것에서만 발견할 수 있는 것
이 아니라, 모든 삼라만상의 비시적非詩的인 것에서도 경이에 찬 시적 형
상화의 실마리는 얼마든지 찾을 수 있다. 다만 그것은 어린이의 사고나
심리와 지나치게 동떨어진 것이어서는 안 된다. 어디까지나 어린이의 이
해와 공감의 범위 안에서 고려되어야 할 문제다.

고 쪼끄만 씨 속에
이 많은 잎들이 들어 있었구나!
고 쪼끄만 씨 속에
이 많은 꽃들이 들어 있었구나!
고 쪼끄만 씨 속에
이 많은 새 씨가 들어 있었구나!

씨는 작으면서도 큰 것.
크면서도 작은 것[12]

---

10 조유로, 「가을 산소리」, 『산넘어 온 편지』(서울: 향문사, 1963), 156~157쪽.
11 村野西郎, 「兒童詩の指導」, 『教室の兒童文學』(동경: 角川書店, 1956), 40~46쪽.
12 어효선, 「고 조끄만 씨 속에」, 『고 조끄만 꽃씨 속에』(서울: 일지사, 1979), 26~27쪽.

### (2) 사고와 감정의 통일이 필요하다

포착된 제재를 가지고 짓기로 옮기기 전에, 감동을 잠시 덮어 두고 먼저 표현과 구성 등을 깊이 생각하는 감정의 정리 기간을 거쳐야 한다. 그렇게 함으로써 주제가 성숙해지고 사고와 감정의 통일이 이루어질 수 있기 때문이다.

> 빈 가지에
> 참새들이 모여 앉아
> 열매 되었네.
> 움직이는 열매.
>
> 움직이는 열매는
> 한바탕 자리를 떴다.
> 어디론가 갔다.
> 흔들리는 빈 가지.
>
> 빈 가지에
> 참새들이 알맞게 흩어 앉아
> 움직이는
> 움직이는 열매 되었네.[13]

### (3) 이미지가 명확해야 한다

마음속에 그린 시각적 정경, 곧 마음에 떠오른 상상의 구도를 예술적으로 어떻게 조형하는가에 시의 성패가 달려 있다. 감동이 없는 불투명한 이미지는 오히려 무의미할 뿐만 아니라, 작품 전체를 혼란에 빠뜨리는 것이므로, 정경을 그릴 때에는 분명히 보는 것처럼 형상화하여야 된다.

---

13 박경용, 「빈 가지에(1)」, 『어른에겐 어려운 시』(서울: 대한기독교서회, 1969), 33쪽.

여름에는 저녁을
마당에서 먹는다.
초저녁에는
환한 달빛.

마당 위에는
멍석,
멍석 위에는
환한 달빛.
달빛을 깔고
저녁을 먹는다.

숲속에서는
바람이 잠들고
마을에서는
지붕이 잠들고

들에는 잔잔한 달빛
들에는
봄의 발자국처럼
잔잔한
풀잎들.

마을도
달빛에 잠기고
밥상도
달빛에 잠기고

여름에는 저녁을
마당에서 먹는다.
밥그릇 안에까지
가득 차는 달빛.

아, 달빛을 먹는다.
초저녁에도
환한 달빛.14

이것은 오규원의 「여름에는 저녁을」이라는 동시의 전문이다. 이 속에 그려진 정경은 한 폭의 회화처럼 선명한 것이다. 회화를 보는 것 같은 뚜렷한 이미지, 이것이 시에서는 가장 중요하다.

  (4) 언어의 절약에 과감해야 한다

  시는 설명이 아닌 암시의 문학이니만큼 지나치게 설명적인 군더더기 소리는 제거해야 된다. 생략에 감정의 압력은 있고, 공백에 담긴 무한한 의미는 많은 말을 내포하고 있는 것이다. 무거운 짐을 걸머지고 움직이는 언어에는 극한의 의미가 담겨져야 한다.

사과껍질
벗기다가
손가락을
베었다.

피는
조금 나지만
겁은
더 난다.

울까
말까
피가 고인다.

---

14 오규원, 「여름에는 저녁을」, 『아동문학선집』 2(서울: 어문각, 1975), 288~289쪽.

울까
말까
울까
새빨간 핏방울

그런데 그런데……

울려도
집에는
아무도 없다.[15]

　이종택의 작품 「울까 말까」의 전문이다. 군더더기 없이 절제 압축된 언어 속에 동심 표현이 잘 수용되고 있다.
　동요가 아동심정의 깊은 데까지 침투하지 못한 것은 생략 없이 지나치게 설명적이라는 데에도 그 원인의 일단을 돌릴 수 있다. 그러나 언어의 절약이 그 정도가 너무 심하면 지나친 비약을 초래하여, 이해의 범위를 넘어 버리는 폐단이 있음도 더불어 고려해야 될 문제이다.

　(5) 행의 구분에는 필연성이 있어야 한다

　시에서 행을 구분하는 것은 보기에 좋으라고 하는 것도 아니요, 시란 원래 행 구분을 하는 것이라서 하는 것도 아니다. 행을 구분하는 데는 다음과 같은 필연적인 이유가 있다.
　첫째는 리듬 및 의미의 단락을 위하여 행을 구분하는 경우이다.

　(전략)
　저만큼

---

15 이종택, 「울까 말까」, 『아동문학선집』 2(서울: 어문각, 1975), 396쪽.

등 뒤에서
나직이 불러 주던
아
지금도
귀에 익은
누나
목소리.[16]

최계락의 「봄비」라는 작품의 1절이다. 이 작품에서 각 행은 작은 의미의 단락을 가지고 있다. 이것을 두 행씩 이어서 써 놓으면 시 전체의 호흡이 사뭇 달라져 버린다.

저만큼 등 뒤에서
나직이 불러 주던
아 지금도 귀에 익은
누나 목소리.

행을 구분할 때에는 이와 같이 의미나 리듬의 단락을 짓기 위하여 구분하는 경우가 그 첫째 이유가 된다. 그러나 산문으로써 의미나 호흡의 단락만 지어 놓는다고 해서 시가 될 수 없음은 물론이다.

둘째로는 이미지를 선명히 하기 위하여 행을 구분하는 경우도 있다.

맴
맴
맴
맴
맴
맴

---

16 최계락, 「봄비」, 『한국아동문학전집』 11호(서울: 민중서관, 1965), 280~281쪽 참조.

맴

쓰

으

으

으

머언 산에 바람 온다.[17]

    김영일의 「매미」라는 작품이다. 이 동시에서의 행 구분은 보다 큰 시각적 효과를 노리기 위한 것이라고 볼 수 있는데, 매미 우는 소리를 하나씩 행 구분하지 않고서 '맴맴맴 맴맴맴맴 쓰 으으으' 하고 한 행으로 표기했을 때와, 위와 같이 행 구분했을 때 독자에게 주는 이미지는 전혀 다른 것이다.

    (6) 언어 하나하나가 살아 움직이도록 가장 적합하고 시적인 것을
       가려 써야 한다

    시의 유일한 도구는 언어이다. 언어는 사실을 기술하는 산문적인 기능과, 그 속에 관념 · 정서 · 욕망을 함축하고 있는 시적인 기능의 두 가지가 있다. 산문에서는 전자의 기능이 주가 될 것이요, 시에서는 후자의 기능이 주가 되어야 할 것이다.

       다섯 살쯤 난 소녀와 그녀의 오빠인 여덟 살쯤 난 소년이 둘이서 뜰
       을 거닐다가 소녀게 제 오빠더라 외치는 것이다. "아, 꽃이 웃고 있네!"
       이 때 소년은 제 누이에게 타이르는 것이다. "꽃은 웃는다고 하지 않고

---

17 김영일, 「매미」, 『다람쥐』(서울: 고려서적, 1950), 46쪽.

피었다고 하는 거야." 이럴 때 소녀의 말을 우리는 시적이라고 할 수 있다면, 소년의 말을 산문적이라고 할 수 있을 것이다.[18]

말하자면 동시에서는 시적인 언어가 씌어져야 한다는 것이다. 그러나 언어의 의미는 그 자체가 갖지는 의미뿐만이 아니라, 그것이 문맥 가운데 쓰이는 위치에 따라서도 사뭇 달라지기도 한다.

> 흰꽃과 빨강꽃은 다 같이 꽃이라는 말이 들어 있다. 그러나 (중략) 흰꽃 속에 들어 있는 꽃은 흰꽃의 꽃이요, 빨강꽃의 꽃은 빨강꽃이다. 꽃이라는 한 개의 낱말은 하나의 문맥 속에 짜여지면 그것은 구체화되고, 이미 낱말 하나로 따로 있을 때와는 다른 것이 된다.[19]

그러므로 하나의 언어가 시적이냐 그렇지 못하냐 하는 것은 그 언어 자체의 성격보다도 그것이 앞뒤의 언어들과 서로 어떤 관련을 갖고 있느냐 하는 데에 더 큰 문제가 있다. 이와 같은 언어의 의미와 기능을 생각해 보면, 시에 쓰이는 언어는 하나도 허술히 다룰 수 없게 될 것이다.

> 산을 통째 삼키고도
> 남아 울리는,
>
> 고여서 넘치는
> 산종소리를
>
> 길어내 가는 이는
> 산식구들 뿐.

---

18 김춘수, 앞의 책, 31~32쪽.
19 박목월, 「동시의 지도와 감상」, 『아동문학』 1호(서울: 배영사, 1962), 59쪽.

길어내어 산새들은
노래를 씻고

길어내어 산짐승들은
피를 맑히고

길어내어 산꽃들은
모습을 가꾸고

길어내어 산열매들은
속맛을 들이고

그러고도, 종일
남는 종소리.[20]

(7) 시의 창작에는 비유가 반드시 따른다

문학은 넓은 의미에서 비유이지만, 특히 시는 그 암시적 함축성으로 말
미암아 비유가 생명처럼 되어 있다. 비유에는 직유simile와 은유metaphor가
있다.

(전략)
언젠가
바닷가에 다녀온
쌍안경 속에선
언제나 파도소리

둥그런 렌즈를
반만큼 채우고

---

20 박경용, 「산 종소리」, 『어른에겐 어려운 시』(서울: 대한기독교서회, 1969), 53쪽.

호수처럼 담긴 수평선은
팽팽히
살아서

갈매빛
고등어 등때기처럼
피둥피둥
살아서

바다는
한 마리 물고기다. (후략)[21]

　‘호수처럼 담긴 수평선’, ‘갈매빛 고등어 등때기처럼 피둥피둥 살아서’에서 보이는 ‘처럼’, ‘같이’ 등의 보조 형용사가 들어가는 경우를 직유라고 한다. 직유는 모양이 비슷해서 이루어지는 경우와 인상이 비슷해서 이루어지는 경우, 그리고 움직임 · 촉감 · 냄새 등 어딘가 닮은 데가 있는 특징을 끌어내어 대비시킴으로써 성립된다.

저리도 큰 사과를
누가 던져 놓았을까,
빨갛게 빨갛게만 익어가는
둥근 사과.

꿈속에서 아기가
사과를 먹는다.

사근사근
밝은 해를
베어 먹는다.

---

21 김녹촌, 『쌍안경속의 수평선』(서울: 한빛사, 1974), 30쪽.

잠자는 아가의 두볼이
해처럼 빨갛게 익는다.[22]

봄비 그친 텃밭은
일학년 교실.

해볕이 사알짝
스쳐만 가도

저요
저요
저요

와자하게 손내미는
새싹
새싹들.[23]

　이상의 작품들에서 '사과=배', '아이들의 손=새싹' 등의 비유는, 비유
되는 말과 비유하는 말 사이에 보조 형용사가 없이 이루어지고 있다. 이
와 같은 비유를 은유라고 한다.
　이상과 같은 비유는 시작에 반드시 따라 다니게 마련인데, 동시라고 그
것이 예외일 수가 없다. 비유는 지은이가 읽는 이에게 전하려는 사상을
보다 명확히 하는 데에 큰 구실을 하고 있다. 비유를 할 때에는 다음과 같
은 점에 특히 주의해야 한다.[24]
　첫째, 비유는 지은이의 개성을 풍기고 있어야 한다. 다섯 사람이면 다
섯 사람, 열 사람이면 열 사람이 똑같이 하는 비유는 이미 개성이 없다. 비

---

22 김원범, 「해 10」, 『종이꽃의 기도』(서울: 교학사, 1980), 66쪽.
23 공재동, 「새싹」, 『꽃밭에는 꽃구름 꽃비가 내리고』(새로출판사, 1979), 23쪽.
24 박목월, 『동시의 세계』(서울: 배영사, 1963), 211~215쪽 참조.

유를 통해서 지은이의 환경과 감정 상태를 알아볼 수 있다면 그것은 훌륭한 비유이다. 둘째, 비유는 황당무계한 것이 아닌, 남들이 이해할 수 있는 한계 안에서 새롭고 싱싱해야 한다. '꽃같이 아름다운 마음', '달처럼 환한', '고사리 같은 손'…… 이와 같은 비유는 이미 새로운 것이 못 될 뿐 아니라 극히 몰개성적이다. 그러나 새로운 것만을 시도하여 지나치게 과장된 비유나 전혀 엉뚱한 것을 끄집어내어도 좋지 않다는 것은 더 말할 나위도 없다.

**제4장** 동화론

## 1. 동화의 의의

동화의 정의는 광의냐 협의냐에 따라 사뭇 그 범주와 의미가 달라진다. 그러나 그것을 현대적 의미로 풀이하면 "童話marchen·fairy tale라는 형식은 옛이야기나 民話 중에서 안데르센과 그림을 고향으로 하는 상징적인 문학형식으로서, (중략) 개개의 인물 조형과 디테일의 진실보다도 소박하게 요약된 미적 표현 가운데서 인간 일반의 보편적 진실을 보다 중요시하는 것으로, 시에 가까운 산문"[1] 문학이라 할 것이다. 즉 동화는 옛날 얘기·민담·우화·신화·전설 등과 같은 설화의 종류가 아니라, 그러한 것을 재구성·개작하거나, 또는 그러한 특징을 동화라는 형태 속에 포용한 것으로, 다만 화법의 차이를 의미하는 문학 장르인 것이다. 그러므로 동화가 지향하는 것은 종래 있어온 단순한 어린이를 위한 이야기의 재구성이기보다 시 정신에 입각한 인간 보편의 진실을 상징적으로 표현하려는 데에 있다. 동화가 그 특유한 성격과 함께 독립된 하나의 문학형식으로서, 오늘날까지 잔존하는 단순한 옛날이야기나 민담 등과는 달리 확고한 위

---

1 關英雄, 『兒童文學論』(동경: 신평론사, 1955) 참조.

치를 누리며 존재하는 까닭도 바로 이런 데 있는 것이다.

일찍이 독일의 로만파 시인 노발리스Novalis, 1772~1801는 옛이야기류를 "문학의 규준規準, Kanon des Poesia"이며, "일체의 시적인 것은 동화적 Marchenhaft이라야 한다"[2]고 갈파한 바 있거니와, 실로 이들 동화류는 그 원시성·야만성에도 불구하고 다음과 같은 점에서 문예적 우수성을 갖추고 있다.

① 뛰어난 상상으로 커다란 즐거움과 황홀한 미감을 준다.
② 풍부한 정서에 의해 비교할 수 없는 인간성의 미묘함을 보여 준다.
③ 다양한 활동에 의해 여러 가지 인생의 진실을 보여 준다.

동화의 이러한 문학적 우수성은 그 저변에 담겨진 자연관이나 인생관·사회관 등이 빚어내는 교훈과 지식을 정서라는 결정체를 통하여 어린이에게 감동적으로 주어질 뿐만 아니라, 보다 높은 문학을 향해 이끌어가는 교량적 기능, 곧 다음과 같은 문예 교육적 의의를 다하는 것이다.

① 동화를 읽음으로써 문예적 의미를 터득하여 보다 고상한 문학을 동경하고, 이에 접근하려는 태도를 갖게 된다.
② 문학적 위인의 일화를 동화형식으로 읽음으로써 문예에 대한 즐거운 마음을 기른다.
③ 고상한 문예작품의 줄거리를 동화형식으로 읽음으로써 원작을 읽는 실마리를 잡는다.
④ 읽을 수 있는 한도 안에서 작품 그대로specific example를 제공하여 원작의 진미를 맛보게 할 수 있다.

---

2 松村武雄, 『童話及兒童の研究』(동경: 培風館, 1922), 383쪽.

⑤ 소화小話, Sub-story 등 작품의 부분적인 제공을 할 수 있다.

이상과 같은 문예 교육적 가치밖에도, 아동들의 각 교과에 따르는 모든 교육적 가치는 그야말로 다양하다. 즉 정서적인 방법으로 참된 윤리적 표준을 동심에 침투시키는 도덕 교육적 가치, 세계 각국의 풍속이나 생활의 차이며 유사점을 이해하고 국경을 초월한 친근한 인류애를 갖게 하는 자리 교육적 가치는 물론이거니와, 브라이언트S. C. Bryant가 말한 바와 같이3 인류의 지나간 문화생활에 대한 깊은 이해와 동정, 과거의 생활과 현재 · 미래의 생활 사이의 밀접한 교섭에 대한 깊은 성찰, 그리고 그것을 통한 넓은 인류애를 동심에 배양시키는 역사 교육적 가치 등 이루 헤아릴 수 없다.

여기서 또 하나 흘려버릴 수 없는 것은 자연과학 교육적 가치이다. 자연은 위대한 예술가요 교육자다. 그러므로 자연과학 교육은 과학적 지식의 전달과 나열을 넘어서 그들의 정서계발에까지 중요한 영향을 미치는 것이다. 자연에 대한 참된 이해가 과학적 지식의 습득을 넘어 사랑과 인생의 진실을 발견하는 데 있다면, 동화는 이러한 의무를 아울러 수행할 수 있는 좋은 읽을거리인 것이다. 분석적 · 해부적인 자연과 학습에 비해 종합적인 과학 동화는 아동들의 심정을 계발하는 데에 불가결의 세계임은 두말할 나위도 없다.

이상에서 보아온 바 동화는 그것이 문학작품이라는 한계를 넘어서 아동에게 인간의 길을 가르치고, 인간성의 심화와 아울러 참다운 지식인이 되도록 이끄는 점에서 큰 의의를 가진 것이라 할 것이다. 특히 아동기의 모든 교육을 동화교육을 빌어 혁신하려는 지금에 와서는, 그 가치는 날이 갈수록 보다 높고 넓은 차원에 놓이는 것이다.

---

3 Bryant S. C. How to tell storys to children, 참조.

## 2. 동화의 사적 계보

동화의 근원은 앞에서도 잠깐 언급한 바와 같이 원시시대의 설화문학 [동화 · 신화 · 전설 · 옛이야기 · 민담 · 우화 등]이다. 그 중에서도 협의의 동화인 메르헨은, 원시민족이 신의 행적을 읊은 서사시의 일종이다. 그것은 현실에 속박을 받지 않고 공상에 의해 비현실적인 일들을 이야기한 것이다. 그러나 그것은 가능성의 한계로부터 지나치게 벗어난 것은 아니었다. 처음 근동近東 여러 나라에서 풍성했던 것이 십자군에 의해 서구로 옮겨진 동화kindermarchen에만 한하지 않고, 일반적으로 민중 사이에서 행해지는 민담volksmärchen 및 우화까지도 포함하는 산문으로 된 서사문학이었다.[4] 곧 이러한 옛이야기류는 어른이나 아동의 구별이 없이 두루 민중 전체의 입에서 입으로 전하여 내려오면서 여러 가지 윤색과 개작의 과정을 겪은 것으로서, 곧 구전 · 기재記載 · 정착의 과정을 거쳐 구전동화로 현존하게 된 것이다.

이러한 메르헨이나 민화는 구전되거나 또는 문자로 정착되어서 전래해오고 있는데, 그 가운데서 아동에게 적합한 이야기를 가리켜 우리는 흔히 전래동화 또는 구전동화라고 부르고 있는 것이다. 이 같은 전래동화는 세계 각국마다 있는 것으로, 그것은 여러 가지 면에서 그 공통적인 성격을 엿볼 수 있는데, 그것은 저급문화민족들의 사고방식이 유동적이었다는 것과도 관련이 있다. 특히 그들의 사고는 아동들의 그것과 퍽 유사하여 단순하기 때문에, 오늘날까지 전해지고 있는 세계 각국의 전래동화를 100개 미만의 유형으로 나눌 수 있을 만큼 서로 닮아 있는 것이다.

전래동화는 그 성격상 현대의 창작동화kunstmarchen와는 여러 가지 면에서 다른 점을 가지고 있는데, 그것을 열거해 보면 다음과 같다.

---

4 메르헨, 『문예대사전』(서울: 학원사, 1962), 306~307쪽 참조.

① 정경 묘사나 성격 묘사가 없다. 다만 줄거리가 중심이 되어 있을 뿐이다.

② 그 수법에 있어서 시적이기보다 산문적이며, 서정적이기보다 서사적이다.

③ 시간과 장소 등에 구속을 받지 않는다. 이것은 전래동화의 서두를 보면 쉽게 알 수 있다. '옛날 옛날once upon a time 어느 곳에 어떤 사람이' 하고 시작하는 것이다. 이러한 초시간적 · 초지방적 성격 등은 현대의 창작동화에서도 조금은 엿볼 수 있는 것이지만, 전래동화에서처럼 그렇게 현저하지는 않다.

④ 등장인물의 성격은 극히 추상적이다. 이것은 정경 묘사가 없이 줄거리만으로 구성된 결과에서 오는 것이라고도 볼 수 있다.

또 반드시 그러한 것은 아니지만, 전래동화는 그것이 가지는 메르헨적인 성격상 줄거리 전체가 어떠한 마법이나 불가사의한 인과관계에 의해서 지배되고 있는 경우가 많고, 그 구성에 있어서 반복, 대비적인 것이 많으며, 권선징악적 · 교훈적 요소가 강하게 작용하고 있다.

이런 성격의 영향은 초기의 창작 동화 특히 유년동화에 두드러지게 반영되고 있다.

> 옛날 어느 산 속에 나무꾼이 살고 있었다. 날마다 나무를 해다 팔아서 매우 가난하게 살고 있었다. 어느 날 못가에서 도끼로 나무를 찍다 잘못하여 도끼를 못에 빠뜨렸다. 나무꾼은 아무리 물 속을 들여다보아도 도끼를 찾을 수가 없었다. 할 수 없이 못가에 앉아 울고 있었다. 그때 못에서 물을 뚫고 수염이 흰 노인이 나타났다. 그 노인은 나무꾼에게 왜 울고 있으냐고 물었다. 나무꾼이 사정 이야기를 하니까, 노인은 도끼를 찾아 주겠노라 하고 물속으로 다시 들어갔다. 얼마 후 노인은 금도끼를 들고 나와서 "이것이 너의 도끼냐" 하고 물었다. 나무꾼은 아니라고 대답했다. 노인은 다시 물속으로 들어가서 한참 후에 은도끼를 들

고 물 위에 나타났다. 이번에도 "이것이 너의 도끼냐" 하고 물었다. 나무꾼은 아니라고 대답했다. 노인은 다시 물속으로 들어가 녹슨 도끼를 들고 나타났다. 노인은 "이것이 너의 도끼냐" 하고 물었다. 나무꾼은 그 것이 자기의 도끼라고 말했다. 노인은 이 나무꾼의 정직함을 칭찬하고 금도끼와 은도끼를 함께 그에게 주었다. 이 이야기를 들은 이웃에 사는 욕심쟁이가 녹슬은 도끼로 먼젓번 젊은이와 같이 금도끼를 얻으려 했으나, 정직하지 못해서 실패하고 오히려 괴로움을 받았다.

이것은 우리나라의 전래동화인 「금도끼」의 줄거리이다. 서두에서 시간·장소·인물 등의 비특정성을 잘 반영하고 있다. 또 구성면에서, 노인이 금도끼·은도끼·나무꾼의 도끼를 차례로 들고 물 위로 나타나는 사실의 연속적인 반복이나 선행과 악행에 대한 보답 등의 대립형식, 전래동화의 대표적 주제인 권선징악적 교훈 등, 그 특징적 요소가 잘 드러나고 있다. 이러한 것은 우리나라 전래동화 「토끼의 선고공판」또는「숲 속의 재판」·「혹 떼러 갔다가」 등에서도 얼마든지 볼 수 있는 전형적인 것이다.

이러한 성격을 가졌던 전래동화는, 19세기 초1812~1815 그림Grimm형제가 독일의 「어린이와 가정의 동화」Kinder und Hausmarchen를 수집 편찬함으로써 독일에서 먼저 그 최초의 체계적 정리가 이루어졌고, 그 후부터 점차 서구 여러 나라들도 수집·정리하기 시작함으로써 19C 중엽에 와서는 덴마크의 안데르센Andersen에 의해서 본격적 문예동화가 나올 수 있는 소지를 만든 것이다. 안데르센 이후의 농화들은 뚜렷한 녹적의식이 없었넌, 들려주고 듣기 위한 전래동화와는 달리 예술적 의도를 가지고 창작되었다.

1913년에 창간된 육당 최남선이 주재한 잡지『아이들 보이』에 자신의 작품인 「남잡이가 저잡이」·「검둥이와 셴둥이」 등의 작품이 동화라는 이름으로 발표되었고, 춘원도 '외배'라는 필명으로 『별나라』에 동화를 발표하기는 했으나, 그 작품들이 대상으로 한 것은 오늘날에 말하는 아동과 같은 연소한 소년·소녀가 아니라, 연령적으로 성인에 가까운 20세 이후의 독자를 대상으로 한 것이기 때문에, 순수한 동화였다고는 볼 수 없다. 더구나 당시의 동화는 순수한 예술적 의도보다는 아동문화운동의 일환으로 이루어진 것이었기 때문에, 본격적인 동화문학을 형성하지는 못하였다. 그러나 모든 문학의 초창기에서 볼 수 있는 외국작품의 번역과 전래동화의 수집 정리에서는 괄목할 만한 실적을 남겼다. 최초의 번역동화집인의 오천석의 「금방울」1921과 소파 방정환의 「사랑의 선물」1922이 잇달아 나왔고, 소파 주재의 아동잡지 『어린이』에 덴마크 동화 「성냥팔이 소녀」, 프랑스 동화 「장난 즐기는 귀신」 등이 소개되었다. 이어서 조선총독부에서 우리나라의 전래동화를 모은 『조선동화집』1924을 간행하였고, 노자영의 번역 동화집 『천사의 선물』1925이 나왔다. 또 1926년에는 심의린이 『조선동화대집성』을 내놓았으며, 방정환에 의해 「심청전」·「홍부전」 등이 정리되었고, 이정호의 『세계 일주 동화집』이 간행되었다. 이와 같이 외국동화를 소개하거나 재래 동화의 수집 정리, 또는 신화·전설 등의 설화문학을 적당히 개작하는 등 창작 이외의 활동은 어느 면으로 매우 활발한 바 있었던 것이다.

1923년에 마해송에 의해서 비로소 기념비적인 작품인 최초의 창작동화 「바위나리와 아기별」5이 발표되고, 이어서 『어린이』·『아이 생활』·『별나라』 등 여러 잡지와 구연회를 통하여 방정환·고한승·마해송·진장섭·정인섭·이정호 등 '색동회' 동인들과 기타 이주홍 등 여러 작가들이 창작 활동을 활발히 전개함으로써, 비로소 우리나라의 동화는 점차 그 기반을 구축해 가기에 이른 것이다.

1927년에는 최초의 창작동화집인 고한승의 『무지개』가 나왔으며 마해송의 『해송동화집』1934, 노양근의 『날아다니는 사람』1938, 이구조의 『까치집』1940 등의 창작동화집이 연이어 간행되었다. 식민지 시대에 이렇게

---

5 馬海松, 『한국 아동문학 전집』 2호(서울: 민중서관), 1~11쪽.

형성되어 온 우리나라 동화 문학은 비록 아동문화운동의 줄기를 타고 변모해왔으나, 적어도 표면상으로는 많은 발전을 해 왔다고 할 수 있겠다.

우선 간단한 생활 주변의 이야기나 엽편소화葉片小話처럼 콩트 이상의 길이나 성격을 가지지 못했던 작품들에서부터 점차 단편 정도로 길어졌으며, 해방 후에 장편동화가 나오는 소지를 형성하였고, 주제면에서도 전래동화의 권선징악적 교훈에 치우친 것에서 벗어나 독자적 주제를 갖는 작품이 나오기까지에 이르렀다. 그러나 많은 작품들이 아동 해방과 민족의식의 배양을 위한 교육적 의도를 지나치게 그 바닥에 깔고 있었음은 숨길 수 없다.

1940년대에 들어와서는 일제의 최후 발악인 문화말살정책으로 민족문화는 암흑기를 맞이하였고, 동화도 뜻있는 이들이 일본 경찰의 눈을 피하여 발행한 회람지 등에 의하여 겨우 그 명맥을 유지해 왔기 때문에, 특기할 만한 작품 활동은 이루지 못했다.

해방 뒤에는 자유로운 작품 활동으로 비교적 많은 작품이 쏟아져 나왔다. 단편을 확대시킨 것 같은 인상이 짙기는 했으나, 장편동화도 시도되었다. 그러나 정치적 혼란과 전쟁으로 인하여 많은 동화작가의 남북교체가 있었고, 동화 자체도 상당한 변모를 거듭하지 않을 수 없었던 것이다. 즉 정치적·사회적 혼란과 전쟁에서 오는 각박한 현실이 동심에 미친 영향으로 말미암아 아동들은 좀 더 현실적인 읽을거리를 요구하게 되었고, 이러한 사실은 환상적이며 초현실적인 본격동화의 위기를 불러 왔다. 이러한 추세는 일본을 거쳐 수입된 소설적 성격을 가진 생활동화로 말미암아 더욱 현저히 나타났다. 비록 적지 않은 동화작가들이 본격적인 동화를 계속 발표하고 있고, 아동의 심리적 발달 단계에 따른 환상적·초현실적 동화의 필요성을 절감하고 있기는 하나, 생활동화가 점차 그 세력을 확대해 감에 따라 아동산문문학의 헤게모니는 동화에서부터 아동소설로 넘어

가려는 단계에까지 이른 것이다.


## 3. 동화의 내질內質

광의의 동화는 그 속에 메르헨Märchen이나 페어리 테일fairy tale · 에벤뛰데eventyre뿐 아니라, 신화 · 전설 · 우화 등의 넓은 영역을 포함한다. 광의의 동화에 포함되는 옛이야기류 중의 갖가지 형태들은 어린이를 위한 이야기의 원시적 형태로서, 현대동화 성격을 규정하는 중요한 요소이며 특질이다. 이제 동화의 바탕이 되는 요소로서 옛이야기 · 익살담 · 전설 · 신화 · 우화 · 자연계 설화 등을 살펴보면 다음과 같다.


### 1) 옛이야기 fairy tale · Märchen

동화에서 가장 넓은 영역을 차지하고 있으며, 풍부한 흥취, 광범한 교훈, 다양한 형식을 구비하고 있는 것으로서, 민족설화의 대부분을 차지하고 있다. 이러한 설화문학은 원시인의 사고방식과 생활방식의 표현이기도 하다. 서구에서 말하는 페어리fairy의 기원은 라틴어의 파뚬fatum으로서 '황홀케 한다to enchant, 요술로서 현혹케 한다', 또는 '요정'이라는 뜻이다. 그것을 일개 생물로 볼 때에는 '마술 주문을 구사해서 언어 · 돌 · 약초의 마력을 알고, 그 힘에 의해서 영원의 젊음 · 미美 · 부富를 누리는 성정性情 능력을 갖춘 초자연적 영물靈物'이라는 뜻인데, 페어리 테일fairy tale이란 이러한 페어리를 중심으로 하거나 또는 그것이 출현하는 스토리를 말한다. 아라비안 나이트arabian nights의 동양적이며 드넓은 상상적 미美나, 이른바 메르헨이라 불리는 그림 옛이야기의 마물魔物과 요괴에 얽힌 몽환적인 미美, 그리고 에벤뛰레eventyre라 불리어지는 안데르센 동화의 유원幽遠

청아淸雅한 미美는 모두 그러한 고대설화를 정착 정리시키고 개작한 데서 나온 것이다. 우리나라에서는 반드시 요정이나 선녀가 등장하는 이야기만을 옛이야기라고 하지는 않는다. 원시인의 황당무계한 상상에 의하여 산출된 모든 이야기류를 지칭하는 것이 일반적이다.

### 2) 골계 · 해학담 humorous tale

흥미 중심의 익살에 의한 과장담으로, 무의의담無意義譚, nonsense tale과 소화笑話, laughable tale로 나누어진다. 무의의담이란 순진하고 전혀 합리성이 없는 간단한 이야기로서, 뜻이 없다는 점에서 유치원화幼稚園話, kindergarden tales와 닮았으나, 같거나 비슷한 양식의 선율旋律과 절주節奏가 없다는 데에서 유치원화와 다르다.

소화는 골계 · 해학 · 익살의 취미를 본질적 요소로 하는 간단한 이야기로서, 무의의담과 다른 점은 의미를 가진 것을 본질로 하고 적극적으로 웃기며, 그 전개 형식이 보다 복잡하다는 데에 있다.

### 3) 우화 fable

생물 또는 무생물을 빌어 도덕적 교훈moral apologue을 일깨우는 이야기로서, 그 목적이 윤리적 설파에 있으며, 교훈이 위주이고 흥미는 한낱 첨가물에 지나지 않는다는 점에서 좁은 의미의 메르헨이나 골계담 등과 다르다. 또 우화는 본래 있어 온 이야기, 즉 자연발생적인 것이 아니라 의도적으로 만들어진 이야기라는 것, 다시 말해서 일반 설화가 민족문학volks poesie이라면 우화는 개인적 문학kunstdi-chtung이라는 점이 다르다.

## 4) 전설 legend

왕전王傳 · 성도전聖徒傳 등의 전기를 의미하는 옛 뜻이 아닌, 시대와 장소와 주인공이 확정된 로만적 행동설화를 말한다. 전설에 나오는 인물이나 내용은 그 반 정도가 사실에 근거해 있고, 나머지 반 정도는 믿을 수 없는 것이 보통이다. 전설이 앞서 열거한 갖가지 동화의 내질과 다른 점은 시대 · 장소 · 인물이 확정되어 있다는 것이다. 또 신화와 다른 점은 주인공이 모럴moral하다는 데에 있다.

## 5) 신화 myth

신화란, 자연과 인사를 해명하고자 하는 소박한 원시민족이 인류와 종합적 관계synthetic relation를 가진다고 생각되는 초자연적 영격靈格에 대한 자기의 사상과 감정을 불어넣어 산출한 우주적 존재의 발생 · 혈통 · 행동에 관한 설화적 기술이다.

신화는 자연신화와 인문신화로 구분할 수 있다. 자연신화란 자연현상에 초자연적 영격을 설정하여 모든 자연현상을 설명하려는 것이요, 인문신화는 인류생활문화의 배후에 초자연적 영격을 상정하여 그 보호관장, 인간생활의 발생 · 발전을 설명한 것이다.

## 6) 자연계 설화 natural stories

자연계 설화는 자연계의 여러 가지 사물이나 그 속에서 일어나는 모든 현상을 과학적 정확성과 극적 동작과 정서 활동에 의해서 설화적인 흥미를 가지도록 엮은 이야기를 말한다. 자연계 설화의 본질적 요소는 과학적인 정확성과 설화적 흥미를 더불어 가지는 데에 있는 것이므로, 이 두 가지 요소 중 어느 하나를 빼더라도 동화로서는 무의미하게 되거나 아동소설과 같은 성격을 띠게 된다.


## 4. 동화의 여러 형태

오늘날의 동화는 일반적으로 소재의 성격과 표현면에서 순수동화와 생활동화로, 독자대상의 연령별 수용수준에 따라 유년동화와 일반동화저학년 동화·고학년 동화 및 성인용 동화로, 또 그 전달방법에 따라 구연동화와 정착동화로 나눌 수 있다. 여기에서는 현재 논의의 대상이 되고 있는 생활동화와 유년동화, 그리고 구연동화에 대하여 잠깐 언급하기로 한다.

### 1) 생활동화

동화라면 페어리테일fairy tale이나 메르헨märchen·에벤뛰레eventyre와 같이 초자연적·공상적 소재를 산문시적으로 또한 상징적 환상적 처리한 글을 말한다. 그러나 동화가 갖는 시적이며 환상적인 성격은 현대에 접어들자 보다 과학적이며 합리적인 것을 요구하는 아동의 욕구에 전적으로 흡족한 것이 되지는 못한다. 그 결과 아동의 일상생활이나 주위환경에서 찾은 소재를 합리주의에 기반을 두고 처리하는 이른바 생활동화의 출현을 보게 된 것이다. 생활동화라는 말은 원래 일본 프로문학이 지향한 생활주의 동화에서 온 것으로, 한마디로 "아동을 사회의 일원으로 보고 그것을 대상으로 하여 아동 자신이 알기 쉽게, 생활 장면에서 그리는 것"[6]을 말한다. 그러나 생활동화에서의 사실적 수법은 성인문학이나 아동소설에서의 그것과는 다르다. 곧 성인문학이나 아동소설에서 볼 수 있는 비교적

---

6 船木枳郎, 『현대아동문학사전』(동경: 보문관, 1955), 188쪽.

복잡한 심리 묘사나 심리의 변화 과정, 배경묘사 및 줄거리 등은 생활동화에서는 볼 수 없고, 사물의 겉이나 대강을 스케치하는 정도에 머문다는 점에서 특수한 성격을 가지고 있는 것이다.

> 　털모자에 벙어리 장갑을 끼고 성이는 정이 누나를 따라 장에 가신 엄마 마중하러 나갔습니다. 아침에 엄마가 나가실 때, 오늘은 꼭 꼬마 성이의 옷이랑 누나의 바지를 사오라고 말씀하셨기 때문입니다.
> 　"성아, 춥지 않니?"
> 　"아니……."
> 　누나는 엄마가 성이를 잘 봐 주라고 말씀하셨으므로, 밖으로 나올 때 이렇게 성이의 스웨터랑 장갑을 잊지 않고 차곡차곡 입혀 주었던 것입니다. 밖에는 싸늘한 바람이 불어도 오후가 되면서부터는 방안에 앉아 기다릴 수가 없어서, 버스 정거장까지 엄마를 기다리러 나갔습니다.[7]

　이상은 임인수의 동화 「아빠의 일기」 중에서 뽑은 한 부분이다. 동화 「아빠의 일기」는 몇 개의 부분으로 갈라져 있고, 각 부분마다 독립된 이야기가 서로 연관성을 가지고 연결되어 「아빠의 일기」라는 한 편의 동화를 이루고 있다. 그런데 그 낱낱의 이야기들은 아동생활 주변의 이야기를 깊숙이 파고 든 것이 아니라, 짤막한 스케치적인 수법으로 다루고 있으며, 아동의 상상의 세계를 담기도 하지만, 어디까지나 현실적으로 또 합리적으로 처리되고 있는 것이다.

　이러한 성격을 가지는 생활동화는 동화본래의 공상적·초자연적 요소를 가지지 못하거나, 가지고 있다 하더라도 과학적으로 해석이 가능한 꿈이라든가, 어린이 특유의 순간적 환상에 그치는 경우가 많으므로, "아동문학의 재미나 화려한 공상의 미美에 접근하지 못하고 지내는 일이 많다"거나 또는 "엽편葉片 스케치文的인 생활동화에서 과연 아동문학이 지향하

---

7 임인수, 『임인수아동문학독본』(서울: 을유문화사, 1962), 19쪽.

는 이상을 구현할 수 있을지 저으기 의문시되는"[8] 일부 작가들의 진지한 회의를 수반하기도 하는 것이다.

## 2) 유년동화

유년동화란 초등학교 2학년 아래 정도의 아동을 대상으로 지어진 창작 동화를 말한다. 이해력이나 문자사용, 사고의 한계 등에서 제약을 받는 유년기의 아동은 고학년 아동과는 생활 장면을 해석하는 방법이나 대인 관계가 다르다. 이러한 아동을 대상으로 하는 유년동화는 그들의 이해력과 심리 상태에 적합한 것이어야 하기 때문에, 창작 이전에 세심한 주의를 요한다. 일본과 같은 외국에서는 이 방면에 대한 자세한 연구가 이루어지고 있으나, 우리나라에서는 아동의 발단 단계에 따른 동화의 연구가 미진하므로 아직은 개발 단계에 놓여 있다.

유년동화는 아동들의 생리적 미숙만을 염두에 두고 써서는 본래의 성과를 거두기 어렵다. 이에 대한 자세한 고찰은 동화와 아동심리의 관계 고찰에서 언급하기로 하고, 본항에서는 유년동화가 갖추어야 할 점에 대해서만 말하기로 한다.

① 유년동화는 고학년동화보다 사건이 중시되어야 한다. 유년동화의 구성은 인물·사건·배경 중에서 사건이 가장 중요시되어야 한다. 등장인물은 구체적이며 세밀한 것보다 아동들의 흥미를 자아낼 만한 특징을 가지고 있으면 되는 것이다. 배경의 세밀한 묘사나 논리적 인과관계의 추구 등은 유년기 아동들의 큰 흥미를 끌지 못한다. 그리고 사건은 그 진행의 속도에 있어서 점진적이어야 한다. 즉 지나친 비약이 있어서는 안 되고 하나하나를 친절히 설명해 주는 태도

---

8 이원수, 「아동문학 프롬나아드」, 『아동문학』 12호(서울: 배영사, 1965), 93쪽.

가 엿보여야 되는 것이다.

② 구성에 있어서 고학년동화보다 훨씬 단순하고 명쾌해야 한다. 복선이 개입되어서는 안 되며, 그 서두에 명확한 상황 설정을 한 뒤 제기된 클라이맥스climax, 결정적인 종결 등, 기 · 승 · 전 · 결이 뚜렷해야 되는 것이다.

③ 유년동화의 문장은 짧고 율동적rhythmical이어야 한다. 또한 한 문장 안에 두 가지 이상의 사실을 담는 것은 되도록 피해야 한다. 동일한 어휘나 변형된 어휘의 반복, 또는 점차로 새로운 요소가 누적되는 반복 등은 그 율동적인 효과를 노리는 데에 퍽 큰 기여를 할 수 있다.

④ 유년동화는 아동의 지성보다 감각에 호소하는 요소를 가지고 있어야 한다. 유년기의 아동은 지적이기보다는 정적이기 때문에, 의성어 · 의태어 · 원색 색채용어 · 극한용어 등을 많이 사용하여야 되는 것이다.

⑤ 그밖에 유의점으로 유년동화는 아동들의 이해와 흥미를 돕기 위한 방법으로 활자가 크고, 그림의 비중을 특히 중시해야 하며, 길이가 짧은 것이 좋다. 특히 너무 긴 것은 아동들의 흥미지속 시간을 고려해 볼 때 유년동화의 금기로 전제되어야 한다.

> 아침이 되었습니다.
> 엄마가 방문을 열고 들어오셨습니다.
> "영이가 벌써 잠이 깼구나."
> "엄마, 안녕히 주무셨어요?"
> 이번엔 아빠 얼굴이 엄마의 어깨 너머로 보였습니다.
> "영이야, 잘 잤니?"
> "아빠, 안녕히 주무셨어요?"
> 영이는 인사를 하고 나서, 그만 참았던 울음을 터뜨렸습니다. 엄마가 얼른 영이를 품에 안았습니다.

"왜 그래?"

영이는 자꾸 울었습니다.

"우리 영이 착하지, 울지 마."

엄마가 달랬습니다.

아빠도 달랬습니다.

"내 방에서 도깨비가 나왔어요. 엄마, 무서운 것들이 자꾸만 문을 열고 들어와요."

엄마는 영이를 꼬옥 안아 주셨습니다.

"무섭지만 참아야 해. 그래야 우리 영이가 자라서 훌륭한 사람이 될 수 있는 거야, 알겠니?"

"엄마하고 자면 안돼요?"

"엄마하고만 자면 자라서도 혼자 어려운 일을 해낼 수 없게 되지."

그 날 오후, 아빠는 문고리를 사오셨습다.

사자 얼굴이 새겨진 튼튼한 문고리입니다.

"이제 됐지? 사자 아저씨가 영이 방을 지켜 줄 거야. 도깨비 형제보다 더 무서운 것들도 들어오지 못해."

영이는 사자 문고리를 보자 마음이 놓였습니다. 그 뒤에 영이는 혼자서 잠을 잤습니다. 혼자서 자도 무섭지 않았습니다.

사자 아저씨가 잘 지켜 주었기 때문입니다.[9]

이상에서 유년동화에 대한 여러 문제를 대강 살펴보았거니와, 유년동화의 의의는 아동이 문학과 만나는 첫 관문으로서, 보다 문학과 친근감을 갖도록 하는 기초작업으로서 매우 중요한 위치를 차지하는 것이다.

### 3) 구연동화

구연동화란 한마디로 문자로 읽는 동화가 아니라 듣는 동화를 가리킨다. 곧 전래동화 또는 창작동화에서 어떠한 작품을 선택하여 부분적으로 고침으로써 문자 언어가 아닌 음성 언어로써 들려주는 청취 위주의 동화

---

9 강준영, 「문고리」, 『이야기 주머니』(대구: 학사원), 103~104쪽.

를 말한다. 어린 시절의 어머니와 할머니의 이야기, 유치원 보모의 이야기, 초등학교 선생님의 이야기, 그리고 오늘날 구연동화대회[이야기 대회]를 통해서 행해지고 있는 아동에 의한 구연동화 등이 이에 속한다. 구연동화의 문제점은 문학으로서의 문제보다 동화를 아동에게 전달하는 데 유의해야 할 화법, 제스처gesture 등 문학 의외의 그것이 훨씬 중요시될 것이므로, 본항에서는 '어떠한 동화를 선택할 것인가?'라는 데에 따른 선택의 원리와 구연하기 좋은 동화로 개작하는 원리를 서술하는 데 그치기로 한다.

### (1) 동화선택의 규준10

이야기는 야만민족이나 문화민족이나 다 즐기는 전인류적인 것이다. 아마 흥미로운 이야기를 듣기 싫어하는 사람은 드물 것이다. 그러므로 구연동화는 교육적으로도 가장 이용도가 높은 동화의 전달 방법이다. 화제 선택의 기준은 대상과 시기와 장소에 따라 달라야 하므로 한마디로 규정지을 수는 없으나, 구연을 위한 동화의 선택에는 공통적인 조건으로 특히 흥미성과 교육에 유의할 필요가 있다.

### ① 흥미성

재미가 없으면 아동들은 들으려고 하지 않기 때문에, 우선 재미가 있어야 한다. 재미가 있다는 것은 먼저 '이해'를 전제로 하며, 이해를 위해서는 알기 쉬운 것이어야 한다.

이러한 알기 쉽고 재미있는 이야기는 비교적 단순한 줄거리와 소수의 등장인물을 가지고 있어야 하며, 동시에 단조롭지 않도록 적당한 변화가

---

10 樫葉男, 「구연동화のあり方」, 『아동문학の書き方』(동경: 角川書店, 1958), 179~ 196쪽 참조.

수반되어야 한다. 흥미성을 구성하는 또 한 가지 요소로서 친밀성을 들수 있는데, 이러한 효과는 화제내용이 되도록 아동이 잘 알고 있는 체험과 직결되는 것이라야 거둘 수 있다. 연소한 아동을 대상으로 할 때에는이 친밀성이 특히 강조되어야 한다.

### ② 교육성

아동에게 들려주는 것이기 때문에, 도덕적 교훈을 내포한 넓은 의미의즐거움과 흥미를 줄 수 있고, 그들의 심성을 신장시킬 수 있는 교육성을필요로 한다. 그러므로 도덕적인 불합리성과 잔인성이 있는 것은 아예 기피해야 한다. 그러나 교육성을 지나치게 강조하면 무미건조해 버릴 우려가 있다는 것을 잊어서는 안 된다.

### (2) 구체적 선택의 원리

#### ① 객관적 표준에 의해 선택되어야 한다

첫째로 아동을 표준으로 한 선택이어야 한다. 이야기 자체의 흥미와 가치보다 아동의 심정 및 심성을 본위로 선택되어야 한다.

둘째로 동화의 문학적 가치를 표준으로 선택되어야 한다. 동화는 우선예술로서의 그것이 보다 문학적이어야 되기 때문에, 문예적 우수성 고려되어야 할 것은 물론이다.

#### ② 화자의 능력과 개성에 따라 선택되어야 한다

객관적 표준에 의한 선택이 아무리 정확하다 하더라도, 그것이 반드시화자에게 타당한 것일 수는 없다.

이야기하는 사람에게는 개성적인 특이성이 있기 때문에, 자기의 성정과 재능에 적합한 것이라야 한다. 화자는 동화가 가지고 있는 골자나 핵심을 이해하기보다 몸소 체득함으로써 비로소 남에게 이야기할 수 있기 때문에, 객관적 표준에 의해 선택된 동화는 다시 주관적 표준에 의한 선택의 관문을 거쳐야 되는 것이다. 곧 자기의 성정과 기품의 표현에 가장 가까운 종류의 동화를 선택하되, 그것을 완전히 소화하고 파악하여 만족스런 효과와 감화를 주도록 해야 한다.

### (3) 원작의 개작

구연동화가 될 수 있는 동화는 일반적으로 많이 있겠으나, 실제로는 그것이 구연과 구연하는 사람에게 적합하도록 만들어진 것은 극히 드물다. 그렇기에, 여기 그 개작의 원리를 밝혀두고자 한다.

① 아동의 흥미와 이해를 고려, 사건·인물·표현 등에 유의해야 한다.
② 도덕적으로 성장에 장애를 불러오는 비교육적인 내용을 가진 동화는 교육적인 것으로 개작되어야 한다.
③ 지나치게 긴 동화는 아동이 견딜 수 있는 시간의 정도를 고려하여 압축하거나, 일부분을 취하는 등 짧게 고쳐야 한다.
④ 너무 짧아서 성인에게는 이해가 가능하면서 아동에게는 이해될 수 없는 이야기는, 이해될 수 있도록 길고 자세하게 늘여야 한다.
⑤ 읽기 위주의 동화를 이야기할 수 있도록 고쳐야 한다. 동화는 읽기를 위주로 씌어졌기 때문에, 제스처·진전 등 화술을 고려하여 설명의 부분을 생략하는 등 구연하기 좋도록 개작하여야 한다.

이상에서 구연동화에 관한 여러 문제 중 되도록 문학으로서의 그것에 대한 것을 위주로 하여 대체로 살펴보았다. 필자가 과문한 탓인지는 모르나, 우리나라에서는 소파와 이정호·고한승·연성흠 등이 최초의 구연 동화가로서 그 필연적 요구를 인정했을 뿐, 기독교 계통을 제외하면 이 방면에 대한 전문적 연구를 한 인사나 전문서적은 없는 것 같다. 아동의 대중적 침투와 동화교육의 정상적인 운영을 위해서 긴요한 구연동화가 거의 무시되어 온 것이다. 듣기·말하기·읽기·쓰기는 물론, 생활지도 에 까지 절대적인 영향을 미치는 구연동화와 구연을 통한 아동문학은 매 우 중요시되어야 할 분야이다.

옛날 어느 나라 임금님께서 어린이들의 마음을 알아보려고 오랜 궁 리를 한 후 드디어 신하들에게 명령을 내렸어요.

"여러 어린이들, 이 꽃씨는 임금님께서 특별히 주시는 선물이니까 잘 키워서 상 많이 받아요." 하고 신하가 마을마다 다니면서 꽃씨를 한 개씩 나눠 줬어요.

"내가 일등을 하도록 잘 키워야지."

"두고 봐. 일등은 내가 할 거야."

모두들 예쁜 화분에다 심어두고 열심히 열심히 꽃을 키웠어요.

한 달쯤 지나니까 집집마다 꽃들이 무럭무럭 자랐어요.

"야— 너의 꽃은 봉오리까지 맺었구나."

"옥이 꽃은 너보다 더 큰걸."

이렇게 학교만 끝나면 우르르 몰려 다니면서 혹시 자기 꽃이 작지나 않나 비교해 보곤 했어요.

그런데 순이꽃은 아직 싹도 나지 않았어요.

'아이 속상해, 그만 던져 버릴까?'

하는 생각이 났어요.

'아니야, 어쩜 나의 정성이 모자라서 그런지 모르니 좀더 열심히 가 꿔 봐야지.'

순이는 편찮으신 어머니 병간호하는 것과 꼭 같이 꽃을 가꾸었어요.[11]

---

11 윤옥자, 「보이지 않는 꽃」, 『하얀 마음』(부산: 새로출판사, 1978), 38~39쪽.

## 5. 동화와 아동심리

### 1) 아동의 생활 및 심리와 동화와의 관계[12]

어떤 동화가 가장 아동생활과 심리에 적응하며, 그들에게 흥미있게 읽혀질 수 있는가 하는 것은 작가가 동화를 창작하기 이전에 반드시 연구해야 할 문제이다. 본항에서는 과연 아동의 생활심리의 특징은 무엇인가를 다음의 11개항에 걸쳐서 살펴보기로 한다. 먼저 동화는 어떤 조건을 갖추고 있어야 할 것인가를 한 차례 살펴본다.

#### (1) 생활감각

아동 특유의 생활감각이 담겨 있는 동화라야 그들은 흥미를 가진다.

#### (2) 익숙함 또는 친밀성

그들은 이미 겪은 경험을 다시 접함으로써 쾌감과 안정감feeling home in the world이 강력해지기 때문에, 잘 알고 있는 사실을 담음으로써 흥미를 고조시켜야 된다.

#### (3) 감각적 인상

색채 · 음향 · 향미香味 · 운동 등은 성인보다 강하게 감각적 인상을 요구하는 아동의 욕구를 만족시킨다. 그러므로 우수한 동화는 거의 예외없이 감각을 자극하는 모든 요소를 갖추고 있는 것이다.

---

12 松村武雄, 앞의 책, 183~231쪽 참조.

### (4) 운율과 반복

경험한 것을 다시 접하기를 좋아하는 것처럼 아동들은 운율과 반복이 그들의 운동감각에 호소하고 본능적으로 그들의 근육에 상쾌한 자극 bokily appeal을 주는 것에 말할 수 없는 쾌감을 느낀다. 그리하여 그 운율과 반복은 그들의 이해를 돕고, 이야기 자체가 그것에 의해서 명확성과 통일성을 높여줌으로써 인상적으로 내용을 아동에게 전달할 수 있다.

### (5) 상상적 요소

아동은 풍부한 상상력의 소지자들이다. '현실애호시기'나 '상상애호시기'를 막론하고, 그들은 상상심리에 부풀어 있다. 그러나 지나친 곤혹을 불러오는 상상이나 성인적 상상을 강요하는 것은 동화에서 금지되어야 한다.

### (6) 신비적 요소

아동은 강력한 탐구성·호기심을 가진다. 동심은 참으로 호기심과 경이감sprit of wonder에 차 있어 불가사의한 것에 한없는 매력을 느낀다. ① 어떤 것에 대해 무엇인가 발생하리라는 기대 ② 또 '그것이 무엇일까?' 하는 잠재적 욕구 ③ 그것이 알려졌을 때의 쾌감 등이야말로 그들의 흥미를 충족시키기에 족한 것이며, 이러한 신비적 요소야말로 동화의 본질인 것이다.

### (7) 경이성

경이성은 흥미와 유열愉悅을 고조시키는 한 요소다. 새로운 사상과 미지의 경험에 대한 경이는 흥미의 원천인 것이다.

### (8) 활동성

아동은 활동의 화신이다. 스스로 움직이고, 또 남이 움직이는 것을 보는 것을 큰 즐거움으로 삼고 있다. 그러므로 동화는 이러한 활동적 요소에 대한 지극한 사랑을 반영한 것일수록 애독되기 마련이다.

### (9) 모험적 요소

아동심리는 또 활동성 및 탐구성의 자연스러운 귀추로서 모험adventure에 대해서도 큰 재미와 즐거움을 느낀다. 곧 처음에는 모험을 위하여 모험을 사랑하고, 점차로 나아가서는 동기motive에 의해 모험을 좋아한다.
① 모험은 활동성과 탐구심 등을 만족시켜 주고,
② 성공을 예상시키며, 성공의 목격 또는 체험은 타인이나 자기 역량을 분명히 인식시켜 주기 때문에, 아동은 심리적으로 모험을 좋아하는 것이다.

### (10) 골담적 요소

아동은 천진난만하기 때문에 악의없고 얼토당토 않은 순진한innocent 익살·해학에 강한 흥미와 쾌감을 느낀다.

### (11) 과장

아동은 보고 들은 사실을 실제보다 크게 해서 말하기를 즐기는 등, 과장에 대해서도 특별한 매력을 느낀다. 과장에는 과대와 과소의 두 방법이 있다.

## 2) 아동의 심적 발달 단계와 동화

전항에서는 아동의 일반적 심리상태를 동화가 갖추어야 할 조건과 함께 고찰했으나, 여기서는 좀 더 구체적으로 연령적 차이에 따른 심리상태의 특징과 동화와의 관계를 말하기로 한다. 이 문제에 대해서는 진작부터 많은 학자들의 통계와 관찰에 의한 연구가 있었으나, 여기서는 '아동은 탄생에서 성숙까지 자기의 흥미를 결정하는 심적 발달의 몇 단계를 통과한다'는 심리학적 법칙에 입각해서 명저 「Education by Story-Telling」을 낸 캐더K. D. Kathe의 4단계 설에 의거하여 살펴보기로 한다.

### (1) 율문애호시기 Rythmic Period: 3~6세

이 시기의 흥미와 주의는 주로 아동이 일상적으로 보고 듣는 실물에 대해서이다. 심리적으로는 아직 '공상기'The period of fancy에 들어서 있지 않은 '현실애호시기'realistic period이다. 곧 이미 경험한 것을 기초로 하여 자유로이 가상假想하고 그 가상을 실재라고 믿는 세계world of make believe에 아직 들어서 있지 않고 자기 주변의 현실의 사물과 인물에 친밀감을 느끼며, 또 이러한 이야기를 즐기는 시기이다. 그러기에 이 시기에 주어질 이야기는 운율적이며 유사한 감탄구를 삽입한, 이미 체험한 현실적 세계라야 되는 것이다.

### ① 화중話中의 인물과 아동환경과의 관계

이 시기에 읽혀지는 동화는, 아동이 일상생활에서 경험하고, 알고 있는 사물을 중심으로 한 이야기라야 한다. 그들의 지식과 경험의 양은 한정되어 있어서, 가정이나 이웃에서 얻어지는 것 이외의 범위를 벗어나지 못하고 있다.

② 화중의 사건 또는 표현의 반복

이 시기의 동화는 사건 또는 표현의 반복을 중요시해야 된다. 아동들은 이미 경험한 일에 다시 부딪힘으로써 자기 것으로 삼은 데 대해 무한한 긍지와 즐거움을 가지기 때문이다. 표현의 반복이란 유사 또는 동일한 낱말이 자주 등장하는 것을 의미하는데, 이 시기의 아동에게 적합한 반복에는 세 가지 형식이 있다.

ⓐ 같은 낱말이 여러 군데 되풀이 되는 경우.

ⓑ 조금 변형된 낱말이 되풀이되는 경우.

ⓒ 점차로 새로운 요소가 덧쌓이는 반복의 경우.

③ 동물 우는 소리의 설화적 효과

이 시기에는 직접 경험할 수 있는 동물의 음성을 이끌어낸 이야기도 큰 매력을 가진다. 동심은 현실사물의 형태와 음성을 좋아하기 때문이다. 특히 동물의 우는 소리를 즐기는 이유는 다음 세 가지이다.

ⓐ 그 소리는 퍽이나 개성적이기 때문이다.

ⓑ 생활체라는 점에서 동물이 아동과 일맥상통하기 때문이다.

ⓒ 소리와 발성할 때의 동작이 결부되어 동심에 흥미를 고조시키기 때문이다.

(2) 상상애호시기

아동이 7, 8세가 되면, 심적 발달의 제일단계를 지나 제2기인 상상애호시기에 들어간다.

대게 저학년 전후인 이 시기는, 이미 알고 있는 사실을 넘어 서서히 공상의 세계, 가상의 영역에 동심이 즐겨 몰입하는 시기이다.

① 이 시기의 상상력의 성질

이 시기의 아동은 유희 및 일상행동에 있어 자기를 '현실의 자기' 이상의 가능성까지 끌어 올리고, '보다 큰 경험'에의 욕구는 동화에서 '현실의 자기'를 초월한 '자유로운 황당한 자기'를 마음대로 활약시켜 상상세계를 즐긴다. 운율애호시기에도 공상적 심적 활동을 볼 수 있으나, 자기 이외의 모든 것世界·思想·感情 등을 동등시 곧 공상하기 때문에 성인의 안목으론 공상적이지만, 엄연한 현실 속의 사고이다. 그러나 이 제2기의 상상세계에서는 자기와 자기 이외의 것 사이에는 어떤 한계선이 있다. 곧 상상력을 구사하는 동안은 '현실의 자기'와 '가상의 자기'가 일치하지만, 그 작용이 끝나면 곧 현실적 자기로 돌아오는 것이다.

성인의 상상력이 일시적 현실성을 갖고 있는 점이 아동의 그것과 유사하나, 다음과 같은 상이한 점도 둘 수 있다.

ⓐ 경험에 의해 성인은 구속받지만, 아동은 실제적 경험이 얕기 때문에 상상력 구사에 있어 훨씬 자유롭다.

ⓑ 상상세계에 성인은 완전 몰입할 수 없지만, 이 시기의 아동은 가상세계에 완전 몰입할 수 있다. 곧 성인은 긍정과 부정 사이에서, 곧 현실과 가상세계 사이에서 왔다 갔다 하는 감상태도를 취하지만, 아동은 전심으로 몰입할 수 있는 것이다.

② 호기심 · 탐구심과 동화

이 시기의 아동은 상상적인 동시에 탐구적이어서 새로운 사실과 경험을 접할 때마다 그 기원 · 성인成因 · 성립요소 · 이유 등을 포착하려고 애쓴다. 이것은 동화학상의 이른바 사물기원설화事物起源說話, Why so tale를 즐겨함을 의미한다. 이러한 설화는 거의 미개민족에서 많이 수집되었는데, 그것은 탐구적인 점, 상상력이 강한 점, 감수성이 강한 점 등에서 이때

의 아동심리와 일치하고 있다. 그러나 야만인과 문화민족의 아동은 심적
상태는 같으나, 비아동적 야만인 특유의 생활풍속에서 나온 야만적이며
엉성하고 낡은 이야기가 아동에겐 어떤 의미에서든지 부적당할 것은 두
말할 필요도 없다.

### (3) 무용담 시기 Heroic Period: 8세 내지, 12세 이후

이 심리적 단계가 몇 살부터인가 확정적인 것은 아니다. 아동의 개인적
특질에 따라 8세부터 접어드는 아동이 있는가 하면, 12세부터 시작하는
아동도 있다. 대체로 초등학교 4학년을 전후한 심리상태라고 보는 것이
일반적 견해일 것 같다.

#### ① 이 시기의 심적 특질

무용의 찬미, 모험의 애호, 격정적인 사건에 대한 동경 등 정신적인 것
보다 육체적 힘이 가치의 중심을 형성하여, 모험적 투쟁적 본능이 격렬하
게 발동할 때다. 또 이상 · 공상의 세계와 현실의 세계를 아울러 가지는
이른바 이상주의적 현실주의의 연소기燃燒期라 할 것이다.

#### ② 이 시기와 앞의 두 시기와의 차이

ⓐ '운율애호시기1기'와 '무용담 시기3기'는 다같이 현실세계이나, 1기
는 성인이 보면 공상적이지만, 아동 자신에게는 어디까지나 '현실의
세계'인데 비해서, 3기는 2기를 지났으므로 공상과 이상을 이 세계
에 이끌어 오려는 욕구의 발현을 허용하는 현실의 세계이다.

ⓑ '상상애호시기2기'와 '무용담 시기3기'는 공상 및 이상에 동경하는 점
은 같다고 할 수 있으나, 2기는 공상과 이상을 '비자기非自己'를 주체

로 하여 순응적으로 찬미하는 데 비해서, 3기는 공상 또는 이상화를 '자기'를 주체로 하여 자기 본위로 체험하고 실현하는 점이 다르다고 할 것이다.

③ 이 시기에 읽혀질 이야기

이 시기 곧 10세 전후에 알맞은 동화 및 아동소설은 모험담·무용·요술담·탐정담 등 그 범위가 퍽이나 넓다. 따라서 양적인 풍부와 더불어 주의해야 될 요소 곧 아동에게 해독을 끼칠 수 있는 요소가 많은 것도 사실이다. 이상과 성찰이 없는 상업적이며 통속적인 읽을거리는 저속한 괴도怪盜·주술류의 영화처럼 잔인·추악하고 격정적이며 선동적인 무용찬미나 모험 장려에 충만하고 있기 때문에 외려 만들어 내지 않는 것만 못한 것이다. 그러나 그렇다고 해서 이들의 심적 상태가 욕구하는 이런 류의 읽을거리를 제공하지 않는 것은 더욱 더 무지에 찬 행위밖에 되지 않는다. 그러므로 거의 비정신적이라 할 육체적 동경 곧 무력찬미, 격정사건 및 모험의 애호를 충족시키기 위해서, 또한 배설구를 마련키 위해서도 이런 류의 읽을거리를 창작해야 한다. 그러나 그것은 성장해서 용감하고 의협적이며 개척적인 성정을 갖는 데 알맞은, 고상하고 도덕적이며 명랑·순진·유머러스humourus한 내용을 담은 것이라야만 된다.

(4) 전기취미시기 Romantic Period: 12, 13세 이후

① 심리적 특징

이 시기는 3기의 졸업 후라 할 고학년 및 중학교 초학년 전후이다. 정서가 두드러지게 우아·섬세해지고, 로만적 취미를 갖게 되어 외모와 복장에 마음을 쓰며 이성에 대해서 등한시하는 것을 긍지로 삼는 상태에서 급

격히 탈출하려는 때인 것이다.

② 이 시기가 욕구하는 이야기

육체적 용감성을 주조로 하는 영웅주의heroism에서 정서적이며 정신적
인 히로이즘이 담긴 이야기를 욕구하게 된다. 정서적 영웅주의엔 두 가지
타이프가 있다.

　ⓐ 육체적 용감성을 구비할 뿐만 아니라, 동시에 정신적 우월성을 가진
　　 인물에 의해서 발행되는 영웅주의-기사knight담 등 이성과 관계가
　　 있는 정신적이며 용감한 주인공을 중심으로 한 이야기 따위.

　ⓑ 육체적 용감성은 결여되어도 이것을 커버하기에 충분한 정신적 우월
　　 성을 지닌 인물에 의해서 발휘되는 영웅주의-성자 · 순교자 등의 정
　　 신적 비장미를 고조하는 이야기 따위.

이상에서 아동의 성장단계와 그 단계에 따라 주어질 동화의 관계에 대
해서 비교적 상세히 고찰한 셈이다. 그러나 이것은 어디까지나 일반적 사
실을 지적한 데 불과하므로, 보다 깊은 아동에의 관찰과 보다 넓은 사려
에 의해, '뜨거워졌을 때 쇠를 다룬다'라는 영국의 속담처럼 적합한 시기
에 적절한 '마음의 양식'을 줄 수 있는 작품이 되도록 노력해야 될 것이다.


6. 동 화　작 법


동화창작에 작법이 따로 있을 수 없고, 또 작법에 왕도가 있을 리 없다.
그러나 초보자를 위하여 여기 몇 가지 유의점을 들어 본다.

## 1) 기본적 자세와 조건[13]

동화를 창작하기 전에 작가가 가져야 할 기본적 자세와 소양을 들면 다음과 같이 말할 수 있을 것이다.

### (1) 동심으로 돌아가 유쾌하게 마음을 털어놓고 써야 한다

순진무구한 것이야말로 영원한 아름다움이다. 순진한 감정의 번득임과 자연스러운 양심의 판단에 호소해서 아동 특유의 환몽의 세계를 그림으로써 독자로 하여금 아름다움과 슬픔의 황홀경에 잠기도록 해야 한다. 이렇게 되자면 작자는 우선 동심의 경지에서 허심탄회한 자세를 가져야 한다. 직관적인 아동의 판단 속에는 놀라운 정확과 정직, 진실이 깃들고 있는 것이다. 이러한 것을 담아야 아동뿐만 아니라 성인의 폐부를 찌를 수 있는 문학적인 동화는 탄생되는 것이다.

> 선화는 혼잣말로 중얼거리며 달을 쳐다보았습니다. 엄마의 웃는 모습이 떠올랐습니다.
> 엄마는 한없이 멀고 먼 곳에 있는 것 같았습니다.
> "아이구 머리 아파."
> 아저씨는 달을 멍하니 쳐다보다 말고 한숨을 쉬며 말했습니다.
> "많이 아프셔요, 아저씨?"
> "응, 깨어지는 것처럼 아파."
> "제가 이마를 짚어 드릴까요?"
> "이마를?"
> 아저씨는 조용한 눈으로 선화를 쳐다 보았습니다.
> "엄마는 내가 머리가 아플 때마다 손으로 이마를 짚어 줘요."
> 선화는 작은 손으로 아저씨의 이마를 짚어 주었습니다.

---

13 小川未明, 「동화작가を志す人へ」, 앞의 책, 7~17쪽 참조; 濱田廉介, 「동화について」, 앞의 책, 18~42쪽 참조.

"이마가 참 뜨거운 것 같아요."

선화는 아저씨의 이마를 여기 저기 짚어보며 정다운 목소리로 말했습니다.

"엄마는 내 이마를 짚어볼 때마다 '언제나 이마가 뜨겁구나' 하고 말했어요."

선화는 엄마가 그리워져 울음 섞인 목소리로 말했습니다.

아저씨는 선화가 이마를 짚어주자, 저도 모르게 눈이 감겨졌습니다.14

(2) 사랑과 진실로 자연스럽게 호소해야 한다

아동 교화상의 일반 지식교육과는 달라, 문예가 베푸는 정서함양은 강압과 주입으로써 이루어지는 것이 아니다. 자연스런 양심에의 호소로써만 이루어질 수 있으므로, 동화 자체가 작가의 목적의식을 망각할 만큼 스스로 느끼며 공상하며 생각하며 깨달을 수 있는 작품이라야 한다. 자극과 관찰로 연상된 내용을 시간적 경과를 가지고 자연스럽게 통일해서 잘 정리하여야만 창작동화의 단순화 상태에 도달할 수 있다. 그리고 그러한 자연스런 발효 속에서만 억지가 없는 인간미·해학미·정의감 등이 담긴 인격적인 이야기가 생성되는 것이다.

별님네 전화 번호를 아십니까?

내가 그 번호를 알게 된 것은 봄이 가까와 오는 어느 날 저녁의 일입니다. 거리에 저녁 빛이 짙어갈 무렵. 가로등은 달맞이꽃 피어나듯 조용히 밝아옵니다.

이맘 때가 되면 늘 그리워지는 얼굴이 있습니다. 꼬옥 껴안아 주고, 이마에다 뽀뽀를 해 주고 싶은 얼굴입니다.

그날 별님네 전화 번호를 알게 된 그날은 유난히 포근한 저녁이었습니다. 여태껏 맵싸하던 바람이 마치 깜장 비단처럼 목덜미에 감기었으니까요.15

---

14 권용철, 「사랑의 자장가」, 『사랑의 자장가』(서울: 견지사, 1980), 29~30쪽.

(3) 동화 창작상의 필수조건을 터득해야 한다

① 동심을 이해해야 한다

어린이의 심리와 세계를 꿰뚫어 볼 줄 알아야 한다. 자신의 어린 시절에 미루어 일방적으로 추리할 것이 아니라 참된 사랑의 이해가 있어야 되는 것이다.

② 향토색을 가미해야 한다

동화는 로만적인 것을 본질로 삼는다. 그러므로 평생을 통해 잊을 수 없는 향토적 지방색을 담아야 한다. 이웃과 고향에 대해 사랑과 애착을 느끼게 하는 데는 이것이 무엇보다 필요한 것이다. 그러한 개성이 상실되면 벌써 꿈과 행복은 존재하지 않는다.

③ 밝은 희망과 이상이 있어야 한다

이것은 미사여구에 있는 것이 아니라, 작품의 성질·내용·처리·정신상의 문제이다. 미래에 대한 밝은 신념 속에서만 건전한 동화는 이룩될 수 있다.

④ 아동의 비위에 지나치게 영합하는 것은 금물이다

쓰인 내용이 공감을 얻어야 하는 것이지, 작가 스스로 맹목적으로 타협하는 것은 옳지 못하다. 그들의 말초신경과 관능만을 자극하는 최루적 상업동화의 맹점은 바로 이런 데에 있다. 엽기적이며 침략적인 것을 기피하고 몰아내는 책임은 첫째로 작가에게 주어진 윤리적 의무인 것이다.

---

15 이영희, 「별님네 전화번호」, 『별님을 사랑한 이야기』(서울: 갑인출판사, 1978). 76~77쪽.

⑤ 표준어를 사용해야 한다

어릴 때에는 버릇의 형성기다. 그러므로 문장의 용어에 있어서도 사투리는 지방색을 살리는 데만, 좋지 못한 말은 인물의 성격을 드러내는 데에만 사용할 일이다.


⑥ 공상은 관찰에서 추출되어야 한다

현실의 주의 깊은 관찰에서 상상 세계는 전개되어야 한다. 실감에 입각하지 않는 관념적 작위는 흔히 비합리적이며 비개성적인 사건의 처리를 가져오기 쉽다. 자연스럽고 합리적인 처리를 하려면, 자기의 경험과 견문에서 출발하는 것이 무엇보다도 긴요한 일이다. 그럼으로써만이 어디까지나 문학적이며 예술적인 이상주의는 구현될 수 있는 것이다.


⑦ 허구虛構 속에 현실적인 감각을 담아야 한다

옛이야기처럼 생략에 의하여 가공의 사실을 비합리적으로 진전시킬 것이 아니라, 인간의 꿈과 소망에 부응하면서도 어느 정도 현실적 합리성이 있는, 곧 현실적 감각을 담은 허구를 구축해야 된다. 그리고 그것은 작자의 예리한 감각과 시적 정서가 구체적 묘사를 얻음으로써 비로소 가능하다. 바꿔 말하면 안데르센 동화처럼 다분히 소설적인 발상자전적 요소 위에서 공상과 리얼리티reality의 두 가지 요소가 다 갖추어져 있어야만 되는 것이다.

참고로 현실에서 환상으로 넘어가는 기교의 한 예를 들어보면 다음과 같다.

> 할아버지는 이내 슬슬 크레용으로 앙상하게 가지가 뻗친 나무를 그
> 렸습니다. 할아버지의 크레용은 쉬지 않았습니다. 앙상한 나뭇가지가

무거워서 휘어지도록 가지마다 붉은 꽃, 흰꽃, 노란꽃을 소복하게 그려 놓았습니다.

앙상하였던 나무는 한 그루의 탐스러운 꽃을 가지에 피운 환한 꽃나무가 되어 활짝 피어 있었습니다. 송이송이 핀 꽃 사이에는 여러 빛깔의 새들이 앉아서 지저귀고, 꽃나무 둘레에도 푸르륵푸르륵 새들이 날고 있었습니다.

지금이라도 바람이 휘잉 불어오면 꽃송이들이 마구 날려서 꽃보라가 일 것같은 싱싱한 그림이었습니다. 뿐만 아니라, 그림 속에서는 산속에서 흘러오는 여러 새 울음이 마구 쏟아져 나옵니다.

⑧ 형식에 대한 관심이 깊어야 한다

극단적이고 권선징악적인 인물의 대립과, 교훈적이며 전형적이라 할 옛 형식의 답습이 아니라, 깊은 연구에 의한 암시적 · 상징적 표현과 인물 배치의 단독 · 대립 · 정립 따위를 선택하는 등, 옛 형식을 예술적으로 살려야 하는 것이다. 나아가 문장에 있어서도 일반문체에 만족할 것이 아니라 좀 더 리드미컬한 양식, 이를테면 3 · 4조라든가 4 · 4조, 7 · 5조 등 여러 가지 율문체도 시도해 보아야 할 것이다. 아동심리와도 결부되는 반복적 수사법은 이 경우에 내재율로서 효과적이다. 그러나 억지나 무리가 없어야 할 것은 물론이다.

(4) 새로운 동화의 의의와 문학상의 지위를 자각해야 한다

동화는 옛날부터 단순소박한 상냥함과 정의 · 정직을 그 본질로 삼았다. 이제 있어야 할 동화도 그러한 본질을 상실하지 않고 그 위에 새로운 감각세계를 도입하여 미적 내용을 풍부히 함으로써, 모든 인간을 정서적으로 결합하고 사랑에 입각한 인간애의 확대와 심화에 이바지해야 되는 것이다. 동화는 종래 비문학적인 것으로 더러 오인되어 왔으나, 앞으로는 성인에게도 읽힐 일반민중의 문화적 혁신자로 자처하고, 독립된 순수예

술을 지향해야 하는 것이다.

이제 창작동화는 페어리 테일fairy tale이나 메르헨märchen이란 편협하고 괄시받는 장르가 아니다. 덴마크에서는 안데르센의 동화를 에벤뛰레eventyre라고 하여 '동물이나 식물에 인격을 부여함으로써 의인화하여, 이 것에 우의寓意를 내포시킨 것'이라 하고 있다. 곧 우의는 있으나 단순히 교훈적인 우화가 아닌, 성인에게도 읽히는 시적인 순수문학이라는 것이다. 그리고 그러한 동화는 성인문학의 어느 장르도 흉내 낼 수 없는 독특한 산문시형의 순수예술이다.

이상에서 동화창작 이전에 갖추어야 할 작자의 정신적·학구적인 태도에 대해서 지나치게 장황할 만큼 서술하였다. 그러나 작가의 안이한 태도에서 오는 졸렬한 작품이 아직은 한두 편에 그치는 것이 아니므로, 창작 이전에 가져야 할 이러한 태도의 촉구는 전혀 무의미한 일은 아닐 것이다.

## 2) 창작의 실제

### (1) 주제 thema

주제는 곧 문학적 정열의 결실이다. 경험과 인상을 매듭짓는 판단, 사색의 과정을 거쳐 형성된 작품의 중심사상이 곧 주제인 것이다. 주제는 작품에서 뽑아낸 모랄이 아니며, 제재와 구성plot의 안쪽에서 작품 전체를 지배하는 사상내용이다. 그리고 그것은 작품의 깊이가 곧 주제 파악의 깊이라 할 정도로 작품의 성패를 좌우하는 관건이다.

특히 아동문학 작품동화·아동소설의 주제는 자라나는 세대에게 강력한 교육적 영향력을 발휘하므로, 언제나 변화하고 전진하는 세대에게 알맞은 것이라야 되는 것이다. 다시 말하면 인간의 존엄성이나 기본적 인권의 존중, 또는 조국애, 협동정신, 근로의 신성함, 집단의식, 세계와의 친선우호정신, 평화애호정신 등 민주적인 사상에 뿌리를 박고 있는 주제이어야 한다. 또한 그것은 어린이의 밝은 유머를 통하여 자연의 미를 알고 생물에 대한 애정을 가지고, 삶에 대한 즐거움을 느낌으로써 부모와 자녀간의 정신이나 가정생활의 아름다움을 맛볼 수 있게 하고, 어린이의 꿈과 공상력을 신장시켜 줄 수 있는 것이어야 한다. 즉 편협한 교훈이 아니라 문학적 교육을 시도하야 되는 것이다.

그러므로 유교도덕을 강조하는 수신교과서식으로 흐르거나, 강국의 정치적 목적에 영합하던 과거의 동화처럼 타락된 주제여서는 안 된다. 왜냐하면 그것은 동화를 도덕교과서나 정치도구로 전락시키기 때문이다.

> 조그마하고 행복하게 살고 있는 토끼 나라는 사람들이 사는 나라에서 왔다는 일곱 마리의 학자토끼를 맞이하게 된다. 이 학자토끼들은 토끼 나라의 조그마한 집들을 보고 몹시 멸시한다. 그것을 보고 임금님은 학자토끼들에게 각 1,000명씩의 일꾼을 주어 인간 나라의 집들과 같은 높고 큰 집을 지어주기를 부탁한다. 그러나 마침내 출입구도 창구멍도 없는 집을 짓게 되고 만다.[16]

이것은 마해송의 동화 「학자들이 지은 집」의 내용을 필자 나름대로 그 줄거리만 딴 것이다. 이 동화는 단순한 건설적인 유교 도덕률이나 권선징악적인 주제에서 벗어나 사회비판의 풍자정신까지 담고 있는 것이다.

또, 주제는 명확해야 하면서도 지나치게 노출되어서는 안 된다. 아동이 "이 이야기는 이러이러한 것을 말하려는 것이구나" 하고 쉽사리 느끼게 되면 벌써 그 동화는 실패작이라는 것을 알아야 한다. 곧 주제는 이야기 주체 속에서 혈액처럼 순환하고 있어야 하며, 혹처럼 덧붙여져 있어서는 안 된다.[17]

---

16 마해송, 「학자들이 지은 집」, 『아동문학』 5호(서울: 배영사, 1963), 41~42쪽 참조.

## (2) 구성 construction[18]

구성은 인물성격 · 사건행위 · 배경환경 등의 삼대 요소를 한 데 아우른 것이다.

먼저 동화의 기본이 되는 구조structure에 대해 살펴보면 다음과 같다.

### ① 발단 Exposition · Introduction · Beginning

서두의 실패는 작품 전체의 실패를 가져온다고 말할 수 있을 정도로 서두는 중요하다. 한시의 '기'에 해당하는 발단은, 힘차고 간소하고 압축된 짧은 첫줄로서 화중話中의 인물을 소개함으로 출발해야 한다. 또한 주의 환기와 흥미 유발로써 강한 호기심을 갖게 해야 되는 것이다. 발단을 성공적으로 구성하기 위해서는 다음의 몇 가지 법칙에 유의해야 한다.

ⓐ 간명할 것 : 화중의 인물who · 시대when · 장소where 또는 상황을 제출하여 그 이야기에 대한 심적 준비를 줌으로써 읽거나 듣고자 하는 욕구만 촉발시키면 되기 때문에 간명해야 한다. 특히 아동은 성급히 줄거리를 알고 싶어 하기 때문에, 요점essence만을 서술하여 빨리 본론에 들어가야 한다.

> 옥황상제님이 계시는 하늘나라에 무화라는 아름다운 선녀가 살고 있었습니다.
> 무화선녀는 꽃보다도 더 아름다워서, 꽃앞에 서면 꽃이 빛을 잃을 정도였습니다.
> 어느 날이었습니다.
> 옥황상제님은 이 선녀를 불러 놓고,
> ―꽃이 아름다우나, 어찌 너를 두고 아름답다 할꼬? 과연 무화(無花)로다.

---

17 이원수, 「아동문학입문」, 『교육자료』 106호(서울: 교육자료사, 1965), 218쪽 참조.
18 松村武雄, 앞의 책, 153~182쪽 참조.

하시면서 무화란 이름을 내리셨습니다.

무화선녀는 마음 또한 비길 데 없이 고왔습니다.

그래, 하늘나라에서도 제일 살기 좋은 극락에 머물게 되었습니다.[19]

ⓑ 감각호소sense apeal에 의한 자극을 줄 것 : 곧 추위·굶주림·아름다움·슬픔·동정 등의 정감으로 재빨리 동심을 포착해야 한다. 아동은 이미저리imagery에 충만되어 있기 때문에, 이런 수법으로 시작하여 감각을 자극하면 다양한 이미지를 뇌리에 그려, 무의식중에 이야기 속으로 이끌려 들 수 있는 것이다.

ⓒ 누가 읽든지 공통적으로 흥미를 느낄 수 있도록 해야 한다. 어떤 아동이 읽어도 흥미있는 시초라야 한다. 서두가 재미없으면 이내 주의가 산만해지는 것이다.

ⓓ 서언적序言的 사족을 기피할 것 : 발단에 앞선 군소리는 원칙적으로 금물이다. 긴장한 동심을 우회시키는 것은 이완과 불유쾌만 가져올 뿐 아무런 이득이 없다. 흥미를 갖게 하려면 단도직입적으로 나아가야 하며, 특히 다음 두 가지 조건을 모두 갖추어야 한다.

(가) 화중의 주인공이 즉시 무대 위에 출현할 것.

(나) 출현하자 이내 어떤 활동을 시작할 것.

허두에 약간의 설명적인 말explanatary remark을 꼭 필요로 할 때에는 주인공을 소개한 뒤 기지와 교묘한 삽입에 의한 분산적 서술이 좋을 것이다. 어쨌거나 아동으로 하여금 언제 본 이야기가 시작할 것인가 하고 의혹을 갖게 함에 이르면 벌써 발단은 실패를 면치 못한다.

ⓔ 대화dialogue보다 기술체narrative style를 사용할 것.

그 까닭은 다음과 같다.

(가) 묘사하기에는 대화보다 기술체가 다루기 쉽기 때문이다.

---

19 정진채, 「무화과 이야기」, 『무화과 이야기』(광주: 아동문예사, 1976), 22쪽.

(나) 대화로 시작하면 인물의 풍채와 활동이 아동에게 곧바로 비쳐 들기 어렵기 때문이다.

> 오늘은 박 서방네 집 헛간에 살고 있는 색시쥐가 건너 마을 느릅나무집 총각쥐한테 시집을 가는 날이다. 손발이 트도록 먼지만 둘러쓰고 일만 하면 색시쥐였지만, 오늘만은 분을 바르고 연지를 찍고, 새 옷을 갈아 입고, 아주 딴판인 예쁜 색시가 되었다.
> "아버지, 누나 시집가는데 나도 따라갈 테야, 응?"
> 동생쥐 찌이란 놈이 아버지한테 매달려서 조른다. 그러나 아버지는 쉽사리 들어주려고는 하지 않았다.[20]

위의 것은 이주홍의 동화 「아침길」의 허두이다. 지리한 사족이 붙지 않고 독자로 하여금 다음 이야기에 궁금증을 느끼게 하는 것으로서, 부드럽게 본 줄거리로 넘어가고 있다.

② 본간 本幹, Basic line · Core · Complication

줄거리는 이야기의 중심이다. 일반소설의 플롯plot에서는 분규 · 갈등 또는 발전부라고 일컬어지고 있으며, 본론과 '승'에 해당한다. 이 부분 구성의 유의점에는 다음과 같은 것들이 있다.

ⓐ 이야기가 종결될 때까지 항상 서스펜스suspense : 미결 · 불안에 충만되어 있어야 한다. 기대와 호기심, 그리고 흥미를 지속시키기 위하여 사건의 연속에서 결말이 투시되거나 긴장이 풀려지지 않도록 해야 한다.

ⓑ 내용이 종결을 향하여 점층적 진전을 가질 것 : 여러 가지 사건이 연속은 대단원을 향해서 진행되기 때문에 점층적인 진전을 가지는 것이 중요성을 넓힘에 자연스럽다.

---

20 이원수 편, 『한국창작동화집』(서울: 계몽사, 1962), 59쪽.

ⓒ 내용이 유기적 통일을 가질 것 : 동화는 예술이기에 낱낱이 생명적
으로 혼연 통일되어야 한다. 시종일관할 뿐 아니라, 성격·사건이
필연적인 인과율에 의해 유기적으로 통일되어야 한다.

③ 대단원 Catastrophe · Final apex · climax

발단이 동심에 '감흥의 씨'를 뿌리는 시기라면, 그 '결실'을 확실히 하는
이야기의 심장부the meat of the nut로서, 아동의 어떤 결과가 오리라고 짐작
할 때 나타나는 성패를 좌우하는 '전'이요 절정점이다.

대단원의 구성에는 다음과 같은 점에 유의하여야 한다.

ⓐ 이야기 소용돌이의 중심을 형성하여야 한다. 동화가 하나의 소용돌
이라면, 집결된 중심적 함정으로 180도의 회전이 있는 곳이다. 그러
기에 일찍이 배러트Barret 박사는 이곳을 '흥미와 정서의 절정점'the
apex of interest and emotion이라 했다.

ⓑ 즐거운 경악이어야 한다. 일종의 경악이어야 한다. 그러나 아동을
곯리고 곤혹케 하는 어두운 경악이 아니라, 즐거움과 기쁨을 줄 수
있는 아름답고 밝은 경악이어야 하는 것이다.

④ 결말 End · Conclusion · Final decision

이것은 대단원에 종말이 내포되어 있거나 간단히 부가되어 있음으로
써 있을 때도 있고 없을 때도 있는 '결'·결말·귀착점이다. 결말은 심리
적으로 긴장된 동심을 풀어주어 참된 즐거움과 안도의 쾌감을 주기 위해
필요하다. 곧 동심에 안이한 휴식을 주려는 것이 그 첫째 목적이요, 이것
으로 해서 스토리 전체에 흐르는 사상을 반성 검토할 수 있는 여유를 주
려는 것이 그 둘째 목적이다. 결말을 구성하는 데는 다음과 같은 점에 유
의할 일이다.

ⓐ 안도감을 줄 것 : 미美의 안전한 음미를 위해 작품의 내용대상에 몰입된 동심이 완전한 격리isolation와 완전한 안식repose을 얻어야 한다.

ⓑ 교훈을 열거하지 말 것 : 교훈은 스스로 터득하여야 하는 것이므로 결론에서 작품이 내포하는 교훈을 열거할 필요는 없다. 그 대신 침묵의 5분간을 갖도록 할 일이다. 사실상 사족은 동심에의 능욕인 것이다.

이상에서 동화의 구성법을 고찰한 터이지만, 결국 우수한 동화의 구성법은 다음과 같다 할 것이다.

ⓐ 흥미와 호기심을 자극하는 발단

ⓑ 통일과 간명성을 가진 본간

ⓒ 강력한 결말

ⓓ 침착한 결론

강소천의 동화 「토끼 삼형제」를 보면 동화의 짜임새를 짐작할 수 있다.

> 어느 깊은 산 속엔 토끼 삼형제가 살고 있었는데, 우애가 깊고 효성스러웠다. 그들의 어미토끼가 병이 들어서 앓게 되자, 매우 열심히 간호했다. 어느 날 사슴 의사가 찾아와서 친절히 치료해 주고 어머니의 병을 낫게 하는 약물을 가르쳐 준다. 그것은 매우 구하기 어려운 것이었다. 세 형제는 어머니를 사슴 의사에게 맡기고 약물을 구하러 길을 떠난다. 도중에 둘째가 산밑으로 굴러 떨어져 왼쪽 다리를 다친다. 나머지 두 형제는 둘째를 그곳에 남겨 두고 약물을 찾으러 여행을 계속한다. 이번에는 첫째가 나무에 걸려 눈을 다치게 된다. 그러나 막내가 마침내 약물을 구하고 두 형들을 구해서 돌아온다. 돌아오는 도중에 길을 잃어 마침내 산 속을 헤매다 다쳐 누워 있는 어린 사슴을 구해 준다. 그 사슴은 사슴 의사의 아들이었다. 사슴의 등을 타고 빨리 집으로 돌아온 토끼 형제들은 죽음 직전의 어머니를 구한다.[21]

---

21 강소천, 「토끼 삼형제」, 『강소천아동문학독본』(서울: 을유문화사, 1962), 157~185쪽.

대개 이상과 같은 줄거리를 가진 것이다. 첫째 발단 즉 '기起'에 해당하는 부분, 곧 어머니가 병이 들어 열심히 간호하는 부분이 있고, 사슴의 도움으로 약물을 구하러 떠나는 본간, 그리고 갖은 고생 끝에 약물을 구하는 대단원, 집으로 돌아와 어머니를 구하는 결론에 이르기까지 조금도 긴장이 풀릴 여지를 허용치 않으려는 기미를 엿볼 수 있다.

  이상과 같은 기본 구조를 바탕으로 하고 동화를 다룰 때, 다음과 같은 두어 가지 방법을 취할 수 있다.

  ⓐ 대립형식 : 선인과 악인, 강자와 약자, 큰 것과 작은 것, 느린 것과 빠른 것 등의 상호관계, 또는 그들의 행위에 대한 결과 등과 같이 상반되는 원인과 결과를 명확히 대립시키는 경우를 말한다. 처음에는 가멸차고 행복했던 사람이 자신이 저지른 악행의 결과로 불행하게 되는 선복후화先福後禍 형식이라든지, 처음에 가난하고 불행하던 사람이 착한 일을 하여 행복하게 되는 선화후복 형식 등은 여기에 속한다고 할 수 있다.
  ⓑ 반복형식 : 유사한 사건 또는 서로 어긋나는 사건이 여러 번 되풀이되는 경우를 말한다. 이러한 반복형식에는 동위同位의 사건이 반복되는 병렬적 반복형식과, 한 사건에 점차로 중요성이 큰 사건이 덧쌓여 가는 점층형식, 큰 사건에 중요성이 적은 사건이 점차로 쌓여 가는 점추형식, 서로 어긋나는 사건이 계속되는 반복형식, 그리고 유사한 사건이 반복되어 가는 동안에 처음의 시발점으로 되돌아오게 되는 순환형식 등이 있다.[22]

---

22 松村武雄,『童話敎育新論』(동경: 배풍관, 1923), 23~29쪽, 164~166쪽 참조.

(3) 문체 style

아동문학 작품의 실제 창작에 임하여 가장 먼저 제약을 느끼는 것은 문체일 것이다. 동화의 창작에서 염두에 두어야 할 문체상의 유의점은 다음과 같다.

① 문장의 길이는 짧고 구조가 복잡하지 않을 것

구조가 복잡하면 문장이 길어지는 것이 예사인데, 이러한 문장은 아동의 이해에도 좋지 못할 뿐만 아니라 전체 흐름의 속도를 느리게 하므로, 급템포를 요하는 아동들의 생리에는 환영받을 만한 문장은 되지 못한다. 특히 문장을 구성하는 요소—주어나 술어 등을 생략하는 문장은 성인문학에서는 가능하나, 아동문학에서는 되도록 피하는 것이 좋다.

② 가급적 아동들의 이해가 가능하고 감각적 특징을 가진 어휘를 사용할 것

아동들의 어휘력을 늘리기 위하여 그들에게 완전히 소화되어 있지 않는 어휘도 사용할 수는 있으나, 문장의 앞뒤로 보아서 그 뜻을 파악할 수 있는 것이어야 한다. 또 그들에게 보다 강한 실감을 주기 위해서는 감각적인 어휘를 사용하는 것이 매우 효과적이다.

③ 동화는 그것이 가지는 특성을 보다 강하게 하기 위해서 리드미컬한 문장을 사용하여 서사시적 효과를 노릴 것

특히 유년동화에서는 율동적인 것을 좋아하는 그들의 적성에 맞추어 이 점에 주의해야 할 것이다.

집쥐는 깜짝 놀랐습니다.

들어 보지 못하던 소리입니다.

자전거 바퀴소리는 아닙니다.

오토바이 소리도 아닙니다.

집 앞을 달리는 택시나 버스 바퀴소리도 아닙니다.

먹이를 찾아 나왔던 쥐는 어리둥절했습니다.

작은 가슴은 벅차게 달락거립니다.

한참만에야 소리나는 곳을 보았습니다.

꽃밭 뒤로 조르르 달려 갔습니다.

낮은 돌 뒤에 숨어서 엿보았습니다.

사람의 그림자는 없었습니다.

분명히 상자 속에서 소리가 납니다.[23]

## 3) 전래동화의 개작

전래동화는 있어온 것, 자연 발생적으로 태어난 것이지 만들어진 것은 아니다. 곧 그것은 고대의 민족적인 생활과 향락의 욕구를 반영한 집단적인 산물이다. 그러기에 고대의 옛이야기와 동일한 것을 괴테Goethe나 노발리스나 안데르센도 지을 수 없었고, 짓지 않았다.

그러나 전래동화도 현대적 감각에 맞도록 함으로써 뛰어난 작품을 창작할 수 있으므로, 여기에서는 전래동화의 개작에 대하여 논해 보기로 한다.

### (1) 개작 전래동화의 문제점

개작의 가능성에 따른 문제를 생각한다면 다음 두 가지가 앞선다.

ⓐ 전래동화는 원래 원시적 저급문화민족의 산물이므로, 개작은 그 독특한 탐구성·상상성·신비성을 손상할 우려가 있다.

ⓑ 전래동화는 오랜 세월에 걸친 자연도태와 적자생존의 승자이므로

---

23 김성도, 「다람쥐」, 『봄바람 갈바람』(서울: 계림출판사, 1979), 127~128쪽.

내용과 형식에 있어서 그대로 두어야 될 것이라는 일종의 필연성을 무시하고 그 신성성 · 처녀성을 모독할 것인가.

그러나 첫째 이유는 조심해야 될 일이나, 둘째 사유는 교육적 의미에서 그다지 큰 문제가 되지 않는다. 이제 이러한 회의를 씻어내고 개작의 방법을 모색하기로 한다.

### (2) 내용상의 개작

#### ① 환경의 바꿈

그 나라의 풍토에 알맞게 이해될 수 있는 환경과 주인공으로 개작한다.

#### ② 생활의 개작

아동생활과 거리가 먼 야만적 생활미신에 의한 노유老幼의 살해 · 약탈 · 결혼 등과 성인적 생활추악한 물욕 · 음난한 색정은 제거되어야 한다.

#### ③ 성정(性情)의 개작

각 민족의 성정을 반영한 것이라도, 교육상 부적당한 것은 개작되어야 한다.

#### ④ 도덕의 개작

반도덕적인 것이라도 우수한 전래동화는 현재의 도덕률에 맞도록 고쳐 써야 한다.

이상의 내용상의 개작은 본질적인 정신을 변경하는 것은 아니다. 정신까지 개작되어야 할 원작은 이미 개작대상이 아니다. 개작은 단순한 수법이요, 방법이지, 목적일 수는 없기 때문이다.

(3) 형식상의 개작

전래동화를 형식상으로 개작하는 데에는 다음과 같은 방법이 있다.

① 재정법 再整法, Rearrangement method

재정법은 스토리 배열을 조정하는 것을 말한다. 배열이 효과를 감퇴시키거나 유기적 통일을 해치고 문예로서의 가치를 손상시킬 때에는, 이것을 세심한 주의를 기울여 재정리해야 한다는 것이다.
　ⓐ 각 사건은 낱낱이 그 앞의 사건에서 추출된 관계를 유지토록 배열되어야 한다.
　ⓑ 모든 사건을 통합하는 유기적 통일을 꾀하도록 배열되어야 한다.
　ⓒ 사건의 배열에 있어 인과관계에 의하지 않는 것은 점층적 또는 점강적으로 배열되어야 한다.
　ⓓ 제거법 또는 압축법Elimination method, Condensation method : 그 사건이 다음과 같은 경우에는 이를 배제하거나 축소하여 흐트러지거나 뚜렷하지 않은 점을 방지해야한다.
　ⓐ 투철한 이치를 결여한 난잡한 것이 있을 경우.
　ⓑ 스토리 진행에 대해서 생명적 필연성을 갖지 않는 것이 있을 경우.
　ⓒ 스토리의 목적을 하나로 통일시키지 못하고 여러 개 내포했을 경우.
　ⓓ 확충법Expansion method.

앞의 것들은 동화적 합당성과 우수성을 저해하는 분자를 내포하는 이야기의 구제방법이었으나, 이 확충법은 그와는 대척적 방법에 속한다. 곧 짧은 얘기류 또는 반드시 내포해야 할 요소가 결여되어 있을 경우, 확대해서 길게 하는 방법이다.
　ⓐ 확충의 심리적 근거 : 단순소박한 유치원 이야기, 무의의담無意義談,

골계담 따위는 아동이 즐기는 것이지만, 본래 복잡하고 긴 내용을 압축하여 인위적으로 간략한 형식을 취한 것—예컨대 소화笑話·우화·일화·경전·사전 중의 인용어 등은 성인에게는 환영받을 것이나, 아동에게는 몰이해를 초래할 뿐이므로 적당한 부연이 필요하다.

ⓑ 확충의 종류에는 원작의 내용을 고치지 않고 그대로 부연하는 것과 원의原意를 다치지 않는 범위에서 내용을 고침과 아울러 그 모양을 확대하는 방법이 있다. 두 번째의 경우에는 주로 동요에 이용되고 있으며, 동화에서는 첫 번째 것이 주로 쓰인다.

(4) 개작할 전래동화의 선택

이것은 창작동화의 창작 원칙 및 방법과 같다. 곧 적극적으로 아동의 심적 발달 단계, 아동의 흥미를 끄는 요소, 문예로서 구비해야 될 동화적 합당성 및 우수성 등, 이미 앞서 말한 아동생활 및 심리와 동화와의 관계, 동화의 내용과 형식 등에서 자세히 말한 대로를 표준으로 선택의 기준을 잡아야 될 것이다. 소극적으로는 동심을 저해하는 요소를 항상 경계하고, 창작 및 개작에 세운 표준에 입각해서 선택해야 할 것이다.

참고로 전래동화의 원천이 되는 서적을 소개하면 다음과 같다.

① 한국 관계

『삼국사기』·『삼국유사』·『신라수이전』新羅殊異傳·『고려사』·『동국여지승람』東國輿地勝覽·『어우야담』於于野談·『지봉유설』芝峯類說·『오주연문장전산고』五洲衍文長箋稿·『稗林』·『대동운부상옥』大東韻府群玉·『대동야승』大東野乘·『용재총화』慵齋叢話·『고금소총』古今笑叢 etc.

② 중국 관계

『사기』史記 · 『삼국사』三國史 · 『수호전』水滸傳 · 『오월군담』吳越軍談 · 『료재지이』聊齋志異 · 『수신기』搜神記 · 『수신후기』搜神後記 · 『술이전』述異傳 · 『박이전』博異傳 · 『유양잡조』酉陽雜俎 · 『대장경』大藏經 etc.

③ 인도 관계

『Panchatantra』 · 『Hitopadesa』 · 『Katha Sarit Sagara』 · 『Jataka』 · 『Panayana』 · 『Mahabharata』 etc.

④ 유럽 관계

H. C. Andersen, 『Wonder stories told for Children』

R. B. Andersen, 『The Younger Edda』

J. Baldwin, 『American Book of Golden Deeds』

G. A. Becquer, 『Romantic Legends of Spain』

Blumenthal, 『Folk Tales from he Russian』

J. T. Bunce, 『Fairy Tales』

F. J. Cooke, 『Nature Myths and stories for Little Children』

T. C. Coker, 『Fairy Legends and Traditionof Iseland』

J. D. Dasent, 『Popular Tales from the north』

J. Grimm, 『German Household Tales』

J. Jacobs, 『Celtic Fairy Tales』

A. Lang, 『Blue Fairy Book』

A. Macdonell, 『Italian Fairy Book』

B. G. Niebuhr, 『Greek Hero Stories』

F. J. Olcott, 『Arabian Nights

E. Rhys, 『English Fairy Book』

E. H. Scudder, 『Fables and Folk Stories』

C. M. Skinner, 『American Myths and Legends』

A. H. Wrakislaw, 『Slavonian Fairy Tales』 etc.

⑤ 일본 관계

『고지키』古事記 ·『니혼쇼키』日本書紀 ·『후도키』風土記 ·『곤자쿠모노
가타리』今昔物語 ·『우치슈이모노가타리』宇治拾遺物語 ·『니혼료이키』日本
靈異記.

# 제5장 아동소설론

## 1. 아동소설의 의의

아동소설은 흔히 소년소설이라고 불리어지기도 한다. 일반소설에서 거기에 담는 내용을 취재한 장소나 시간 혹은 주제 등에 따라서 전쟁소설이나 농촌소설 · 역사소설 · 연애소설 등으로 나누고 있으나, 아동소설은 그 분류의 각도가 그러한 이름과 같은 뜻에서 나온 것은 아니다. 아동소설은 성인소설에 병치되는 개념으로서, 이상에서 든 전쟁소설이나 농촌소설등과는 그 차원을 달리하는 것이다. 곧 아동소설은 그 주된 독자의 대상을 아동으로 하고 쓰이는 소설이나, 그것이 본격문학임으로 해서 성인에게도 읽히는 기능마저 가진 특수문학인 것이다.[1] 이제 아동소설의 아동문학적 의의를 열거하면 다음 세 가지로 집약할 수 있다.

첫째로, 그것은 독자에게 초자연적이며 환상적인 동화가 도무지 흉내낼 수 없는 강한 현실적 발판을 가진 간접 경험을 줌으로써, 한 사람의 사회인으로서 생활하는 아동이 보다 넓은 현실적인 체험을 갖도록 만든다.

---

[1] 二反長半, 「兒童小說の書의き方」, 『兒童小說の書의き方』(동경: 角川書店, 1958), 60~76쪽.

그것은 아동소설이 아무리 로만적인 작품이라 할지라도 언제나 현실적인 내용을 담고 있기 때문이다. 아동소설 가운데서 흥미중심의 오락적인 읽을거리로밖에 볼 수 없는 작품들이 아동들에게 미치는 크나 큰 영향을 생각해 보면, 간접 경험의 매개물로서의 아동소설이 얼마나 중요한가를 알 수 있다.

둘째로, 아동소설은 그 강한 소설적 구성을 통하여 사회성 · 인간성의 탐구와 독립적인 인생관 · 사회관을 표현함으로써 아동에게 살아 있는 학습을 시킨다. 물론 동화도 그것이 표현하는 아동성으로 해서 아동에게 주는 교육적 영향이 크지만, 소설에서처럼 그렇게 직접적인 것은 되지 못한다. 그것은 인생과 우주의 진실을 아동이 피부로써 터득할 수 있게 하려면, 아무래도 현실적이며 구체적인 케이스에 입각해서 맛볼 수 있게 하는 것이 훨씬 효과적이기 때문이다.

셋째로, 아동소설은 연령적으로 동화에서 성인소설로 들어서서 아동들에게 양쪽을 이어 주는 교량적 기능을 다한다. 아동소설은 동화적인 공상에 묻혀 있던 시기를 지난 아동에게 읽혀져야 할 장르이다. 그러므로 객관적이며 합리적인 사고가 싹튼 이후의 아동에게 동화는 이미 적합한 문학형식이 될 수는 없다. 그러기에 초등학교 고학년부터 중학생에 이르는 아동들에게 단순한 읽을거리로서의 역할뿐만 아니라, 성인소설을 읽기 위한 준비단계로서의 임무를 다하는 것이다.


## 2. 아 동 소 설 의  사 적  계 보


아동소설의 발생은 성인소설의 발생과 불가분의 관계를 가진다. 즉 아동소설의 형식은 성인소설에서 온 것으로, 처음부터 무슨 독자적인 계보가 있는 것은 아니다. 그러므로 아동소설의 사적 계보를 살피려면 소설 일반의 사적 계보부터 이야기하는 것이 바른 순서가 된다.

소설의 기원이 되는 것은 서사시이다. 서사시는 고대 민요 무용에서 동작과 음악적 요소가 탈락되고, 설화적 요소가 중심이 되어 형성되었는데, 영웅이나 신을 주인공으로 하여 시운문의 형식을 빌어서 이야기를 전개해 나간 것이다. 이러한 서사시는 이미 6, 7세기경부터는 창작면의 활동이 거의 없어졌으나, 산문체의 창작 이야기는 벌써 그리스 · 로마시대부터 싹트고 있었던 것이다. 그러나 오늘날과 같은 심리적 · 사회적 제약 밑에서 사건을 전개해 나가는 소설이 나타난 것은 훨씬 뒤인 근대에 들어와서다. 이러한 근대적 소설은 운율에 구애받지 않는 자유로운 언어형식으로서만 가능했기 때문에, 운율을 가지는 서사시에서 벗어나 필연적으로 산문 형식을 취하게 된 것이다.

근대에 와서 소설은 인간의 개인에 대한 자각과 지성이 발달함에 따라 사건보다는 인물의 심리 · 성격 묘사 등에 중점을 두고, 내면적 정신생활을 관찰 표현하는 방향으로 진전해 왔으며, 나아가서는 형식면까지 다양성을 보이게 되었다.

우리나라에서는 이조 초기의 한문소설과 중기의 한글소설, 그리고 대한제국 말엽의 신소설기를 지나 20세기에 들어와서야 근대적 소설이 나타났다. 흔히 춘원의 『무정』을 우리나라 근대소설의 효시로 잡고 있으나, 아동문학 분야에서 창작소설이 나타난 것은 해방 이후로 보아야 할 것이다. 19세기경 이미 외국에선 『보물섬』 · 『소공자』 · 『플랜더스의 개』 · 『톰소오여의 모험』 등의 작품이 아동소설로 한참 읽혀질 무렵에도, 우리나라에서는 아직 아동소설은 제쳐두고라도 봉건적 사상에 사로잡혀 어린이를 인격적 인간으로서 대하는 것조차 이루어지지 않았던 것이다. 뿐만 아니라, 우리나라 아동문학 초창기의 산문분야는 동화에 국한되어 있었기 때문에, 우리나라 아동소설은 그 역사가 매우 짧은 것이다. 그러나 해방 후의 사회적 혼란과 전쟁 등으로 파생된 모든 현상은 아동을 초자연적이며 환상적인 동화에만 몰입시킨 채 그냥 두지는 않았다.

아동은 천사적 동심의 소유자이지만, 동시에 사회의 일원이었기 때문에 현실적 문제에 부딪치지 않을 수 없었던 것이니, 아동들은 현실적 내용을 담은 문학을 요구하게 되었고, 실제로 그러한 기운에 힘입어 아동소설은 점차로 활기를 띠게 된 것이다. 그래서 6·25전쟁을 전후하여 나타난 아동소설에서는 전쟁 고아의 이야기를 담은 것이 대량으로 쏟아져 나왔고, 잇따라 저널리즘의 발달과 산문문학의 융성기를 맞아 아동소설은 마침내 아동산문문학의 주도권을 잡게 된 것이다.


## 3. 아동소설의 종류

### 1) 형식에 의한 분류

아동소설은 먼저 그 형식면에서 길이와 수법에 다라 장편·중편·단편으로 나눌 수 있다. 물론 성인소설에 견주어 이와 같이 나누기는 하지만 실제로는 그 길이의 기준은 성인소설과 같지는 않다. 대체로 200자 원고지 80내외를 단편, 120매 이상을 중편, 300매 이상을 장편이라고 하는 것이 통념이다.[2] 그러나 장편이니 단편이니 하는 것은 길이뿐만 아니라 그 성격에 따라 구분되는 것이다.

장편은 주요 인물의 내면적 성장과 발전을 오랜 동안의 시간의 흐름에 따라 그려 나가는 것으로, 그 성장발달이 넓은 장소에서 풍부한 체험에

---

2 高山毅,「長篇小說の創作過程」,『문학교육기초강좌』(동경: 명치도서출판사, 1957), 78쪽.

의하여 실증되어야 함을 그 요건으로 하는 것이다. 중편은 길이만 다를 뿐 그 성격에 있어서 장편과 동일한 것으로 볼 수 있다. 단편은 장편을 압축하거나 짧게만 쓴 것이 아니라, 단일한 구성요소들로 이루어지는 소설이다. 곧 단일한 사건, 단일한 인물과 시간 및 공간적으로 비교적 짧고 좁은 배경 밑에서 압축적으로 그려 나가는 가장 경제적인 형식이라고 말할 수 있을 것이다. 그러기에 아동 장편소설은 짧음으로 해서 생활동화에 접근하기 쉽고, 흥미있는 요소들을 압축해서 표현함으로 해서 소년의 아동성을 잃어버릴 위험성을 다분히 내포하기도 하는 것이다.

### 2) 내용에 의한 분류

아동소설은 그 내용 또는 제재에 따라 순정소설 · 서정소설 · 명랑소설 · 역사소설 · 전기소설 · 모험소설 · 탐정소설 · 과학소설(공상 과학 소설) 또는 등장 주인공에 따라 동물소설 및 식물소설 등으로 나누어 볼 수 있다.

#### (1) 순정소설과 서정소설3

순정소설과 서정소설은 모두 소녀들이 즐겨 읽는 것으로, 그 한계가 모호하기 때문에 가정소설을 덧붙여 소녀소설이라는 이름으로 일괄하기도 한다. 이러한 소녀소설에서는 흔히 기구한 운명이나 안이한 행복감 등 저속한 감상주의적 성격이나 지나친 감정탐닉, 비이성적 애상이나 눈물겨운 일을 그리는 수가 많다. 물론 이런 것이 아동들의 진정한 마음의 양식이 될 수는 없다. 참된 소녀소설은 그들의 감상취미를 자극하는 것이 아니라, 그들의 꿈과 정서를 길러 주는 것이어야 하는 것이다. 버넷의 「소공자」 · 「소공녀」, 스토의 「엉클 톰즈 캐빈」 등은 이러한 명작이다.

---

3 城夏子, 「少女小說の書き方」, 앞의 책, 77~93쪽 참조.

### (2) 명랑소설

명랑소설은 아동들의 심정에 유머의 감정을 발달시키려는 명랑한 소설을 말한다. 그러므로 실없는 웃음으로 끝나 버리는 것은 심심풀이의 읽을거리는 될지언정, 결코 참다운 명랑소설이 될 수는 없다. 명랑소설은 새롭고 유머러스한 인물의 창조와 함께 해학 및 골계미를 갖춘 풍자문학으로서의 일익을 맡아야 되는 것이다. 왜냐하면, 아동명랑소설은 아동의 인간성을 해방하여 사회를 개조하려는 현실적 의지와 기반을 가지지 못하면 예술적으로 좋은 작품이 나오기 어려울 것이기 때문이다. 특히 우리나라의 민족성에는 유머가 결여되어 있어 명랑성이 없기 때문에, 앞으로는 보다 나은 명랑소설이 더 많이 나와야 될 것이다. 그리고 그것은 딱딱하고 훈화적인 작품에만 시달리던 아동들에게는 어려운 현실의 난관을 극복하는 데 다시없는 좋은 읽을거리가 될 것이다.

### (3) 역사소설과 전기소설

아동역사소설은 보통 역사상의 인물과 사건에서 아동에게 적합한 소재를 선택하여 창작한 소설을 말한다. 그러나 그것이 역사책과 다른 점은, 작가가 상상력을 구사함으로써 허구를 통하여 과거의 세계를 구상적으로 재현하여 한 폭의 그림으로 발전시키는 데에 있다. 현대소설과 역사소설이 다른 점은, 제재를 현대에서 구하는가, 고대에서 구하는가 하는 문제도 있지만, 표현상으로는 평범한 생활 속에서 인간성을 탐구하는가, 특이한 상황 속에서 인간성을 부각시키는가의 차이라 할 것이다. 그러므로 현대에서 제재를 구한 소설보다 특별한 기법이 요구되는 것은 아니지만, 앞서 말한 차이처럼 문화문명의 진전에 대한 고찰과 이미 가 버린 시대를 재생시켜야 한다는 필연성이 요청되는 것이다.

곧 아동역사소설을 쓰려는 작가는 묻히고 잊혀진 과거를 구상적·생활적 역사사회로 현상화해야 하므로, 그 시대와 사회의 법률·경제·풍속·식생활·교통 등에 대한 면밀한 연구를 통하여 전문적 지식을 토대로 한 종합적 지식을 갖출 필요가 있는 것이다.

아동역사소설은 길이가 짧을 때에는 순정소설적인 요소와 모험소설적인 요소 중 어느 요소에든지 중심을 두지 않으면 산만해지지만, 장편일 경우에는 이들을 종합화할 수 있다. 아동역사소설에서 특히 주의할 점은 어디까지나 역사적 사실에 충실해야 하며, 맹목적인 과거의 미화는 경계해야 된다는 것이다. 야담·야사조野史調의 사이비 아동역사소설이 나이 어린 아동들에게 사실을 그릇 인식시키는 결과를 가져오기 때문이다.

또, 비민주적인 과거의 역사적 사실을 어떻게 다룰 것이냐 하는 것도 큰 문제다. 예를 들면 충·효와 인권유린적 제도 등이 특히 현재의 윤리성과 정면충돌하는 경우가 많은데, 이런 경우 아동역사소설가의 올바르고 진보적이며 민주적인 인생관과 사관史觀이 절실히 요청되는 것이다. 역사소설이 휴머니티humanity에 입각한 정신을 가장 소중하게 요구하는 까닭도 바로 이런 데에 있는 것이다.

아동역사소설과 깊은 관련을 맺고 있는 것은 아동전기소설이다. 우리나라에서는 흥미본위의 위인전은 많으나, 엄밀한 의미의 전기소설을 찾아보기 힘들다. 아동전기소설이란 역사상의 위인들의 생활에서 아동들에게 교훈과 흥미를 줄 수 있는 부분을 중심으로 하여 써나가는 일종의 교양소설이다. 아동전기소설에서 특히 문제시되는 점은, 소설에 등장하는 위인들의 어린 시절이 대체로 분명치 못한 점이다. 그것은 순전히 작가의 상상력에 의존하는 수밖에 없다. 그러기에 위인의 역사적 가치를 규정짓는 작가의 사상과 관점, 곧 오직 작가의 양식이 문젯거리인 것이다. 이런 점들을 살펴볼 때, 작가의 건전한 비판정신과 우수한 판단력이 무엇보다 훌륭한 아동전기소설을 낳는 선행조건이라 할 것이다.

### (4) 탐정소설과 모험소설

탐정소설은 18세기의 포우Edgar Allan Poe에 의해 최초로 시도되고 그 후 코난 도일에 의해 완성된 소설형태로서, 주로 범죄에 관한 난해한 비밀을 논리적으로 서서히 해결해 가는 경로에서 재미를 노리는 소설이다. 탐정소설과 비슷하게 쓰이는 말로 추리소설이라는 것이 있다. 보통 탐정소설에 비해 순문학적인 가치를 노린다고 하나, 추리소설 역시 폭넓게는 탐정소설과 같은 것이라 볼 수 있다. 일본에서는 상용한자의 제한으로 말미암아 탐정소설이라는 말 대신에 추리소설이라는 명칭이 쓰이기 시작한 것이라고 하는데, 우리나라에서는 이것을 곧이곧대로 받아들여 양자를 구분하여 쓰고 있다. 세계적으로는 포우의 『황금충』이나 코난 도일의 『셜록 홈즈의 모험』, 르블랑의 『아르세느 루팡』 등이 유명한 탐정소설이다.

모험소설은 해양이나 산악·미개지 또는 대도시 등을 무대로 하여, 모험을 위주로 하는 내용을 사건본위로 서술해 나가는 소설을 말한다. 대개 영웅주의나 정복사상·개척정신을 담고 있는데, 디포의 『로빈슨 크루우소우』, 베르느의 『15소년 표류기』, 스티븐슨의 『보물섬』 등은 모두 여기에 든다고 할 것이다.

이와 같은 탐정소설이나 모험소설은 영웅이나 무용에 대한 찬양심을 가지는 시기의 아동에게 흥미 있게 읽히고 있으나, 대부분이 흥미만을 노려 주제의식이 박약함으로써, 통속적 오락물의 한계를 벗어나지 못하는 작품이 많다. 이러한 소설들은 단순한 흥미를 넘어선 예술성을 가미하지 않으면, 모방성이 강한 아동들에게 좋지 못한 영향만 줄 것이다.

### (5) 과학소설

과학소설 또는 공상과학소설SF; Science Fiction이란 난해한 과학을 알기 쉽게 하기 위해서 소설적 수법을 빌어 흥미 있게 만든 소설이다. 파브르의『곤충기』, 시튼의『동물기』, 베르느의『해저여행』등은 이에 속한다.

과학소설은 과학을 기초로 하여 이것에서 발전하는 공상이나 사색을 소설의 형태로 표현해야 한다. 요즈음에 더러 과학소설이라는 명칭을 달고 전혀 터무니없는 허무맹랑한 내용을 가진, 동화도 아니고 소설도 아닌 작품들이 쏟아져 나오고 있는데, 이런 것은 마땅히 경계되어야 할 것이다.

그것은 과학적 근거를 가진 공상과 허망한 거짓말과는 엄연히 구별되어야 하기 때문이다.


## 4. 아동소설 작법

아동소설의 작법은 성인소설의 그것에 준한다. 여기에서는 아동문학의 특수성을 고려하면서 소설일반의 작법에 비추어 논술하기로 한다.

### 1) 주제 thema

주제는 작품이 가지는 중심 사상이다. 예를 들면 마크 트웨인의 대표작『톰 소오어의 모험』은 속박을 벗어나 자유를 갈구하는 자유해방의 사상을 담고 있는데, 이때 이 자유해방의 정신은 이 작품의 주제라 할 수 있다. 소설을 창작할 때에는 변화 있는 줄거리를 생각하기 전에 먼저 주제를 선택해야 한다.

주제는 현실사회에서 일어난 사건이나, 작자 자신이 생활 주변에서 접한 인물 · 동물 · 풍경 또는 독서 및 대화 등에서 얼마든지 힌트를 얻을 수 있다. 그러나 작가 자신의 체험과 반성의 사색에서 얻어진 주제가 가장 진실할 것임은 두말할 여지도 없다. 그것이 아동소설에 적합한 것이냐 아니냐 하는 문제는, 작자가 주제로 삼을 대상과 그 작품을 읽을 아동을 얼마나 세심하게 연관지어 관찰했느냐에 따라 결정된다. 곧 아동소설에서는 아동의 연령과 교육적인 면을 고려하여 상상과 지혜로써 인생을 즐겁고 밝게 해 주는 주제를 선정해야 되는 것이다.

그리고 이 경우 주제의 성격은 아동소설의 주된 독자를 남자아이에 두느냐 여자아이에 두느냐, 또는 양자의 공통적인 특징에 입각해서 쓸 것이냐 하는 문제에 따라서 조금씩 달라질 것은 말할 나위도 없다.

아동소설의 대상은 동화에서처럼 완전 미분화 상태의 아동은 아니다. 남녀아동에 따라 신체적 · 정신적 특징은, 성인이 생각하는 것 이상으로 현저하게 차이를 갖고 있다는 것을 명심해야 한다. 물론 문학작품이 일부의 특정된 독자만을 위하여 지어질 수는 없는 것이지만, 아동문학은 그 본질적 사명에 입각해서 아동들의 기호나 그들의 갖가지 특징을 무시할 수 없는 것이다. 남자아이들이 즐겨 읽는 모험소설 · 명랑소설 · 역사소설 등이나 여자아이들이 좋아하는 비극적 분위기적인 순정소설 · 서정소설 등은 필요에 따라 소년소설이니 소녀소설이니 구분할 수 있는 것도, 아동들의 이러한 용기와 지혜를 길러줄 수 있는 것, 여자아이에게는 또 나름대로 상냥하고 여성다운 기질을 그 속에 함양시킬 수 있는 것이라야 되는 것이다.

주제는 작품의 밑바닥에 자리함으로써 강한 교육적 기능을 발휘하는 것인데, 흔히들 아동문학의 교육적인 면을 표피적으로 인식하여 주제를 훈화조로 다룸으로써, 작품 전체를 문학작품이기보다 도덕교과서를 읽는 것과 같은 인상을 주는 경우가 많다. 이 점은 특히 크게 경계해야 될 것으로, 주제가 가지는 교육적 가치란 얕고 지엽적인 교훈성에 있는 것이 아니라, 어린이에게 어떻게 살 것인가 하는 보편적 진리를 가르침에 있다는 것을 먼저 깨달아야 될 것이다.

## 2) 구성 construction

소설 작법에는 미리 의도적인 플롯plot을 세워 작품을 전개해 나가는데 대해 옳으니 그르니 논란이 적지 않으나, 아동소설에서는 역시 의도적인 효과를 노려야 할 것이므로 치밀한 구성이 요망된다.

아동소설의 구성은 성인소설의 구조[4]와 유별나게 다른 점은 없다. 다만 성인소설에 비하여 감정 · 모험 · 반항 · 우정 등의 모든 요소가 강하게 표면에 노출되기 때문에, 그 구성에 있어서 빠른 템포에 의한 강조의 효과를 노려야 된다는 것이다.

구성은 모티브motive, motif에 의해 줄거리를 만들고, 거기에다 외부나 내부에서 성격을 부여하여, 이 성격의 발전과 환경, 사회 등을 유기적으로 관련시켜 한 편의 진실한 감동을 탄생시키는 것이다.

대개 소설구성의 세 요소로서 성격인물: character · 행위사건: action · 환경배경: setting을 든다. 이러한 세 요소의 연관 과정은 한마디로 내적 심리와 외적 행위가 어떤 환경 속에서 일사불란하게 유기적으로 전개되는 과정이라고 말할 수 있다.

아동소설의 구성에는 필연성, 주체와 깊은 관련성[5] 흥미를 위한 변화, 지나친 복선의 회피 등이 불가피하게 요구된다. 필연성은 소설의 생명이다. 소설이 지어 낸 이야기로서 단순한 허구에 그쳐 버리지 않으려면 이야기의 전개가 억지스럽지 않게 수긍할 수 있는 것이어야 되는 것이다.

---

4 Edwin Muir, 佐伯彰一 譯, The Structure of the Novel(The Hogarth Press, 1928), 169쪽.
5 이무영, 소설작법(서울: 계진문화사, 1954), 126~148쪽 참조.

'어떤 어린이가 이러이러한 행동을 했다'고 하는 것보다는 '왜 그러한 행동을 하지 않으면 안 되었나' 하는 문제가 보다 중요하다. 요약해서 말하면, 등장인물의 행동이나 전개되는 사건 하나하나가 필연적인 인과관계에 의해서 지배되어야 하는 것이다. 이것은 이른바 리얼리티의 문제와도 깊은 관련성을 가지고 있다.

아동소설의 구성이 그 작품이 워낙 의도한 바의 목적아동 소설에서는 주로 교육적 효과가 될 것이다을 달성하는 데 있다면, 그러기 위해서는 구성은 언제나 주제와 면밀한 연관 아래 이루어져야 된다. 곧 구성은 어디까지나 주제를 구현하기 위한 방법에 불과한 것이지, 그것 자체가 중요한 것은 아니기 때문에, 주제에 대해서는 언제나 종적從的인 위치를 지켜야 되는 것이다.

따라서, 사건의 전개나 인물의 행위는 주제를 구현시키기 위한 목적을 향하여 한 걸음 한 걸음 발전적으로 다가서야 하는 것이다. 구성이 주제와 긴밀한 관련이 없이 이루어진 작품은 주제의식이 박약하여 통속적인 오락물로 기울어질 가능성을 다분히 지니게 되는 것이다.

또, 아동소설의 구성은 아동의 심리적 특성을 고려하여 지나친 복선을 피하는 것이 좋다. 복선은 사건이나 행동의 전개 등에 필연성을 부여하려는 목적 이외에는 개입될 아무런 필요가 없다. 아동들의 사고는 성인들의 그것에 비하여 훨씬 단순하기 때문에, 복잡한 내용으로 그들의 이해에 혼란을 불러와서는 안 된다.

그와 더불어 그들의 흥미를 자극하기 위하여서는 적당한 변화가 요청된다. 실제로 아동들은 변화 있는 줄거리에 많은 흥미를 느끼고 있다. 주제를 향하여 일직선으로 나아가는 것은 그들에게 큰 흥미를 주지 못한다. 어느 정도의 경사와 굴곡을 가지면서 서두르지 않고 나아가야 하는 것이다.

## 3) 묘사 delineation

소설의 구성은 아무리 세 가지 요소를 잘 아울러 도모한다 할지라고 하나의 설계도에 지나지 않는다. 설계도는 실제로 건축되어야만 가치가 있는 것처럼, 구성과 함께 중요한 것은 표현expression인 묘사와 설명이다. 묘사를 예술적 서술이라고 한다면, 설명은 과학적 기술이라고 말할 수 있다. 소설에서는 이 두 가지가 다 쓰이고 있지만, 묘사가 우위를 점유해야 됨은 물론이다.

묘사는 배경자연·환경 묘사와 인물성격 묘사로 크게 나눌 수 있다. 배경 묘사는 작가에 따라 정서적 조화에만 사용하는 경우도 있으나, 인물이나 사건 묘사의 한 보조적 역할을 하기 위하여 다루어지는 경우도 있기 때문에, 이것을 총괄적으로 규정하기란 어렵다. 그러나 배경의 정서란 것도 결국은 인물·사건과 긴밀한 관련성을 갖고 있으므로, 배경 묘사는 자연만을 그린다 하더라도 어느 모로나 인물·사건과 동떨어진 것이어서는 안 된다.

그러나 배경 묘사가 결코 가볍게 보아 넘길 것은 아니라 할지라도, 그보다는 훨씬 더 인물 묘사가 중요시되어야 한다. 오늘날의 소설의 가치가 새로운 인간형의 창조에 크게 의존한다고 하면, 인물의 묘사는 그 소설의 성패를 좌우한다고 볼 수 있다. 인물의 성격을 부여하는 데에도 설명과 묘사의 두 가지 방법이 있지만, 일반적으로 설명은 독자에게 실감을 주기 어려우므로, 대게 회화·행위 등에 의한 묘사에 의존하는 수가 많다.

> 그러나 다시 내려가서 수박을 집어오긴 했지만, 조각조각 깨어진 것이라 진흙투성이가 되어서 형편없이 되어 있는 것이었다.
> "이 망할 자식아!"
> 형태는 영구의 목을 잔뜩 훔켜 쥐더니만, 개그르륵 소리가 나도록 담벼락에다 대고 떼밀어 눌렀다.

"엥!"
하고 동식이는 발길로 찼다.
"주철이 요놈새끼도 낼 죽인다."
형태의 뒤를 따라 아이들은 물러갔다.[6]

이주홍의 「피리 부는 소년」 가운데서 뽑은 일절이다. 형태라는 아이가
골이 잔뜩 나서 힘이 약한 영구에 대하여 분풀이를 하고 있는 장면인데,
여기에서 '형태는 화가 잔뜩 났다', '형태는 화가 머리 끝까지 올랐다' 등
아무리 그럴듯하게 서술하더라도 '형태는 영구의 목을 잔뜩 훔켜 쥐더니
만, 개그르륵 소리가 나도록 담벼락에다 대고 떼밀어 눌렀다' 하는 구절
이 발휘하는 만큼의 효과를 내기는 어려울 것이다. 이것이 묘사가 설명에
비하여 효과적인 점이다. 요컨대 구성이 보다 생기 있게 그 모습을 드러
내려면 우수한 묘사의 테크닉이 요청되는 것이다.

아동소설에서 묘사에 주의할 점은 지나치게 노골적이거나 충격적인
묘사는 피해야 한다는 것이다. 이런 면에서 볼 때, 아동소설에서 구하는
리얼리티는 성인소설에 비하여 훨씬 제한을 받는다고 할 것 이다.

묘사는 다시 현실에서 얻은 자기 경험을 주관의 개입 없이 본 대로 들은
대로 쓰는 평면 묘사와, 영화를 보는 것처럼 이미지를 부각시켜 외형 뿐
아니라 내부 심리까지 구상적으로 그리는 입체 묘사로 나눌 수도 있다.[7]


4) 인물 character

소설의 핵심이 되는 것은 인물이다. 사건이나 배경은 인물이 없이 일어
날 가능성이 없으며, 있을 가치도 없다. 따라서 소설에서는 인물이 있기
마련이다. 그러나 소설에 등장하는 인물은 어떤 인물이거나 상관없는 것

---

6 이주홍, 「피리부는 소년」, 『한국아동문학전집』 3호(서울: 민중서관, 1962), 258쪽 참조.
7 猪野省三, 「창작의 과정(創作の過程)」, 앞의 책, 38~39쪽 참조.

은 아니며, 다음과 같은 여러 가지 조건들을 갖춘 인물이 아니어서는 안 된다.

### (1) 개성이 뚜렷해야 한다

사람은 누구나 그 용모나 성격이 다르다. 그러기에 소설의 등장인물도 그 인간만이 가질 수 있는 독특한 개성을 가지고 있어야 되는 것이며, 그럼으로써만이 소설이 노리는 새로운 인간형의 창조는 가능하다. 만약 다른 사람의 작품에서 이미 창조된 것과 똑같은 유형의 인물을 그렸다면, 그 소설은 이미 절반의 가치를 잃어버린 것이다. 설화에 등장하는 인물들이 『햄릿』나 『돈키호테』 같은 소설의 주인공처럼 그 성분을 밝힐 수 없는 것은, 그들이 그들만이 가져야 할 개성을 갖추지 않았기 때문이다.

노루는 죽은 것이 아니고 잠자고 있지 않을까 하는 엉뚱한 생각을 했다. 깊은 잠 속에서 꾸는 꿈.

어떤 꿈을 꾸고 있을까. 거미줄처럼 쉽없이 따라온 아이들 꿈 속에서 만나고 있지나 않은가 하는 이상한 마음에 사로 잡히었다.

손끝에 타고 오는 노루의 싸늘한 체온이 모질고 찬 얼음덩이 같은 차가운 고요와 함께 아이의 손끝을 아프게 했다. 아이는 문득 죽음은 고요다 싶었다. 산골짜기는 바람이 없었다. 어둠 속에서도 산을 덮은 눈은 환하게 빛을 내고 있었다.

아이는 아버지를 생각했다. 겨울이면 마을 뒤켠 보리밭으로 먹이를 찾아오는 것을 아는 아버지. 올해는 일주일 전부터 부산서 자가용 몰고 온 사냥꾼과 밤을 새워 네 마리의 노루를 잡은 아버지. 어젯밤도 사냥 온 사장이라는 사람들은 아버지의 지시에 따라 차를 산 밑까지 몰고 와 군데 군데 큰 플래시와 자동 조준기가 달린 라이플 엽총을 조준하고는 논두렁에 엎드려 있었을 것이다. 아버지는 산 밑 논두렁에 엎드려 있다가 노루가 보리를 뜯어 먹으려고 내려오는 것을 발견하고 플래시를 비추며,

"노루다!"
하고, 고함을 질렀을 것이다.[8]

### (2) 보편적 인물이어야 한다

소설의 등장인물은 개성이 아무리 뚜렷하다 하더라도, 그것이 누구에게나 수긍이 가는 인물이 아니어서는 안 된다. 만약 그렇지 못하면 그것은 비정상적인 인물이 아니면 작자가 억지로 만들어 붙인 존재 불가능한 인물일 것이다.

### (3) 전형적 인물이어야 한다

전형적 인물이란 그 인물을 담고 있는 집단을 대표할 수 있는 인물을 말한다. 구체적으로 말하면, 아동소설에 등장한 아동은 가정환경·성적·체격·성격 등 여러 면에서 그 아동과 동일 부류의 아동을 대표하는 어린이가 되어야 한다는 것이다.

이와 같이 등장인물이 갖추어야 할 조건을 요약하면 개성적 인물·보편적 인물·전형적 인물의 세 가지로 정리될 수 있다.

## 5) 문장 sentence

아동소설은 성인소설에 비하여 문장에 비교적 제한을 받는 편이다. 아동소설에 적합한 문장은 아동생활에 대한 깊은 관찰에서 얻어질 수 있다. 작가가 아동의 인격이 되어 사회나 환경, 인간을 생각하는 것이 무엇보다 중요한 문장기술의 요체가 된다.

한 센텐스의 문장이 그들이 즐기는 짧은 길이를 가졌으며, 그들이 이해

---

8 임신행, 「겨울 망개」, 『꽃불속에 울리는 방울소리』(서울: 문학세계사, 1980), 20~21쪽.

할 수 있는 어휘들로 이루어져 있는가? 지나치게 암시적인 것은 없는가? 아동들의 감정과 심리에 맞을 만큼 적당한 템포를 유지하고 있는가? 표준어를 쓰기에 최대의 노력을 했는가? 몇 가지의 사상을 한 몫에 담음으로써 너무 복잡한 구조를 가진 문장이 되지는 않았는가? 등 여러 가지 면에서 충분히 고려되어야 한다.

## 6) 회화 conversation

소설에서는 회화가 차지하는 비중이 매우 높다. 소설에 등장하는 인물은 설명적 성격 묘사만으로는 완전한 것이 될 수 없기 때문이다. 소설에서 회화가 발휘하는 기능은 다음과 같은 세 가지로 꼽을 수 있다.

### (1) 인물의 개성을 간접적으로 암시하는 것이어야 한다

설명이나 행동묘사만으로는 아무래도 나타낼 수 없는 성격을 회화는 표현할 수 있다.

> 아침상을 물리기가 바쁘게 한바탕 말싸움이 벌어졌다.
> "넌 방해만 돼."
> 형의 불만 섞인 핀잔이었다.
> "싫어 싫어, 난 갈 테야."
> 울상이 된 차돌이의 심통이다.
> "요댐에 데리고 갈게."
> "힝-싫어 싫어."
> "싫음 관둬."
> "나 못 감 형도 못 가."
> "그런 법 어딨어."
> "있어 있어."
> "정말 이러기야?"

"그래 그래 힝 힝."

형은 등산용 배낭을 주섬주섬 챙긴다. 방학을 맞이한 첫 일요일, 중학교 2학년인 형은 반 아이들과 몇이서 도봉산에 등산 가기로 약속을 한 것이었다.[9]

최인학의 「도봉산에 가는 날」 속에서 뽑은 일절이다. 이 회화를 통하여 형과 아우의 관계라든지 성격의 일단을 엿볼 수 있다. 회화를 통한 성격의 묘사는 설명보다도 훨씬 더 구체적이며 인상적인 효과를 발휘할 수 있다.

(2) 회화는 사건의 진행에 이바지할 수 있는 것이어야 한다

다 아는 사실을 사실 그대로 몇 번이고 중복하여 지루하게 늘어놓는다는 것은 어느 모로나 손해다. 특히 아동소설에서는 속도를 요하는 아동의 생리에 맞지 않는 소설이 될 가능성이 짙다.

(3) 회화는 시대·지역 등 사건이 일어나는 배경을 짐작케 하는 것이어야 한다

그러나 아동소설에서 그 시대의 유행어나 뒷골목의 천박한 비어 등을 그냥 지나치게 되는 대로 사용하는 것은 일단 고려해 볼 문제이다.

아동소설의 회화는 가급적 문장이 짧은 것이 좋다. 특히 말을 하는 인물이 아동일 때에는 더욱 이 점이 강조된다. 길고 논리적인 말은 어린이다운 회화가 될 수 없기 때문이다.

---

9 최인학, 「도봉산에 가는 날」, 『꿈꾸는 나무』(서울: 배영사, 1966), 198쪽.

## 7) 시점 point of view

시점이란 작가가 어떤 위치에서 이야기를 전개해 나가느냐 하는 관점과 같은 것이다. 시점은 1인칭 시점1인칭 관찰자 시점과 1인칭 주인공 시점 및 3인칭 시점주인공 관찰자 시점과 각자 전지적 시점으로 나눌 수 있으나 일원적 시점과 다원적 시점으로 대별할 수도 있다.

> 나는 내 눈에 눈물이 핑 돌고 이내 눈물이 쏟아져 내리는 걸 깨달았다. 그래서 비 쏟아지는 유리창 밖을 내다보는 체하고, 돌아서며 소매로 얼른 눈물을 훔쳤다.
> "걸레 인내, 내 좀 해 주게."
> 영순이는 소매를 건더니 내가 가진 걸레를 빼앗아 교실을 훔치고 있었다. 나는 말없이 영순이가 하는 대로 보고만 있었다.[10]

위의 작품에서 작가는 '나'라는 일개 인물을 통해서만 사건을 구성하며 이야기하고 있다. 이와 같이 시점을 옮기지 않고 일인의 등장인물에 고정시켜 놓고 있을 때 이것을 일원적 시점이라 한다. 이와는 달리, 이야기의 전개 도중 시점이 여러 곳으로 바뀌는 것을 다원적 시점이라 한다.

일원적 시점과 다원적 시점은 각기 장단점을 가지고 있으나, 소설의 우열은 시점에 의해서 좌우되지는 않는다. 다원적 시점으로 전개할 때에는 시점을 지나치게 자주 바꾸지 않는 것이 바람직하다.

다음에 사건의 내면 분석과 사건의 외적 분석에 의한 4대 시점에 의한 서술의 예를 들어둔다.

(1) 1인칭 서술 first person narration 의 예

그 무렵 나는 독감에 걸려 학교에 여러 날 가지 못했습니다.

---

10 이원수, 「오월의 노래」, 『한국아동문학전집』 5호(서울: 민중서관, 1962), 202쪽 참조.

몸이 회복되어 학교에 나가 보니까, 그 애의 자리, 즉 나의 옆자리가 비어 있지 않겠어요.

그 애는 내가 아프던 날부터 쭉 결석이라는 이야기였습니다.

그런데 더 이상한 것은, 아무도 그 애가 왜 안 나오는지 모르고 있다는 사실입니다. 선생님께서도 일절 그 애의 결석 이유에 대해서는 말씀을 하시지 않는 것이었어요.

나는 참 불만이었습니다. 그래서 '어쩜 저렇듯 무정한 선생님이 계신담!' 하고 혼자 마음속으로만 생각하고 있었지요.

그러나 나는 그 애에 대한 이야기를 누구에게도 물어볼 수가 없었습니다. 왜냐고요? 생각해 보셔요. 그 애와 나는 제일 친하지 않았습니까? 그런 내가 모르고 있는 이야기를 도대체 누가 알고 있겠습니까?

그러니 그걸 물어 본다는 것은 얼마나 우스운 일이겠습니까?[11]

## (2) 1인칭 관찰자 서술 first person observer narration 의 예

내가 두 번째로 정신을 차린 것은 화전 마을의 그 뜨끈뜨끈 군불을 지핀 오두막집 방안에서였다.

내가 눈을 뜨자 아버지가 달콤한 꿀물을 입가에 대 주셨고, 그것을 받아 먹고 조금 기운이 난 나는 제일 먼저 케리의 안부를 물어 보았다. 놈은 간밤에 피를 많이 흘렸기 때문에 나보다 더 기진맥진해 있을 것이었다.

"자, 케리 여기 있다."

아버지가 가리키는 방 한 구석을 보니 케리는 온몸에 머큐롬과 흰 고약을 덕지덕지 바르고, 자리 바닥에 배를 깔고 누운 채 말똥 말똥한 눈으로 나를 쳐다보고 있었다.

"케리!"

내가 힘없는 소리로 부르자 놈은 반가운 듯 짧은 꼬리를 설레설레 저었다.[12]

---

11 신지식, 「그애」, 『엄마의 비둘기』(서울: 계림출판사, 1979), 11~12쪽.
12 조대현, 「산울림」, 『난장이 마을의 전차』(서울, 예림당, 1980), 177~178쪽.

## (3) 작가 관찰자 시점 author observer narration 의 예

철홍이는 무언지 까닭 모를 안타까운 생각이 들었다. 자기의 이 안타까움은 누나도 몰라 주리란 생각이 들었다. 자기 자신도 무어라고 말로 밝힐 수 없는 안타까움이었다. 철홍의 두 눈에서는 눈물이 주르르 흘러 내린다. 물론 자기 자신도 까닭모를 눈물이다. 자기의 이 안타까운 마음은 누구에게도 말로서 밝힐 수 없다는 생각이 들었다.

철홍은 안타까운 생각을 이기지 못하여 방으로 들어 왔다. 그리하여 책상 앞에 앉아 보았다. 그러나 그 까닭 모를 눈물은 그래도 멎지 않고 흘러 내렸다. 그는 처음 책꽂이에서 국어책을 빼어 들었다. 그리하여 아무렇게나 펼쳐서 몇 줄 읽어 내렸다. 그러나 이내 책을 덮어 버렸다. 그는 아직도 눈물이 미처 마르지 않은 눈으로 또 다시 뜰 밖을 멍하니 바라보았다.[13]

## (4) 전지적 작가 서술 omniscient author narration 의 예

아주 더러운 얼룩 고양이 새끼였다. 골목 밖 쓰레기통 옆에 웅크리고 있었다. 아이가 허리께를 쥐어드니, 꼭 고만한 솜뭉텡이를 드는 것 같이 가뿐했다.

니야아아 하고, 무슨 먼 데서 들려오는 것 같은 소리로 울었다. 할딱이는 맥박만이 아이의 손을 통해 똑똑히 만져졌다. 아이는 이 고양이 새끼를 그냥 그 자리에 내려놓지 못했다. 기르리라 마음먹었다.

몸을 씻어 주었다. 아무리 씻어도 본시는 희었을 코빼기, 목덜미, 가슴패기, 사타구니, 그리고 네 다리가 그냥 거무칙칙한 잿빛대로다. 도무지 그밖에 까만털과 또렷한 구별이 서지 않는다.

어머니가 부엌에서 나오다 이걸 보고,

"얘야, 뭘 그까짓 걸 기른다고 야단이냐? 사람 먹을 양식두 아쉬운 판에……. 짐승 하나가 사람 한 입 당한다……."

그러나 아이는 크게 도리질을 하며,

"아냐, 나구 같이 먹구 나구 같이 잘테야."[14]

---

13 김동리, 「꿈같은 여름」, 『꿈같은 여름』(서울: 자유문화사, 1979), 39~40쪽.
14 황순원, 「골목안 아이」, 『고향의 봄』(서울: 아중문화사, 1971), 268쪽.

# 제6장 아동극론

## 1. 아동극의 의의와 분류

### 1) 아동극의 정의

아동극은 아동을 주체로 하여 상연되는 교육적인 연극과 희곡을 통틀어 일컫는 장르 이름이다. 아동극의 정의는 일반 예술에서 말하는 연극의 정의를 규명하면 더욱 뚜렷해진다.

연극은 보통 배우의 연기 · 무대장치 · 조명효과 따위를 통하여 관객 앞에서 희곡을 연출하는 종합예술이다. 그러므로 이 같은 내용과 형식을 가진 아동극도 연극과 희곡의 한 부분임에는 틀림이 없다.

연극은 그 양식이나 전통적인 방법에 의하여 분류하면 가극opera · 인형극 · 가면극 · 신파극 · 대사극 등 여러 가지로 나눌 수 있다. 그러나 아동극이란 명칭은 이런 것과 동위 또는 동류의 분류개념은 아니다. 그것은 아동소설이 소설의 한 장르이기는 하면서도 전쟁소설이나 역사소설 · 종교소설 등과 동위의 개념을 가지고 있지 않은 것과 같은 성격에서다. 곧 일반연극 · 희곡에 대한 아동극의 관계는 일반 문학에 대한 아동문학의 관계와 같은 것이다. 단지 양자를 구분할 수 있는 요건은, 그 주된 대상과 주체를 어디에 두고 있느냐 하는 문제에 귀착된다.

그러므로 아동극은 일반연극이 가지는 것과 동일한 속성과 내질을 가지고 있고, 또 있어야 되는 것이다.

## 2) 아동극의 분류[1]

아동극은 직업적이고 전문적인 본격 아동극 즉 아동극단극과 교육적인 장소와 기능 속에서 이루어지는 초등학교의 자립극自立劇 곧 학교극이라는 것으로, 또는 그 내용에 따라서 동화극로만극과 생활극사실극이라는 두 가지 장르로 크게 나눌 수 있다. 그러나 여러 가지 각도에서 일반연극에 준하는 성격을 가지고 있으므로, 여기서는 그 전모를 쉽사리 파악키 위하여 여러 가지 분류 기준을 망라하여 살펴보기로 한다.

### (1) 연기자에 의한 분류

① 전문연극 : 성인이 출연하여 아동에게 보이기 위한 연극.

　　　　　　아동이 출연하여 성인에게 보이기 위한 연극.

　　　　　　아동이 출연하여 아동에게 보이기 위한 연극.

② 소인연극素人演劇 : 아동이 자기들을 위하여 출연하는 데 의의를 가진 연극.

### (2) 아동연극사에 의한 분류

① 성극聖劇 : 주일학교보육학교 해방 전.

② 동화극동극 : 보육학교초등학교 해방 전.

③ 학교극 : 초등학교보육학교 해방 후.

---

1 氷井鱗太郎, 「아동극개관」, 『아동문학개론』(동경: 牧書店, 1963), 268~276쪽 참조.

④ 아동극 : 아동극단초등학교 전쟁 후.

### (3) 내용에 의한 분류

① 생활극 : 현실적인 아동의 일상생활을 내용으로 한 리얼리즘realism
   연극 · 사실극寫實劇 · 상황극狀況劇.
② 동화극 : 생활극과 대척적인 것으로, 공상의 세계를 내용으로 한 로
   만티시즘romanticism 연극.
③ 의인극가면극 · 인형극 : 인간의 모습을 빌린 생물 또는 무생물극.
④ 사극 : 전기극 · 문화사극 · 풍속극 등.
⑤ 민화극민담극 · 설화극 : 이 계열에 전설극 · 우화극 · 신화극 등.
⑥ 명작극각색극 : 국내의 명작을 드라마 형식으로 옮긴 극.
⑦ 번역극 : 다른 작품의 취향을 자기 생각으로 변형deform한 것.
⑧ 창작극오리지널 각본극 : 각색극이나 번역 · 번안극과 대비되는 극.
⑨ 작문극 : 작품을 그대로의 형태로 무대에서 연출하는 극. 각색하지
   않음.
⑩ 학습극 : 학습의 목적 달성을 위한 적용 연극 · 이과극理科劇 · 체육
   극 등.
⑪ 행사극 : 행사를 중심으로 그것을 살리기 위한 극.
⑫ 심리극반성극 · 성격극 : 생활을 극화 · 재현하여, 진행과 더불어 반성
   하고자 하는 아동심리를 응용한 극.

### (4) 형태에 의한 분류

① 대사극 : 보통의 극형식으로 생활극 · 사극이 여기에 속함.
② 음악극무용극 : 음악이나 무용이 중심이 된 극.

③ 가면극 : 얼굴을 가린 가면을 쓰므로, 가면이 성격을 표현. 성격극적 장점을 가짐.

④ 무언극默劇 · pantomime : 대사가 없는 극. 동작으로 사상 · 감정 · 심리를 표현하여 인생의 애환을 그려 내는 극형식.

⑤ 아동시극兒童詩劇 : 율문 또는 자유시에 의하여 쓰인 극형식.

⑥ 호창呼唱 · 집단낭창集團郎唱, sprech chor : 극적 시의 입체화에 의한 극.

⑦ 독백극mono drama : 한 사람의 독백에 의하여 인간의 행동 · 사상 · 심리상태를 추구하는 극형식.

⑧ 대화극 : 두 사람이 회화로서 진행시키는 극, 만담적 수법으로 동작이 없음.

⑨ 조합극粗合劇, 총괄적 연극; 總括的 演劇 · omnibus drama : 몇 개의 삽화를 한 개의 테마thema로서 연결하여, 개별의 것보다 강한 인상과 효과를 노린 형식.

⑩ 기록극documentary drama : 사실대로 조립된 극. 이 계보에 반半기록극 semi documentary drama이 있음.

⑪ 촌극寸劇, 소형극 · miniature drama : 짧으나 단막물의 조건을 완비한 것.

⑫ 즉흥극 : 즉석에서 줄거리를 꾸며 가는 극형식.

⑬ 광대놀이 : 연극놀이.

⑭ 집단극군집극 : 집단에 의한 야외극pageant.

⑮ 낭독극lese drama : 읽기 위한 희곡.


(5) 소재에 의한 분류

① 인형극 : 어린이가 출연하지 않고, 여러 가지 인형을 만들어 대본에 맞추어 움직이는 극.

② 가면조작극操作劇 : 가면을 손에 씌워 가면만 움직이는 극.

③ 즉물극卽物劇 : 시계 · 무 등 물건 자체를 등장시켜, 책상 위에서 손으로 조작하는 극.

④ 그림자극 : 손 그림자극. 미리 인형이나 조류의 모양을 만들어 그 그림자를 막에다 비추어 상연하는 극.

⑤ 그림극 · 환등극 · 영화극.

⑥ 연쇄극 : 인간 · 인형그림자 · 환등 또는 8mm영화 등의 결합에 의한 극.

⑦ 라디오 드라마radio drama · 텔레비젼 드라마television drama.


(6) 장소에 의한 분류

① 교실극 · 강당극.

② 가정극 · 무대극.

③ 원형극장극 : 원형무대에서 상영된 극.

④ 야외극 : 풀pool; 인공수영장을 무대로 하는 풀극. 해수욕장을 무대로 한 수중극水中劇이 포함됨.

⑤ 캠프파이어극campfire극 : 야영의 모닥불극 · 횃불극.

⑥ 탁상극 : 테이블을 무대삼아 연출하는 완구, 접은 종이, 오려낸 종이 인형극과 즉물극이 이에 속한다. 이상과 같이 관점이 서로 다른 분류에 따라 여러 가지 형태의 아동극을 볼 수 있다. 이런 여러 극들은 아동 자신이 그것을 연극함으로서 인식하기보다 하나의 놀이로 생각하고 있는 경우가 많다. 이와 같이 아동극의 여러 형태들은 제각기 장단점을 가지고 있으며, 일선교단에서 지도하는 교사들에 의해서 학습지도의 방편으로 널리 쓰인다.

## 2. 아동극의 사적史的 계보

### 1) 아동극의 출현과 그 성격

아동극의 발달은 일반연극과 밀접한 연관성을 가지고 있으며, 처음부터 독자성을 가진 것은 아니다. 다만 일반 성인연극보다 아동적이라는 제한성과 특수성만 지닐 뿐이다. 그러므로 독자적 아동극은 그 발생부터 연원淵源이 될 만한 획기적 계기를 고대에서 찾을 수는 없다.

연극사에서 본다면 18세기 고전극이 회화적이고 음악적인 로만극의 대두로 자취를 감춘 뒤, 북구 제국에서 로만극과 더불어 동화극이 매우 중요한 비중을 차지하게 된 것이 아동극의 첫 출발이었다고 할 수 있다.

동화는 시적인 몽환적 세계로서 때와 장소를 초월하고 모든 것이 영격화靈格化되어 신과 인간과 짐승이 한자리에 모여 앉게 되니, 이것을 내용으로 하는 아동극의 세력은 시대를 독차지하게 되고, 형식주의적 고전극은 메르헨Märchen의 세계로 옮아가게 된 것이다. 로만파의 동화극은 다음과 같은 세 가지 내질內質과 세 가지 요소가 내포되어 있었다.[2]

① 관념동화 : 괴테Goethe · 1749~1832의 동화, 노발리스Novalis · 1772~ 1801의 「지이스의 종제」從弟 · 「푸른 꽃」1802 등.
② 운명동화 : 원시적 자연공포에 뿌리를 둔 죄악 · 저주 · 숙명 등에 얽힌 우울한 상징동화, 티크Tisck · 1773~1853 · 호프만Hoffman · 1776~ 1882의 동화 등.
③ 순정동화 : 민중신앙에 뿌리를 둔 동심적 순수성과 천진난만한 밝음

---

2 주평, 「아동극의 이론」, 『학교극 사전』(서울: 교학사, 1961), 42쪽 참조.

을 가진 동화, 브렌타노Brentano · 1778~1842의 「고켈 · 힌켈 · 가켈 라이아」Gockel und Hnkiel und Gackeilea · 1838 등.

이상의 세 요소를 다시 내용적으로 분류하면 다음과 같이 된다.

① 초자연적 혹은 괴이한 것.
② 재래의 전통적인 동화.
③ 영국의 세익스피어Shakespeare · 1564~1616, 이탈리아의 고찌Gozzi · 1713~ 1786, 그리스의 아리스토파네스Aristophanés · c, 445~385 B.C., 덴마크 의 홀베르그Holberg · 1684~1754, 영국의 벤저민 존슨Benjamin Jonson. C. 1573~1637 등의 영향을 받은 동화 및 동화극.

이와 같이 로만극에서 여러 형태의 동화극이 상연되었다는 것은, 중세의 종교극에서 아동들을 출현시켰다는 단편적 사실과 더불어 아동극이 융성했음을 알 수 있는 좋은 자료라 할 것이다. 그러므로 이러한 동화극 곧 아동극의 출현은 '인간을 동화Märchen의 세계로 이끌어 들인 로만극'[3] 에 힘입은 바 매우 크다고 할 것이다.

근대극에서는 입센Henrik Ibsen · 1828~1906의 초기 작품 「페르 귄트」Peer Gynt와 메떼르링끄Maurice Maeterlinck · 1862~1949의 「파랑새」L'oicseau bleu · 1909, 스트린트베리August Strindberg · 1849~1912의 「관冠 쓴 새색시」1901 · 「백조 아가씨」Svarevit · 1902 · 「이브 가셈의 구두」1908 등이 아동극에 속한다고 할 것이다.

이로써 알 수 있는 바는, 아무래도 아동극의 본질이 동화극인 면에 중점을 두고, 발달해 나왔다는 사실이다. 그러므로 로만주의 동화극에서 우

---

3 위의 책, 42쪽 참조.

리는 아동극 발달의 가치와 그 본질의 한 모서리를 살펴야 될 것이다.

## 2) 우리나라의 아동극 소사小史

우리나라의 일반문학 가운데 희곡이 가장 부진한 것처럼, 혼미상태의 아동문학 중에서도 아동극은 그 역사가 가장 짧다. 삼국시대의 신라 화랑들이 산과 들에서 무예와 함께 즐긴 노래와 춤이나, 이조시대의 산대놀이 · 광대놀이 등을 미분화된 아동극의 모습이라고 볼 수는 있지만, 오늘날 상연되고 있는 아동극은 이런 것에서 발전됨으로써 생긴 것은 아니다. 우리나라의 아동극사는 이른바 신극의 상연에서부터 비롯된다.

즉 1909년, 국초 이인직이 원각사극장을 창설하고, 뒤이어 1910년의 '혁신당'임성구 조직, 1913년의 '유일단'윤백남 · 문수성 등이 조직, 1921년의 '극예술협회'유치진을 중심으로 한 동경 유학생들의 조직, 1922년의 '토월회'박승희 등이 조직 등의 신극 단체가 결성됨으로써 발달하기 시작한 성인극의 영향 아래 오늘날과 같은 형태의 아동극이 생겨난 것이라 볼 수 있다.

1920년을 전후하여 동가극童歌劇이 유행하게 되었으나, 1930년경부터는 이에서 발전한 동극이 출현하게 되었다. 그러나 해방 전에는 아동극 상연이 있었다 하더라도 대개 교회나 보육학교에서 크리스마스나 부활절의 기념행사로, 또는 실습으로 행해졌고, 줄거리도 성경의 「예수」Jesus · 「모세」Mose · 「요셉」Joseph · 「다윗」David 등 극히 한정된 성극聖劇 주제를 다루는 것이었다. 마치 중세 종교극의 비적극秘蹟劇 · 도덕극과 같은 형태의 것이었다. 그 이외의 성격을 가진 동극은 다만 문학작품으로서의 희곡에 머물러 버렸고, 그것조차도 수적으로 극히 보잘 것 없어 뚜렷하게 내세울 만한 것은 없었다. 그러나 해방 후에는 각종 기관에서 주최한 아동극 경연대회나 전문적인 아동극단의 출현 등 눈에 띨만한 상연 활동과,

몇몇 희곡작품이 잇달아 발표됨으로써 활기를 띠고 있음을 볼 수 있다.

우리나라 아동극사를 작품(희곡)과 그 상연을 통해서 훑어본다면, 다음과 같이 연대별로 개관할 수 있다.


1923년 : 방정환의 「노래 주머니」 혹 뗀 이야기의 소재, 신고송의 「요술모자」, 마해송의 「장님과 코끼리」, 정인섭의 「맹꽁이」 등이 『어린이』지에 발표됨.

1925년 : 윤석중의 동극 「올빼미눈」(『동아일보』 현상당선작)이 중앙보육학원에 의하여 최초로 공회당에서 상연됨.

　　　　 '다알리아회'의 창립공연으로 윤극영 작곡 · 박팔양 작사 「여름 파랑새를 찾아서」라는 동요극이 내청각現 KBS에서 상연됨.

1927년 : 유인탁이 번안 각색한 「콩이 삶아질 때까지」보오카아 원작가 경성보육학원에 의해서 조선극장仁寺洞에서 상연됨.

1929년 : 정인섭의 「허수아비」가 경성보육학원에 의해 상연됨.

1931년 : 연성흠의 「사자와 호랑이」, 정인섭의 「체기통」, 최경화의 「모기와 거미」 등이 『어린이』지에 발표됨.

1936년 : 박흥민이 방송동극을 창작 연출함.

1937년 : 모기윤의 동극 「꽃 피어라」가 『중앙일보』에 발표됨.

　　　　 김진수의 방송동극 「산타클로스」· 「세발자전거」· 「진달래꽃이 피는 동네의 아이들」 등이 발표됨.

　　　　 홍은표 중심창작 · 연출의 동극단 '백양회' · '매향 동극회' · '서울 동극회'1937~1942가 창립되어 활동하기 시작함.

　　　　 홍은표의 「잃어버린 인형」· 「쌍무지개」· 「돌다리」· 「순자와 인형」 등이 발표됨.

1938년 : 김송의 동극 「은촛새」가 『소년』지에 발표됨.

1939년 : 홍은표의 동극 「아이들의 사철」·「눈보라」·「비오는 항구」·
「새봄」·「열세 동무」·「낡은 피아노」 등이 발표됨.

1940년 : 이주훈의 동극 「새길」이 입선함경성 중앙방송국 현상문예.

1945년 : 해방 직후 아동예술 연구단체 '호동원'아동극단: 호동이 김영일·
최병화·연성흠에 의하여 조직됨.

1946년 : 유호의 방송아동극 「똘똘이의 모험」 등이 서울 중앙방송국에
서 발표되기 시작함.

1949년 : 방기환에 의해 최초의 동극집 『손목 잡고』가 출판됨.

1951년 : 최태호의 「걸레」4학년 국어와 강소천의 「꽃과 나비」5학년 국어,
방기환의 「봄이 오면」6학년 국어 등의 아동극이 처음으로 국
정교과서에 수록됨.
안수길의 아동극 「꽃과 나비」·「구두 닦는 우등생」 등이 발
표됨.

1952년 : 김진수의 아동극 「바람을 잡아먹는 아이들」학원이 발표됨.

1953년 : 최요안의 방송아동극 「바람 부는 언덕」이 발표됨.

1954년 : 주평의 「토끼전」경상남도 공보과 주최 학생극 현상모집이 입선함.
홍은표의 동극집 『찢어진 우산』이 출간됨.

1955년 : 한낙원·주태익이 방송아동극을 발표하기 시작함.
김진수의 「까마귀는 까마귀」아동세계·「이 몸 조국에 바치리」
학원 등의 아동극이 발표됨.

1956년 : 전남일보사 주최 '호남 어린이 연극 경연대회'가 개최됨이 때
부터 5회에 걸쳐 약 30개교가 참가함.

1957년 : 주평의 「토끼 이야기」가 3학년 음악교과서에 수록됨.
주평·금수현·이수열 공저 『학생극집』이 출간됨.

1958년 : 홍은표의 동극집 『달나라 옥토끼』와 주평의 동극집 『파랑새

의 죽음』 및 김진수의 아동극집 『뒷골목 예수』가 각각 출간됨.

금수현의 「흥부와 놀부」가 4학년 교과서에 수록됨.

한낙원이 어린이 과학방송극을 발표하기 시작함.

주평의 장편 희곡 「한풍 지대」서울신문, 국립극장 공동 주최가 입
선됨.

1959년 : 금수현의 「낮과 밤」이 2학년 음악교과서에 수록됨.

주평의 동극집 『숲속의 꽃신』이 출간됨.

주평의 동극 16편이 『도덕과 교사용 지도서』단원 각색에 실림.

1월, 희곡 「흑백」으로 주평이 『현대문학』지 추천 완료.

1960년 : 교육주보사 주최 전국아동극경연대회가 열림19개교가 참가함.

주평의 『아동극집』이 출간됨.

1961년 : 한국아동극협회가 결성됨於 서울 한국회관, 4월 4일.

① 회장 조풍연, 부회장 금수현 · 송은섭, 간사장 주평.

② 1960년 교육주보사 주최 전국아동극 경연대회를 계승 실
시함.

③ 아동극협회 기관지 『아동극』 발행 및 연례강습회 · 강연
회를 개최함.

유치진 주관 아래 '한국연극연구소'에서 아동극이 공연됨.

주평 · 어효선 · 홍문구 등에 의해 최초의 아동극 이론서인 『학
교극 사전』이 출간됨.

서울 아동극연구회 편의 『세계아동극선집』이 출간됨.

최초의 아동극단인 '새들'이 주평에 의해 창립됨.

주평의 『교과서에 따른 아동극집』이 출간됨.

1962년 : 장수철의 동극집 『아름다운 약속』이 출간됨.

1963년 : 이석현 편 『가톨릭 극집』과 주평 저 『나비를 따라간 소년』이

출간됨.

김영수의 아동극이 KBS, JBS를 통하여 발표됨.

10월과 이듬해 12월의 두 차례에 걸쳐 아동극단 '새들'<sup>주평 주</sup>이 일본에 건너가 교포 위안 공연을 가짐.

1964년 : 드라마 센터 '어린이극회'에서 유치진의 「까치의 죽음」<sup>1950년</sup>작이 상연됨.

주평의 『아동극집』이 출간됨.

1965년 : 유치진의 「날이 궂으면 청개구리는 왜 우는가?」가 역시 '어린이극회'에서 상연됨. 11월, 아동극단 '새들' 3차 도일 공연.

주평 아동극집 『날라리 아저씨』가 출간됨.

이와 같이 우리나라의 아동극은 그 발전도정이 일관된 계획이나 뚜렷한 의도에서 이루어지지 못하고 간헐적인 작품의 발표나 상연에 머무르고 있다가, 1960년 이후 비로소 어느 정도 계획성 있는 궤도를 달리게 된 것이다.


## 3. 아동극 작법

아동문학에서 아동극이라 하면 아동극작가의 집필로 문학화된 희곡이나 각본을 말한다.[4]

> 희곡은 영어로 drama 또는 dramatic poetry라고도 하는데, 보기에 따라서는 서사시와 서정시를 합친 것이라고 할 수 있다. 서사시는 과거를 취급하고 서정시는 현재를 취급하는 것이지만, 희곡은 과거를 현재로

---

4 이원수, 「아동문학입문」, 『교육자료』 102호, 102쪽, 214쪽 참조.

하여 우리의 눈앞에 보여 주는 것이기 때문이다. 희곡의 사건은 서사시
적 기초 위에 있다. 여기에 희곡의 객관성이 있다. 그러나 희곡 속에 그
려지는 가지가지 인물(characters)은 모두 자기의 주관을 토로하기 때문
에 여기에 희곡의 주관성이 있다. 이리하여 희곡은 주관 겸 객관의 시
라고 할 수가 있다. 또 전체가 서정시적 부분으로 만들어진 일종의 서
정시라고 할 수도 있다.[5]

그러나 희곡은 그것이 문자화된 상태에 머물지 않고 상연까지 되는 경
우에도 그 자체가 문학의 범주를 벗어나는 것은 아니다. 그렇지만 그것이
읽는 경우로 그치는 것이 아니라, 시간적·공간적 제한을 가진 상연을 전
제로 하는 까닭에, 다른 문학 장르와는 다른 여러 가지 제약을 받게 된다.
즉 아리스토텔레스가 "극시연극는 행동의 모방"[6]이라고 한 바와 같이 희
곡은 행동을 그리는 예술, 즉 연극을 위한 설계도로서의 의의를 동시에 갖
추어야 하기 때문에 '연극을 떠나서는 성립될 수가 없다.'[7] 특히 아동극에
서는 상연을 위한 조건 밖에도 아동문학 본래의 사명과 그 본질에 의거해
서 일반 성인극과는 다른 여러 가지의 제약을 받는다. 여기에서는 아동극
각본이 갖추어야 할 조건과 함께 그 방법을 말해 보기로 한다.

### 1) 주제의 형성과 방향[8]

각본을 쓰기 위해서는 먼저 쓰고자 하는 아이디어가 필요하다. 이러한
아이디어는 아동생활 및 그 주변에서 일어난 일, 아동의 관심사, 아동에
게 교육해야 될 것 등이 포함되어 있다. 아이디어착상의 힌트는 여러 가지
방면에서 얻어진다. 스토리에서, 무드mood에서, 테마에서, 인물에서 등

---

5 本間久雄, 『문학개론』(동경: 東京堂, 1960), 277~278쪽 참조.
6 Aristoteles, 松浦嘉一 역, 『시학』(동경: 岩波書店, 1959), 59~60쪽.
7 박목월·김춘수·정한모·문덕수 공저, 『문학개론』(서울: 청운출판사, 1964), 154쪽.
8 阿貫良一, 「아동극작법」, 『아동문학の書き方』(동경: 아동문예가협회, 1956), 131~
   144쪽.

가지각색이다.

테마는 모티브motive를 구체화한 것으로, 이야기하려는 목적, 곧 작자가 제기한 문제이다. 곧 그 작품의 정수essence요, 전체의 취지라 할 것이다. 의욕이 과잉되어 있고 수법이 따라오지 못하면 종종 테마가 힘에 겨워 실패하고 말뿐만 아니라, 관객에게 억지 강매를 할 위험까지 따른다.

그러므로 주제가 너무 목적의식에 치우쳐도 곤란하다. 자기가 표현하고자 하는 방향과 목표는 명백히 해 두어야 되지만, 논문처럼 노골화되어서는 안 된다. 테마라는 추상적인 것은 살아 있는 생활 속에서劇中에서만 의미를 가진다.

너무 거대한 테마는 피하고, 자기 역량에 맞는 것을 선택해야 한다. 또 주제는 독창적인 것을 요구하지만, 지나친 참신을 노리면 아동극에서는 특히 아동관중에게 이해되기 어렵다. 그러므로 잘 알고 있는 익숙한 것 속에서 발견해야 될 것이다.

아동극은 성장 중에 있는 아동에게 주기 때문에, 되도록 건강하면서도 건설적인 주제로 새로운 생활의 지혜라든가, 불행의 극복이라든가, 미신과 인습을 타파한 좋은 인간관계 등, 미래의 사회건설의 일꾼인 아동에게 회방과 용기를 줄 수 있는 것이라야 한다.

아동극이 성인극에 비해 가장 크게 제약받는 점은 바로 주제라 할 것이다.

## 2) 구성

### (1) 구성의 문제점

주제가 결정되면 그 다음에 오는 것은 구성이다. 여기서는 특히 아동의 연기능력 · 감상능력에 견딜 수 있는 지속시간저학년 10분, 중학년 40분 이내 · 무대조건(장치전환의 시간이나 비용 등) 따위의 제약을 고려해서 단막 · 다막多

幕 등을 정해야 한다. 또 한정된 시간 속에 극적 스토리와 흥미를 어떻게 지속시킬 것인가 등, 그 구성에는 면밀한 계산이 요구된다.

극화의 어려움, 한정된 사건을 현재형만으로 진행하는 어려움 등, 참으로 '흩어진 부분을 하나로 결합시켜, 사건을 다음에서 다음으로 논리적으로 전개하고, 낱낱의 진전에서 일전一轉, climax하여 여태까지 해 온 전부를 한 개의 보자기 속에 가지런하게 정돈하는 기술'9 곧 구성력의 획득이 필요하다.

### (2) 삼일치三一致와 명쾌성

플롯Plot의 유의점에 대해서는, 작극상의 법칙으로 그리스 시대의 아리스토텔레스가 설정한 삼일치의 법칙이 지금도 주목되는 작극상의 약속이다.

① 시간의 일치on one day : 극은 24시간 안에 일어난 사건을 취급해야 한다.
② 장소의 일치in one place : 극은 같은 장소에서 일어난 사건을 취급해야 한다.
③ 행위의 일치one act : 사건은 하나의 줄거리에 통일되어야 한다.

물론 이것이 현대극에 전적으로 적용되는 이야기는 아니다. 그러나 명쾌성을 필요로 하는 아동극에서는 아직도 유효한 법칙이다. 명쾌성은 연령적 제한 때문이지만, 복잡성을 피하는 것은 아동의 이해력, 한정된 상연시간, 무대조건의 제약 등 여러 조건을 고려 할 때 반드시 필요한 것이다.

특히 연극에서는 관객을 극에 동화시키기 위하여 통일이 중요하므로, 맥락 있는 진행방법이 요구된다.

---

9 위의 책, 133쪽.

(3) 극의 프로세스 *process*

① 발단 : 序說 · 예비설명적 도입부. 인물의 배경 · 과거소개 등 장래에 야기될 사건의 서두가 되는 부분이다.

② 발전 : 극 중의 사건이 서서히 융기되는 부분이다. 작품의 목적을 향한 진행이 이루어진다.

③ 고조 : 정점. 극 중의 사건이 클라이맥스에 도달하는 부분이다.

④ 해결 : 終末종말 · 대단원.

이러한 코오스*course*는 각각 분리된 것이 아니라, 개막에서 폐막까지 자연스러운 추이를 보이고 운행되며, 전체적 융합을 가진다. 플롯은 각자가 마련한 궤도이므로, 처음에 코오스를 닦아 놓은 뒤에는 너무 플롯에 대해서 신경을 쓰지 말고, 경치景致, 극의 내용에 대해서도 세심한 음미 · 감상을 해야 그 작위성이 노출되지 않는 것이다.

아동극의 프로세스에서 특히 주의해야 될 점은 시간적으로 소급해 올라가는 구성은 되도록 피하는 것이 좋다는 것이다.[10] 왜냐하면, 시간의식이 미분화된 아동은 물론이거니와, 완전히 분화된 아동에게도 성인극에서 종종 나타나는 회상이나 과거의 장면 등은 그들의 이해력에 미치지 못하는 수가 많기 때문이다.

3) 등장인물

(1) 모든 극은 그곳에 등장하는 인물에 의해서 모양 지어진다

극에 어떤 인물을 등장시킬 것인가는 동기와 테마를 생각할 때 그 윤곽

---

10 이원수, 「兒童文學入門」, 『教育資料』 111호, 247쪽 참조.

이 결정되지만, 실제로는 각본 집필 전에 이미 등장인물의 경우와 성격이 충분히 연구되어야 한다. 작품의 명쾌성도 인물이 조성하는 것이므로 작자는 인물의 성격부여에 있어서 지나침과 부족이 없어야 하며, 성격·상황을 분명히 이해하고 인상 짓도록 해야 한다. 그러기 위해서 초보자는 되도록 잘 아는 인물을 등장시켜야 된다.

그리고 이러한 모델*model*은 한 사람이 아니라, 여러 가지 인물에서 이미지를 집합시켜 창조해야 한다. 또한, 이 집합체는 어딘가에 살아 있을 듯한 친밀감을 줄 수 있어야 되는 것이다.

그러므로 아동극의 등장인물은 아동이 친근감을 가지고 이해할 수 있는 현실의 주인공이거나 의인화된 동물이라야 된다. 따라서 도시와 농촌 등 경험이 다른 아동에게는, 또 거기에 알맞고 선뜻 이해될미루어 짐작할 수 있는 인물을 가져와야 하는 것이다.


### (2) 인물의 성격은 극의 진전에 필요하고 극을 발전시키는 것이라야 한다

인간의 성격은 행동이 결정하고, 극은 성격에 의하여 좌우되기 때문이다. 인물이 결정되어야 사건이나 줄거리가 발전된다. 우선 중심인물을 그리고, 상대되는 버금 주인공이나 그밖에 그려야 될 인물 등의 성격과 경우[배경]가 완전히 뇌리에 소화된 뒤라야 각본은 쓰이는 것이다.

그 다음부터는 작자가 그 살아 있는 인물을 따라가면 된다. 만일 중도에서 인물의 의지에 따라 변경이 불가피하게 되고, 또 이것으로 해서 테마나 플롯을 변경해야 된다면, 작자의 설계도에는 어딘가 잘못이 있는 것이다.

그럴 때에는, 만들어 놓은 인물이 이미 살아 있으므로, 그대로 따라갈 수밖에 없는 것이다.

### (3) 전형적인 인물은 유형적인 인물 속에서 발견 · 묘사되어야 한다

실제성과 상징성을 가지고 있는 전형을 그리되, 진부하고 유사한 인물은 그리지 말라는 말이 있다. 이 경우, 전형적인 인물은 이상적 인물만을 가리키는 것이 아니고, 평범한 가운데 특징이 살아 있는 인물이라야 될 것이다.

특히 아동극에서는 이러한 해석이 더욱 필요하다. 평범한 인간 속에는 공통적인 인간 일반의 문제가 숨어 있어 보편적인 문제를 담을 수 있기 때문이다.

### (4) 작중의 특정인물을 작가가 감상적으로 편애하거나 지나치게 증오하지 말아야 한다

작자는 냉정한 제3자적 입장에서 정확히 인물을 그려야 한다. 어느 편으로 치우쳐도 인물은 몰개성적인 것이 되기 쉽다. 아동극에서는 대개 등장인물의 선악이 지나치게 확연히 구분되어 버리기 때문에, 너무 이상적으로 그리거나 너무 악하게 그리다가는 실제성이 없는 인물이 되기 마련인 것이다.

작자는 언제나 공평한 안목으로 등장인물을 그려야 된다. 그러기 위해서는 되도록 많은 인원이 등장하도록 하는 것이 좋고, 또 그렇게 함으로써 사회적인 연관이 있는 집단 속의 아동을 그릴 수 있는 것이다.

그러나 등장인물의 수를 많게 할 때에는 공연상의 어려운 점을 동시에 고려해야 할 것은 물론이다.

### 4) 극중의 회화 dialogue

모든 극은 등장인물에 의해서 진행되고, 또 그 인물은 회화會話에 의해서 극을 진전시킨다. 회화를 읽으면 그 작품의 우열을 평가할 수 있을 정도로 회화의 성격은 작품 전체에 절대적인 영향력을 가진다. 살아 있는 회화란 선명하고도 내용을 잘 살린, 불필요한 요소가 없는 회화를 말한다.

상연시간에 제한을 받기 때문에, 일상회화는 압축해서 표현되어야 한다. 이러한 스피드speed를 위한 회화야말로 극에 생명을 불어 넣을 수 있는 것이다. 그러므로 작자는 자기가 선택한 회화에 지나친 애착을 느껴서 대담한 컷cut을 꺼리는 일이 있어서는 안 된다. 특히 아동극에서는 아동이 할 수 있는 말을 써야 하며, 요설체의 구질구질하고 설명적이고 생기 없는 회화를 덜어내야만 그곳에 정돈된 희곡과 성공의 첩경이 발견되는 것이다.

또 하나 중요한 사실은, 회화가 동작에 의해서 뒷받침된다는 것이다. 동작과 일치하지 않는 회화는 어색할 뿐만 아니라, 극 전체의 박력을 감소시키는 요인이 될 수도 있다.

그러므로 회화는 되도록 압축된 표현과 동작을 뒷받침하는 것이라야 된다.

5) 기타 극작상의 유의점11

① 개막 : 목적지에 안내하는 출발점이므로, 미지의 행선지에 대해 기대와 흥미를 갖도록 해야 한다. 1막일 때에는 곧 핵심에 들어가기 때문에 그 연극의 주안점을 소개해야 한다.

② 폐막 : 폐막은 행선지에 도착한 종착역이므로, 시행의 목적을 감동적이며 암시적인 최후의 대사이 경우 period로 분명하게 표현해야 한다.

③ 분위기mood : 연극에서 '분위기 아동극'이 있듯, 무대장치에서 무드 조성은 중요하다. 장소 · 계절 · 시간 등은 어떻게 할 것인가가 연구

---

11 阿貴良一, 앞의 책, 142쪽 참조.

되어야 한다.

④ 음악 : 아동극에서는 음악이 즐거운 분위기를 만들고 극 자체의 진
행에 비상한 도움을 준다. 아동극은 음악곡과 노래을 잘 이용해서 작
극하면 템포tempo · 속도감도 있게 되고, 극 전체가 상쾌한 리듬rhythm
을 가질 수 있다.

## 6) 동화의 극화

대부분의 아동극은 처음부터 희곡으로 쓰인 것을 상연하는 것이 보통
이지만, 각본의 부족으로 동화를 그대로 상연하는 동화극도 있으므로, 동
화의 극화에 대한 언급이 필요할 것 같다.

작가가 동화를 희곡화할 때에는 그 바탕이 되는 원작 동화의 선택에 먼
저 치밀한 연구를 거쳐야 한다.

① 되도록 액션action이 풍부한 것.
② 되도록 정서활동에 이바지하는 것.
③ 사건이 아동에서 친밀해서 취급하기에 편리한 것.
④ 화중話中의 일관되는 정신이 아동의 심적 파악에 용이한 것.
⑤ 아동이 극화를 열심히 희구하는 것.
⑥ 되도록 인물이 많이 나오는 것.[12]

이러한 동화를 선택했다고 하더라도, 동화를 극화하는 데는 다음과 같
은 두 가지 어려움이 있다.[13]

---

12 松村武雄, 『童話及兒童の硏硏』(동경: 培風舘, 1922), 62쪽.
13 위의 책, 69~70쪽.

① 동화를 참되고 시적으로 만들고 있는 아름다운 묘사가 대사로 적당하지 못하여 생략되는 수가 있는데, 이 결과, 극 자체가 저속한 방향으로 흐를 위험성을 가지고 있다.

② 동화에 있어서의 사건의 순서가, 희곡화에 의해 배열이 흐트러질 우려가 있다.

위의 난점을 타개하고 동화를 극화하려면, 희곡 창작에 못지 않은 기술과 준비가 필요하다.

### (1) 원작의 주제에 충실해야 한다

동화에서 희곡으로 장르는 완전히 바뀌는 것이지만, 어디까지나 각색이기 때문에 원작의 주제나 원작자의 의도를 손상해서는 안 된다. 여기서 원작이라고 하는 것은 작가의 명확한 창작품을 말하는 것이다. 민담이나 전설 따위는 그 스토리에만 유의하여 희곡화함으로써 주제가 바뀌는 일이 있더라도 큰 문제가 생기지 않으나, 창작품에서는 원작자의 의도를 완전히 벗어난 각색이란 있을 수 없다는 것이다.

원작에 충실한 각색을 하려면 원작을 바로 볼 수 있어야 한다. 한 편의 동화를 각색하는 경우라도, 각색하는 사람이 원작을 어떻게 보느냐는 관점에 따라 각색의 결과로 나타나는 작품의 성격은 엄청나게 달라지는 것이다. 그러므로 각색에는 먼저 원작을 정확하게 보는 눈이 필요하다.

### (2) 원작에 대한 구체적인 지식이 필요하다

원작에 그려진 장면이나 내용은 각색하는 사람의 구체적 지식에 의하여 완전히 소화되어 있어야 한다.

가령 중국의 그 어떤 민화를 각색한다고 하면, 그 시대의 중국인의 가정생활이나 예의·풍속을 모르고는 쓸 수 없고, 지리적으로는 그 당시의 풍토를 모르면 안 될 것이며, 그 당시의 정치 형태·시민의 생활 등등 조사하지 않으면 안 될 일이 산더미처럼 많을 것이다.[14]

그러므로 각색이 무게가 있도록 하려면 각색하는 내용에 대한 구체적 지식이 갖추어져 있어야 되는 것이다.

### (3) 동화의 구성을 희곡의 구조로 개작해야 된다

동화의 줄거리를 희곡의 기·승·전·결에 어떻게 맞추어 나갈 것인가가 문제된다. 그러므로 원작의 줄거리를 처음부터 끝까지 분석하여 기·승·전·결에 해당하는 부분으로 나누어 보아야 한다.

물론, 기계적으로 자연히 구분지어야 한다는 것은 아니지만, 이러한 작업은 완전한 극화 내지는 극적 효과를 위해서 반드시 필요한 것이다.

### (4) 각색할 때에는 인물의 수를 필요에 따라 늘이고 줄일 수 있다

문장에서는 설명하여 넘어갈 수 있는 인물이라도 각본에서는 생김새나 차림을 갖추어 등장시켜야 할 경우도 있고, 또 극의 템포나 상연시간, 또는 기타의 효과를 위하여 생략해 버리는 수도 있기 때문이다.

다음에 참고로 생활극과 동화극을 각기 한 편씩 예로 들어 준다.

---

14 주평, 앞의 책, 65~69쪽 참조.

<생활극의 예>

# 서 울 서  온  편 지

金永壽(김영수) 작

□ 나오는 사람들

> 금동이
> 소희(2장에는 등장하지 않음)
> 돌이
> 준이
> 석이
> 엄마
> 우체부 아저씨(2장에는 등장하지 않음)
> 할아버지(2장에는 등장하지 않음)
> 누나

때 : 이즈음
곳 : 어떤 시골

## 제 2 장

방 안, 금동이 홑이불을 덮고 누워 있다. 누나, 물수건을 대야에서 건져 서 짜고 있다. 어머니는 금동이의 다리를 물수건으로 찜질하고 있다. 누 나, 물수건 짠 것을 말없이 엄마에게 준다. 엄마, 딸이 내어 주는 물수건을 받아서 금동이의 다리에 감겨 있는 물수건과 바꾸어 새것을 금동이의 다리에 감고 가만가만 누른다.


금동이 : 아야얏 아얏.

누　　나 : 얘길 해. 어떻게 아퍼? (발목을 만지며) 여기가 시큰거려?

금동이 : (놀래어) 아얏.

엄　　마 : 아, 시큰거리겠지, 삐었는데 시큰거리지 않겠니?

누　　나 : 그러니까 침을 맞으란 말야.

금동이 : (버럭) 싫어. 침 안 맞어. (상반신을 흔들며) 안 맞어, 안 맞어.

누　　나 : 어머머! 얘가 정말 왜 이럴까, 어린애같이.

금동이 : (울며) 싫어, 침 안 맞는단 말야.

엄　　마 : 아, 침 얘긴 왜 허니, 쓸데 없는 소릴.

누　　나 : 그럼 더운데 방 속에 이렇게 뉘 있어? 아퍼두 잠깐 참는 게 낫지.

엄　　마 : 글쎄 금동인 침 안 맞어요. 어서 넌 가서 네 헐 거나 해라. 숙제 없니?

누　　나 : (일어서며) 있어요.

엄　　마 : 그럼 어서 가서 숙제나 해요.

누　　나 : 그까짓 침이 뭐 아프담. 따끔할 때 뿐이래니간. 사내 녀석이 그까짓 걸 못참어. (방문을 열고 나간다)

금동이 : (울며) 흑, 싫어. 싫어. 난 침 안 맞어. 안 맞어.

엄　　마 : (달래며) 아, 누가 너더러 침을 맞으라구 해서 걱정이냐? 침 안 놓는대니간.

금동이 : 흥, 안 맞어. 안 맞어 싫어.

엄　　마 : 글쎄 알었어요, 알었어. 침 안 놔요.

금동이 : 그럼 아버지 어디 가셨어? 침쟁이 부르러 갔지? 내가 모를 줄

알구 뭐. 박주부 부르러 갔지 뭐.

엄　마 : (나무라듯) 누가 그러든? 아버지가 침쟁이 부르러 가셨다구. 아
　　　　버진 밭에 나가셨다니까. 얼토당토않게 침쟁인 웬.

금동이 : 아냐, 아냐, 거짓말야. 나두 다 알어. 아버지 침쟁이 부르러 가
　　　　셨지 뭐. 힝…… (울며) 내가 모를 줄 알구, 힝…… 나두 다 알
　　　　어. 아버지 침쟁이 부르러 가셨어. 힝…… 힝…….

엄　마 : 아버진 밭에 나가셨다니깐. 침쟁이 불러 오셔두 내가 놓지 못
　　　　하게 험 되지 않니.

금동이 : 힝…… 힝…… 아버지 밭에 안 나가셨어. 침쟁이 부르러 가셨
　　　　어. 나두 다 알어. 내가 뭐 모를 줄 알어? 힝…… 힝…… 아까
　　　　엄마허구 밖에서 가만가만 얘기하는 소리 나두 다 들었어.

엄　마 : 호호…… 아니 아까 엄마가 밖에서 아버지허구 뭐라구 가만가
　　　　만 얘길 했어?

금동이 : 힝…… 나두 다 들었어. 아버지가 그랬지 뭐야. 침을 맞히자구.

엄　마 : 호호, 아 그건 저번부터 아버지가 그러시던 소리 아냐?

금동이 : 그러니까 엄마가 그랬지 뭐야. 얼른 가서 침쟁이를 불러 오라구.

엄　마 : 엄마가?

금동이 : 안 그랬어? 엄마가. 내가 못 들은 줄 알구. 나두 자는 척허구 다
　　　　들었어.

엄　마 : (부드럽게) 호호…… 그럼 아마 아버지가 정말 침쟁이를 부르
　　　　러 가셨나 보구나. 그렇지만 엄마두 예전에 허리를 삐었을 때
　　　　침을 맞아 봤지만, 맞을 때만 잠깐 따끔허지 아무렇지도 않다.
　　　　고때 뿐이야. 고때만 참음 되는 거야.

금동이 : 히힝 싫어, 싫어. 나 침 안 맞어. (몸을 뒤흔든다)

엄　마 : 아, 얘가 왜 이럴까. 얌전히 뉘 있지 않구.

금동이 : 히잉…… 히잉…….

엄  마 : 그럼 다리 삔 것이 얼른 안 나아요. 가만히 뉘 있어야 부기가
　　　　 빠지구 얼른 낫게 되는 거예요.

금동이 : 힝…… 힝…….


이때 밖에서


돌  이 : 금동아.

준  이 : 금동아.

석  이 : 금동아.

엄  마 : 저 봐라. 너두 얼른 나아서 쟤들같이 뛰어다니며 놀믄 좀 좋으
　　　　 냐? 들어 온! 다들 들어와!


방문 열리고, 돌이, 준이, 석이 들어온다. 손에 잠자리 잡는 망사들을 들고.


엄  마 : 호호호 짱아들 잡았니.

아이들 : 예.

엄  마 : 높은 덴 올라가지들 말아.

돌  이 : 안 올라가요.

석  이 : 우린 높은 덴 안 올라가기루 했어요.

준  이 : 아까 너 자꾸 우루 올라가지 않았어?

석  이 : 아까 언제?

준  이 : 아까 말야. 짱아가 높은 데루 가니까 넌 자꾸 짱아가 가는 데루
　　　　 산꼭대기루 올라가지 않았어? 그래서 내가 더 올라가지 말라
　　　　 구 안 그랬어?

석　이 : 그래서 안 올라갔지 뭐야.

엄　마 : 호호, 높은 덴 올라가지 말아. 짱아 잡는 데만 정신이 팔려서 발을 헛디디면 산비탈에서 아래루 굴러 떨어져요. 우리 금동이두 그래서 이렇게 발목을 삐지 않았니? 큰일나지. 높은 덴 올라가지들 말아.

아이들 : 예.

엄　마 : 그럼, 앉아서 얘기들 허구 놀아라. 미숫가루 타다 줄께. (일어난다)

아이들 : 예.

엄　마 : 호호, 학교서 선생님이 금동이 왜 학교에 안 오느냐구 허시지?

아이들 : 예.

엄　마 : 그래, 다리를 삐어서 못 와요 허구 말씀드렸니?

아이들 : 예.

엄　마 : 호호, 잘했다. 그렇지만, 우리 금동이두 며칠 있음 너희들허구 같이 학교에 가게 된다. 선생님헌테두 그렇게 말씀드려라. (하고 나간다)

돌　이 : (나직이) 금동아, 너 침맞으려구 그러니?

금동이 : 아니. 나 안 맞어.

돌　이 : 너의 할아버지 침쟁이 부르러 가셨는데두 안 맞어?

금동이 : (벌떡 일어나 앉으며) 정말?

돌　이 : 응. 정말야. (아이들에게) 그렇지?

석이 · 준이 : 으응.

돌　이 : 고개 넘어오다 우리 봤지?

아이들 : 응.

금동이 : 암만 그래두 난 침 안 맞어. 안 맞어.

석　이 : 그렇지만 아프지 않대. 잠깐 따끔허기만 허구. (준이에게) 그랬지?

준　이 : 응. 맞을 때만 잠깐 따끔허구 아무렇지두 않대.

금동이 : 누가 그래?

돌　이 : 아까 말야. 언덕 아래서 너의 할아버지허구 우체부 아저씨 얘기하는 소릴 들었어.

금동이 : (의아해서) 우체부 아저씨허구?

아이들 : 응.

돌　이 : 왜 너헌테 오는 편지 없었어? (아이들에게) 그렇지? 우리들이 아저씨헌테 물어 봤지? 금동이헌테 오는 편지 있어요 허구?

아이들 : 응, 물어 봤어.

금동이 : (서운해서) 오늘쯤 답장이 올 줄 알았는데…….

돌　이 : (위로하듯) 서울 가선 잊어버렸을 거야.

석　이 : 서울 올라가서 편지 곧 헌다구 허긴 했어.

준　이 : 말은 그럭허구 가긴 갔지만, 가선 잊어버렸을 거야.


금동이 서글퍼지며 홑이불 자락을 잡아당겨 얼굴을 덮는다.


돌　이 : 네가 속은 거야. 서울 아이들이 어떻게 거짓말 잘헌다구. 우리들이 바보였어. 서울 애헌테 우리들이 속은 거야. 여름방학에 놀지두 못허구. 우린 괜히 서울 아이 짱아 잡아 줬지?

석　이 : 글쎄 말야. 금동인 서울서 내려온 애 짱아 잡아 주다가 발목꺼정 삐구, 아이 이게 뭐람.

준　이 : 어쩜 편지할 것두 같은데……, 이상허지.

금동이 : (이불을 쓴 채로 버럭) 편지 안 해두 좋단 말야! 안 와두 좋아 !

아이들 의아해서 서로 얼굴을 바라본다.


준   이 : 어디가 아픈가? 아퍼서 편지 못 쓰는지두 모르잖어?

석   이 : 아픔, 아프다고 쓰면 되잖어?

준   이 : 에이! 아프다구 편지를 뭣하러 써.

돌   이 : 그런 편지두 쓰렴 쓸 수 있어. 인사 편진대 쓰면 어때?

준   이 : 에이! 그런 편지 뭐가 재미있다구 써.

금동이 : (이불을 젖히고) 골이 났나 봐…… 맞았어. 골이 나서 편지 안
         하는 거야. (회상하듯) 짱아만 잡아 주구, 호랑나비는 안 잡아
         줬거든. 짱아허구 호랑나비 표본 만드는 게 여름 방학 동안의
         그 애 숙제랬어. 그런데, 호랑나비는 내가 목이 삐어서 못 잡아
         줬거든. 그래서 내가 그 애 떠날 때 그랬거든. 호랑나비는 내가
         많이 잡아서 우리 아버지 어쩜 내달에 서울에 올라가실지두
         모르니까 그 때 아버지 편에 보내 주마구.

돌   이 : 내달…… ?

금동이 : 응.

돌   이 : 내달 언제?

금동이 : 내달이라구만 했어. 언제라군 말 안 허구…… 그렇지만 곧 보
         내 줘야 할 거야. 벌써 개학해서 여러 날 되거든.

돌   이 : 너 곧 보내 주마구 약속했니? 그 애허구…….

금동이 : 응……, 했어…….


(하략)

&lt;동화극의 예&gt;

# 풍 선  가 게  고 양 이

주평 作

□ 나오는 사람들

나나(언니 고양이)
라라(아우 고양이)
복실이
토끼(1)
토끼(2)
사슴
매

## 둘 째  장 면

&lt;무대&gt; 합창과 더불어 막이 열리면, 깊은 산속 옹달샘가이다. 몸에 풍선을 단 나나와 라라, 나무 밑에 죽은 듯이 쓰러져 있다.

&lt;합창&gt;
깊은 산속 나무 밑에
풍선 이슬 맺혔네
깊은 산속 옹달샘에
풍선 얼룩 어렸네

바람 타고 풍선 타고
달나라 가면
풍선 가게 고양이가
떨어졌다네.

합창이 끝나자 토끼(1), 춤을 추고 노래 부르며 나타난다.

<노래>
지난 밤 구슬비에
세수한 해님
빨간 연지 찍고
돋아 나셨네.

지난 밤 구슬비에
멱감은 풀들
초록 초록 물감에
함빡 젖었네.

토끼(1) : (하늘과 산 속을 삥 둘러보고) 아, 눈이 부시다……. 세수하고
　　　아침 먹어야지. (샘물 쪽으로 가려다가 바위틈에서 꿈틀거리
　　　고 있는 나라와 라라를 보고) 아이 저게 뭘까?
나　나 : (꿈틀거리며 끙끙 앓는 목소리로) 라라야.
토끼(1) : 어머, 꿈틀거린다…… (한 발 두 발 가까이 가 보고서) 어머, 호
　　　랑이 새끼야.
토끼(1) : (밖으로 도망을 치며 "얘얘 토끼야" 하고 소리친다)

나 　 나 : (겨우 몸을 일으켜 사방을 돌아보며 눈을 비빈다)

나 　 나 : (아니, 여기가 어딜까? …… (라라를 흔들며) 얘, 라라야, 정신 차려.

라 　 라 : (누운 채로) 누나, 나 다리가 찢어지는 것 같아.

나 　 나 : (라라의 다리를 살피다가) 어머나, 다리에서 피가…… (제 몸과 다리를 훑어 보다가) 어머, 나도…….


토끼(1), (2), 사뿐사뿐 나타난다. 나나, 토끼(1), (2)가 가까이 오는 기색을 듣고 그대로 누워 버린다.


토끼(1) : 어디? 어디?

토끼(2) : 저 저기, 밤나무 밑에 바위틈을 좀 봐, 틀림없이 호랑이 새끼야. 그리고 파랑, 빨강 이슬 방울도…….

토끼(2) : 아아니, 무슨 이슬 방울이 저렇게 클까?

토끼(1) : 그리고 빛깔이 있는 이슬 방울도 처음 봤지?

토끼(2) : 저건, 이슬 방울이 아냐.

토끼(1) : 누나, 호랑이 새끼가 어젯밤 비바람에 길을 잃었나 봐.

토끼(2) : 쉬이, (나나와 라라가 꿈틀거리며 앓는 소리를 하고 있는 것을 보고) 끙끙 앓고 있는 걸 보니까, 몹시 다쳤나 봐.

토끼(1) : 우리 한 번 불러 보자.

토끼(2) : 그래.


토끼(1), (2), "여보셔요, 여보셔요" 하고 부른다. 나나와 라라가 대답을 않으니까 서로 쳐다본다.


토끼(1) : (고양이들에게 가까이 가서) 말 못 하는 벙어리 호랑인가 봐.

나　나 : (살며시 일어나) 여기가 어디지?

토끼(1) : 여긴 도토리골이란 산 속이야.

토끼(2) : 그런데 너희들은 호랑이 새끼가 아니니?

나　나 : 아냐, 우린 고양이야.

토끼(1), (2) : (서로 쳐다보고) 고양이?

토끼(1) : 이런 산 속에는 고양이란 짐승이 없는데.

토끼(2) : 어째서 여기까지 왔니?

나　나 : 우리 라라하고 (풍선을 가리키며) 이 풍선을 타고 달나라 공주
　　　　 님 만나러 가다가 어젯밤 비에 그만 가라앉고 말았어.

토끼(1) : 달나라 공주.

나　나 : 응, 그래 하늘에서 떨어지는 바람에, 우리 라라와 난 이렇게 다
　　　　 리를 다쳤어.

토끼(1) : (나나와 라라의 다리를 살펴보고는) 어머, 둘이 다리에 피가 흐
　　　　 르고 있어.

토끼(2) : 참, 안됐구나. (토끼(1)을 보고) 빨리 가서, 사슴 의사님을 불러
　　　　 오자.

나　나 : 제발 부탁이야. 우린 하늘에서 떨어지는 바람에 밤새 까무러쳐,
　　　　 정신을 잃고 여기 누워 있었어. (파란 풍선을 하나씩 떼어 주
　　　　 며) 이 풍선을 주께.

토끼(1) : (풍선을 받아 들고) 정말, 이상한 이슬이야.

나　나 : 풍선이야.

토끼(1) : (혼잣말로 풍선을 만지며) 풍선 풍선……

토끼(2) : (풍선을 토끼(1)에 맡기고) 얘, 내 가서 사슴 아저씨를 불러 오께.

토끼(1) : 응, 빨리 갔다 와.

토끼(2)가 달음질쳐 사라지고 난 뒤, 라라 몸을 비비 틀며 정신이 든다.

라　라 : (손을 내저으며) 누나 누나.

나　나 : (라라를 일으키며) 이제 정신이 드니? 라라야, 산나라의 하얀 털 짐승이 사슴이란 의사를 모시러 갔어.

라　라 : (몸을 일으켜 토끼(1)을 보고) 아니, 저건 누구지?

토끼(1) : 난 토끼란다.

라　라 : 토끼?

토끼(1) : 응, 난 너의 누나에게 얘기 다 들었다…… 처음엔 호랑이 새끼 줄 알고 놀랐지만…….

사슴과 토끼(2) 달려온다.

사　슴 : 어디 어디.

토끼(2) : 여기여요.

사　슴 : (들어와 고양이를 바라보고 서서) 응, 영락없이 호랑이 새끼로 구나.

토끼(1) : 사슴 아저씨, 빨리 애들의 다리를 치료해 주세요.

사　슴 : 어디 보자. 오, 많이 다쳤구나. (라라의 다리를 만지며) 뼈가 상하지 않았는지 모르겠다.

라　라 : (고함을 내지르며) 아야, 아야.

사　슴 : 조금만 참아……. 응, 마침 뼈는 상하지 않았구나. 어디 넌? (나나의 다리를 만지며) 응, 넌 이놈보다 덜하군…… 어디 눈깜빡할 사이에 낫는 약을 발라 줄까? (품 속에서 풀잎을 꺼내어 제 뿔에다 한 번 스치고는, 나나의 다리에다 몇 번 스치며) 하나

둘 셋…… 어디 일어서 보아라.

라 　라 : 아, 아픔이 딱 멎었어.

나 　나 : 정말, 신기한 풀약이군요.

토끼(1) : 사슴 아저씨의 뿔은 신기한 약이란다.

토끼(2) : 고양아, 일어서 보아라.

나 　나 : (라라의 손을 잡으며) 라라야, 일어서 보자.


라라와 나나, 일어선다. 사슴, 자랑스러운 듯이 크게 웃는다.


나 　나 : 아, 씻은 듯이 나았어요.

라 　라 : 정말 그렇군요.

사 　슴 : 걸어 보아라.


라라와 나나, 걷기 시작한다. 토끼(1), (2) 손뼉을 치며 "우리 사슴 아저씨가 제일이야" 하고 기뻐한다.


나 　나 : 사슴 아저씨 고마워요.

라 　라 : (토끼들에게) 토끼야, 고마워. (빨강 풍선을 사슴에게 주며) 이거, 아저씨 약값 대신 드리겠어요.

사 　슴 : 그래? (풍선을 받아 들고) 이건, 뭐란 건데 이렇게 가볍고 아름다우냐?

라 　라 : 풍선이라고 해요. 우리 엄만, 이 풍선 장수여요.

사 　슴 : 그래?

토끼(1) : 고양아, 우리 집에 가서 아침 먹으면서, 마을나라의 재미있는 얘길 들려줘, 응?

나　나 : 그랬으면 좋겠지만, 우린 집으로 돌아가야 해. 우리 엄마가 여
　　　　간 기다리지 않을 거야.

라　라 : 우린 어젯밤, 엄마가 풍선 팔러 가시고 없는 새, 이 풍선을 타고
　　　　집을 떠났어.

토끼(2) : 하지만, 이렇게 우리에게 풍선을 다 주어 버리고 어떻게 되돌
　　　　아가려고 그러니?


나나와 라라, 큰 걱정이 생겼다는 듯이 서로 바라본다.


사　슴 : 그리고, 여기서 마을까지 여간 멀지 않은데.

나　나 : 큰일났네…… 풍선이 있더라도 이젠 탈 수 없는 걸. 어젯밤엔 다
　　　　행히도 이 산나라에 떨어져서 괜찮았지만, 가다가 바닷물 속
　　　　에나 잘못 떨어지면 우린 죽고 마는걸.

사　슴 : 좋은 수가 있다.

토끼(2) : 무슨 수여요.

사　슴 : 매에게 가서 사정하면 돼. 매란 놈은 힘센 날개를 가졌으니까, 이
　　　　고양이들을 수월하게 마을까지 날라다 줄 거야.

토끼(2) : 하지만, 매 아저씬 이 낯선 고양이를 보면 잡아먹을 걸요.

토끼(1) : 정말 그래

사　슴 : (무릎을 탁 치며) 옳지, 그러면 되겠군, 내가 가서 꾀어 올 테니
　　　　까, 너희들은 여기 있어.

나　나 : 사슴 아저씨 고마와요.


사슴, 풍선을 들고 노래하며 나간다.

사슴의 노래에 뒤이어, 토끼와 고양이들 즐겁게 노래 부르며 춤을 춘다.


<노래>
마을에서 온 고양이에게
빨간 풍선 얻었는데
누구 줄까 생각이 안 나
옳지 옳지 생각났다
매에게 주자
매야 어서 와서 풍선 가져라.


사슴의 노래에 뒤이어, 토끼와 고양이들 즐겁게 노래 부르며 춤을 춘다.


<노래>
머리에 뿔 돋은 사슴 할아버지
산 마을에서 제일 가는
멋쟁이 의사
머리에 돋은 뿔약 나무 가지
사리 살짝 스치면
다친 데 나아.


노래와 춤이 끝난 뒤, 토끼와 고양이들 서로 손목을 꼭 잡아 본다.


토끼(1) : 너희들 우리하고 여기서 살았으면 얼마나 좋을까.
토끼(2) : 우리하고 여기 살아.
나  나 : 하지만, 우린 가야 해.

사슴, 매를 데리고 들어온다. 매, 손에 빨강 풍선을 두 개 들고 있다.


토끼(1) : (매에게 달려가서) 매 아저씨, 부탁이어요.

매 : 글쎄.

사　슴 : 하늘을 나는 그 솜씨를 보여 줄 거야.

매 : (고양이를 훑어보며) 정말, 호랑이 새끼같이 생겼구나.

토끼(2) : 하지만, 호랑이가 아니어요. 고양이어요.

매 : 고양이?

토끼(1) : 매 아저씨, 저 고양이들이 이렇게 예쁜 풍선을 우리에게 선사
　　　　하지 않았어요?

매 : (풍선을 탐스레 만지며) 이건, 날개 돋은 이슬이야.

라　라 : 매 아저씨, 부탁이어요. 우리 엄마가 우릴 여간 기다리지 않을
　　　　거여요.

나　나 : 만일에 우릴 마을까지 데려다 주시면, 색색가지 풍선을 많이
　　　　드리겠어요.

매 : 그게 정말이냐?

나　나 : 그럼요.

매 : 그럼, 데려다 줄까. (으시대며) 너희들 둘쯤 차고 가는 거야 문제없어.

사　슴 : (빙그레 웃으며) 그렇고 말고.

토끼(1) : (고양이들에게) 매 아저씨 날개의 힘이 얼마나 세다고.

나　나 : 매 아저씨, 은혜는 잊지 않겠어요.

매 : 그럼, 너희들 손목을 이리 내놓아라.

나　나 : (매에게 손을 내밀며) 고마와요.

매 : 내가 한 번 잡기만 하면 천하 없어도 떨어지지 않으니까.

매, 풍선을 사슴에게 주고 고양이들의 손목을 잡는다.

나　나 : 토끼야, 잘있어.
라　라 : 사슴 아저씨 안녕히 계셔요.
토끼(1) : 고양아 잘 가.
사　슴 : 이 다음에 또 놀러 와.

매 (고양이의 손목을 잡고) 하나, 둘, 셋. 모두가 노래를 부를 때, 매와 고양이 손목을 맞잡고, 춤을 추면서 무대를 한 바퀴 돌고는 밖으로 사라진다. 토끼들과 사슴, 멀리를 바라보고 손을 흔든다.

<노래>
바람 타고 풍선 타고
오셨던 손님
매 아저씨 날개 타고
떠나 가시네
파란 풍선 빨간 풍선
두고 간 선물
나붓 나붓 가지에다
걸어 둘 테야.

(막이 내린다)

제 4 편

◆

북 한 아 동 문 학   연 구

# 북한아동문학 연구 —그 총체적 접근을 위한 시론[1]

## 1. 서론

북한아동문학에 관한 연구는 아주 최근의 일이다. 한국의 아동문학사가 본인에 의해 정리된 것이 고작해야 30년 전이요, 북한의 문학이 금단의 영역으로부터 풀려난 것이 1980년대 후반이라는 사실을 고려해 볼 때 어쩌면 당연한 일이라 여겨진다. 그러나 금기로부터 풀려났다고는 하지만, 일반 독자로서 그 자료들을 접하는 것이 아직은 자유로운 것이 아니어서, 자료난이 지금까지도 연구의 큰 장애 가운데 하나로 작용하고 있는 실정이다.

『세계아동문학사전』계몽사, 1989에서 본인이 해방 후 북한아동문학사를 정리하고자 하였으나 목적을 이루지 못하고, 다만 일본에서 나온 『아동문학사전』과 북한에서 나온 『문학예술사전』을 참고하여 갈래의 개념을 소개하는 데 그칠 수밖에 없었던 사실은 이러한 사정을 단적으로 보여

---

1 본고는 1998. 8 부산에서 실시한 한국아동문학인협회 주최 『'98여름 아동문학 세미나』에서 발표한 것을 개고한 것이다. 당시 발표 원고는 협회 기관지인 『한국아동문학』 15호(1998. 8. 1)에 게재되었다. 당시 원고와 본고의 차이는 별책으로 만들어졌던 작품 분석표와 자료를 대폭 본문에 수용하면서 내용 구조가 조정되었다.

주는 사례라고 할 수 있다.[2]

그 후 본격적인 북한아동문학의 소개는 1992년 한국아동문학인협회의 세미나에서 처음으로 이루어졌다. '북한의 문예정책'신현득, '아동시가' 김용희, '동화·동극'최창숙, '국어교과서'정춘자로 분야를 세분하여 고찰한 이 세미나는 북한아동문학의 대체적인 모습과 성격을 개괄해 보여주었는데, 이를 통해 우리는 분단 이후 심화된 이질성을 또 한번 확인할 수 있었다.[3]

동시에 북한문학을 연구하는 우리의 자세와 관련하여 몇 가지 짚고 넘어가야 할 점을 남기고 있기도 하다.

첫째는 연구의 객관성을 무엇보다 중요하게 여겨야 하겠다는 점이다. 객관성은 일차로 충실한 사실 기술에 바탕을 둠으로써 확보할 수 있는 것

2 본인은 이 사전에서 북한아동문학의 하위 갈래로 동시, 동요, 동화, 동화극, 아동극, 인형극을 소개했으나, 이후에 입수된 그들의 이론서에 의하여 동요, 동시, 동화, 우화, 아동소설, 동극, 아동영화문학으로 갈래가 구분되어 있음을 확인할 수 있었다. 이 가운데 우리와 달리 설정하고 있는 두 항목을 『문학예술사전』(과학백과사전출판사, 평양)을 빌어 여기에 소개하기로 한다.
우화: 교훈적이며 풍자적인 내용을 가진 서사적 종류의 작품. 우화는 많이는 운문으로 쓰이나 산문으로 쓰이기도 한다. 우화에서는 많은 경우에 식물, 동물 또는 물체들이 의인화되어 인간들의 성격의 특징, 행동과 그들의 성격호상관계 등을 나타낸다. 우화에서 특징적인 것은 의인화된 부정인물의 본질을 풍자적인 조소와 해학으로 폭로하는 것이다. 또한 우화는 대체로 조소되는 대상에 대한 묘사와 거기로부터 나오는 작가의 결론으로 이루어지는 것이 특징적이다.
아동영화: 어린이들과 청소년들의 생활을 그린 영화. 아동영화에서의 배역은 주로 어린이들이 담당 수행한다. 아동영화는 줄거리가 명확하고 사건 구성이 비교적 단순하며 재미있는 이야기를 통하여 어린이들의 생활을 생동하게 반영한다. 이로부터 아동영화의 화면도 간결하고 생동한 것이 특징이다. 아동영화에는 예술영화, 만화영화, 인형영화, 지형영화, 그림영화 등이 있다. 우리나라에서는 어린이들과 청소년학생들을 공산주의 세계관으로 무장시키며 지덕체를 갖춘 사회주의, 공산주의의 참된 건설자로 교양하는 데 필요한 다양한 문학예술작품을 창작할 데 관한 경애하는 수령 김일성 동지의 교시를 관철하는 과정에서 많은 아동영화들이 창작되어 어린이들과 청소년들을 수령님의 위대한 혁명사상으로 무장시키는 데 복무하고 있다. 아동예술영화로는 <붉은꽃봉오리>, <빨찌산의 뻐꾹새> 등을 들 수 있다.
3 『한국아동문학』 창립기념호, 한국아동문학인협회, 1992.

이다. 이런 점에서 '북한의 문예정책'은 문제가 있어 보인다. 북한에서 나온 일차적 사실 관련 자료를 바탕으로 하지 않고 한국의 연구 자료, 그것도 국토통일원이라는 정부기관에서 나온 자료만 이용하고 있기 때문이다. 정부기관에서 출간한 자료라고 해서 전혀 믿을 수 없다고는 하기 힘들지만, 남북의 현실 정치 상황에서 볼 때 이들 자료를 학술적 기본 자료로 이용하는 데는 문제가 적지 않다는 점을 우리는 알고 있다.

둘째, 우리와는 이질적으로 발전해 온 북한의 역사적 과정을 인정한 위에서 연구가 이루어져야 할 것이라는 점이다. 우리는 북한의 체제가 세계에서 유례를 찾기 힘들 정도로 폐쇄적인 것이라는 점, 문학뿐만 아니라 예술 전반이 체제종속적이라는 점 등을 알고 있고, 그런 사실에 거부감을 갖고 있기도 하다. 이런 마당에 아동문학을 소개하면서 그런 점을 전면에 부각시키는 것은 자칫 거부감의 벽을 더 높이는 결과를 낳을 수 있다.

셋째, 우리의 수용 태도에 있어 균형감각을 가져야 되겠다는 점이다. 부정적인 측면과 함께 긍정적인 측면도 검토할 수 있어야 한다는 것이다. 이런 점에서 '북한의 아동문학 고찰―동화·동극을 중심으로'최창숙의 연구 자세는 높이 사줄 만하다고 본다. 북한의 아동문학이 주제나 소재면에서 전체주의·획일주의를 강조하고 김일성과 그 가족을 우상화하는 등의 부정적인 측면이 있음에도 취할 점 또한 없지 않음을 분석해 주고 있기 때문이다.

가장 최근의 성과로서 본인이 『아동문학평론』1996년 가을호에 발표한 「남북아동문학 비교연구(1)」은 1993년 북한당국에 의해 해금되어 나온 『1920년대 아동문학집』을 검토한 것으로, 수록 작가와 작품을 사실적으로 분석해 보여준 것이다. 이 연구의 의의라면 해방 후 북한문학사가 일관되어 견지해 온 계급주의적 문학관의 변모 양상을 보여 주었다는 데에서 찾을 수 있을 것이다.

본고는 이러한 기존의 연구성과들을 바탕으로 한걸음 더 나아가 북한 아동문학의 총체적인 모습을 그려보는 데에 그 목적이 있다. 이와 관련하여 본인의 애초 계획은「조선문학가동맹 아동문학분과위원회」에서 40년 넘게 매년 매월 거의 빠지지 않고 발간해 온 그들의 기관지『아동문학』을 모두 훑어보는 것이었다. 또한 거기에다가 연변 등지로부터 구할 수 있는 대로 자료를 보태어 충실을 기할 생각이었다.

그러나 서두에서도 밝혔듯이 자료난은 이 같은 계획의 실현을 허락하지 않았다. 국토통일원에만 소장되어 있는 그 자료를 보기 위해 신청한 특별열람증은 신청한 지 수개월이 지나 원고 마감 날짜가 가까워서야 본인의 손에 들어왔다.

통일원 소장『아동문학』지의 전 자료를 입수하는 데에는 '특수자료취급인가증'이 필요했는데, 4월 초에 신청한 서류가 단국대 · 교육부 · 안기부 · 치안국을 거쳐 단국대에 돌아온 것이 6월 말이었다. 교육부 문서번호 97230-328, 1998. 6. 19일자, 단국대 접수 6월 24일, 인가증 발급 6월 30일.

그러나 규정에 의해 한꺼번에 대량 대출 전례가 없어 통일원통일교육원 북한자료센터 앞으로 된 '특수자료대출 협조요청' 공문(7월 1일)을 단국대 총장 명의로 다시 접수시키고 나서야 겨우 대출받을 수 있었다. 규정상 1회에 대출은 5권, 복사는 30매로 제한되어 있어 특별양해를 얻어 196권을 세 차례에 걸쳐 대출하여 복사 반납했다.

그리하여 이 원고는 집필진행 계획을 당초 이원화할 수밖에 없었다. 왜냐하면 한국아동문학인협회 세미나 일정에 맞추어 내놓아야 할 기관지「한국아동문학」의 원고 마감에 쫓기고 있었으므로 지연된 자료를 제외한 상태에서 1차 원고를 수습해서 넘기고, 늦어진 분석자료를 다시 별책으로 꾸며 세미나 현장에 내놓을 수 있도록 편집자와 양해된 상황에서 작업을 진행하지 않을 수 없었기 때문이다. 말하자면 기관지의 본 책에 우선 발표되는 원고와 약 1개월 시차를 두고 얻게 된 결과로써 추가된 내용이 별도의 책자가 되어 부록으로 발표되었다. 결국 원고의 구조상 미완성 상태를 면하지 못하게 된 것이다. 그러한 상태를 알고 그냥 둘 수가 없어 이번에 이를 통합적 안목으로 원고를 재조정하여 다시 발표하게 된 것이다.

무릇 대상의 정체를 파악하는 문제에 있어 대상 그 자체에만 시각을 한정시켜서는 제대로 된 성과를 기대하기 힘들다. 종적·횡적인 제반 관련 속에 그 대상을 위치시켜서 볼 때에야 비로소 올바른 상을 얻을 수 있는 것이다. 북한아동문학의 상을 그리고자 하는 우리의 시도도 이 같은 원칙을 따름이 마땅하다고 본다.

이러한 판단에서 본고는 북한의 문학사 전개 과정을 간략하게나마 정리함으로써 아동문학을 포함하는 문학예술 전반의 사적 특성을 예비적으로 알아보기로 한다. 이는 아동문학에 대한 통시적·공시적 배경을 마련한다는 의의를 갖는 일이다. 아울러, 본고가 궁극적으로 기여해야 한다고 보는 통일문학사 서술이라는 과제를 위해서 우리의 논리적 전제는 무엇이어야 하는가도 논의하고 넘어갈 필요가 있다. 이상이 본론의 앞부분을 구성하게 될 것임을 미리 말해두는 바이다.


## 2. 본 론

### 1) 분단문학의 전개와 통일문학사의 방향 모색

#### (1) 북한 문학의 성립과 그 전개 양상[4]

아동문학이론서로는 모두 네 권을 검토했는데, 『아동문학』[5]김일성종합

---

4 본절은 권영민, 『한국현대문학사 1945~1990』(민음사, 1993)의 제4장, 「북한의 문학」을 발췌 요약한 것임.
5 이 자료는 본고 후반에 나타나는 월간 『아동문학』지와는 다른 이론서이다.

대학출판사, 1981, 『아동문학의 새로운 발전』문예출판사, 1991, 『조선현대아동소설 연구해방 후편』사회과학출판사, 1993, 『동심과 아동문학창작』문학예술종합출판사, 1995이 그것들이다. 이 가운데 『아동문학』은 김일성종합대학에서 교과서로 사용한 것으로 알려져 있다.

1945년 해방 직후 김일성이 권력을 장악하면서 북한에서는 사회주의 정치체제의 확립을 위하여 토지개혁을 비롯한 각종 개혁사업을 전개하게 된다. 이러한 과정에서 사회주의 사상 이념의 선전 계몽은 무엇보다 중요한 과업이 아닐 수 없다. 이를 위해 북한의 문학은 이념의 선전 계몽 작업에 앞장서게 된다. 모든 문예 활동이 당과 인민에게 복무하기 위해 바쳐졌던 것이다.

이러한 과업의 실천을 목표로 하여 북조선예술총연맹(1946. 3)이 조직되었는데, 이는 같은 해 10월 북조선문학예술총동맹으로 개편되었다. 이 조직은 사회주의적 사실주의 미학을 바탕으로 하여 문예운동을 공산당의 정치노선에 종속시켜 나갔다. 1947년 3월 당중앙위원회 제29차 회의에서 채택한 「북조선에 있어서의 민주주의 민족문화건설에 관하여」라는 결정은 북한의 공산당이 문예 운동에 대한 규제를 구체적으로 제시한 것이다. 즉, 문화예술이 조국과 인민에게 복무해야 한다는 전제 아래 대중을 사회주의의 정신으로 교양하는 데 문예 활동의 목적을 두어야 한다고 규정한 것이다. 그 결과 북한 문학은 해방 직후부터 사회주의체제의 확립을 위한 사상 이념의 선전 계몽에 주력하게 된다.

1950년 한국전쟁은 북한의 문학에도 새로운 변화를 가져왔다. 전쟁이 끝나고 사회적 혼란이 어느 정도 평정되자 문학 예술인에 대한 숙청이 단행된 것이다. 남로당의 정치적 몰락과 함께 월북문인들 가운데 임화, 김남천, 이태준 등 상당수의 문인들이 문단에서 제거되었다. 이는 당적 통일성을 해치는 일체의 종파주의적 행위를 분쇄하고 대중의 혁명 투쟁 의식을 마비시키는 부르주아 문학사상을 말살해야 한다는 지침에 따른 것이다.

이후의 북한 문학에서는 김일성을 찬양하고 그 위대성을 선전하는 작품들이 많이 등장한다. 김일성의 항일무장투쟁을 미화하고 한국전쟁 당시의 지도력을 과장 선전하는 시와 소설들이 이 무렵 북한문학의 주류를 형성했다. 또, 미국과 미군에 대한 증오와 비난, 한국의 현실에 대한 비판도 이 시기 문학의 중요한 내용이 되고 있다.

1960년대 이후 북한의 문학예술은 사회주의적 사실주의의 미학적 요건을 김일성의 주체사상에 입각하여 새롭게 규정함으로써 주체성과 혁명성이 더욱 고양되는 변모를 보여준다. 1960년대 이전의 문학이 사회주의의 이념, 계급적 요소, 인민성의 요건 등을 중시하고 집단적인 것과 전형적인 것의 창조를 강조했다면, 1960년대 이후의 문학에서는 주체적인 것과 혁명적 투쟁의식이 내세워짐으로써 그만큼 이념성이 강화되고 있다고 할 것이다.

주체의 문예이론은 문학예술의 민족적 형식과 사회주의적 혁명이념이라는 내용을 통합시키고자 한 것이라고 볼 수 있다. 이는 형식에 있어서의 민족적 특수성과 내용에 있어서의 사회주의적 이념의 보편성을 결합시키려는 시도로 해석할 수 있다. 그러나 창작의 실제를 보건대 민족적 특수성은 액면 그대로 받아들이기 힘든 면이 있다. 민족적 형식이라는 것이 전통적인 민족문학의 형식을 현대적으로 혹은 주체적으로 재해석한 것과는 거리가 멀기 때문이다. 그것은 김일성의 항일무장투쟁 시기에 김일성의 지도 아래 창작되었다고 하는 항일혁명문학의 형식을 지칭하는 것이라고 보아야 한다. 민족적 문학형식이 민족적 전통에 기초한 것이 아니라 혁명적 투쟁의식의 표현형태로 고정된 것처럼, 사회주의적 이념이라는 내용적 요건도 사실은 김일성의 혁명사상으로 귀결되고 있음을 볼 수 있다. 요컨대 주체의 문예이론은 당의 유일한 지도이념인 김일성의 혁명사상을 문학적으로 형상화하는 것을 요체로 한다고 할 수 있다.

주체의 문예이론을 실천하기 위한 구체적 방법으로서 북한에서는 종자론을 내세우고 있다. 종자란 작품의 핵으로 규정된다. 즉 종자가 작품의 가치를 규정하는 데에 있어서 가장 근본적인 문제로 다루어지는 것이다. 작품을 올바로 창작하기 위해서는 종자를 바로잡아야 한다. 그럼으로써 자기의 사상, 미학적 의도를 정확히 전달할 수 있고 작품의 철학성을 보장받을 수 있다. 이 같은 종자론에서 가장 중요한 것은 다름 아닌 사상성이며, 그것은 곧 당의 노선과 정책에 철저히 의거하여 사회정치적인 과제에 올바른 해답을 제시할 수 있는 것을 말한다.

종자론과 함께 주목할 만한 특이한 창작원칙으로 속도전의 개념이 있다. 속도전이란 종자를 바로잡고 작품에 대한 파악이 생긴 뒤에 높은 창작속도를 유지해야 작품의 질을 높일 수 있다는 창작방법이다. 이 같은 원칙은, 창작의 속도를 높여 창작기간을 줄이면서 작품의 예술적 질을 높인다는 데 요체가 있다. 속도전이 작품의 질을 높일 수 있게 되는 것은 작가, 예술가들에게 고도의 정치적 열의를 집중하고 창조적 사색을 적극적으로 지속시킬 수 있다는 점에 근거한다. 작가 예술가들이 하나의 창조적 열정에 휩싸여 모든 소극적 사고를 극복하고, 당의 유일사상인 수령의 혁명 사상에 집중할 때, 작품의 질을 높일 수 있다는 것이다.

주체 문예이론이 일반화된 1970년대의 문학예술은 그 내용이 크게 세 가지로 대별된다.

첫째는 김일성의 항일 무장투쟁의 혁명적 위업을 찬양한 것.

둘째는 사회주의 국가 건설의 위대성을 선전하는 것.

셋째는 한국에 대한 혁명적 통일의 과제를 강조하는 것 등이다.

이 가운데에서 가장 중시되고 있는 것은 김일성의 혁명투쟁을 찬양하는 작업으로서 김일성 일가의 모든 행적이 문학적 형상화의 대상이 되고 있다.

이후의 문학예술은 이러한 추세가 강화되는 과정을 걸어왔다고 할 수 있는데, 사회주의 문화의 혁명성을 민족문화의 정통성으로 내세우면서 이를 주체사상에 입각하여 더욱 공고히 하는 동시에, 한국 현실에 대한 보다 적극적인 비판이 문화예술 영역에서 행해져 온 것이다.

### (2) 통일문학사 서술의 방향 모색6

지난 50여 년 동안 정치체제는 물론 사회 · 문화 전반에 걸쳐 남 · 북한의 이질화는 심화되었다. 우리는 이미 여러 차례 그 심각성을 확인한 바 있거니와, 그때마다 남 · 북한이 영구적인 분리의 길을 걸어갈 수밖에 없는 것이 아닌가 하는 걱정을 낳기도 한 것이 사실이다.

그러나 동 · 서독 통일과 동구 및 소련의 붕괴 등 세계정세의 변화와 더불어 불가능해 보이기만 하던 남 · 북한의 관계도 희망을 갖게 되었다. 게다가 최근 몇 년간 경제적 통로를 통해 활발해진 남 · 북한 교류 움직임들은 그 희망의 구체적 과실을 손에 쥔 듯한 기쁨과 흥분을 안겨 주고 있다. 쌍방이 다 같이 경제적으로 최악의 처지에 떨어지고 나서 생기는 그 같은 현상들을 보면서 인간사의 아이러니를 느끼게도 되지만, 어쨌든 고무적인 일임에는 틀림이 없다.

이런 시점에서 북한아동문학을 연구하고 통일문학사를 논의하는 일은 혹 올지도 모르는 먼 미래를 대비하는 작업일 수밖에 없다. 그것은 바로 내일의 문제인 동시에 바로 우리 자신의 문제다. 따라서 이제는 좀 더 적

---

6 본절의 내용은 다음 논문들을 참고로 했음. 최동호 편, 「남북한 현대문학사 서술을 위한 서설」, 『남북한 현대문학사』(나남, 1995, 17~25쪽); 우한용, 「문학사 서술의 방법론과 과제」, 『표현』 32호(표현문학회, 1998); 신형기, 「통일문학사 서술 방법론 개발의 전제」, 『표현』 32호(표현문학회, 1998).

극적으로 다가서야 할 필요가 있다.

그러기 위해서 우리는 다음과 같은 몇 가지 전제에 대해서 생각해 보지 않을 수 없다. 물론 이는 이질화의 요소들을 하나의 전망으로 통합하기 위해서 필요한 전제들이요, 종전의 문학사와 다른 변별점의 확보라는 측면에서 필요한 전제들이기도 하다.

첫째, 자기반성의 논리이다.

남과 북의 통합은 단순화시켜 보면 성장 배경을 달리하는 두 개체가 만나 하나가 되는 과정이라고 할 수 있다. 마치 이십여 년 각기 다른 집안에서 자란 청춘남녀들이 만나 결혼하는 것과도 같은 일이다. 아니 본질적으로는 같을지 모르지만 실상은 더 어려운 만남이라고 해야 옳을지 모른다. 결혼이야 어느 정도 서로를 탐색하는 기간을 거치고 나서 당사자들이 결정할 수 있는 문제이지만, 남북 간의 문제는 그럴 수가 없는 것이다. 냉정하게 말해서 그것은 정서적으로 결코 하나 될 수 없는 둘이 오직 당위의 논리에 의해 합쳐지는 것이나 마찬가지다.

이런 경우 통합이 순조롭게 이루어지기 위해서는 자신만을 고집해서는 안 된다. 상대는 자기와 다른 방식으로 생각하고 말하고 행동하도록 조건지어져 온 독립된 개체다. 그의 행동은 그로서는 최선의 선택이다. 보이는 그대로가 최선인 것이다. 우리는 이 사실을 인정하지 않으면 안 된다. 그리고 상대에 대한 진정한 인정은 솔직한 자기반성에서 나온다는 점도 알아야 한다.

우리의 문학뿐 아니라 지난 50여 년의 역사 전체를 관통하는 하나의 화두를 들자면 아마도 '근대화'가 아닐까 한다. 우리보다 한 발 일찍 '근대화' 된 일본제국주의에 의해 식민지가 된 치욕 때문에 더욱 기승스러웠던 면도 있지만, 그 일본을 넘어서는 길조차 우리는 우리 자신의 독자성을 키움으로써 해결하기보다는 서구를 배움으로써, 서구의 모델에 따른 근대화를 이룸으로써 해결하려 해 온 것이 실정이다. 경제나 정치는 물론이고 우리의 정신문화 전반에서 서구는 우리의 주인이었다고 해도 과언이 아닐 것이다.

이 점에서 북한은 주체의 확립이라는 전혀 다른 길을 걸어 온 셈이다. 그 내용이 김일성 우상화라는 광기로 채워졌다는 사실은 오히려 둘째 문제이다. 더욱이 그 결과가 오늘날 보듯이 참담한 실패라는 사실은 훨씬 뒤에나 논의되어야 할 문제이다. 이러한 상대를 인정해 줄 수 있기 위해서는 내 자신이 뭔가 잘못된 길을 걸어왔을지 모른다는 가능성에 대해 반성할 수 있어야 한다. 내 자신의 기준에 대해 반성하지 않으면 상대가 제대로 보이지 않는 법이기 때문이다.

그러나 이 말을 주체를 확립하는 일이 소중하니 그 점에서 북한을 인정해 주자는 뜻으로 해석하면 확대해석의 오류를 범하는 것이다. 통합을 위해서는 우리의 기준으로 상대를 재단해서는 안 된다는 뜻이요, 내 기준을 보편적인 것으로 고집해서는 안 된다는 뜻이며, 상대의 존재를 그 자체로 인정해 주어야 한다는 뜻이다. 나아가, 진정으로 그럴 수 있기 위해서 먼저 자신을 반성할 수 있어야 한다는 뜻이다.

둘째, 사실존중의 논리이다.

우리는 지금 통일 문학사를 지향하고 있다. '통일 문학사'라는 용어에는 두 가지 내용 요건이 내포되어 있다고 볼 수 있는데, '통일'되어야 한다는 당위가 그 하나요, '문학사'를 제대로 기술해야 한다는 당위가 다른 하나다. 이 중 '통일'의 당위를 달성하는 문제에 대해서는 방금 위에서 다룬 셈이다. 이제 남은 문제는 '문학사'를 제대로 기술하기 위해서 어떻게 할 것인가 하는 것이다. 여기에서 우리는 문학사란 다름 아닌 사실에 대한 기술이라는 점을 기본적인 전제로 인정할 필요가 있다.

물론 사실의 기술이라고 해서 가치 판단이 배제되어야 한다는 의미는 아니지만, 일차적으로 중요한 것은 사실의 객관적인 기술이다. 만약 이 전제를 무시하고 가치 판단을 앞세운다면, 그래서 어떤 것은 문학예술이고 어떤 것은 문학도 아니고 예술도 아니라는 식의 이분법적 사고로 북한의 아동문학을 대한다면 통일 문학사는 결코 이루어질 수 없을 것이다.

더욱이 지금의 실정은 검토의 대상이 되는 기본 자료조차 자유롭게 구할 수 없다. 그나마 읽을 수 있는 자료라는 것은 양적으로 아주 제한되어 있는 형편이다. 이런 상황에서는 더욱더 가치 판단에 신중을 기할 필요가 있다. 설령, 남북이 통일되어 자료를 모두 구해 읽을 수 있는 행복한 시대가 오더라도, 우리의 잣대로 그 가치를 따져 북한의 아동문학을 소외시킨다면, 지금 우리 문학사가 아동문학을 소외시키는 것과 똑같은 잘못을 범하는 결과가 될 것이다.

셋째, 민족문학의 논리이다.

문학 일반의 논의에서는 어렵지 않게 받아들여질 수 있는 이 개념이 아동문학에서는 논란의 대상이 될 수 있을 것이다. 더욱이 세계화니 국제화니 해서 국경 철폐가 대세처럼 보이는 오늘날 민족문학의 논리는 자칫 편협한 국수주의로 비칠 우려도 있다.

그러나 현재 지구 전체를 휩쓰는 듯한 세계화의 물결이란 분명히 경제적 이익추구를 바탕에 깔고 있는 개념임을 잊어서는 안 된다. 단순하게 말하면 시장 확대의 논리인 것이다. 그런 의미에서, 양상은 다르지만 본질에 있어서는 지난 날 식민지 개척 논리와 다름없다고 할 수 있다.

대동단결이라는 인류의 이상에 있어서도 갈라선 후에야 대동이 있을 수 있는 법인데, 모두 하나같이 자신의 이익을 위해 내닫는 판국에 자신의 정체성을 잃어서는 살아남기 힘들 것이다. 어쩌면 정체성을 잃는 순간 그는 생명을 잃는다고 보는 것이 옳을지 모른다. 통일문학사는 이 점을 분명히 인식하고 대비해야 할 것이다.[7]

## 2) 북한아동문학의 이론

### (1) 아동문학에 대한 이론 개요 및 자료의 해제

이미 언급했듯이 애초에 검토 대상으로 삼은 북한 이론서는 모두 네 권으로서, 『아동문학』이하에서『문학』으로 줄임,『아동문학의 새로운 발전』『발전』으로 줄임, 『조선현대아동소설연구해방 후편』『연구』로 줄임, 『동심과 아동문학창작』『창작』으로 줄임이 그것들이다.

먼저 그 개괄적 모습을 보면, 김일성종합대학 교과서로 알려져 있는 『문학』은 이론과 문학사로 이루어져 있는데, 이보다 14, 15년 뒤에 나온 『창작』은 이 이론 부분을 수정 · 보완하여 더욱 체계화하고 있다. 짐작컨대, 상치되는 이론들이 공존할 수 없는 그들 체제의 성격상 지금은『문학』이 폐기되고 그 자리를『창작』이 대신하고 있지 않을까 한다.

『발전』과『연구』는 일종의 비평서다. 그러나『발전』은 주체문예이론의 발전과 구체화 과정에 김정일이 맡아 한 역할을 보여주기 위해 작품들

---

7 필자가 「남북아동문학 비교연구(1)」(아동문학평론, 1996년 9월 30일 가을호, 통권 80호)에서 북한이 1993년 남쪽 작가 · 작품을 광복 전까지는 해금하기로 하여 「1920 년대 아동문학집」을 연구하여 비로소 남북아동문학 비교연구의 물꼬가 트이는 것 같아 참으로 흐뭇했는데 이번 『아동문학』지 연구에서도 방정환 · 고한승 · 최서해 · 정청산 · 권환 등의 낯익은 이들의 작품이 재게재 되어 조금은 숨통이 트이는 것을 느꼈다.

방정환 단편소설, 「만년샤쓰(1927)」(1993년 10월 462호); 최서해 동시, 「시골소년이 부른 노래(1925)」(1994년 2월 466호); 정청산 동화, 「외로운 남매(1934. 12)」(1994년 3월 467호); 권환 단편소설, 「언밥(1925. 12)」(1994년 12월 476호); 고한승 동화, 「백일홍이야기(1929. 11)」(1995년 8월 484호).

을 논의한 것으로, 한마디로 김정일 개인의 미화 찬양에 그 목적을 둔 문학사 기술에 가까운 책이라고 할 수 있다. 그리고『연구』는 아동소설의 주제와 소재, 형상화 방법 등 전반적인 면에서 구체적 양상을 살펴본 것이다.

이 가운데 본고가 중점적으로 관심을 갖게 된 책은『창작』이다. 이 외에는,『문학』에서 이론을 담은 제1편만 비교 자료로 이용하기로 하고, 나머지는 목차만 보이는 것으로 대신하고자 한다. 이들을 제외시키기로 한 것은, 우선 목차만으로도 그 내용을 충분히 짐작할 수 있는데다가 비평과 이론의 상동성으로 하여 이론의 검토만으로도 비평의 내용을 짐작할 수 있으며, 문학사 부분은 본고의 앞 절에서 제시된 문학사의 기본 틀이 이미 그 중요한 양상을 암시하고 있다는 나름대로의 판단 때문이다. 각 책의 목차는 아래와 같다.

(2) 이론서들의 목차와 내용 보기

①『아동문학』(1981)의 경우

---

제1편 후대교양과 아동문학
 제1장 후대교양의 힘 있는 수단으로서의 아동문학의 특성과 사명
  제1절 어린이들의 연령심리적 특성과 형상적 형식으로서의 아동문학
  제2절 아동문학의 특성과 독자적 영역
  제3절 아동문학의 문예학적 특성
  제4절 아동문학의 사명과 임무, 문예학적 과업
 제2장 아동문학의 종류와 형태
  제1절 동요
  제2절 동시
  제3절 동화
  제4절 우화
  제5절 아동소설
  제6절 동극

---

　　②『아동문학의 새로운 발전』(1991)의 경우

---

8 거의 모든 제목 앞에는 '위대한 수령 김일성동지께서 조직 영도하신'처럼 김일성 우
　상화 문구가 붙어 있다. 앞으로는 꼭 필요한 경우가 아니라면 이처럼 되풀이되는 문
　구를 생략하기로 한다.

1) 주체시대 아동문학의 사명에 대한 독창적인 해명
2) 아동문학의 사상교양적 기능을 높이기 위한 사업을 조직지도
  ① 위대한 수령님께서 들려주신 이야기를 아동문학의 여러 형태들에 옮기는 사업의 빛나는 실현
  ② 아동문학창작에서 수령과 당의 위대성에 대한 빛나는 형상
  ③ 주체시대 아동주인공의 성격적 특질에 대한 전면적인 해명, 그 구현을 위한 사업을 조직 지도

3. 아동문학의 특성에 대한 과학적인 해명, 매 형태별 작품창작에서 그를 빛나게 구현하기 위한 사업을 조직 영도
  1) 아동문학의 특성에 대한 과학적인 해명
  2) 매 형태별 작품창작에서 아동문학의 특성을 살리기 위한 사업을 조직 지도
    ① 동화, 우화 창작에서 선한 것과 악한 것, 옳은 것과 그른 것, 고운 것과 미운 것을 대비적으로 보여줄 데 대한 요구의 성과적 실현
    ② 어린이들의 친근하고 가까운 생활을 진실하게 반영할 데 대한 요구와 아동소설을 비롯한 작품창작에서 그의 빛나는 실현
    ③ 정치성을 직선적으로 보여주지 말고 형상을 동심화할 데 대한 요구와 아동시문학을 비롯한 작품창작에서 그의 빛나는 실현
    ④ 아동극창작에서 극의 특성에 맞게 생활을 전형화하여 그릴 데 대한 요구의 빛나는 실현

4. 청년 첫 시기 독자들을 위한 문학창작과 성인용작품, 민족고전작품들에 대한 개작윤색작업, 세계고전문학에 대한 옳은 인식을 주기 위한 사업을 조직 영도
  1) 청년 첫 시기 독자들의 연령심리적 특성에 맞는 문학창작사업을 조직 지도
  2) 성인용 작품을 아동용으로 개작윤색하는 사업을 조직 지도
  3) 민족고전작품출판사업을 조직 지도
  4) 세계고전문학에 대한 옳은 인식을 주지 위한 사업을 조직 지도

③『조선현대아동소설연구(해방 후편)』(1993)의 경우

1. 수령께서 들려주신 이야기의 아동장편소설로의 재현
2. 수령과 지도자 동지의 숭고한 풍모에 대한 빛나는 형상
  1) 수령의 형상 창조의 빛나는 실현
  2) 지도자 동지를 형상한 아동소설의 활발한 창작

3. 새 시대 어린이들의 자랑찬 모습과 다양한 인물 형상
  1) 새 시대 어린이들의 숭고한 사상정신적 풍모에 대한 형상화
    ① 당과 수령에 대한 충실성을 기본핵으로 하는 고상한 공산주의적 도덕품성의 구현
    ② 학습제일주의정신의 구현
    ③ 튼튼한 체력에 대한 지향의 반영
  2) 어린이들의 거울로서의 어른들의 형상

4. 어린이들의 정서와 기호에 맞는 다양한 아동소설의 창작과 그 형상적 특성
  1) 아동단편소설의 왕성한 창작과 그 형상적 특성
    ① 단편적인 소재의 탐구와 현상의 다양화
    ② 사회계급적 관계 속에서 탐구된 간명하고 특색 있는 인간관계
    ③ 동심에 맞는 단편적인 생동한 묘사
    ④ 단편소설의 특성을 살린 다양한 형상수법의 효과적 이용
  2) 어린이들의 생활을 폭넓게 반영한 아동 중·장편소설의 왕성한 창작과 성격의 다
    면적 묘사
    ① 아동생활의 폭넓은 반영
    ② 어린이들의 생활을 폭넓게 반영한 장중편소설에서의 명백하고 뚜렷한 구성조직
    ③ 생활과 동심의 다양성과 풍부성

    ④『동심과 아동문학창작』(1995)의 경우

제1장 아동문학일반론
 제1절 아동문학의 시대적 사명
 제2절 아동문학의 일반적 특성
 제3절 동심의 본질과 그 형성발전 과정
 제4절 우리식 아동문학의 일반적 요구
제2장 동심과 아동시 창작
 제1절 아동시문학의 본질과 특성
 제2절 아동시문학의 고전적 본보기 작품
 제3절 아동시에서의 동심구현의 방도
 제4절 아동시 창작의 수법과 기교
   1. 아동시 창작수법
   2. 아동시 창작기교
제3장 동화, 우화 창작

제1절 동화, 우화의 본질과 특성

　1. 동화, 우화의 본질

　2. 동화의 형상적 특성

　3. 우화의 형상적 특성

제2절 동화, 우화의 고전적 본보기 작품

제3절 동화의 창작방도와 형상수법

　1. 동화의 창작방도

　2. 동화의 형상수법

제4절 우화의 창작방도와 형상수법

　1. 우화의 창작방도

　2. 우화의 형상수법

제4장 동심과 아동소설 창작

제1절 아동소설의 본질과 특성

제2절 아동소설의 창작방도

　1. 종자의 탐구

　2. 인물설정과 성격형상

　3. 갈등설정과 극성구현

　4. 이야기줄거리 엮음과 구성조직

제3절 아동소설의 창작기교

　1. 소설형식의 독창적 이용

　2. 흥미의 탐구

　3. 동심적인 묘사의 기교

　4. 언어표현수법의 이용

　⑤『동심과 아동문학창작』(1995)의 주요 내용

　먼저, 그들은 아동문학의 사명을 주체혁명위업의 계승자로 키우는 것에 이바지하는 데 둠으로써 부르주아적 순수예술의 한계와 과거 진보적 아동문학은 물론이고 선행 노동계급적 아동문학의 한계까지도 극복할 수 있는 과학적 기준을 마련할 수 있다고 한다.[9]

　일례로, 착한 것, 부지런한 것, 훌륭한 것 등은 구체적 상황에 따라 의미

---

9『문학』, 4~11쪽 참조.

가 달라질 수 있는 법인데, 과거 진보적 아동문학까지는 이를 추상적이고 관념적인 차원에서만 파악하는 한계를 드러냈다. 선행한 노동계급적 아동문학은 이 한계를 극복했지만 다른 한편으로 유산자는 무조건 나쁘고 무산자는 무조건 좋다는 식의 선과 악의 무조건적 대립이라는 또 다른 한계를 드러냈다. 이런 여러 차원의 한계를 극복할 수 있는 길을 그들은 주체사상의 올바른 체현에 있다고 주장하고 있다.

이로써 보듯이, 주체사상에 입각한 그들의 이론이 비록 계급주의적 편향성을 드러내고는 있지만, 자칫 관념적인 수준에서 제시될 수 있는 여러 가치 개념들을 구체적 상황과의 관련 속에서 바라보아야 한다는 점을 인식하는 데에서 적지 않은 의미를 찾을 수 있다.

성인문학과 다른 아동문학의 일반적 특성을 어디에서 찾을 것인가 하는 문제에서도 그들은 과거와 비교해 볼 때 한걸음 발전한 면모를 보이고 있다. 무릇 문학 형태와 종류의 특성을 가르는 기준이 주로 작가가 생활을 반영하는 방법에서 찾아진다는 일반론에 근거하여 그들은 아동문학의 특성 또한 "작가가 생활을 인식하고 문학작품에 반영하게 되는 과정의 특성에서 찾아야 한다. 따라서 인간과 그 생활을 어린이의 시점에서 보고 평가하고 문학작품에 반영하는 것이 아동문학의 기본 특성이 된다"고 한다.[10] 이렇게 보면, "아동문학에서는 언제나 어린이만 주인공으로 취급되어야 한다고 할 수는 없다. 아동문학의 주인공을 어린이로 내세우는 것이 원칙적 요구이기는 하지만 때로 어른을 내세울 수도 있다. 그렇지만 그런 경우 그 어른은 성인 그대로의 모습으로 그려지는 것이 아니라 어린이의 시점에서 본 성인으로 그려지게" 되는 것이다.[11]

한걸음 더 나아가, 아동시점 문제는 아동문학의 표현 방식에 있어서 핵심적인 위치를 차지한다. 아동문학작품에서 중요한 요소로 동심구현 문

---

10 『문학』, 12쪽 참조.
11 『문학』, 13~14쪽 참조.

제가 있거니와, 이를 주도적으로 결정하는 것이 다름 아닌 아동시점 문제이기 때문이다. 아동시점 문제가 잘 해결되면 동심구현문제는 쉽게 풀릴 수 있다.

동심구현문제에 앞서는 문제로 동심이 과연 무엇인가가 있거니와, 그에 대한 그들의 관점은 우리와 크게 다른 점이 없다고 판단되어 생략하기로 한다. 다만 한 가지, "동심에 대한 연구는 일률적으로 진행할 것이 아니라 그 어린이가 어느 시대, 어떤 사회적 환경에서 자라고 있는가 하는 것부터 먼저 파악한 데 기초하여 사회력사적 환경과의 상호관계 속에서 고찰하여야 그 특성을 정확히 파악할 수 있다"는 점을 강조한 것은 눈여겨 볼 가치가 있다.[12]

이 같은 원리에 따라 그들은 그들 식의 요구를 아동문학에 대해 제기하고 있다.


### (3) 아동문학에 제기하는 요구

① 내용면

주체사상, 혁명적 수령관, 당에 대한 충성, 혁명전통의 주제화, 착취사회에 대한 적대적 인식, 인민에 대한 헌신, 혁명적 조직관과 집단주의 정신, 도덕규범, 공산주의적 도덕품성, 사회주의 애국주의 정신, 조선민족제일주의 정신, 지덕체 양성 등이 있다.[13]

---

12 『문학』, 21쪽 참조.
13 이 같은 내용을 보면서 우리는 한 가지 주의할 점이 있다. 용어를 용어 자체로만 떼어내어 이해하는 경우 오해의 위험성이 크다는 것이다. 가령, '혁명전통의 주제화' 속에 그들은 '불굴의 혁명정신'이라는 내용을 포함시키고 있는데, 이것이 공산주의 혁명사상에 입각한 투쟁의 정신을 가리킨다는 점은 재론의 여지가 없을 것이다. 그러나 실제 동화 작품에서 형상화된 내용은 공산주의 혁명사상과는 다르게 이해될 여지가 크다. 즉, 불의에 맞서 굴하지 않는 용감성 정도로 이해될 수 있는 이야기가 대부분이라는 것이다. 자세한 것은 뒤의 작품 분석을 참고하기 바란다.

② 표현면

ⓐ 아동의 심리적, 인식적 발달 단계를 고려하여야 한다.

ⓑ 재미있어야 한다. 아동문학이 요구하는 예술적 흥미는 언제나 일상
생활에 체현되어 있는 깊은 뜻을 새롭게 밝혀내고 사람들을 고상한
생활 세계로 이끌어주는 데서 생겨난다.

ⓒ 논리적 설명이 아니라 형상화의 과정을 거쳐야 한다. 매혹적인 성격
을 등장시키고 흥미 있는 이야기, 재미있는 사건을 엮어내야 한다.

ⓓ 변화무쌍한 행동성과 강한 운동감을 보장해야 한다. 지루한 설명이
나 장황한 묘사가 아니라 자유분방하고 행동성이 강한 사건들, 흥미
진진하고 변화무쌍한 운동감이 나는 이야기들을 엮어내야 한다.

ⓔ 예의 도덕생활, 체력단련, 언어생활 등 모든 면에서 모범적인 것을
그려내야 한다.

ⓕ 부정적인 것을 그려야 하는 경우, 공포감이나 호기심을 주지 않도록
그리는 것이 중요하다.

ⓖ 미신적인 심리와 사상 감정을 경계해야 한다.

ⓗ 쉽고 순한 말을 써야 한다.

이제 이 같은 일반론을 바탕으로 하여 각 장르별 이론을 살펴보기로 하자.


(4) 아동문학의 각 장르별 이론

① 북한아동문학의 장르 용어

이 표는 월간 『아동문학』에 게재된 각 작품마다 표시된 실제 사용 장
르 명칭을 조사한 것이다.

상위용어는 아동문학의 총체적 분류방식이나 『아동문학』 편집자와 작
가들에 의해 중하위 용어도 거리낌 없이 사용되고 있다. 괄호 내 활자는 연구
자의 설명용어이다.

<表 1> 북한아동문학의 장르

| 上位用語 | 童謠 | 童詩 | 童話 | | 兒童小說 | 兒童劇 | 散文[隨筆 論說] |
|---|---|---|---|---|---|---|---|
| | | | 童話 | 寓話 | | | |
| 中位用語 | 歌詞<br>作曲歌詞<br>幼年童謠 | 頌歌<br>抒情敍事詩<br>(長童詩)<br>紀行詩<br>譚詩<br>聯詩(連詩)<br>童話詩 | 短篇童話<br>中篇童話<br>長篇童話<br>幼年童話 | (寓話詩) | 短篇小說<br>中篇小說<br>長篇小說<br>壁小說(콩뜨) | 兒童劇<br>童話劇<br>兒童放送劇<br>兒童映畵<br>－文學<br>(시나리오) | 隨筆<br>紀行文(紀行)<br>決議文(決意)<br>手記<br>訪問記<br>參觀記<br>實話(文學)<br>傳說<br>옛이야기 |
| 下位用語 | 諷刺童謠<br>紀行童謠<br>遊戲童謠 | 諷刺童詩<br>連續紀行詩<br>紀行聯詩<br>壁詩<br>諷刺聯詩 | 知能童話<br>科學幻想<br>－童話 | | 知能小說<br>古典小說<br>韻文小說<br>動物小說<br>實話小說<br>科學幻想<br>－童話<br>推理小說 | 노래이야기(극)<br>音樂劇<br>音樂노래극<br>(音樂詩劇)<br>音樂詩劇 | 續紀行(文)<br>祝賀文<br>教示(文)<br>史話 |

② 동요 · 동시의 경우

동요와 동시는 리듬이 무엇보다 중요하다. 그리고 그와 함께 아동문학의 일반적 조건으로서 아동시점을 확보할 것과 형상화의 원칙을 지킬 것이 요구된다. 아래에 보이는 작품은 비록 성인의 생활을 대상으로 하고 있지만 어린이의 시점으로 동심적 정서를 잘 형상화했다고 평가하고 있는 작품이다.

'똘 똘' 똘똘이네 / 스물두 형제
오롱조롱 떼지어서 / 어디로 가나?
사양공 우리 누나 / 회의 가는데
똘똘이네 꼬마들이 / 앞장을 서네
'두 두' 오지 말라 / 손짓을 해도
무가내로 따라오는 / 똘똘이네 패
누나는 살짝궁 / 숨었다 가네
밭두렁에 숨었다가 / 몰래 내빼네 …(하략)…
　　　　－「누나와 똘똘이네」(1960, 윤동향, 동요)'의 일부

동시 형식에는 짤막한 이야기를 가진 담시를 비롯해 풍자시, 서사시, 서정서사시, 동화시 등이 있다.

창작 수법으로는 문답, 반복, 대비, 비유, 과장, 의인화, 의성 · 의태어 사용, 음상학적 특성 이용, 색감 이용 등 다양한 방법이 있다.

또한 창작 기교로 중요한 것으로는, 어린이들의 생활을 깊이 있게 체험하고 느낄 줄 아는 관찰의 기교, 관찰 과정에 찾아 쥔 종자를 형상화하기 위한 시적 소재일반화의 기교, 일반화된 서정을 詩 형식에 담는 표현의 기교가 있어야 한다. 이들은 단계적으로 소용되는 것이 아니라 통합적으로 구사되어야 할 기교들이다.

### ③ 동화와 우화의 경우

동화와 우화는 어린이들의 환상적 특성에서 비롯된 형태이다. 즉, "어린이들이 지니고 있는 준비 정도의 미숙성과 욕망의 크기 사이에 생기는 공백을 메우기 위하여"[14] 환상을 그려보는 데에서 생겨난 것이다.

그렇지만 동화와 우화는 서로 다른 양식으로서, 동화가 "어린이들로 하여금 자주적인 인간으로 되기 위한 꿈을 키우도록 하는 것에 이바지하는 문제"[15]를 형상화하는 데 비해, 우화는 "자주성을 실현하기 위한 투쟁에서 반드시 쓸어버려야 할 부정적인 것에서 무엇을 경계해야 하는가 하는 교훈적인 문제"[16]를 형상화하는 것이다.

동화와 우화를 같은 아동문학 장르로 분류하는 것은 필자가 알기로 세계에서 드문 일인 것 같다. 우리의 상식으로 우화는 동화와 같은 동식물류 의인화 이야기이나 북한에서는 긍정적 내용은 20매 이상의 동화로 부정적인 내용은 10매 내외의 우화로 분류하고 있다.

평양의 아동문학 전문지인 월간 『아동문학』의 최근 17년간1981~1997분에 해당하는 196권에 게재된 전 작품을 조사한 바[17] 전체 5,491편 중 우화라고 발표하고 있는 작품은 391편으로 7.12%를 차지하고 있다. 그런데 그 중에서도, 우리의 상식으로는 분명 동시의 범주에 넣어야 할 우화시 형태의 작품이 상당수를 차지하고 있다. 그럼에도 그들은 이를 굳이 우화라는 산문분야에 귀속시키고 있는 점도 특이하다. 체제수호상 적대적인 인물과 사실을 가장 많이 비판·풍자할 필요성이 있는 부정적인 이야기는 우화로, 긍정적인 이야기는 동화로 분류한 것이 아닌가 한다.

북한의 이론에서 동화와 우화를 동일한 장르 차원에서 이렇듯 나누어

---

14 앞의 책 120쪽 참조.
15 위와 같은 쪽.
16 위와 같은 쪽.
17 이 원고 제5절 (2)항 (가) '작품의 종류별 게재 비율'의 <표 2> 참조.

설정하고 있는 바, 생각해보면 이는 통일아동문학사 서술에 있어서 가장 크게 문제가 될 수 있는 사항이 아닌가 판단된다. 우화는 어디까지나 동화의 내질이자 하나의 하위 범주로 취급해야 될 성질의 것인데, 북한이 유례없이 이를 동화와 동일한 차원에 두었으니 우리의 장르 개념과 충돌할 가능성이 있는 것이다.

동화와 우화를 이렇게 나누는 것은 우화를 일반적 개념에 따라 이해하지 않고 풍자, 비판의 측면만을 따와 규정함으로써 가능해진, 그래서 일반화하기는 힘든 논리이다. 주지하다시피 우화란 알레고리Allegory: 우유寓喩 혹은 우의寓意의 하위 범주로서, 형상과 개념의 직접적 연관성, 직접적 비유성, 상징성, 교훈성이라는 알레고리의 일반적 특성을 본질적 속성으로 한다. 여기에 풍자 혹은 비판은 현실적 적용의 측면이지 본질적인 것은 아니다.

따라서 그들의 이론에서 비록 이렇게 동화와 우화를 나누고 있고, 창작도 그에 따라 다르게 되고 있다고 하지만, 그 실제를 보면 모두 다 알레고리 내지 그 하위 범주인 우화로 보는 것이 타당하다.

더욱 상세한 논의는 동화를 분석하는 자리에서 하도록 하거니와, 다만 그들의 우화 개념에서 흥미를 끄는 점 한 가지만 이 자리에서 더 소개하고 넘어가기로 한다. 그것은 우화가 운문 양식에 기초하고 있다는 점이다. 예를 들면,

> 양지바른 남산기슭에
> 억년 묵은 큰 바위 하나 있었네
> 그는 땅이 꺼지도록 집채같은 몸을
> 흔들며
> 언제나 큰소리 쳤네. 날마다 자랑했네.
> …(중략)…
> 거만한 바위는 달님의 비판도 비웃었네

「그래도 하늘에서 살기에
대범한 큰 인물인 줄 알았더니
소소한 잔소리군이군!」
그 누구의 충고도 비판도 받지 않던 바위
아름드리로 자란 가둑나무뿌리에
두동강 세동강 터갈라졌네
그 위용 온데간데 없어졌네

아무리 자그마한 충고와 비판도
제때에 받아들여 고치지 않으면
뻐기던 바위처럼 제신세 망치리!
　　　　　　　－「뻐기던 바위」 전체 9연 중 앞뒤의 3연(김신복의 우화)

와 같은 식인데, 이는 전반적 장르 논의에서 다시 한 번 다루어져도 좋을
것이다.

　앞의 『아동문학』지 최근 3년1990~1993 사이에 발표된 동화문학작품을
분석한 표18에서 보는 바와 같이, 동화는 양식적 특성상, 소설적 골격을
바탕으로 하는데도, 전체 97편 중, 우화적 소설 골격의 동화는 58편으로
59.8%, 전래동화적 옛이야기식 동화는 24편에 24.7%, 그리고 그밖에 공
통적 성격을 두루 갖춘 18편에 15.5%으로, 대체로 40%정도가 옛이야기
식 수준을 벗어나지 못하고 있는 것이 연구 결과의 판단이다.
　그리고 주제의 성격상 계급주의 · 전체주의 · 국가주의반자본주의, 체제
선전, 주체사상, 인민주의 등와 같이 공산주의적 가치관을 주로 상징한 듯 보
이는 작품이 11편으로 11.3%인데 반하여 자본주의 사회가 수용할 수 있
는 보편적 덕성을 강조한 작품이 89편에 88.7%에 이르고 있어 남북통일
아동문학사에서 수용할 작품이 많을 것 같다. 그것은 동요 · 동시와 달리

18 이 원고 말미에 따로 붙인 별표(1) '동화 · 우화 · 아동소설 분석표' 참조.

구체적 인물·사실 등 사회주의 색채가 추상적, 상징적 표현으로 은폐되어 있기 때문이다.

그러나 우화는 이솝 우화류를 크게 벗어나지 못하는 짧은 단순소화로서 문학적 수준은 기대치에 미치지 못하지만 그래도 중요 작가를 꼽는다면 김진열, 문영철, 윤영만, 김인명, 박화준, 김선지 등이 있겠다.

### ④ 아동소설의 경우

아동소설 이론에 있어서는 사회나 세계의 본질을 보여줄 수 있는 종자를 잡고 그를 갈등 구조 속의 전형적 인물로 형상화해야 한다는 일반적 리얼리즘 이론과 별다름이 없다. 다만 그 바탕에 주체의 혁명이론이 깔려 있다는 점만이 다를 뿐이다.

아동소설이라는 장르의 중위용어는 우리와 같이 단편·중편·장편소설로 구분하고 있으나 드물게 역사소설이라는 용어도 쓰고 있으며 '콩트'라는 말 대신 '벽소설'이라는 신조어를 쓰고 있다. 그리고 하위용어로 추리소설·운문소설·동물소설·실화소설·과학환상소설이라는 명칭을 쓰고 있다.

이제까지 『창작』을 중심으로 하여 북한아동문학 이론의 대체적인 모습을 알아보았거니와, 이 같은 개념적 언어만으로 그들 문학의 실상을 파악하기는 어렵다. 아무리 이론이 창작의 교범이라고 하너라도 개념이 그대로 실제로 구현될 수는 없기 때문이다. 여기에는 또한 언어적 내포에 있어서 서로 경계를 달리하는 남·북한의 이질성도 적지 않게 작용할 것이다. 따라서 온전한 문학적 상을 그리기 위해서는 그들의 실제 창작을 함께 살펴보지 않을 수 없다. 이제 동화와 동요·동시를 중심으로 북한아동문학의 창작 실제를 살펴보기로 하자.

⑤ 아동극의 경우

아동극[19]을 아동문학의 장르로서 인식하여 구분하고는 있지만, 한국과 마찬가지로 북쪽도 아동극 창작활동은 매우 소극적인 것으로 판단된다. 월간『아동문학』의 경우, 3개월에 한 편 꼴로 발표되고 있는 바, 장르별 통계표에서 보듯이 전체 5,500편에 가까운 아동문학 작품 중에 아동극 19편, 동화극 19편, 아동방송극 10편, 아동영화문학시나리오 3편, 노래이야기극 13편 등으로 1.17%밖에 되지 않으니 참으로 수요가 적은 장르일 뿐이다.[20]

전문적인 중요 동극작가는 겨우 홍순모, 조원팔, 고상훈, 리호원, 로병수 등 5명 정도로 보이며 장르 하위 용어도 '노래이야기극', '음악극', '동화노래극동화가극', '음악시극' 등 중구난방인 형편인데 특이한 것은 '련속아동방송극'에서 조원팔 작 '남쪽에서 온 편지'1991년 5월 433호가 '광주보상특별법안 반대투쟁편'이라는 부제가 붙어 있고, 연이어 460호1993년 8월호에는 '한총련 탄압책동편'이라고 부제가 붙어 있어 이 장르가 대남 방송용으로 쓰이고 있음을 확인하게 되었다는 사실이다. 한국의 역대 대통령들인 이승만·박정희·전두환·노태우 씨 등의 명자를 내걸고 중상모략한 작품들이 동요·동시에서도 간혹 드러나긴 하지만 극문학은 이 점에서 더욱 적극적인 수단으로 동원되고 있음으로 보아 아동극의 존재 이유가 의심스럽다고 하겠다.

---

19 '아동극'과 '아동극본'은 구별되어야 하는 것이 타당하다. 아동극은 극 예술의 장르 명칭이고, 문학 용어로서는 아동극본이라야 하는 것이다. 그렇지만 본고에서는 편의상 이 점에 구애되지 않고 '아동극'을 '아동극본'의 개념으로 쓴 것으로 간주하기로 한다.

20 한국의 경우, 어린이를 위한 방송극은 활발하게 이루어지고 있음에도 불구하고 그 대본은 잡지나 출판물로 발표되지 않고 있어서 이의 활동 여부가 거의 드러나지 않고 있는 것이 현실이다.

## 3) 동요 · 동시의 분석

### (1) 개요

동요동시의 분석대상으로 삼은 텍스트『해바라기』는 1981년 평양의 금성청년출판사에서 문고형으로 출판된『조선아동문학』제6권이다.[21]

이는 1946년부터 1980년 사이에 발표된 작품들 중에서 67명의 148편을 엮은 동시선집이다. 광복 후 북한에서 활동한 대표적인 동시인들의 대표작을 골라 엮은 것으로 판단된다. 북한의 체제를 감안할 때 이러한 저작에 의하여 인정된 대표성은 그들 사회에서는 가장 권위 있는 공인이라고 믿을 수 있다.

작품 분석 텍스트로서 동화와는 달리 이를 택한 것은, 3,000편이 넘는 방대한 분량동요 1,432편, 동시 1,601편, 송가 10편, 노래이야기 13편을 다루고 있는『아동문학』보다 마감이라고 하는 제한 기간 동안에 효율적이고 실질적인 검토가 가능하다고 판단했기 때문이다.

한국과 다르거나 구별되는 경향은 다음 몇 가지로 요약된다.

① 우리는 동요문학이 거의 쇠퇴한 현상을 보이고 있는 데 반하여 북한은 동요와 동시가 거의 균형을 이루면서 발표되고 있다.

② 동화문학과는 달리, 우리가 이미 예측하고 들은 바대로, 정치적 선동과 지도자의 우상화 수단으로서 활용되는 정도가 매우 심각하다. 특히 그 점은 동요 작품의 경우 더 했다. 동요문학은 존재자체가 선동과 홍보의 수단에 있는 것이 아닌가 하고 의심될 지경이다.

③ 따라서 문학적 가치를 인정할 만한 작품은 지극히 미미했다.

④ 중요한 동시인으로 윤동향, 윤복진, 이원우, 박세영, 민병준, 황민,

---

21 이 문고는 전 6권으로 되어 있는 모양인데, 필자가 입수한 것은 제4권 동화선집『행복의 동산』과 제6권 동시선집『해바라기』등 2권뿐이다.

마운룡, 림금단, 김영수 등이 발표량으로 보아 손꼽힌다.

## (2) 구체적 분석

<표 3> '동요·동시 작품별 분석표'는 동시선집 『해바라기』에 발표된 148편의 작품을 대상으로 한 것이다.
다음 표<표 2>는 <표 3>의 자료에 의거한 총괄 통계이다.

<표 2> 동요·동시 내용분석 총괄통계표

| 구 분 | | 우상화 | 체제선전 | 전의고취 | 서경서정 | 소 계 |
|---|---|---|---|---|---|---|
| 동 요 | 편수 | 23편 | 31편 | 2편 | 4편 | 60편 |
| | 비율 | 15.5% | 20.9% | 1.4% | 2.7% | 40.5% |
| 동 시 | 편수 | 43편 | 34편 | 8편 | 3편 | 88편 |
| | 비율 | 29.1% | 23.0% | 5.4% | 2.0% | 59.5% |
| 총 계 | | 66편 | 65편 | 10편 | 7편 | 148편 |
| | | 44.6% | 43.9% | 6.8% | 4.7% | 100% |

전체 148편 가운데 동요가 60편전체의 40.5%을 차지하는 것으로 보아 북한아동문학에서는 아직 동요가 중요한 장르로 기능하고 있음을 알 수 있다. 이러한 현상은 아마도 문학을 선전·선동그들의 용어대로라면 '교양'의 수단으로 보는 그들 문학관의 반영이라고 생각된다. 선전·선동의 기능을 담당할 수 있기만 하면 그것이 설령 예술성이 떨어지는 양식이라도 존속한다는 것이다. 기실 동요는 노래가사로서 갖는 제약 때문에 시인의 충일한 시상을 담아내기에는 충분하지 못하다고 할 수 있다. 이런 이유로 하여 우리의 문학현실에서는 동요가 점차 위축되고 그 자리를 보다 문학성이 풍부한 동시가 대신하고 있다. 우리는 북한에서 동요가 상당한 비중을 차지하는 이러한 현상을 통해 북한의 아동문학이 예술적 감동보다 선전·선동을 일차적 사명으로 삼는다는 사실을 더욱 뚜렷하게 확인할 수

있다. 동요가 17년간 1,432편이나 되는데 가사 282편까지 합치면 그 비율은 31.22%가 되고, 동시는 1,601편에 송가 10편을 포함해서 총 1,611편으로 29.34%가 된다. 이로 보아 우리 한국의 최근 현상과는 달리 동요와 동시의 창작활동이 거의 평준한 상태로 이루어지고 있다는 추정이 가능하다. 특이한 사항은 동요란 장르가 자수 중심이어서 작곡을 전제로 하는 가사류와 근접하고 있고 그 내용에 따라 풍자 · 기행 · 유희 동요로 세분하고 있다는 사실이다. 동시도 그 성격상 송가와 같으나 서정서사시장동시 · 기행시 · 담시 · 동화시로 나누기도 하며, 더 세분하여 풍자동시 · 연속기행시 · 기행연시 · 벽시 · 풍자연시로 표시하기도 한다.

그 내용은 대체로, 우상화 작품 44.6%, 체제선전 작품 43.9%, 전의고취 작품 6.8%, 서경서정 작품 4.7%였는데 이 비율은 1980년 이전까지의 상황이지만 그 방향은 현재까지 그대로 유지되고 있다고 볼 수 있다. 김일성 우상화라든가 체제선전 같은 정치적 이념에 아주 깊이 침윤되어 있는 작품이 전체의 95%에 달한다는 점이 동화와는 대척적인 차이점을 보이고 있어 무척 흥미롭다. 이에 대한 가장 손쉬운 해석은, 동요 · 동시가 주관적인 정서 표출 양식이라는 점에서 감정 노출에 있어 무제한의 자유를 누릴 수 있기 때문으로 보는 것이다.

그리고 김정일이 만12세 때『아동문학』1954년 6월지에 발표한 「우리교실」은 '불후의 고전적 명작'으로 평가받고 있다.『아동문학』지는 1984년 6월호350호, 1994년 6월호470호는 각각 '우리 교실' 발표 30주년과 40주년 기념 특간호22로 발행했으며, 1989년 6월호410호는 발표 35주년 기념 특집을 다루고 있다. 1988년 8월지령 400호 기념 특간호호와 1989년 6월 410호, 발표 35주년 기념호에는 각각 「우리 교실」 발표 특집을 다루고 있다.23

---

22 일반호와는 달리 4.6배판, 64면으로 면을 늘린다.
23 본고 '5. 월간『아동문학』의 분석'의 말미에 붙은 <표 10> 참조.

동시 「우리 교실」 김정일을 전문 소개하면 다음과 같다.

우리 교실

아름다운 교실,　　　　　　　노래하자! 원수님을…
언제나 재미나는 교실　　　　우리는 승리하였네
앞에는 원수님 초상화　　　　행복한 민주의 터전은 건설되네
환하게 모셔져 있지요　　　　노래하자! 우리의 원수님을….

오늘 아침도 기쁜 마음으로　우리의 교실은 알뜰한 교실
우리 교실에 들어서니　　　　언제든지 책상에 앉으면
언제든지 반가운 듯이　　　　너그럽게 웃으시며 말씀하시네
우리 보고 공부 잘하라고…　새 나라 착한 아이들 되라고…

추운 겨울은 지나가고　　　　우리는 언제나 받드네 원수님을…
봄바람에 실버들 푸르렀네　원수님의 가르침을 따라
우렁찬 건설의 노래와 함께　새 나라 일군이 되자!
원수님을 우리는 받드네　　　항상 준비하자!

다만, 『아동문학』 1993년 3월호455호부터는 김정일의 지시로 매호마다 '유년기 문학' 특집을 하고 있는데 여기에 실린 유년동요는 대체로 체제 경향이 거의 보이지 않아 이런 작품은 동화·우화와 함께 우리가 통일 아동문학사에 쉽게 수용할 수 있을 것 같다. 유년동요는 특히 동요·동시에서의 "무기교의 기교", 동화·우화에서의 동식물의 다양한 의인화 수법은 눈여겨 볼 대목이다.

분석표에서 알 수 있듯이, 전체 148편 가운데 그런대로 문학성을 인정해 줄 수 있는 작품(★표)은 8편 정도로 극히 미미한 수준이다. 보다 많은 자료를 검토하면 이 비율은 더 높아질지도 모르겠지만, 한편으로 이 정도의 문학성이나마 확인할 수 있었던 것은 다행이라고 여겨진다.

'남쪽 소년소녀가 부른 노래'라는 차명형식의 작품도 상당히 보인다.

북한에서도 한국과 마찬가지로 동요시인와 동시인을 구별하는 일은 모든 장르를 넘나드는 예도 있어 쉽지 않다. 그러나 대체로 동시인이 제일 많고 그와 비슷한 비율로 동요작가도 많다는 것이 이번 연구의 대체적인 결론이다. 그러나 동화·소설류와 달리 개인 작품집은 드문 일로 판단되며, 4·4·5조를 기본으로 하고 가사와 유사한 동요는 초보적인 사람까지 쉽게 접근해 창작되는 게 현실인 것 같다. 발표량으로 보아 활동이 다소 활발하다고 할 수 있는 작가로는 윤동향, 윤복진, 이원우, 박세영, 민병준, 황민, 마운룡, 림금단, 김영수 등을 들 수 있다. 작고한 것으로 알려진 윤복진1991년 7월 16일 83세로 작고, 김조규동시인, 1990년대에 보이지 않음를 제외한 생존하여 활동하고 있는 중요 동시인을 정리해 보자면 다음과 같다.

① 대표 동시인 : 민병준, 문희서, 림철삼, 라경호, 김영수, 최충웅, 오홍수, 명준섭, 김선혜, 류정화, 리재남, 곽문철, 마운룡, 정신룡, 박갑인, 강정수, 리대수, 장요한 등 18명.

② 중요 동시인 : 송봉렬, 김시범, 엄애란, 허광순, 지하선, 문경환, 박문수, 윤태빈, 김정란, 김영선, 장만기, 박병주, 김학근, 홍근표, 김덕수, 박은경 등 16명.

③ 대표 동요시인 : 윤동향, 림금단, 김청일, 장윤희, 장상영, 김승길, 박희창, 리정남, 김옥형, 장익성, 장준범, 김응택, 안형국, 한광우 등 14명.

④ 중요 동요시인 : 리선갑, 김재갑, 민병일, 방동선, 로창남, 조무길, 박강윤, 한인찬, 곽대남 등 9명.

<표 3> 동요 · 동시 작품별 분석표
조선아동문학(6), 동요 · 동시선집 『해바라기』(1981년)
수록 작품 작가별(67명) 분석

◐<표 3>을 읽는 요령

- · 한자로 표기한 작가는 해방 전에 등단한 작가들이다.
- · 장르를 동요와 동시로 나눈 바 이는 선집에서 분류한 그대로를 보인 것이다.
- · 내용에 따라 우상화, 체제선전, 전의고취, 서경서정의 넷으로 나누었는데, 이 가운데
  네 번째 서경서정은 정치적 이념을 담고 있지 않은 순수서경 혹은 순수서정시이다.
- · ★표는 작품성과상 비교적 가작이라고 판단되는 작품에 표시했다.
- · 작품 발표 연도도 아울러 표기했다.

| 성 명 | 작 품 명 | 장르 | | 내용 분석 |
| --- | --- | --- | --- | --- |
| | | 동요 | 동시 | |
| 윤동향 | 만경대는 꽃동산(76) | O | | 우상화 |
| | 꽃피는 나루터(75) | O | | 우상화 |
| | 곤장덕의 민들레(63) | O | | 우상화 |
| | 글씨 공부(46) | | O | 체재선전 |
| | 누나와 똘똘이네(60) | O | | 체재선전 |
| 윤복진 | 학습 터에서(78) | O | | 우상화 |
| | 아름다운 우리나라(55) | O | | 체재선전 |
| | 시내물(54) | O | | 체재선전 |
| | ★개구리는 땅 속에서(58) | | O | 서경서정 |
| | 학습을 다하고서(54) | O | | 체재선전 |
| 이원우 | 떠돌던 귀속 노래(56) | O | | 우상화 |
| | 나도 두드려본다 너 이깔나무야(61) | | O | 우상화 |
| | 아이쿠 총(51) | O | | 전의고취 |
| | 풍년별의 잠자리(80) | | O | 체재선전 |
| 박세영 | 보고 싶은 원수님(55) | O | | 우상화 |
| | 한글 학교 가자우요(48) | O | | 체재선전 |
| | 모두모두 형인걸(48) | O | | 체재선전 |
| | 어디라도 와봐라(52) | | O | 전의고취 |
| | ★갈매기(49) | O | | 서경서정 |

| | | | | |
|---|---|---|---|---|
| 강승한 | 현물세가 들어온다 애국미가 들어온다(47) | ○ | | 체재선전 |
| | ★송아지 매매 우는 언덕에(46) | ○ | | 체재선전 |
| 김우철 | 입이 큰 기계(58) | | ○ | 체재선전 |
| | 산수(51) | | ○ | 전의고취 |
| | 노래하는 또락또르(58) | | ○ | 체재선전 |
| 김조규 | 혜산 소년과 조약돌(60) | | ○ | 우상화 |
| 민병준 | 평양의 하늘 아래서 우리는 자랍니다(70) | | ○ | 우상화 |
| | 봄을 선참 알려줘요(79) | ○ | | 우상화 |
| | 못다 그린집(60) | | ○ | 체재선전 |
| | 바다의 아침인사(75) | | ○ | 체재선전 |
| | 우리농장 로적거리(75) | | ○ | 우상화 |
| 황 민 | 원수님의 망원경(66) | | ○ | 우상화 |
| | 한 줌의 흙(59) | | ○ | 우상화 |
| | 기발(57) | ○ | | 체재선전 |
| | 안전등(57) | | ○ | 체재선전 |
| 배 풍 | 협동방아(59) | ○ | | 체재선전 |
| | 멀어지는 지평선(72) | | ○ | 우상화 |
| | ★방울새(80) | | ○ | 서경서정 |
| 남응손 | ★45분(54) | | ○ | 서경서정 |
| 김련호 | 일하는 밤(52) | | ○ | 전의고취 |
| | 징검다리(53) | | ○ | 체재선전 |
| 정서촌 | 달밤(51) | ○ | | 체재선전 |
| | ★발자국(63) | | ○ | 우상화 |
| | ★붉은 넥다이(56) | | ○ | 전의고취 |
| 김경태 | 나를 웃지 말아주세요(58) | | ○ | 체재선전 |
| | 영광의 나루터(65) | | ○ | 우상화 |
| 김정태 | 이사를 가요(53) | ○ | | 체재선전 |
| | 사랑하자 우리 공원(55) | ○ | | 체재선전 |
| 마운룡 | 세간놀이(72) | ○ | | 체재선전 |
| | 해뜨는 아침에(58) | | ○ | 체재선전 |
| | 떠나가는 군함 바위(69) | | ○ | 우상화 |
| | 대지에 쓰는 어머니의 노래(72) | | ○ | 체재선전 |

| | | ○ | ○ | |
|---|---|---|---|---|
| 김신복 | 기총 맞은 난로(51) | ○ | | 전의고취 |
| | 입쌀새 날아든다(59) | | ○ | 체재선전 |
| 백 하 | 철창은 흔들리었다(69) | | ○ | 우상화 |
| 최병환 | 장군님 오신다(69) | | ○ | 우상화 |
| 문경환 | 밀림 속의 야장간(65) | | ○ | 우상화 |
| | 은비녀(59) | | ○ | 전의고취 |
| | 다시 열린 창문(75) | | ○ | 우상화 |
| 전동우 | 연필(67) | | ○ | 우상화 |
| 허광순 | 아 백두산이 보인다(69) | | ○ | 우상화 |
| | 봉화산의 애기별(78) | ○ | | 우상화 |
| | 천리길의 둥근달(80) | ○ | | 우상화 |
| 김영민 | 행군 나팔(63) | | ○ | 체재선전 |
| 림금단 | 공작새야(64) | ○ | | 체재선전 |
| | 사랑의 그네(75) | | ○ | 우상화 |
| | 내가 단 꽃리봉(75) | ○ | | 체재선전 |
| | 날개가 되었어라(72) | | ○ | 우상화 |
| | 사랑의 무지개(78) | ○ | | 우상화 |
| 오영환 | 차돌(51) | | ○ | 체재선전 |
| 리맥 | 첫쇠물이 흐르는 날(58) | | ○ | 체재선전 |
| 장상영 | 나는 전화기예요(63) | | ○ | 체재선전 |
| 박희창 | 비닐집(69) | | ○ | 우상화 |
| | 파도는 안고 간대요(79) | ○ | | 우상화 |
| 김복원 | 작으나 큰 책(63) | ○ | | 우상화 |
| 최 옥 | 보름달(67) | | ○ | 우상화 |
| | 형님이 쓰던 붓을 들고(65) | | ○ | 전의고취 |
| | 차창에서 듣는 마차 소리(64) | | ○ | 체제선전 |
| 림철삼 | 구름 위의 내 고향(65) | | ○ | 우상화 |
| | 행군 전날 밤(73) | | ○ | 우상화 |
| | 꿈 많은 밤(63) | | ○ | 체제선전 |
| | 나도 그만 눈물 글썽(79) | ○ | | 체제선전 |
| 김영수 | 외할머니(59) | | ○ | 체제선전 |
| | 금로수 맑은 물(78) | | ○ | 우상화 |

| | | | | |
|---|---|---|---|---|
| | 회령의 고향집(76) | ○ | | 우상화 |
| | 웃는 밤동산(73) | ○ | | 체제선전 |
| | 바다에서 바다로(80) | | ○ | 체제선전 |
| 김창홍 | 소년단 협조대(52) | ○ | | 체제선전 |
| 김청일 | 키 크는 종이에요 으쓱으쓱(68) | | ○ | 체제선전 |
| | 공원 속의 우리 평양(77) | ○ | | 체제선전 |
| | 꽃글씨(80) | | ○ | 우상화 |
| | 떳떳한 마음(78) | | ○ | 체제선전 |
| 김승길 | 던지자 분노의 불덩어리(62) | | ○ | 전의고취 |
| | (장시)아프리카의 사막에서(75) | | ○ | 우상화 |
| | 동트는 배움길(75) | | ○ | 우상화 |
| | 젊어지는 집(80) | | ○ | 체제선전 |
| | 기중기 운전공 우리 누나(65) | | ○ | 체제선전 |
| 장덕철 | 만경대 고향집(78) | ○ | | 우상화 |
| | (장시)원수님께서 천리길 오신 날 밤에(73) | | ○ | 우상화 |
| | 첫 보초를 서던 밤(74) | | ○ | 우상화 |
| 김영심 | 만경대의 종다리(78) | ○ | | 우상화 |
| | 원수님은 우리 사진 찍어 주셨죠(78) | ○ | | 우상화 |
| 강운룡 | 만경봉의 까치(79) | ○ | | 우상화 |
| | 고향집의 농쟁기(78) | ○ | | 체제선전 |
| | 만경봉의 달노래(80) | ○ | | 우상화 |
| 손봉렬 | 무쇠 황소(78) | ○ | | 체제선전 |
| | (장시)아가야 너에게 봄을 주리라(75) | | ○ | 우상화 |
| | 사랑의 바다(75) | | ○ | 우상화 |
| 장준범 | 만경대의 백양나무(75) | | ○ | 우상화 |
| | 나의 책상(73) | | ○ | 체제선전 |
| 허룡갑 | 군사놀이(79) | ○ | | 우상화 |
| 김선혜 | 사랑의 짚신(79) | ○ | | 우상화 |
| | 참 좋은 아버지(80) | | ○ | 우상화 |
| 리재남 | (장시)조선의 큰 문(75) | | ○ | 우상화 |
| 리선갑 | 청봉의 밤(80) | ○ | | 우상화 |
| | 꼬마 대원 그 충성 빛내 갈래요(79) | ○ | | 우상화 |

| | | | | |
|---|---|---|---|---|
| 김린상 | (장시)영원한 배움터(75) | | ○ | 우상화 |
| 리대수 | 맥전 나루의 쪽배(77) | | ○ | 우상화 |
| 문동식 | 사랑의 불길(80) | | ○ | 우상화 |
| | 아동단 공놀이(75) | ○ | | 체제선전 |
| 변홍영 | 어머님 오신다(70) | | ○ | 우상화 |
| 문희서 | 김정숙 선생님을 따라(75) | | ○ | 우상화 |
| | 야 영철이여 너는 참 좋구나(73) | | ○ | 체제선전 |
| | 아름다운 강산에 복 받은 새들아(74) | | ○ | 체제선전 |
| | 우리의 무대는 넓기도 해라(70) | | ○ | 우상화 |
| 한용재 | 충성의 별들을 세워 주시네(75) | | ○ | 우상화 |
| | 어린 용해공들의 집(71) | | ○ | 체제선전 |
| 김익찬 | 박우물의 꽃단지(78) | | ○ | 체제선전 |
| 서기오 | 보물찾기(78) | ○ | | 우상화 |
| 방정강 | 백두산 이깔나무야(77) | | ○ | 우상화 |
| 허원길 | 큰 발자국(71) | | ○ | 우상화 |
| 박명선 | 둥근 달님 놀랐지요(79) | ○ | | 체제선전 |
| | 조선의 꽃무지개(73) | ○ | | 체제선전 |
| 김옥형 | 우리나라 큰 무대(75) | ○ | | 체제선전 |
| 조태룡 | 새벽되어 반짝(79) | ○ | | 체제선전 |
| 김영선 | 하늘길로 날아요(75) | ○ | | 체제선전 |
| | (유희동요) 줄넘기 노래(80) | ○ | | 체제선전 |
| 정춘식 | 종다리(73) | ○ | | 서경서정 |
| | 누나의 마음(70) | | ○ | 체제선전 |
| 라경호 | 강냉이 엄마의 자장가(80) | ○ | | 서경서정 |
| | 보통강은 웃고 있어요(80) | ○ | | 체제선전 |
| 김수남 | 연풍호의 갈매기(72) | | ○ | 우상화 |
| 김학연 | 너는 성큼 나설 수 있니(61) | | ○ | 체제선전 |
| 구영희 | 꿀벌들이 이사 왔어요(74) | ○ | | 체제선전 |
| | 민들레(80) | ○ | | 서경서정 |
| 림철삼 | 꽃보라(78) | | ○ | 체제선전 |

| 송기호 | 베틀 앞에서(76) | | ○ | 전의고취 |
|---|---|---|---|---|
| 조태현 | 궁전의 대리석 층계를 내리며(69) | | ○ | 체제선전 |
| 리관근 | 날마다 찾아가는 옥이네 집은(72) | | ○ | 체제선전 |

## 4) 동화 · 우화 · 아동소설의 분석

### (1) 개요

동화 · 우화 · 아동소설이하 세 장르를 한꺼번에 이를 때는 편의상 '동화문학'으로 씀 작품은 조선문학가동맹 아동문학분과위원회 기관지인 월간『아동문학』문학예술종합출판사, 평양 가운데 1990년 1월~1993년 12월호에 발표된 작품 102편을 검토 대상으로 삼았다. 전후에 걸쳐 입수 · 검토가 가능했던 전체 자료는 1981년도부터 1997년도까지 총 196권에 이르지만, 실제 정독하여 작품을 분석한 것은 1차초기 입수가 가능했던 1991~1993년도분에 한하였다. 그 이유는 이미 서론에서 언급한 사정 탓이다. 앞서 말한 대로 대상 작품들은 1990년대 초의 작품이므로 문학사적 추적에는 한계가 있다.

우선 동화문학의 가장 큰 특징은 우화를 별도의 장르로 인식할 만큼 이에 대한 관심과 작품 활동이 매우 활발하다는 점이다. 따라서 두드러지게 보여주는 경향은 한마디로 교훈적 관념과 직접적 대응이 되는 명백한 알레고리로 읽히는 작품이 주류를 이룰 수밖에 없어 보인다. 그러한 경향은 비단 우화적인 작품에 국한되지 않는다. 그런데 뜻밖의 발견은, '동화와 우화'의 주제와 '아동소설'의 주제가 서로 많이 다르다는 점이다. 아동소설의 경우는 동시문학과 마찬가지로 우리가 이미 상상하거나 들은 바와 별 차이가 없이 북한사회의 중심 이념인 공산주의-주체사상-수령 숭배로써 체제옹호성 가치관이 절대적이었으나, 동화와 우화의 경우는 이념적 색채가 없이 어느 사회에서나 있을 수 있는 보편적 도덕률을 강조하는 내용이 대부분으로서 우리의 선입관을 뒤집어 버렸기 때문이다.

또 다른 특징으로서 전래동화적인 구성이나 표현 기법이 보편적 현상처럼 보인다는 것이다. 그래서 실제로 전래동화의 개작인지 창작품인지 구별이 안 되어 확인을 요할 것으로 보이는 작품이 부지기수였다.

그래서 동화문학의 경우, 특히 동화와 우화의 작품에 주목하여 개별 작품을 일일이 분석 검토하고 우리가 가지고 있는 선입관에 대한 구체적 반증자료를 확인하기로 하였다. 아동소설의 경우, 동화와 우화에 비하여 오히려 많은 작품을 대상으로 할 수 있었지만 일부 무작위 표집으로 10편가량을 검토하면서 더 구체적으로 검토할 필요성을 느끼지 못했다.

본 항'4. 동화 · 우화 · 아동소설의 분석'의 말미에 보인 <표 8> 동화 · 우화의 작품별 분석표는 앞서 말한 대로 월간 『아동문학』의 최근 3년간1991~1993에 발표된 작품을 분석한 것이다.

다음 표<표 4>는 <표 8>의 자료에 의거한 총괄 통계이다.

<표 4> 동화 · 우화 내용분석 총괄통계표

| 양식적 특징 | 편수 | 비율 | 주제의 성격 | 편수 | 비율 |
|---|---|---|---|---|---|
| 우화적 작품 | 58편 | 59.8% | 공산주의적 가치관 | 11(11)편 | 11.3% |
| 전래동화적 작품 | 24 | 24.7 | 보편적 덕성 | 86(3) | 88.7 |
| 그 외의 성격 | 15 | 15.5 | 기타 | 0 | 0 |
| 합계 | 97 | 100 | 합계 | 97편 | 100 |

\* 주제의 성격에서 ( ) 속의 편수는 그렇게도 판단이 될 수 있는 작품의 수를 일컫는다. 즉, 공산주의적 가치관을 나타내는 것이 분명한 것이 11편이지만, 그러하다고 볼 수도 있는 작품도 11편이나 되어서 이를 포함하면 22편까지 될 수 있다는 뜻이다.


(2) 구체적 분석

창작동화라고는 하지만 뚜렷한 교훈성과 관념과의 직접적 대응성으로 인해 명백한 알레고리로 읽히는 작품이 전체의 59.8%로 압도적인 분량을 차지함을 알 수 있다. 앞의 이론에서 보았다시피 북한에서는 동화와 우화를 나누는 데 있어서, 긍정적인 면을 고취하는가, 아니면 부정적인 면을 비판 내지 풍자하는가를 기준으로 한다고 하지만, 이는 동화와 우화를 제대로 구별하는 기준이 되지 못한다. 우리의 개념으로는 위에서 소개된 동화 거의 모두를 우화 혹은 그보다 상위 개념인 알레고리에 포함시킬 수 있다.

표에서 이들 작품을 '우화'라고 단정하지 않고 '우화적'이라고 하여 다소간 여유를 둔 것은 '동화'라고 부른 그들의 생각을 조금은 배려해서이다. 그러나 실상 작품을 분석해 보면 이들 작품과 그들 스스로 '우화'라고 이름붙인 작품이 본질에서 어떻게 구별될 수 있을지 알 수 없다. 한 사례로서 위 표에도 소개되어 있는 「신을 바꾼 메토끼」최장선와, '우화'로 발표된 「두꺼비가 입은 '비단옷'」김성현, 독자투고은 『아동문학』1990년과 1992년에 각각 발표된 작품으로서 이를 비교해 보기로 하자.

먼저 「신을 바꾼 메토끼」의 화소를 분석하면 아래와 같다.

> 이야기의 배경은, '쪽신'을 신고 풀만 먹는 짐승들이 사는 '양지동산'이다.
> ① 멍멍이의 털신을 보고 난 뒤 메토끼는 자기의 신발에 싫증이 난다.
> ② 멍멍이에게 신발을 바꾸자고 얘기하고 싶지만 기회를 얻지 못한다.
> ③ 털신을 신은 다른 동물을 찾아 길을 떠난다.
> ④ 도중에 만난 동료가 충고를 하지만 듣지 않고 계속 길을 간다.
> ⑤ 털신을 신은 메돼지를 만난다.
> ⑥ 메돼지와 신을 바꾸어 신고 돌아온다.
> ⑦ 이튿날, 마을에는 털신을 신은 짐승이 도둑질을 한 사건이 발생한다.
> ⑧ 신발을 바꿔 신은 메토끼가 도둑으로 몰려 봉변을 당한다.
> ⑨ 사실이 밝혀지고 사건은 종결된다.

다음은 「두꺼비가 입은 '비단옷'」의 분석이다. 이야기는 '개구리네 섬

동산에 사는 막내두꺼비'에 관한 이야기이다.

> ㉠ 두꺼비가 자기 옷에 싫증이 났다.
> ㉡ 참개구리에게 옷을 바꾸어 입자고 했다가 무안만 당한다.
> ㉢ 비단개구리와 옷을 바꾸어 입고는 돌아온다.
> ㉣ 황구렁이가 비단개구리인 줄 알고 잡아먹으려고 한다.
> ㉤ 두꺼비임이 밝혀져 간신히 살아나온다.

두 작품은 우선 주제가 서로 일치한다. 두 작품 다 그것은 등장인물의 입을 통해 말해지고 있는데, "자기 것보다 남의 것을 더 좋아하면 변을 당한다"는 것이다. 그리고 핵심 모티프 또한 ①과 ㉠, ⑥과 ㉢, ⑧과 ㉣로 대응되면서 서로 일치한다.

그렇다고 둘 사이에 차이가 전혀 없지는 않다. 일단, 묘사의 수준에 있어 전자는 후자에 비해 훨씬 치밀하다. 전자에서는 후자에서 볼 수 없는 내면묘사까지 볼 수 있다. 게다가, 사건 전개에 필연성을 부여하고 있는 정도 또한 전자가 월등하다. 그래서 작품의 길이 또한 8:1 정도로 다르다. 이러한 점들을 모아보면 결과적으로 전자는 필연적 사건 구조를 갖추고 있는 데 반해 후자는 에피소드의 조합 · 제시에 그치고 있다고 할 수 있다.

그럼에도 불구하고 이 정도의 차이는 두 작품의 구조적 동일성을 능가하지 못한다. 달리 말하면 두 작품이 각각 다른 장르로 나뉘어져야 할 정도로 의미 있는 차이가 되지 못한다는 것이다. "우화의 짤막한 이야기에 살을 붙이고 늘쿠어서 전개된 이야기를 만들어 놓으면 그것이 곧 동화로 된다고 하는 것은 정확한 견해일 수 없다"[24]고 한 그들의 지적은 그대로 이 두 작품에 적용될 수 있는 것이 아닌가 한다.

요컨대, 북한의 창작동화는 과반수가 우화라고 할 수 있다.

---

24 장영 · 리연호,『동심과 아동문학창작』(문학예술종합출판사, 1995), 133쪽 참조.

'전래동화적'이라고 분류된 작품들 24편전체의 24.7%에 대해서도 비슷한 논리를 펼 수 있다. 이들 작품에서 전래동화와의 본질적인 차이점을 찾기 힘들다는 것이다. 이는 다만 "옛날 옛적에"나 "옛날 어느 마을에" 같은, 전래동화의 상투적 문구로 작품이 시작된다는 사실을 가리키는 것은 아니다. 이보다 더 중요하게 거론해야 할 점은 비현실적이고 비합리적인 일이 일상에서 아무 거리낌 없이 일어난다는, 작품 내적 세계의 구조적 특질과 관련해서다.

전래동화가 동화의 바탕을 이루는 중요한 양식임에는 틀림없지만 전래동화와 창작동화는 전근대적 양식과 근대적 양식으로 분명 구별되어야 한다. 그것은 사고에 있어서의 전근대성/ 근대성의 차이와 관련되는 것으로서, 전근대적 사고가 세계에 대한 신비적 · 비과학적인 것을 특징으로 한다면 근대적 사고는 합리적 · 과학적인 점을 특징으로 한다. 일상생활에 마법이나 신비가 아무런 전제 조건 없이 공존할 수 있다면 그 세계는 근대적인 것이라고 보기 힘들 것이다. 근대 창작동화의 스타일이 현실 세계가 아닌 또 다른 세계를 창조할 수밖에 없는 것도 이런 이유 때문이다.

우화도 본질적으로 근대적 양식은 아니다. 따라서 전근대적 양식인 우화와 전래동화가 전체의 84.5%를 차지한다는 사실로 볼 때, 북한의 동화에서는 창작동화의 근대성을 찾아보기 힘들다는 결론을 내릴 수 있지 않을까 한다. 비록 분석표에서 보듯이 우화와 전래동화 어느 쪽에도 속하지 않는 작품이 15편가량 있기는 하나, 이들도 과학이나 기계 같은 근대적 소재를 사용하고 있다는 점에서만 다를 뿐, 마법적 요소가 일상생활 속에 아무런 거리낌 없이 공존하고 있기 때문에 엄밀하게는 근대적이라고 보기 힘든 면이 강하다.

거개가 우화나 전래동화의 방식을 차용하고 있다는 데에서 이미 알 수 있듯이, 북한의 동화는 형상화의 방식에 있어 무척 제한적이라는 인상을 받게 된다. 달리 이해하면 작가의 창조적 상상력이 그만큼 발휘되지 못하고 있다고도 할 수 있는 것으로, 이는 교양의 수단이 되어야 한다는 아동문학의 사명에서 귀결되는 바, 주제 전달이 보다 상위의 가치로 자리매김되는 데서 생겨난 결과가 아닌가 한다. 이로써 우리는 북한의 문학예술이 예술의 본령에서 비껴나 있음을 다시 한 번 확인할 수 있다.

주제의 성격은 동화와 우화의 경우와 아동소설의 경우가 판이하게 구별된다. 모든 소설작품을 검토해 본 것은 아니지만, 본인이 읽은 9편의 소설25만으로도 대체적인 성격을 판단할 수는 있다. 그에 따르면, 소설의 경우 북한에서 내세우는 공산주의적 가치관을 담지 않은 작품은 한 편도 없었다. 이웃 사랑이나 성실 같은 보편적 덕성을 이야기하는 경우에도 반드시 수령의 우상화라든가 국가주의적인 정치 이념과 함께 다루어지고 있음을 확인할 수 있다. 주제의 성격상 딱히 공산주의적 가치관을 강조한 것으로 볼 수 없는, 어떤 사회에서건 장려될 법한 인간의 보편적 덕성이 전체의 88.7%를 차지한다는 것은, 일반적인 북한 문학의 성격에 비추어 볼 때 아주 특이한 현상이다. 흔히 북한 문학이라고 하면 체제선전이나 김일성 우상화가 대부분인데, 동화에서만은 그러한 요소가 아주 미약한 것이다. 이는 우선 동요·동시와도 대조가 되는 현상이다.

동화그들이 말하는 우화를 포함가 이 같은 특이성을 보이는 것은 아마도 동화의 환상적이고 비현실적인 성격에서 기인한다고 보아 틀림이 없을

---

25 월간『아동문학』1992년 5월호와 8월호, 1995년 1월호와 2월호 등 4권의 책에 실린 小說 9편을 검토했다. 그 내용은 다음과 같았다.
　　김용주,『바다는 설레인다』(1992. 5)—우상화와 이웃 사랑; 류인옥,『숙제』(1992. 5)—국가주의와 성실; 리순기,『곡마단에 들어갔던 솔남이』(1992. 8)—혁명 전통의 형상화; 장혁,『고운 새싹』(1992. 8)—인민주의와 이웃 사랑, 자기희생; 송혜경,『푸른 하늘을 흐리게 하지 말라—한 외국인 녀성의 수기』(1995. 1)—반미 반제국주의 체제 선전, 우상화; 김성웅,『광범이가 찾은 대답』(1995. 1)—우상화 및 신뢰; 림현숙,『빛나는 시간』(1995. 2)—김정일 우상화; 리준걸,『소꿉동무』(1995. 2)—혁명 정신과 우정, 성실, 노력; 김철세,『오각별 단추』(1995. 2)—국가주의, 김정일 우상화.

것이다. 이를 '환상의 탈정치성'이라고 할 만한데, 그들로서도 수령이나 사회체제 같은 현실을 비역사적 차원에서 이야기할 수 있는 데까지는 이르기 힘들었을 것이다.

동화의 중위 장르 명칭을 단편·중편·장편으로 구분하는 것은 우리와 같으나 유년동화라는 용어 외에 특수하게 '지능동화', '과학환상동화'라는 용어도 쓰고 있다. 앞에서 말한 17년간의 『아동문학』지에 발표된 작품 분석표[26]에 따르면 전체 5,491편 중 단편소설이 590편인데 이에 벽소설콩트 3편까지 합친다면 그 비율은 10.81%이니까 동화의 9.98%보다 많은 편이다. 그러나 7.12%의 우화까지 동화로 본다면 소설류에 해당하는 작품이 동화류보다는 적다. 대체로 그 경향은 현실적인 아동생활을 다루면서 사회주의 전체목표인 공산주의적 가치관에 역점을 둔 작품과 보편적 덕목에 치중한 작품이 동화와는 달리 대체로 전자가 대부분이고 후자가 간혹 보일 뿐이다.[27] 다만 확실한 것은 현실 생활에 소재를 두었기 때문에 동요·동시와 같이 통일아동문학사에 수용될 작품이 많지 않을 것이라는 판단이다. 가령 고창문의 단편소설 「광주소년」1984년 5월, 349호과 같이 시사적 소재를 다룬 작품이 많기 때문이다.

작품의 수준(질)과 발표량, 활동 기간 등으로 판단하여 볼 때 현역 동화작가와 작고한 동화작가는 대충 다음과 같이 확인이 된다.

<표 5> 북한의 동화작가(1)

| 대표 동화작가 | 강효순, 김찬홍, 최낙서, 김우경, 리동섭, 허원길, 김재원, 원도홍, 박정남, 러병수, 전춘식, 박상용, 전중섭, 김박문 등 14명. |
| --- | --- |

---

26 본고 제5절의 <표 2>를 말함.
27 조선아동문학문고의 하나로 출간되었다는 아동소설선집을 입수하지 못했고 해서 구체적 내용상의 특징을 통계적으로 파악하지 못했다.

| 중요 동화작가 | 지홍길, 황령아, 김룡길, 김대승, 김형운 등 5명. |
|---|---|
| 작고 작가 | 1970년대에 현덕, 박인범, 이원우, 배풍, 황민, 강훈, 김용권, 차용구, 김도빈 등이 사라지고, 1980년대에 강효순, 김신복, 김찬홍 등이 사라진 것으로 추정된다. |

1981년 간행된 조선아동문학문고 4 동화선집『행복의 등산』(금성청년출판사)에는 1947년부터 1980년까지의 대표동화가 수록되어 있는 바 그것을 소개하면 다음과 같다.

<표 6> 북한의 동화작가(2)

| 이원우 | 작아지지 않는 연필(1947)<br>고간 속에 생긴 일(1947)<br>천동항아리(1955) | 김신복 | 이상한 '귀속말'<br>메토끼의 나팔주둥이<br>바다고슴도치 |
|---|---|---|---|
| 강효순 | 너구리네 새집(1954)<br>행복의 열쇠(1955)<br>뿔난 너구리(1955) | 강훈 | 지지와 배배(1947) |
| 박인범 | 빨간구두(1956) | 김도빈 | 제일 큰 힘(1954) |
| 황민 | 기러기 | 김용권 | 열두 번 뜨는 해(1961) |
| 배풍 | 돌아온 오리, 귀가 큰 토끼 | 차용구 | 겉과 속 |
| 김찬홍 | 미균 비행사와 그의 세균 부대 | 리동섭 | 제일 큰 나팔(1962) |
| 최낙서 | 푸른궁전의 선물<br>개구리 박사의 려행 | 김우경 | 파란집 동무들<br>물방울 |
| 허원길 | 떠돌아 다니던 물음표 | 원도홍 | 다람쥐네 고간 |
| 만운룡 | 어린 갈매기 | 김재원 | 파도왕의 편지 |

이 잡지에서 확인되는 아동소설가는 다음과 같다.

<표 7> 북한의 아동소설가

| 대표 아동소설가 | 리동섭, 리준길, 리춘복, 장혁, 장명숙, 고상훈, 량철수, 최복선, 박춘호, 리철숙, 량경환, 변제전, 신종봉, 김정희, 리희룡 등 15명. |
|---|---|
| 중요 아동소설가 | 최희숙, 리광철, 리봉림, 민경숙, 한가석, 최은해, 서기오, 길성근 등 8명. |

동화 · 우화를 작가 및 발표 작품별로 구체적으로 분석한 내용은 다음 표(표 8)와 같다.

<표 8> 동화 · 우화의 작품별 분석표
조선작가동맹 아동문학분과위원회 기관지
『아동문학』 소재 작품 분석(1990~1993)

◑ 표를 읽는 요령

· 대상이 모두 102편이라고 했으나, 여기에는 동일한 주제를 담은 여섯 편의 '연속 동화'가 포함되어 있다. 이를 본고에서는 한 작품으로 취급하기로 한다. 따라서 실제 분석 작품 수는 97편이 된다.
· 작품 배열은 작가명의 가나다순으로 하기로 한다. 작가 중에 김일성, 김정숙, 김정일이 포함된 것은 그들이 들려준 이야기를 그대로 옮겼다고 되어 있기 때문이다.
· 제목 끝 괄호 안에 표기된 숫자는 작품이 발표된 年度를 가리킨다.
· 제목 끝 괄호 안에 '과학환상동화' 혹은 '유년동화'라고 표기되어 있는 것은 발표 지면에 표기된 그대로를 보인 것이다.
· '양식적 특성' 항목을 두어 '우화적 양식'과 '전래동화적 양식'에 속한다고 판단되는 것들을 ○표로 표시했다. 여기에서 우화와 전래동화는 북한 이론의 개념이 아니라 우리의 미학적 개념에 의한 것이다. 또, 우화 혹은 전래동화의 성격이 뚜렷한 것만 표시한 바, 아무 표시도 없는 작품은 어느 쪽에도 속하지 않는, 즉 비교적 자유로운 발상에 의한 것이다.
· 주제가 뚜렷하게 어떤 성격을 띠는가에 따라 크게 '공산주의적 가치관'을 강조하는 것과 '보편적 덕성'을 표방하는 것으로 나누었다. 이 가운데 괄호로 표시된 것은 그렇게도 이해될 소지가 있음을 나타낸다.

| 작자 | 제목 | 양식적 특성 | | 줄거리 및 주제 | 주제의 성격 | |
|---|---|---|---|---|---|---|
| | | 우화적 | 전래동화적 | | 공산주의적 가치관 | 보편적 도덕 |
| 경명섭 | 명의와 두 아들 (91) | | ○ | 일확천금을 노리다가 종신세로 전락한 형과, 높은 의술을 배워 사람들로부터 칭송을 듣게 된 아우 이야기. 돈을 경계하고 기술의 소중함을 강조함 | 반자본주의 | 기술장려, 이타주의 |
| | 시들지 않는 꽃 (92) | ○ | | 온갖 시련을 이기고 피어난 모란꽃 이야기 | 전체주의 | 의지 |
| | 은동이와 금침(90) | | ○ | 효심과 충성심을 겸비한 완벽한 인간 은동이에 관한 이야기 | 국가주의 | 효성, 충성 |
| 고희웅 | 청서와 다람이 (92) | ○ | | 서로 위해주는 고운 마음씨를 가진 두 동물 이야기 | | 사랑 |
| 김광숙 독자 투고 | 우쭐대던 재간둥이 (93) | ○ | | 주위에서 '재간둥이'라고들 치켜세워주는 바람에 우쭐대다가 혼이 난 구름 이야기 | | 겸손 |
| 김길남 | 참개구리의 소리주머니 (91) | ○ | | 모두를 위해 자신을 희생하는 마음을 형상화 | 전체주의 | 이웃사랑, 이타주의 |
| 김대승 | 다람이화가와 개구리 (93) | ○ | | 자기 재주만 믿다가 낭패를 한 다람이 화가. 꾸준한 노력이 있어야 한다는 이야기 | | 노력 |
| | 다시 돌아온 게니(91) | ○ | | 닭동네를 부러워하여 집을 떠났던 게니(거위?)가 역시 자기 집이 좋다는 것을 깨닫는 이야기 | 주체사상 | 주체성 |

| | | | | | | |
|---|---|---|---|---|---|---|
| | 연속동화<br>해솟는<br>나라(2)<br>행복의<br>대문(92) | | | 해솟는 나라에서 바다에<br>세운 큰 대문(도크를 가<br>리키는 듯함-필자)을 찬<br>양하는 이야기 | 체제<br>선전 | |
| 김득순 | 꾀꼴새의<br>노래<br>주머니<br>(91) | ○ | | 독수리가 꾀꼬리의 노래<br>주머니를 빼앗아가자 새<br>들이 힘을 합쳐 그것을<br>되찾는다는 이야기 | | 협동,<br>반침<br>략 |
| 김박문 | 가슴에<br>붙은 검은<br><삼바리><br>(90) | | | 잔인한 마음을 품었다가<br>가슴에 검은 표적 <삼바<br>리>를 달게 된 아이가 마<br>음을 고쳐먹게 된 이야기 | | 생명<br>존중 |
| 김영훈 | 사슴이<br>준 약<br>(90) | ○ | | 대충 알고 조급하게 덤볐<br>다가 고생한 토끼를 통해<br>분명하고 확실한 지식의<br>중요성을 가르치는 이야기 | | 지덕<br>체 中<br>지(智) |
| 김의훈 | 욕심만<br>부리던<br>꿀꿀이<br>(유년동<br>화)(93) | ○ | | 내막을 잘 알지도 못하면<br>서 남을 함부로 의심하면<br>안 된다는 이야기 | | 신뢰 |
| 김일성 | 불씨를<br>찾은<br>아왕녀<br>(92) | | ○ | 불의 유래담. 아왕녀의 군<br>센 의지로 인간은 불을 사<br>용하게 되었다는 이야기 | | 의지 |
| | 산중대왕<br>의 죽음<br>(91) | ○ | | 간신들에 둘러싸여 명의<br>의 충고를 듣지 않던 호<br>랑이왕이 마침내 몸에 병<br>이 깊어져 죽고 만다는<br>이야기 | | 포용<br>성 |
| 김재원 | 굴뚝새네<br>형제(93) | ○ | | 큰일을 해야만 이름을 남<br>길 수 있는 것이 아니라,<br>작으나마 자기에게 주어<br>진 소임을 다하는 것이 중<br>요함을 깨우치는 이야기 | | 성실 |

| | | | | | |
|---|---|---|---|---|---|
| 김정숙 | 개미와 왕지네 (92) | ○ | | 지네의 열아홉쌍 발에 신발을 신기기 위해 힘을 합치는 곤충들의 아름다운 마음씨 | 협동, 우애 |
| | 오동나무 잎(92) | | ○ | 무당과 짜고 동네처녀를 빼앗으려던 송부자의 음모가 나무꾼 청년의 지혜로 밝혀진다. | 미신 타파 |
| | 쫓겨난 여우(90) | ○ | | 여우의 교활함을 조심하라는 친구들의 충고를 소홀히 듣다가 여우에게 속아 넘어간 곰 이야기 | 악에 대한 경계심 |
| 김정일 | 금붕어가 물어 온 무우 씨 (91) | ○ | | 생명을 존중하고 이웃과 나누는 삶의 소중함을 일깨운다. | 생명 존중, 인화 |
| | 연필의 소원(92) | | | 연필 한 자루라도 아껴 써야 한다는 이야기 | 절약 |
| | 토끼와 사자(90) | ○ | | 함정에 빠져 죽을 뻔한 위기를 슬기롭게 헤쳐나온 지혜로운 토끼 이야기 | 용기, 지혜 |
| | 토끼의 발도장 (91) | ○ | | 토끼의 지혜로 도둑인 여우와 승냥이를 잡은 이야기 | 지혜 |
| 김진열 | 참동이와 지주 놈 (91) | | ○ | 악독한 지주로부터 도망쳐 나온 동물들과, 지주에게 눌려 지내던 참동이가 힘을 합쳐 지주를 요절낸다는 이야기 | 계급 주의 |
| 김형운 | 신기한 쓰레박 (91) | | | 지저분하게 어지르는 버릇을 지닌 소년이, 명령만 하면 쓰레기를 치우는 쓰레받기에게 호되게 봉변을 한 이야기 | 애향 정신 |
| | 연속동화 해솟는 나라 (1) | | | '몰라왕국'의 거인이 해솟는 동쪽 나라에 와서 거대한 기계거인들과 힘 | 체제 선전 |

| | | | | 겨루기를 한다. 그러나 그 기계거인들은, 작지만 진짜 거인들인 인간이 조종하는 것임이 드러난다. | | |
|---|---|---|---|---|---|---|
| | 거인들의 첫 상봉(92) | | | | | |
| | 행복의 꽃방석 (93) | | ○ | 자신의 행복보다는 전쟁에서 다친 사람들의 행복을 위하는 순결한 아가씨를 통해 자기만을 위한 행복은 진짜 행복이 아님을 일깨우는 이야기 | 인민 주의 | 자기 희생 |
| 로병수 | 물속에 솟아난 바위(90) | ○ | | 많을 때라도 씀씀이를 헤프게 해서는 안 된다는 이야기 | | 절약 |
| | 봄이와 설이(92) | | ○ | 땅의 식물들을 실리려고 하늘나라 대왕에게서 물을 얻어오기 휘해 갔으나 설이는 유혹에 빠지고, 봄이는 자기를 희생한 끝에 성공한다. 각각 봄(春)과 서리(霜)가 되었다는 이야기 | | 절약 |
| 리성칠 | 수닭 한테 주었던? <요>자 (91) | | | 어른에게 반말을 쓰면 안 된다는 이야기 | | 예절 |
| | 옥돌(92) | ○ | | 저 잘난 멋에 자기를 갈고 다듬으라는 주위의 충고를 무시하던 옥돌 이야기 | | 겸손 |
| 리송필 | 아버지가 물려 준 지팽이 (90) | | | 아버지가 회사 사장에게 매를 맞고 죽고 난 뒤 동생과 함께 거지로 남은 장님 소년. 아버지가 쓰던 마법 지팡이 덕분에 눈을 떠 사회의 비리를 보게 되고 마침내는 그와 | 계급 주의 | |

| | | | | 의 투쟁에 떨쳐나선다는 이야기 | | |
|---|---|---|---|---|---|---|
| | 황금벌로 찾아 간 고추잠자 리(91) | ○ | | 이 땅 모든 사람들의 정성으로 풍년이 옴을 예찬하는 이야기 | 인민주의 | |
| 리영숙 | 선재가 지은 집 (93) | | ○ | 마음씨 착한 목수 선재는 핍박을 받지만 마침내는 구원을 받는다. 한편 악한 원님과 간사한 목수는 죽는다. | | 정직, 성실 |
| 리영재 | 다시 피어난 진주꽃 (90) | ○ | | 자기 가족만 알던 딱정벌레 영감이 헌신적인 사마귀 덕분에 나누며 살 수 있게 되었다. | | 개인주의 극복 |
| 리우현 | 장수힘은 어데 서 생겼나 (91) | ○ | | 힘이 약하다고 물러서지 말고 지혜로 이겨야 함을 강조한다. | | 용기, 지혜 |
| 리윤기 | 다시 태어난 팔랑이 (90) | ○ | | 물욕에 눈이 어두워 친구들을 저버렸던 잠자리가 죽을 고비에서 친구들의 구원을 받고서 깨우친다. | | 의리 |
| 리의섭 | 어미 딱따구리 의 기쁨 (92) | ○ | | 어미의 진정한 기쁨은 자식들의 선물에서 얻어지는 것이 아니라 그들이 땀흘려 노동하는 것을 보는 데서 얻어진다. | | 노동의 소중함 |
| 리정의 | 백초골의 동생 노루(91) | ○ | | '백초골의 행복'을 위해 목숨을 아끼지 않고 독초 구별법을 찾으려는 노루 | 전체주의 | |
| 리화선 | 뚜루룩이 와 금빛나팔 (91) | ○ | | 일을 잘 못하리라면서 시삐 여겼던 나팔이 정작 어려운 노동에서 큰 힘이 됨을 깨달은 착암기 이야기 | | 협동 |

| | | | 힘을 모아 집을 지었지만 | | |
|---|---|---|---|---|---|
| 림유춘 독립 투고 | 다시 지은 새 집(93) | ○ | 서로 좋은 방을 차지하려는 욕심에 집을 허물어버리게 되는 동물들. 그러나 마침내 혼자서는 집을 지을 수 없음을 깨닫는다. | | 협동, 단결 |
| 림종철 | <로보트>가 쏴올린 포탄(과학환상동화)(91) | ○ | 과학적 탐구열이 강한 수만이. 그러나 수박 겉핥기식 독서로 인해 두루 유익한 실제적 발명에는 미치지 못하다가 반성하고 난 뒤 큰 발명에 성공한다. | | 성실, 정확한 지식의 중요성 |
| | 태만이가 얻은 <보물> (과학환상동화) (91) | | 자신의 노력없이 보물을 얻으려고 했던 태만이가 잘못을 뉘우치고 스스로 탐구하게 된다. | | 근면, 성실 |
| 맹성재 | 그네터의 방울 소리(93) | ○ | 단오날 흐려 그해 농사를 망칠 위기에 처한 어느 마을. 단오날 높은 나무에 은방울이 매달고 그네로써 그것을 차면 소원을 이룰 수 있다 하여 마음씨 고운 소녀가 개인적인 소원 대신에 농사를 지을 수 있도록 햇빛을 원한다. 소녀의 시련으로 마을은 풍년을 맞는다. | 전체 주의 | 자기 희생 |
| | 달거울을 본 술래 (91) | ○ | 술래잡기에 얽힌 민담 | | 의리 |
| | 솔이가 받은 나이(90) | | 섣달 그믐밤, 솔이는 나이할아버지로부터 지난 한 해의 잘못에 대한 댓 | | 생활 태도 |

| | | | | 가로 돼지 나이, 고양이 나이 등을 받는 꿈을 꾸고 나서 진실된 새해를 다짐한다. | | |
|---|---|---|---|---|---|---|
| 문경환 | 알락이와 달락이 (93) | ○ | | 집과 집 사이 밤나무를 서로 자기 몫이라 다투다 결국 밤나무마저 베버린다는 이야기 | | 협동 |
| 문정실 | 옥이의 빨간별 (유년동화)(93) | | | 어려운 처지에 있는 남을 도와야 한다는 이야기 | | 이타심 |
| 민길웅 | 다래동산의 애기토끼 (93) | ○ | | 개인적인 욕심을 버리고 어려운 남을 도울 때 좋은 일로 보답을 받는다는 이야기 | | 이타심 |
| | 수정나무에 핀 꽃(92) | | ○ | 열매 세 개가 열려 세 가지 소원을 이루어준다는 수정나무. 가난한 어머니와 딸은 개인적인 소원도 절박하지만 적의 외침에 시달리는 나라를 먼저 생각한다. 그들의 마음씨는 더 크게 보답받는다. | 국가주의 | 이타심 |
| 민운기 | 한밤중에 있은 일(90) | ○ | | 산양의 탈을 쓴 여우에게 속은 새끼 노루 이야기 | | 악에 대한 경계심 |
| 박정남 | 꼬부랑 새우와 그의 동무들 (92) | ○ | | 자기에게 더없이 소중한 약을 남에게 주어야 하는 문제로 고민하는 새우. 그러나 새우는 고민을 이기고 필요로 하는 이에게 약을 준다. | | 이타심 |
| 박찬수 | 얼챙이 (90) | ○ | | 개구리가 되는 훈련을 게을리하여 뒤늦게까지 올 | | 유비무환 |

| | | | 챙이에 머물던 '얼챙이'가 적에게 죽을 봉변을 하고서야 크게 깨닫는다는 이야기 | | |
|---|---|---|---|---|---|
| 박상용 | 거부기와 호랑이 (90) | ○ | 잔악하고 교활한 호랑이를 지혜로 속여 죽게한 거북이 이야기. 맞부딪쳐 나갈 용기만 있으면 어떤 위험도 지혜롭게 이길 수 있다는 내용 | | 용기, 지혜 |
| | 변해가는 바위(93) | ○ | 처지가 변해도 마음만은 변치 말아야 한다는 이야기 | | 의리 |
| | 큰일을 하는 수닭(91) | ○ | 드러내지 않고 꾸준히 자기 일에 충실한 수닭이 진정한 사랑의 실천가라는 이야기 | | 성실 |
| | 연속동화 해솟는 나라(6) 겨루지 못한 경기(92) | | 힘겨루기를 하고 싶어 해솟는 나라를 찾은 '몰라왕국'의 기압장수. 그러나 해솟는 나라의 프레스장수의 우람한 자태를 보자 기가 질려 항복하고 만다는 이야기 | 체제 선전 | |
| 박태선 | 신기한 시계(90) | | 시각과 날씨를 알려주는 시간 할아버지를 살리기 위해 마을 사람들 모두 시간을 아껴 쓴다는 이야기 | | 시간의 소중함 |
| 배선양 | 명의의 약탕관 (93) | ○ | 죽을 사람도 살려내는 신기한 약탕관으로 적을 물리치는 지혜롭고 충성스러운 명의의 이야기 | | 지혜, 충성 |
| 변군일 | 연속동화 해솟는 나라(3) 다시 | | '몰라왕국'의 공주가 만든 공주꽃, 이를 더 아름답게 하기 위하여 공주는 각국의 노래를 녹음해 들 | 체제 선전 | |

| | | | | | | |
|---|---|---|---|---|---|---|
| | 피어난 공주꽃 (92) | | | 려주려고 한다. 햇솟는 동쪽 나라 어린이들의 노래가 가장 좋은 노래로 꼽힌다. | | |
| 손병민 | 산삼을 안아온 까치(90) | | ○ | 순결한 마음으로 의리를 지킨 까치와 거짓으로 속이려 한 까마귀 이야기 | | 의리 |
| 손석일 | 묶이었던 노루 와 너구 리 (92) | ○ | | 적의 교활함을 경계하는 내용 | | 악에 대한 경계 심 |
| 안경주 | 보물공장 의 주인 (90) | | | 전기를 아껴 쓰자는 이야기 | | 절약 |
| | 보물동산 의 은 방울(93) | | ○ | 보물동산의 은방울을 지키는 게으른 산양 이야기 | | 노력 |
| 유광일 | 선동이가 피운 꽃 (92) | ○ | | 의리를 지키고 죽어 사향꽃으로 핀 노루 이야기 | | 의리 |
| 윤학복 | 들국화꽃 향기(93) | | ○ | 무쇠장수의 쌍둥이 아들이 외적의 농간으로 서로 적이 되지만 들국화꽃향기로 깨우친다는 이야기 | | 애향 심 |
| 장준범 | 꿀풀에 깃든 이야기 (90) | ○ | | 전체를 위해 목숨을 바치는 꿀벌의 이야기 | 전체 주의 | (이타 심) |
| 전승화 | 돈과 인정 (90) | | ○ | 돈밖에 모르고 자란 '돈만이'. 돈으로는 인정을 살 수 없고 고락을 함께 함으로써만 인정을 살 수 있음을 깨닫는다는 이야기 | | 이웃 사랑 |
| 전종섭 | 개구마리 와 | ○ | | 겉모양만 보고 내린 판단은 잘못임을 강조한 이야기 | | 사물 을 |

| | | ○ | | | 대하는 태도 |
|---|---|---|---|---|---|
| | 꾀꼴새 (90) | | | | |
| | 풍요한 동산을 찾아서 (92) | ○ | 땀의 열매가 소중함을 일깨우는 이야기 | | 노동의 소중함 |
| 정중덕 | 두 형제의 활(93) | ○ | 신기한 활을 만들던 두 형제, 그러나 아우는 가난을 벗어나 보려고 딴 마음을 먹는다. 그러자 활이 힘을 잃게 되고 외적에게 죽을 고비를 맞는다. 그러나 충성되이 나라만을 생각해 온 형의 활 덕분에 살아난다. | 국가주의 | 개인주의 극복 |
| 정지양 | 다래를 따러간 줄배기 (90) | ○ | 저 혼자만 생각하던 다람쥐 '줄배기'가 친구들의 진실된 우정에 감복, 잘못을 뉘우친다는 이야기 | | 우애, 개인주의 극복 |
| 정춘식 | 노래명수 참골이 (90) | ○ | 자신을 희생하여 동산을 지키려는 아름다운 마음씨를 가진 개구리 이야기 | 전체주의 | 이타심 |
| | 세 꼬리가 달린 네모(92) | ○ | 굽히지 않는 굳은 심지를 예찬하는 이야기 | | 의지 |
| | 어머니의 눈을 띄운 오동이 (91) | ○ | 술에 취해 아버지로부터 물려받은 말을 죽여 버린 오동이, 잘못을 뉘우치고 바다 한가운데 도둑의 섬으로 말을 구하러 간다. 거기서 황룡을 물리치고 좋은 말을 얻고 훌륭한 장수가 된다. | | 효심 |
| 조대현 | 돌배골의 막내 | ○ | 배우는 것을 게을리 하던 아기노루가 곤욕을 당한 | | 지식의 |

| 작가 | 제목 | | | 줄거리 | 분류 | 중요성 |
|---|---|---|---|---|---|---|
| | 노루(91) | | | 다는 이야기 | | 중요 성 |
| 조수영 | 누가 큰힘을 가졌나 (91) | ○ | | 몸은 작지만 탐구심이 강한 날다람쥐 덕분에 진짜 힘은 아는 것에 있다는 사실을 깨닫는 곰 이야기 | | 지혜 의 소중 함 |
| | 연속동화 해솟는 나라(5) 비단 짜는 선 녀(92) | | | 비단을 짜는 '몰라왕국'의 선녀가 솜을 구하기 위해 백방을 헤매다가 해솟는 나라로 가서 솜도 구하고 그 황홀함에 놀란다는 이야기 | 체제 선전 | |
| | 효동이 (92) | | ○ | 효성이 지극한 효동이 이야기 | | 효심 |
| 조혜선 | 다시 찾은 동무(92) | ○ | | 바위꽃(말미잘)과 게골뱅이가 가깝게 지내게 된 연유담 | | 의리 |
| 지홍길 | 알룩이가 된 고양이 (91) | ○ | | 은빛 고양이가 얼룩 고양이로 된 유래담. 저마다 할 일이 있고 그 일에 충실할 것을 강조함 | | 주체 성, 성실 |
| | 연속동화 해솟는 나라(4) 장수강냉 이(92) | | | '몰라왕국'의 거인도 놀랄 만큼 큰 '장수강냉이'를 재배하는 해솟는 나라 이야기 | 체제 선전 | |
| | 호랑이 옷을 입었던 고양이 (90) | ○ | | 멋있는 옷을 입고 위세를 부려보려다가 봉변한 고양이 이야기 | | 허영 심 경계 |
| 최낙서 | 두 공예사에 대한 이야기 (90) | | ○ | 이익을 전혀 돌보지 않고 남을 위하는 인동이와 이익에 눈먼 금달이. 용녀들의 도움으로 인동이는 자기 일을 계속할 수 있었으나 금달이는 바다에 | 인민 주의 | 이타 심 개인 주의 극복 |

| | | | | 서 나오지 못함. 이익에 초연한 순결한 마음씨를 권장함 | | |
|---|---|---|---|---|---|---|
| | 설계원과 숲할아버지(92) | | | 아버지가 자기에게 고생스러운 일자리를 물려주었다고 불평하던 현장설계원 아들이 아버지의 숭고한 뜻을 알고 감복한다는 이야기 | | 노동의 소중함 |
| | 인형아기의 옛 동무(92) | | | 훌륭하게 자란 옛주인을 만난 인형들 이야기 | | 건실한 생활 |
| | 재봉공과 두 친구 (91) | | ○ | (미완성) | | |
| | 할아버지의 안전등 (90) | | | '검은 금'(석탄) 채굴을 소재로 하여, 자기 한 몸이 아닌 나라를 위하는 순결한 마음씨를 부각시킨 이야기 | 국가주의 | |
| 최복실 | 보물궤짝 (93) | | ○ | 인색하고 심보 고약한 첫째가 욕심을 부리다가 패가망신하고 나서야 착한 두 동생과 화목하게 지내게 되었다는 이야기 | | 우애 |
| 최소향 | 이상한 속보판 (91) | ○ | | '자기의 비위를 맞추는 자를 덮어놓고 고마워한다면 큰 실수를 할 수 있음 | | 정직 |
| 최장선 | 신을 바꾼 메토끼 (90) | ○ | | 남의 신발을 탐내어 멧돼지와 신발을 바꿔 신었다가 봉변한 이야기 | | 주체성 |
| 최지순 | <잠동산>에 | ○ | | 자신의 일만 귀한 줄 알고 남을 업신여기면 안 | | 자기중심 |

| | 찾아간 방아깨비 (91) | | | 된다는 이야기 | | 주의 비판 |
|---|---|---|---|---|---|---|
| 최충웅 | 구름수레 (91) | ○ | | 개인의 영예도 전체를 위해 바칠 줄 알아야 한다는 이야기 | 전체 주의 | |
| 편재순 | 새벽을 지키는 새(91) | ○ | | 인간에게 은혜를 갚기 위해 자기를 희생한 '별새'와, 그를 본받기 위해 새벽을 지켜 우는 수닭 이야기 | | 의리 |
| | 점박이가 키운 나무(90) | ○ | | 자기만 알던 노루가 죽을 고비에서 친구들의 구원을 받고서 깨우친다는 이야기 | | 개인 주의 극복 |
| 최은애 | 보배와 대추나무 (92) | | ○ | 마당의 대추나무에 더 많은 대추가 열려 마을 사람들과 더 많이 나누어 먹기를 바라는 보배가 사악한 지주의 꾐에 빠져 죽는다. 그러나 보배의 착한 마음씨에 감복한 하늘은 보배를 살려 보낸다. | | 이웃 사랑 |
| | 어린 산양의 그림 (90) | ○ | | 원하는 것은 무엇이든지 종이에 그리기만 하면 얻을 수 있는 아기 산양이 무엇보다 소중한 것은 자기를 지킬 수 있는 무기임을 깨달은 이야기 | | 유비 무환 |
| 한태수 | 동산을 떠났던 별이(92) | ○ | | 엄마 잔소리가 듣기 싫어 동산을 떠난 새끼 노루가 잘못을 뉘우치고 돌아온다는 이야기 | | 애향 심 |
| | 아리의 물동이 (91) | | ○ | 횡포한 지주가 마법의 물동이를 깨뜨려 생겼다는 '아리못'의 전설 | 계급 주의 | |

| | 하얀나비 (유년동화)(90) | | | 청결을 강조한 이야기 | | 생활 도덕 |
|---|---|---|---|---|---|---|
| 현순애 | 미랑이와 묘랑이 (유년동화)(93) | ○ | | 버섯을 서로 가지려고 싸우다가 뉘우치는 두 아기 토끼 이야기 | | 우애 |
| 황령아 | 아버지의 금별메달 (91) | | | 전쟁 영웅 아버지의 금별메달을 달고 뻐기기만 하던 영남이, 잘못을 깨우치고 국토개발의 선봉이 되어 진짜 영웅이 된다는 이야기 | 국가 주의 | |
| 황철권 | 그의 허리는 왜 꼬부라졌나(90) | ○ | | 새우의 유래담. 종노릇하며 남에게 굽신거리며 살다가 허리가 굽어진 '벌벌이' 이야기 | | 주체 성 |

## 5) 월간 『아동문학』의 분석

### (1) 자료의 개괄

#### ① 창간

북한이 사회주의 체제 교육 · 교양물로서 1947년 7월에 창간해 6 · 25 전쟁 중에도 결호 없이 간행되었을 정도로 청소년 필수 유일 과목 외 교과서로 활용되고 있다.

처음 조선작가동맹 출판사에서 문예출판사로 다시 1992년 6월 문학예술 종합출판사 아동문학 편집부에서 발행되고 있다.

### ② 독자

11년제 의무교육학년 전 교육1년, 인민학교 4년, 고등중학교 6년인데 6살에 인민학교에 들어가 16살이면 졸업 학생 전체를 대상으로 하고 있으며 '글짓기 교실' 응모 상황에서 파악된 것으로는 인민학교는 물론이거니와 고등중학교생이 보다 집중적으로 독서하고 있음을 알 수 있다.

### ③ 필자

조선작가동맹 아동문학분과 소속 '맹원'들이 중심이나, 소위 주기적으로 강습을 받는 지역 학교단위의 '문학소조원' 등 '군중문학통신원' 자격으로 북한전역의 의무교육수강학생은 물론이거니와 교원 · 노동자 · 농장원 · 기관근무자 · 해외교포 전체가 참여할 수 있도록 되어 있다.

북한에서 작가가 될 수 있는 길은 맹원이거나 특별한 기념일6 · 1절, 조선소년단창립 6 · 6절, 보천보전투 승리기념 6 · 4절, 정권수립기념 9 · 9절, 당창건기념 10 · 10절, 그리고 김일성 출생일 4 · 15절, 김정일 출생일 2 · 16절 등을 기해 모집한 '작품경연'에 당선한 작가 중심이나 편집부에서 통과되면 누구든 발표할 수 있도록 되어 있으며, 특별히 김정일에게 작품집이 제출되어 실리는 경우도 있다. 『아동문학』지 편집위원은 판권에 편집후기도, 명단도 없으며, 다만 송봉렬, 박명선, 서창길, 박유라 등이 기자로, 김창국 · 선우금철 등이 사진기자로 활동하고 있음을 알 수 있을 뿐이다.

### ④ 체재

어린이 모습 중심의 컬러 표지에다 월간으로 본문 64쪽, 4 · 6배판이 일관되게 고수되고 있으나, 특간호 등에서는 본문 80쪽으로 수가 증가되기도 한다. 내용은 창작품동요 · 동시 · 동화 · 우화 · 아동소설 · 아동극 · 아동영화문학 중심이나 보다 체제 확립을 위해 산문수필 · 기행문 · 수기 · 방문기참관기 · 실화 · 전설 · 옛이야기 **분야가 10%**570건, **기타류**작곡가사 · 구호 및 교시 · 담화 · 번역작품 · 김일성, 김정숙, 김정일 작품 · 김정일 성장일화 및 현장지도기 · 구전동요 · 그림속담 · 새 책소개 · 소식 · 독자일기 · 수기 · 독자독후감상문 · 유사용어 토막지식 · 사고 · 글짓기 교실 · 웃음주머니 · 문예상식 · 술어해설 등이 **10%**로 게재되며 문학작품은 80% 이하가 되는 셈이다.

### (2) 자료의 종류별 분석

① 작품의 종류별 게재비율

이 잡지에 발표된 아동문학 작품의 장르별 게재 비율을 보이는 것은 장르별로 아동문학 문단에서 갖는 관심의 정도와 활동상을 가늠하는 중요한 근거가 될 거라 기대하고 그 양적 통계를 마련했다.

<표 9> 작품의 종류별 게재 비율표

| 동시문학 | 동 요 | 가 사 | 동 시 | 송 가 | 총 작품 수 5,491편 |
|---|---|---|---|---|---|
| 편 | 1432 | 282 | 1601 | 10 | |
| % | 26.07 | 5.14 | 29.16 | 0.18 | ★ 문예창작물 (약 80%) |
| 동화문학 | 동 화 | 소 설 | 우 화 | 벽소설 | ★일반 산문류 (약 10%) |
| 편 | 548 | 590 | 391 | 3 | |
| % | 9.98 | 10.75 | 7.12 | 0.06 | |
| 극문학 | 아동극 | 동화극 | 아동 방송극 | 아동 영화문학 | |
| 편 | 19 | 19 | 10 | 3 | |
| % | 0.35 | 0.35 | 0.18 | 0.06 | |
| | | | | | |
| 이야기류 | 옛 이야기 | 전 설 | 실 화 | 노래 이야기 | |
| 편 | 6 | 31 | 18 | 13 | |

| % | 0.48 | 0.57 | 0.33 | 0.24 | |
|---|---|---|---|---|---|
| 르포르타지 | 기행문 | 방문기 | 참관기 | | |
| 편 | 39 | 25 | 4 | | |
| % | 0.71 | 0.45 | 0.07 | | |
| 일반산문 | 수 필 | 결의문 | 수기 | | |
| 편 | 352 | 24 | 51 | | |
| % | 6.41 | 0.44 | 0.93 | | |

*조사 대상 : 17년간(1981~1997) 196권

② 창작동화문학 이외의 산문류

일반 창작아동문학으로서 기본 장르로 인식될 수 있는 동시문학과 동화문학에 관한 분석과 설명은 앞에서 각각의 해당 장르에 관한 논의에서 이미 밝혔으므로 여기서는 생략한다. 다만, 이외의 글들에 대한 분석을 하면 다음과 같다.

모든 산문은 일종의 논설 · 논장문 격으로 활용되고 있는 분야이다.

ⓐ 이야기류

이들 중위 장르는 총 75편에다 그 비율도 1.37%이지만 독자에게 전달되는 영향과 반응 그리고 성과는 결코 무시할 수 없다.

'실화'는 현재진행형이어서 믿음을 줄 수 있고, '전설'과 '옛이야기'는 과거진행형이나 신격화될 성질을 안고 있어 특히 샤머니즘적 풍속에 익숙해진 민심에 반신반의 하면서 하나의 유동적 설화가 고정적 설화로 되는 심리적 영향은 가볍다고 볼 수 없다.

그런데 이상 75편 모두 수집자 기명으로 되어 있으나 무기명으로 발표된 글도 상당수에 이르고 있다. 특히 '전설'은 404호1988년 12월부터 다섯 편 정도 발표되더니 436호1991년 8월호부터는 아예 백두산과 김일성 · 김정일 부자를 신격화, 신령화하는 전설로 탈바꿈되어 '백두산의 장군별',

'백두산 어린 장수'에서 시작하여 457호1993년 5월호부터 아예 '백두광명성 전설' 시리즈 읽을거리로 굳어져 5121997년 12월호에 이르기까지 '정일봉의 불로초' 전설477호, 1995년 1월까지 확장되고 있다.

무기명 '옛이야기'류는 312호1981년 4월에서 시작하여 449호1992년 9월까지 14회인데 대체로 체제확립에 필요한 전래하는 옛이야기로 실렸으나 앞서의 '백두광명성전설'이 고정 옛이야기로 정착하자, "작품란" 자체가 없어지게 된 셈이다.


ⓑ 르포르타지(기행문 · 방문기 · 참관기)

동시 분야에도 노동현장이나 공장 및 사적지김일성, 김정숙, 김정일 관련 장소를 현지방문 취재하여 쓴 기행시, 또 돌아가며 쓰는 연속기행시, 여기저기 취재하여 쓰는 기행연시들이 있었지만 기행문 · 방문기 · 참관기 등은 서정적인 요소는 양념조로 가미되어 있지만 사회주의이념 과시라는 근본 목적에는 모두 복제품들인 셈이다. 총 68편으로 1.22%이며『아동문학』지 기자나 맹원들을 순차로 현지를 방문하게 하여 창작되고 있다.


ⓒ 일반산문

순수 수필류는 거의 보기 어렵고 대체로 생활주변 현실체험에서 소재를 얻은 것으로 실제로는 얼마간 서정적 사고를 곁들인 수필 양식에 입각한 체제선전으로 전체 352편, 6.41%란 만만치 않은 분량인데 잡지 매호마다 한두 편 꼭 실려 있다. 전문적인 수필가로 보이는 작가는 겨우 박창민, 전룡진, 지하선, 김종정, 김향옥 등 5명 정도를 지적할 수 있다.

'결의문'은 '결의'라고 하여 신년호에 작가들에게 신년 집필포부를 말하게 하는 양식으로 수필장르와 크게 다를 바 없다. 24편에 0.44%이니 아주 미미하다.

'수기'는 51편에 0.93%이니 아동극 정도의 비중인데 스스로와 타인의 생활을 예로 마음을 다짐하게 하는 내용으로 이 또한 넓은 의미로 수필류와 크게 다를 바 없다.

### ③ 우상화 문학

#### ⓐ '김일성' 명의의 작품

315호1981년 7월호에는 '소년단 35돐 축하문'이, 321호1982년 1월호에는 '은혜로운 사랑 속에 꽃피는 동화, 우화문학'이란 제목 아래 1972년 1월 24일의 '동요·우화문학 발장을 위한 교시'가 소개되고 있으며, 405호 1989년 1월호에는 4행 3연 자작시 '묘향산 가을날에'1979년 10월 15일작, 부제: 국제친선전람관에 올라를 발표하고 있지만, '초기 혁명 활동 시기에 조선인 길림 소년회 회원들에게 들려주신 이야기를 그대로 옮긴 것이다'라는 부제 하에 다음 동화들을 잇달아 권두에 발표하고 있다.

| 작품명 | 게재호 | 작품명 | 게재호 |
|---|---|---|---|
| 날개달린 용마 | 82-6월/326 | 미련한 곰 | 82-7월/327 |
| 이마 벗어진 앵무새 | 83-1월/333 | 포수와 금당나귀 | 88-4월/396 |
| 범을 타고 온 소년 | 88-5월/397 | '명의'의 실수 | 89-4월/408 |
| 산중대왕의 죽음 | 91-2월/430 | 불씨를 찾은 아왕녀 | 92-6월/446 |
| 천년바위를 이긴 물방울 | 93-1월/435 | | |

1994년 7월 9일, 사망 이후엔 더 이상은 발표되지 않고 있다.

#### ⓑ '김정숙' 명의의 작품

'이 동화는 존경하는 김정숙 어머님께서 항일 무장 투쟁시기 들려주신 이야기를 그대로 옮긴 것이다'라는 부제 아래 다음과 같은 네 작품이 소개되고 있다.

| 작품명 | 게재호 | 작품명 | 게재호 |
|---|---|---|---|
| 셋째의 착한 마음 | 89-12월/416 | 쫓겨난 여우 | 90-6월/422 |
| 오동나무잎 | 92-10월/450 | 개미와 왕지네 | 92-12월/452 |

ⓒ '김정일' 명의의 작품

'이 작품은 친애하는 지도자 김정일 동지께서 인민학교또는 망경대 혁명자녀학원 및 평양남산 고등중학시기에 학급동무들에게 들려주신 이야기를 그대로 옮긴 것이다'라는 덧붙임말 아래 다음 동시·가사·동요·동화를 소개하고 있다.

1954년 6월호에 발표한 그의 첫 동시 「우리 교실」에 대한 평가는 이미 언급한 바 있으므로 재론을 줄인다.

| 작품명 | 게재호 | 작품명 | 게재호 |
|---|---|---|---|
| 동화, 토끼와 사자 | 90-2월/418 | 동시, 초상화 | 91-5월/433 |
| 동시, 우리의 수령 | 91-6월/434 | 가사, 축복의 노래 | 91-7월/435 |
| 가사, 대동강의 해맞이 | 91-8월/436 | 동요, 공화국 기발 | 91-9월/437 |
| 동화, 산삼꽃 | 91-10월/438 | 동화, 금붕어가 물어온 무어씨 | 91-11월/431 |
| 동화, 토끼의 발도장 | 91-12월/440 | 동화, 연필의 소원 | 92-2월/442 |

ⓓ 출판물 안내

이 잡지는 일정 기간 동안 거의 매호에 아동문학 작품집을 한두 가지씩 소개하고 있었는데 그중에서 우상화 작품집으로 여겨지는 것으로 다음과 같은 것이 있다.

| 작품명 | 게재호 | 작품명 | 게재호 |
|---|---|---|---|
| 우리 어머님(김정숙 추모 동요동시집) | 333/83-1월 | 김일성 동화집『나비와 수닭』(83-2월, 금성청년출판사) | 334/83-2월 |
| 김일성 동화집『이마 벗어진 앵무새』<br>김정일 동화집『호랑이를 이긴 고슴도치』<br>김정일 장편소설『만경대』,『배움의 천리길』등 출간 예고 | | | 355/84-11월 |

ⓔ 김정일 성장 일화 및 현장 지도기(★표는 거듭 소개된 것)

<'불멸의 이야기' 시리즈>

| 보통강벌에서 부르신 노래(김일성) | 88-3월/395 |
|---|---|
| 잊지 못할 작문 시간(김정숙) | 88-2월/394 |
| 김정일 일화 | |
| 동시를 지으신 작문 시간 | 88-4월/396 |
| 자기 손을 그려라 | 88-5월/397 |
| 영화에 관한 리해를 주시며 | 88-6월/398 |
| 패전 장군의 말로 | 88-7월/399 |
| 김일성 장군 만세 | 88-8월/400 |
| 사람은 노래 속에 살고 있어요 | 88-9월/401 |
| 사진 | 88-10월/402 |
| 난 '김일성 장군의 노래'가 제일 좋아요 | 88-11월/403 |
| 잊지 못할 설맞이 | 88-12월/404 |
| 거꾸로 돌리신 시계바늘 | 89-1월/405 |
| 말문이 막힌 교양원 | 89-2월/406 |
| 달과 별에 대한 이야기 | 89-3월/407 |

&lt;'충성의 이야기' 시리즈&gt;

| | |
|---|---|
| 은방울 꽃다발 | 89-4월/408 |
| 양말도 다림질 해야해요 | 89-5월/409 |
| 근무시간 | 89-6월/410 |
| 단 한순간도 | 89-7월/411 |
| 충성의 글발 | 89-8월/412 |
| 이어 받으신 장띠 | 89-9월/413 |
| 장독 | 89-10월/414 |
| 낚시질 | 89-11월/415 |
| 군밤 | 89-12월/416 |
| 잠못 드신 밤 | 90-1월/417 |
| 불멸의 탑 | 90-2월/418 |
| 없어진 새조롱 | 90-3월/419 |
| 오늘 저녁에는 무얼 먹느냐(김일성) | 90-4월/420 |
| 4월에 핀꽃(김정일) | |
| 쫓겨간 강사 | 90-5월/421 |
| 첫답사행 군대 | 90-6월/422 |
| 변함없는 자세 | 90-7월/423 |
| 종이 한장도 | 90-8월/424 |
| 조선 | 90-9월/425 |
| 신념의 노래 | 90-10월/426 |
| 붉은 죽 | 90-11월/427 |
| 충성 할수 없다 | 90-12월/428 |
| 해솟는 룡남산 | 91-1월/429 |
| 날아가는 썰매 | 91-2월/430 |
| 어데까지 왔니 | 91-3월/431 |
| 영화관에서 울린 만세소리 | 91-5월/433 |
| 모래주단 | 91-6월/434 |
| 제일 좋은 노래 | 91-7월/435 |
| 높이 모신 동상 | 91-8월/436 |
| 9월의 광장에서 | 91-9월/437 |
| 제일 높은 산 | 91-10월/438 |

| | | | |
|---|---|---|---|
| 안녕을 위해서라면 | | 91-11월/439 | |
| 공화국 기발 | | 91-12월/440 | |

<'향도의 해발' 시리즈>

| | | | |
|---|---|---|---|
| 삼석의 나날 | 92-1월/441 | 우리교실 | 92-2월/442 |
| 원수님 초상화 | 92-3월/443 | 축복의 노래 | 92-6월/446 |
| 친히 '김일성 장군의 노래'를 배워주시며 | 92-5월/445 | ★패전 장군의 말로 | 92-7월/447 |
| 평양이 보인다, 백두산이 보인다 | 92-9월/449 | 우리의 노래,우리의 춤 | 92-10월/450 |
| 재미나는 동화 | 92-11월/451 | ★자기 손을 그려라 | 92-12월/452 |
| 야외 등불빛 아래서 | 93-1월/453 | 문학소조를 지도하면서 | 93-2월/454 |
| 명석한 평가 | 93-3월/455 | 조국의 풀 | 93-5월/457 |
| ★잊지 못할 작문시간 | 93-4월/456 | 창조과정에 있은 일 | 93-6월/458 |
| 원쑤의 머리에 불을 지르라 | 93-7월/459 | ★높이 모신 동상 | 93-8월/460 |
| '농부가'를 들으시며 | 93-9월/461 | ★난 김일성장군의 노래가 제일 좋아요 | 93-10월/462 |
| ★영화에 관한 리해를 주시며 | 93-11월/463 | ★잊지 못할 설맞이 | 93-12월/464 |
| 분수 못가에서 | 94-1월/465 | 신기한 이야기 | 94-2월/466 |
| ★평양이 보인다,백두산이 보인다 | 94-3월/467 | ★동시를 지으신 작문시간 | 94-4월/468 |
| ★사람은 노래속에 살고있어요 | 94-5월/469 | 발기 | 94-6월/470 |
| 영화나 연극을 보시고 | 94-7월/471 | 정열 | 94-8. 9월/473-474 |
| ★사진 | 94-11. 12월/475-476 | 눈 내리는 아침 | 95-1월/477 |
| 우리 분단에서 있은 일 | 95-2월/478 | '북진'처방 | 95-3월/479 |
| 독서와 사색 | 95-4월/480 | 作品의 가치와 무게 | 95-5월/481 |
| 작가가 되는 길 | 95-6월/482 | 평범하면서도 평범하지 않은 이야기 | 95-7월/483 |

| | | | |
|---|---|---|---|
| 우리도 조선사람이다 | 95-8월/484 | 한편의 시를 두고 | 95-9월/485 |
| 친히 골라주신 풍경화 | 95-10월/486 | '햇불'을 드시고 | 95-11월/487 |
| 아동가요 '따오기' | 95-12월/488 | 우리나라 피아노곡이 좋습니다 | 96-1월/489 |
| 5.1절 예술소조 경연을 앞두고 | 96-2월/490 | 봇나무 껍질에 적으신 혁명가요 | 96-3월/491 |
| '단심줄'을 무대에 올리시다 | 96-5월/493 | 우등불 모임 | 96-6월/494 |
| ★원수님의 동상앞에서 | 96-7월/495 | 불멸의 화폭앞에서 | 96-8월/496 |
| 심장으로 부른 노래 | 96-9월/497 | 백두산을 안으신 마음 | 96-10월/498 |
| ★한초가 한시간 되어 줄 수 없을까 | 96-11월/499 | 어느 토요일날에 | 96-12월/500 |
| ★뜻깊은 설맞이 | 97-1월/501 | 명곡 | 97-2월/502 |
| ★文學소조가 할일이 많습니다 | 97-3월/503 | 인민군 축하공연 | 97-4월/504 |
| 혁명적 독서기풍을 세우시며 | 97-5월/505 | 읽은 책 발표모임 | 97-6월/506 |
| 註 : 507호 이후는 없음 | | | |

④ 기타

ⓐ 작곡가사 · 구호 · 교시 및 담화

『아동문학』 잡지 표지 이면에 거의 매호마다 실려 있는, 동요라기보다 혁명가요에 가까운 작품들로 가사는 투고된 작품에서 선정되어 문학예술동맹 음악분과 맹원에 의해 작곡되지만 4 · 4 · 5조를 기본으로 4행 1연이 보통이다.

특별히 선전하거나 축하할 내용의 것은 중요 동요 · 동시인에게 위촉하여 작사케 한 작곡가사도 눈에 띄는데 그들 중에는 라경호5편, 명준섭8편, 김승길7편 등 3명이며 그밖에 전문적인 가사 작사가로 김영심5편, 서

창림2편, 한관호6편, 리영진3편, 홍기풍5편, 김남걸4편, 리명근6편, 박미성2편, 리정술2편, 최은주3편, 전동우2편 등이 전부이다. 총 90곡 정도로 두 달에 한 번꼴로 게재되어 가창 보급에 성공할 경우 상당한 영향력을 가질 것으로 짐작된다.

'구호'는 김일성 부자에게 충성을 맹세하는 내용이며28 김일성의 교시 · 담화 및 동화 그리고 김정숙의 동화, 김정일의 동시 「우리 교실」은 게재될 때마다 권두에 실리고 있는데 이 점이 사회주의 국가의 아동잡지임을 실감케 해주는 첫 번째 인상이다.

  ⓑ 번역 작품
『아동문학』지 311호1981년 3월호부터 위성국가들의 동요, 동화시, 우화, 소설, 장동시, 옛이야기류를 23편으로 426호1990년 10월호까지 게재하고 있는데, 대상 국가는 쏘련8편, 웽그리아1편, 중국5편, 큐바1편, 벌가리1편, 동독1편, 로무니아1편, 체스꼬슬로벤스코1편, 몽골1편 등이다. 특이한 것은 그림 동화인 '백설공주'313호, 이소프 우화 '토끼와 거부기'328호 및 똘수토이 동화를 '로써야우화'라고 하면서 '다람쥐와 승냥이'를 소개하고 있다는 점이다. 이상 외래어는 북한의 표기대로 따른 것임.

그들은 355호1984년 11월호에 100권의『세계아동문학선집』世界兒童文學選集 출간 예고를 '새 책 소개'에서 언급했는데 여기에는 김일성 동화집『이마 벗어진 앵무새』, 김정일 동화집『호랑이를 이긴 고슴도치』를 포함하여 세계아동문학의 명작을 중심으로 우리 그림 동화, 외국 그림 동화집 등으로 구성된다고 언급하고 있다.

---

28 <표 10>의 1984년 참조.

ⓒ 구전동요 · 그림속담(지면공간활용)

구전동요는 대체로 지주계급에 대한 풍자가 많고 그림속담은 보편적 덕성표현이 많지만 북한식으로 각색되거나 사회주의 체제에 되도록 어긋나지 않은 내용만 소개하고 있다. 1981년 8월호부터 지면공간을 활용하여 소개되고 있는 속담은 1997년 12월호까지 총 151편이, 구전동요는 1981년 3월호부터 1997년 4월호까지 총 109편이 196권에 발표되고 있다.

ⓓ 새 책 소개 · 소식 · 웃음주머니(지면공간활용)

'새 책 소개'란은 이를테면 신간 소개라 할 것인 바 1981년 3월호에서 시작하여 1985년 10월366호까지만 하고 있다.

| 책 이름 | 게재호 | 책 이름 | 게재호 |
|---|---|---|---|
| 림왕성, 중편소설, 『설죽화 | 311 | 학생소년 노래집(2) | 312 |
| 장편소설 『생명수』 | 320 | 장편소설 『축원』 | 327 |
| 작품선집<br>『겉과 속』(조선아동문학문고 5) | 320 | 전기영, 중편소설<br>『덕지장의 아들』 | 330 |
| 김정숙 추모 동요동시집<br>『우리 어머님』 | 333 | ★김일성 동화집<br>『나비와 수닭』<br>(금성출판사, 1983.2 발행)<br>수록 작품<br>놀고먹던 꿀꿀이<br>황금덩이와 강남떡<br>이마 벗어진 앵무새<br>두 장군 이야기<br>날개 달린 용마<br>나비와 수닭<br>미련한 곰 | 334 |
| ★학생소년 노래집(3) | 341 |
| 원도홍, 장편동화,<br>『장수나무 열매』 | 335 |
| 백기성 · 신종봉 · 김대영 · 김정희, 단편소설집<br>『바다가의 새마을』 | 337 |
| 구전동화그림책<br>『이마 벗어진 앵무새』 | 351 |
| 『세계아동문학선집』 100권 | 355 | 당창건 40돐기념 동요동시집 | 366 |

'소식'란은 1981년 2월호310호부터 보이기 시작하여 1985년 11월367호에 걸쳐 불과 6회 보이는데 1982년 6월호326호에 집중 홍보하고 있는 이른바 군중문학창작사업 홍보로 군중문학통신원을 위해 김일성 지시로 '6월 4일 문학상'까지 제정되고 연이어 시골에서 독자모임, 읽은 책 감상문 발표모임 소식338호, 342호, 367호을 전하고 있는 란이다.

'웃음주머니'란은 이를테면 '소화 · 깔깔박사' 같은 코너로 1986년 2월 370호부터 1993년 2월까지 간헐적으로 존속된 란이다. 총 20편.

ⓒ 문예상식 · 술어해설 · 토막지식(유사용어, 지면공간활용)

이 계열은 대체로 독자에게 용어 술어 지상사전 구실을 제공하고 있는 란이다.

'문예상식'란은 문예용어를 다루고 있어 그들의 문학적 관심을 아는데 도움이 되기 때문에 다음에 일괄 소개해 둔다. 86-2월 370호에 시작하여 1997년 11월 511호까지 계속 거의 매호마다 이어지고 있는 코너이다.

| | | |
|---|---|---|
| 동요와 동시(★371) | 서정(372) | 구상(376) |
| 비유법(377) | 구상(★378) | 시초(399) |
| 소재(381) | 구성(382) | 추고(383) |
| 갈등(384) | 원형(385) | 계기(386) |
| 성격(387) | 착상(388) | 정서(389) |
| 환상(390) | 습작(391) | 운률(393) |
| 문체(394) | 서정(토로, 395) | 수사학(396) |
| 주제(397) | 대구법(399) | 전형(400) |
| 형상(401) | 형용어(形容語, 402) | 과장법(403) |
| 환경묘사(404) | 예술(405) | 운문(406) |
| 해학(407) | 미감(408) | 시적계기(409) |
| 작시법(410) | 정황(411) | 현대정서(412) |
| 시어(413) | 경개(梗槪, 414) | 주정(토로, 415) |

취재(416)                        우화(417)                        문화어(418)

의인법(419)                      서정성(420)

서정적 주인공(421)                                              내용과 형식(422)

사건발전(423)                    현대적 미감(424)

주인공(425)                      형상수법(426)

혁명적 낭만성(427)                                              음유법(陰喩法, 428)

자연주의(429)                    수사학적(물음, 430)              미학(431)

내면세계(433)                    전형화(434)                      기승전결(435)

대조법(436)                      과학환상소설(437)

도식주의(438)                    진실성(439)                      계급성(440)

사상성(441)                      종류(442)                        사실주의(443)

성격논리(444)                    생활묘사(445)                    민족적 특성(447)

인민성(449)                      인정선(人情線, 450)              구전문학(451)

심리묘사(452)                    상징법(453)                      일인칭소설(454)

세부묘사(455)                    수사학적 감탄(456)

극성(드라마, 457)                사건성(458)                      생활화폭(459)

직유(460)                        반복법(되풀이/461)               창작적사색(462)

묘사대상(463)                    기백(464)                        동화(465)

언어(466)                        양상(467)                        기행문(468)

환유(469)                        자연묘사(470)                    산문(471)

문학예술 혁명(472)                               주요인물(473-474)

유년동화(학령전 동화/477)                        정형시(4·4·5조/478)

노래이야기(가극·오페라=김일성 교시/479)  민족악기(개량악기/480)

즉흥법(481)                      속 태사(台辭)(482)               동화극(483)

수사학적(부름, 484)              벽소설(壁小說, 콩트/485)         어순 바꿈(486)

俗談(487)                        수수께끼(488)                    전형적인 것(489)

절가(4절/490)                    수필(491)

서정서사법(장동시/492)                           서한체소설(493)

각색(494)                        기록주의(495)                    동의어(496)

낭만주의(497)                    역사소설(498)                    연시(499)

사건발생(500)                    기본주제(504)                    체험(505)

독백(506)                        서사법(507)                      세부화(508)

형상수단(509)　　　　　　초점(510)　　　　　　　주제가(511)

　　　　　　　　　　　　　　　　　　　　등 총 130항목임

　'술어 해설' 코너는 사회주의 논문에 자주 사용하는 용어 풀이로 1993
년 10월462호에 시작하여 1995년 1월477호까지 불과 6회계급이란, 계급투쟁
이란, 지주자본가, 고리대금, 장리쌀, 머슴, 월사금, 양반, 정배살이, 마름, 전당에 그
치고 있다.

　'토막지식' 코너는 유사단어 및 용어, 유사 명칭, 유사 수식어 해설란으
로서 때로 명언이나 속담 등도 소개하고 있는데 거의 1981년부터 1997년
까지 전 기간에 게제 되고 있다. 196卷에 총 171항목이다.

　(3) 특수 자료의 내용 검토

　① 아동의 글 다루기

　ⓐ 글짓기 교실(글짓기 지상경연), '우리 교실' 글짓기

　지면 공간 활용 항목이 아니라 필수 코너로 매 권말에 평균 5면 10편
내외 정도 실려 있으며 대체로 인민학교, 고등 중학교 학생90% 이상이 고등
중학교 학생임의 작품을 학교나 지역 단위 문학 소조에서 지도원에 의해 일
괄 추천된 작품과 개별적으로 투고하여 게재하고 있는데 성인이 쓰고 있
는 동요·동시가 아동문학 전 장르 중에 가장 사회주의 색채가 짙어 마치
구호 같은 선전성 동물로 활용되고 있듯이 북한문예 정책에서 일반독자
는 강습까지 시키면서 군중문학통신원으로 양성하듯이 적극적으로 추진
하고 있는 문예사업이다.

　특히 김일성·김정숙·김정일 등이 동화에 모두 관심을 가진 관계로,
또 김정일 자신이 어린 시절부터 북한에서 유명한 「우리 교실」이라는 동
시를 인민학교 시절에 쓴 관계로 주로 고등중학생 가운데 천재적 꼬마시

인이나 꼬마문필가를 발굴하는 데 전력하고 있으며, 그런 학생은 작품집을 만들어 김정일에게 지도원을 통하여 전달시켜 직접 지도하고 격려하고 있으며 뛰어난 작품은 권말의 '글짓기 교실'란에 일인특집으로 실리기도 하지만 본문에 발표되어 기성작가와 같은 대우를 받기도 한다.

이들의 작품은 '아동시', '아동요'라는 별도 명칭을 사용하지 않으며 단지 '동요', '동화', '기행문', '일기문(일기글)', '가사', '작문'이란 장르용어로 발표되고 있다.

1981년에는 '글짓기 교실'이란 명칭을 사용했으나 글짓기 현상 모집을 할 때는 예심에 통과한 작품을 미리 발표하게 하기 때문에 '글짓기 지상 경연'이란 용어를 1983년 6월335호부터 병용하고 있으며, 1990년 3월 419호부터 김정일 작 동시 「우리 교실」을 기리기 위해 '우리 교실 글짓기'라는 코너 명칭으로 사용되기도 한다.

전체 196권에 대부분 매호 권말에 실리고 있는데 1985년 11월367호부터 지역단위·학교단위의 문학소조문예반의 단위로 작품을 한꺼번에 싣기도 한다. 소조 단위 게재는 총 196회 중 35회에 이르고 있으며 기념경연 된 작품은 1등 10명, 2등 50명, 3등 100명 내외로 시상되고 있다.

특이 사항으로는 388호1987년 8월호에 모스크바 중학교 학생 시작품 4편9세~15세이 실려 있으며, 404호1988년 12월호에는 '대통령이 받은 선물'이란 풍자동시에 노태우 전 대통령을 비방하는 작품도 보이며 450호1992~10월호에는 중국 연변 조선족 자치주 특집도 싣는 등 해외교포 자녀에게도 관심을 보이고 있다.


ⓑ 독자일기·수기·독자 독후감상문

'독자수기'는 1984년 9월호353호에 시작하여 1994년 8월호472호에 이르기까지 본문 중에 31회 발표되고 있는데 중·고등학생들의 시국관 결의문이 중심이나 때로는 371호1986년 3월호에 전두환 전 대통령을 모함하는 글도 보이고 있으나 때로는 독자통신 구실을 하기도 한다.

'독자일기'는 주로 중·고등학생의 시국관·국가관을 반영한 수기적 내용으로 1994년 9월 10일 호473-474에 4회에 걸쳐 본문 중에 기성작가처럼 실리고 있다.

'독자편지'는 대체로 독자들의 독후감상문이 대부분인데 구체적인 작품을 읽고 감명 받았음을 알리는 독자통신 구실을 하고 있다. 언급된 작품 수는 20편 정도이며 작품은 다음과 같다.

| | | |
|---|---|---|
| ★334호(83-2월호) | 정룡진 단편소설, | 「우리 누나」 |
| 338호(83-6월호) | 량경환 단편소설, | 「꽃눈」 |
| 340호(83-8월호) | 류정국 단편소설, | 「백마를 탄 두아이」 |
| 340호(83-8월호) | 정기영 단편소설, | 「사랑의 분교」 |
| 341호(83-9월호) | 신만섭 동화, | 「산 동생과 죽은 동생」 |
| 344호(83-12월호) | 송혜경 단편소설, | 「샘물」 |
| 346호(84-2월호) | 리광호 학생수기, | 「꼬마 영화배우의 영예」 |
| 351호(84-7월호) | 고상훈 단편소설, | 「가장 높은 곳」 |
| 352호(84-8월호) | 강립석 단편소설, | 「해안포」 |
| 355호(84-11월호) | 김은석 단편소설, | 「맑은 샘」 |
| 359호(85-3월호) | 리춘복 단편소설, | 「뜨거운 마음」 |
| 371호(86-3월호) | 허원길 동화, | 「꿈값」 |
| 385호(87-5월호) | 한기석 단편소설, | 「내 동생」 |
| 392호(87-12월호) | 최낙서 동화, | 「느티나무 박물관」 |
| 402호(88-10월호) | 리동섭 단편소설, | 「연예대의 말피리」 |
| 411호(89-7월호) | 윤경수 단편소설, | 「예지의 깃발」 |
| 412호(89-8월호) | 서창길 실화, | 「생활과정서가 풍기는 일기들」 |
| 455호(93-3월호) | 리성칠 동화, | 「보석주머니」 |
| 456호(93-4월호) | 최낙서 동화, | 「설계원과 숲할아버지」 |

이상은 독서반응이 작품의 성과를 그대로 말하는 것은 아니지만 우선 읽힌다는 점에서 이들의 작품은 일단 주목을 받을 수 있다. 그런데 428호

1990년 12월호에는 평양 금성제일중학교 3년 김일신 학생의 독자편지 '보고 싶은 수경 언니에게'가 발표되고 있어 당시 북한을 방문하고 판문점을 거쳐 돌아온 전대협의 임수경 파견사건 때 그를 북한 전역에서 '통일의 꽃'으로 치켜 올리면서 높은 관심을 나타내었는데, 이를 계기로 임수경이 청주교도소에서 위병을 앓고 있다고 1991년 7월435호에 판문점으로 찾아가는 등 '글짓기 교실'의 소재가 되기도 했다. 430, 435, 436, 440, 441호 등에 동시 등 관련한 작품이 연이어 보임.

② 자료 잡지의 호수별 목록

<표 10> 연구 자료로 쓴 『아동문학』지[29] 목록

(1987년~1997년 17년간 196권/ 표의 표시 숫자는 통권호수임)

| 연도 월호 | 1981 | 비고 | 연도 월호 | 1982 | 비고 |
|---|---|---|---|---|---|
| 1 | 309 | | *1 | 321 | *김일성 담화 기념. |
| 2 | 310 | | 2, 3 | | 322, 323 합병호 |
| 3 | 311 | | 4 | 324 | 321호 내용―1960년대부터 북한아동문학계에서 의인 동화·우화 장르에 대한 비판부정론에 쐐기를 박은 김일성의 「동화·우화 문학 발전을 위한 담화」(1972. 1. 24)를 발표한 날을 명절날로 부르고 기념 특집 하였음(특간호는 아님). |
| 4 | 312 | | 5 | 325 | |
| 5 | 313 | | 6 | 326 | |
| 6 | 314 | | 7 | 327 | |
| 7 | 315 | | 8 | 328 | |
| 8 | 316 | | 9 | 329 | |
| 9 | 317 | | 10 | 330 | |
| 10 | 318 | | 11 | 331 | |
| 11 | 319 | | 12 | 332 | |
| 12 | 320 | | | | |

---

29 1947년 창간.

| 연도 월호 | 1983 | 비고 |
|---|---|---|
| 1 | 333 | |
| 2 | 334 | |
| 3 | 335 | |
| 4 | 336 | |
| 5 | 337 | |
| 6 | 338 | |
| 7 | 339 | |
| 8 | 340 | |
| 9 | 341 | |
| 10 | 342 | |
| 11 | 343 | |
| 12 | 344 | |

| 연도 월호 | 1984 | 비고 |
|---|---|---|
| *1 | 345 | * 이 해 신년호(345호)부터 신년호마다 표지 뒷면이나 권두에 '아버지 원수님과 친애하는 지도자 선생의 만수무강을 축원합니다'라는 구호가 표시됨. |
| 2 | 346 | |
| 3 | 347 | |
| 4 | 348 | |
| 5 | 349 | |
| *6 | 350 | |
| 7 | 351 | * 특간호(350호)―「우리교실(김정일)」 발표 30돌 기념. |
| 8 | 352 | |
| 9 | 353 | |
| 10 | 354 | |
| 11 | 355 | |
| 12 | 356 | |

| 연도 월호 | 1985 | 비고 |
|---|---|---|
| 1 | 357 | |
| 2 | 358 | |
| 3 | 359 | |
| 4 | 360 | |
| 5 | 361 | |
| 6 | 362 | |
| 7 | 363 | |
| 8 | 364 | |
| 9 | 365 | |
| 10 | 366 | |
| 11 | 367 | |
| 12 | 368 | |

| 연도 월호 | 1986 | 비고 |
|---|---|---|
| 1 | 369 | |
| 2 | 370 | |
| 3 | 371 | |
| 4 | 372 | |
| 5 | 373 | |
| 6 | 374 | 수집상 결본임. |
| 7 | 375 | |
| 8 | 376 | |
| 9 | 377 | |
| 10 | 378 | |
| 11 | 379 | |
| 12 | 380 | 수집상 결본임. |

| 연도 월호 | 1987 | 비고 |
|---|---|---|
| 1 | 381 | |
| 2 | 382 | * 8월호－모스크바에 서 간행된 위성국가 아 동문학 잡지의 '북조선 편' 특집호에 실렸다는 '위대한 수령 김일성 동 지께서 쏘련 아동문학 잡지사 주필이 제기한 질문에 대답(1987. 2. 5)'이 번역되어 실려 있음. |
| 3 | 383 | |
| 4 | 384 | |
| 5 | 385 | |
| 6 | 386 | |
| 7 | 387 | |
| *8 | 388 | |
| 9 | 389 | |
| 10 | 390 | |
| 11 | 391 | |
| 12 | 392 | |

| 연도 월호 | 1988 | 비고 |
|---|---|---|
| 1 | 393 | |
| 2 | 394 | |
| 3 | 395 | |
| 4 | 396 | |
| 5 | 397 | |
| 6 | 398 | |
| 7 | 399 | |
| *8 | 400 | * 특간호(400호)－지 령 400호 기념. 「우리 교실(김정일)」 특집. * 특간호(401호)－북 한 정권 발족 40돌 기념. |
| *9 | 401 | |
| 10 | 402 | |
| 11 | 403 | |
| 12 | 404 | |

| 연도 월호 | 1989 | 비고 |
|---|---|---|
| 1 | 405 | |
| 2 | 406 | |
| 3 | 407 | |
| 4 | 408 | |
| 5 | 409 | |
| *6 | 410 | * 「우리 교실(김정일)」 발표 35돌 기념특집(특 간호는 아님). |
| 7 | 411 | |
| 8 | 412 | |
| 9 | 413 | |
| 10 | 414 | |
| 11 | 415 | |
| 12 | 416 | |

| 연도 월호 | 1990 | 비고 |
|---|---|---|
| 1 | 417 | |
| 2 | 418 | |
| 3 | 419 | |
| 4 | 420 | |
| 5 | 421 | |
| 6 | 422 | |
| 7 | 423 | |
| 8 | 424 | |
| 9 | 425 | |
| 10 | 426 | |
| 11 | 427 | |
| 12 | 428 | |

| 연도 월호 | 1991 | 비고 | 연도 월호 | 1992 | 비고 |
|---|---|---|---|---|---|
| 1 | 429 | | 1 | 441 | |
| 2 | 430 | | *2 | 442 | |
| 3 | 431 | | 3 | 443 | |
| 4 | 432 | 수집상 결본임. | *4 | 444 | * 특간호(442, 444호)— |
| 5 | 433 | | 5 | 445 | 연변『소년보』사장 한 |
| 6 | 434 | * 연변『소년보』사장 한 석윤이 9월에 '연변조 선족 자치주 신문일꾼 방문단'의 일원으로 다 녀간 것을 계기로 10월 호는 그곳 문학 작품과 학생 작품이 특집으로 다루었다. | 6 | 446 | 석윤가『소년보』에 연 재 발표한 북조선 방문 기(1991. 9. 17부터 12일 간) '아이들이 떠받들리 는 나라'를 전재함.30 |
| 7 | 435 | | 7 | 447 | |
| 8 | 436 | | 8 | 448 | |
| 9 | 437 | | 9 | 449 | |
| *10 | 438 | | 10 | 450 | |
| 11 | 439 | | 11 | 451 | |
| 12 | 440 | | 12 | 452 | |

---

30 1991년 9월 17일부터 28일까지 12일간 연변 조선족소년보사 사장인 한석윤 동시
인이 <연변조선족 자치주 신문일군 방문단>의 일원으로 북한의 청진·평양·판
문점을 다녀간 뒤『아동문학』지는 얼마동안 중국과 일본의 교포 아동문학과 학생
들의 작품에 관심을 표시했다.
1991년 18호—중국교포 김동호의 동시「시내물」,「보름달」이 실리고 연변자치주
화룡현, 왕천현 소재의 교포소학교 학생들의 동시「아 그래서」(박수철)·「팽그르
르」(허초선)의 작품이 소개됨.
1992. 2월호(442호)—한석윤의 북한 방문기 전재.
1993. 1월호(453호)—재일 조총련 산하의 작가 김광숙의 동화·동시·동요를 소개
하고, 연이어 김아필의 동요 30월호(43편, 최영진의 동요 1편, 리방세의 동시 1편을
발표.

| 연도 월호 | 1993 | 비고 |
|---|---|---|
| *1 | 453 | * 453호－재일교포의 아동문학 작품과 아동의 작품을 소개함. |
| 2 | 454 | |
| 3 | 455 | |
| 4 | 456 | |
| 5 | 457 | |
| 6 | 458 | |
| *7 | 459 | * 특간호(459호)－휴전(그쪽에서는 '전승'이라 함) 40돌 기념. |
| 8 | 460 | |
| 9 | 461 | |
| 10 | 462 | 462호－방정환의 '만년샤스(1927)' 재록. |
| 11 | 463 | |
| 12 | 464 | |

| 연도 월호 | 1994 | 비고 |
|---|---|---|
| 1 | 465 | * 특간호(470호)－「우리 교실(김정일)」발표 40돌 기념. |
| 2 | 466 | |
| 3 | 467 | |
| 4 | 468 | * 472호－7월 9일 사망한 김일성의 추모 특집 |
| 5 | 469 | |
| *6 | 470 | 466호－최서해의 동시 '시골 소년이 부른 노래(1925)' 재록. |
| 7 | 471 | |
| *8 | 472 | |
| 9, 10 | 473, 474 합병호. | |
| 11, 12 | 475, 476 합병호. 권환의 단편소설 「언 밥」(1925. 12)' 재록. | |

| 연도 월호 | 1995 | 비고 |
|---|---|---|
| *1 | 477 | * 이 해부터 신년 권두 구호가 '위대한 수령 김일성 동지는 영원히 우리와 함께 계십니다. 위대한 영도자 김정일 원수님의 만수무강을 삼가 축원합니다'로 바뀜. |
| 2 | 478 | |
| 3 | 479 | |
| 4 | 480 | |
| 5 | 481 | |
| 6 | 482 | |
| 7 | 483 | * 특간호(486호)－노동당 창건 50돌 기념 |
| 8 | 484 | |
| 9 | 485 | 484호－고한승 동화 '백일홍 이야기(1929. 11)' 재록. |
| *10 | 486 | |
| 11 | 487 | |
| 12 | 488 | |

| 연도 월호 | 1986 | 비고 |
|---|---|---|
| 1 | 489 | |
| 2 | 490 | |
| 3 | 491 | |
| 4 | 492 | |
| 5 | 493 | |
| 6 | 494 | |
| 7 | 495 | |
| 8 | 496 | |
| 9 | 497 | |
| 10 | 498 | * 500호－지령 500호 발간 기념 특집. |
| 11 | 499 | |
| *12 | 500 | |

| 연도\월호 | 1997 | 비고 |
|---|---|---|
| 1 | 501 | |
| *2 | 502 | * 특간호(502호)−김정일 |
| 3 | 503 | 출생 55돌 기념. |
| 4 | 504 | |
| 5 | 505 | |
| 6 | 506 | |
| 7 | 507 | |
| 8 | 508 | |
| 9 | 509 | |
| 10 | 510 | |
| 11 | 511 | |
| 12 | 512 | |

총 17년간 204호(17×12) − 합병호 3개 = 201권 − 수집결본 5권 = 196권이 연구대상임.

## 6) 이른바 '성과작품'의 목록

『아동문학』지 편집부에서는 특별한 기념일인 경우 걸어온 자취와 나아갈 바를 '머리글'이나 '동화·우화특집' 첫머리에 그동안의 작품적 성과를 열거하고 있는데, 비록 이러한 글이 그들의 시각이라 할지라도 타산지석이 될 것이기에 그 내용을 요약해둔다.

(1) 72년 교시 이후 10년간의 성과 작품: 1982년 1월호(321호)

1972년 1월 24일 '동화·우화 발전을 위한 김일성 교시' 10주년을 맞이하여 '동화·우화 특집'을 마련하면서 '은혜로운 사랑 속에 꽃피는 동화, 우화문학'이란 제목 아래에 교시 이후 10년간의 성과작품을 열거하고 있다.

<김일성 구연 예시 동화>
「놀고 먹던 꿀꿀이」
「나비와 수탉」
「두장군 이야기」
「황금덩이와 강낭떡」 등 4편

<'맹원'들의 성과 동화 · 우화집>
『다람쥐네 고간』　　　　『참개구리와 새끼곰』
『개구리박사의 여행』　　『빨간 금붕어』
『다시 지은 참게네집』　　『바다속의 무지개동산』
『꿀샘솟는 항아리』　　　『부엉이와 조롱이』
『너구리의 운명』 등 9권

<군중문학통신원의 성과>
동화
「귀가 큰 토끼」　　　　　「메토끼의 나팔주둥이」
「인형아기가 가는 집」　　「쌍둥이 열형제」
「능금섬의 소원」　　　　「떠돌아 다니던 물음표」
「파도왕의 편지」　　　　「귀중한 선물」
「어린 갈매기」　　　　　「그림토끼들의 운동회」
「공원 속의 세아이」　　　「희망의 황금동산」
「노랑 봉봉이의 사진」　　「사마귀 보초의 새옷」 등 14편

우화
「두 물 웅뎅이」　　　　　「물에 빠진 승냥이」
「하루하루 미루다가」　　「검둥이는 왜 그림을 못그렸나」
「꿈이 심은 좋은 씨앗」　「뜸부기와 물오리」
「날지 못한 새끼 게사니」「사설쟁이 솔새」
「자랑하기 좋아하던 새」　「남을 탓하기 전에」
「너구리의 호박농사」 등 11편

<반성 · 노력 주안점>

‘옛날부터 취급해 내려온 일반적인 도덕윤리 문제에서 벗어나지 못
하고 권선징악의 내용을 담는데서 더 발전하지 못했다면’ ‘주체사상에
기초한 선한 것과 악한 것, 옳은 것과 그른 것, 고운 것과 미운 것을 내
용으로’, ‘공산주의적 인간육성의 본질에 맞게 생활을 깊이 있고 다양
하게 반영하고 있습니다’(321호, 13쪽). ‘앞으로는 주체사상교양과 계
급교양, 혁명교양 그리고 사회주의적 애국주의 교양과 지덕체교양에
이바지 할 수 있는 사상성이 높은 내용들을 동화와 우화에 담아야 할
것입니다’(14쪽).


(2) 창간 이후 계기별 성과작품: 1988년 8월호(400호 – 특간호)

머리글로 ‘잡지『아동문학』400호를 내면서’란 부제와 ‘당의 해빛 아래
꽃피는 아동문학’이란 제목의 글을 싣고 있다.

『아동문학』지의 창간 이래 400호까지 그 잡지에 발표된 작품 중에서 중
요한 계기를 기준으로 해당 기간 동안의 작품들을 가려 정리해 놓고 있다.

### 1947년 7월 창간 초기(1947~1950)

| 단편소설 | 강훈「산막집」<br>강효순「승리」 |
|---|---|
| 동화 | 이원우「큰 고간속에 생긴 일」 |
| 동시 | 강승한「우리나라 정부가 섰다」 |
| 동요 | 윤동향「우리집」<br>박세영「우리 모두 형인걸」 |

### 6 · 25전쟁(해방 전쟁) 시기(1950~1953)

| 단편소설 | 황민「땅크 놀음」, 김신복「쯘」 |
|---|---|
| 동시 | 김우철「산수」 |

## 6 · 25전쟁 이후

| | |
|---|---|
| 단편소설 | 남응손 「송아지」, 리동섭 「조합의 아들」 |
| 중편소설 | 리진화 「새들이 버들골에 깃든다」<br>강효순 「분단 위원장」 |
| 중편동화 | 이원우 「도끼장군」 |
| 동요 | 박세영 「보고싶은 원수님」<br>윤복진 「시내물」 |

## 김일성의 모범 동화
(김일성이 김정일에게 구연해 준 것을 듣고 문장화한 작품으로
전래동화의 문자정착화 추진을 위하여 예시한 작품)

| | | |
|---|---|---|
| 동화 7편 | 「나비와 수닭」<br>「두 장군 이야기」<br>「날개달린 룡마」<br>「미련한 곰」 | 「놀고 먹던 꿀꿀이」<br>「황금덩이와 강남떡」<br>「이마 벗어진 앵무새」 |

## 당의 영도 아래 거두어 드린 작품

| | |
|---|---|
| 장편소설 | 김정일의 『만경대』와 『배움의 천리길』 |
| 단편소설 | 박춘삼 「아버지」<br>김정 「일요일」<br>리준길 「대동강반의 아침」<br>최병환 「낚시터의 불빛」<br>전기영 「날개」<br>리림수 「특별반」 |
| 동요 | 윤동향 「만경대 고향집」 |
| 동시 | 김영민 「기념사진」<br>민병준 「어느날 저녁」 |
| 서사시 | 림금단 「새싹이 움틀 때」 |

## 1960년대 작품들

| | |
|---|---|
| 중편소설 | 김 정「1학년생」<br>박 현「초순이」<br>윤경수「머나먼 나라」 |
| 장편소설 | 문회준「총소리」<br>강 준「가자 우리의 집으로」<br>박춘호「영웅의 아들」<br>리준길「속이 큰 아이」<br>신종봉「온 마을이 보고 있습니다」<br>김성웅「고마운 땅」 |
| 동화 | 윤복진「저 하늘 높다해도」<br>김선혜「내가 심은 나무」<br>김영수「웃는 밤동산」<br>림금단「내가 간 꽃리봉」<br>김승길「나는야 꽃봉우리」 |

## 1972년 1월 24일 김일성 교시 이후(1970년대)

| | |
|---|---|
| 중편소설 | 김청일「세번째 소원」 |
| 동화 | 배 풍「귀가 큰 토끼」<br>원도홍「산막집의 장수감자」<br>김신복「이상한 귀속말」<br>김우경「물방울」<br>허원길「빨간모자를 쓴 딱따구리」<br>최낙서「그림토끼들의 운동회」<br>김형운「공원 속의 세 아이」<br>김재원「파도왕의 편지」 |
| 꽃전설 | 황령아「들국화」 |

* 앞의 (1)절에서 소개한 김일성 교시 10주년 기념 10년간 성과 작품 목록과 비교가 되는 자료임.

(3) 김일성 · 김정일의 대표 작품: 1994년 6월호(470호)

김정일이 12살 때 발표한 동시 「우리 교실」의 발표 40돐 기념 특집에서 '세월과 더불어 길이 빛날 영광의 발자취'라는 부제와 함께 소개된 작품이다.

### 김정일의 작품 11편

| | |
|---|---|
| 동시 | 「우리 교실」<br>「우리의 수령」<br>「한 초가 한 시간 되어줄 수 없을가」 |
| 가사 | 「조국의 품」<br>「축복의 노래」<br>「나의 어머니」<br>「대동강의 해맞이」<br>「원숭이 형제」<br>「보촌보의 홰불」<br>「패전장군의 말로」 |

### 김일성 작품 7편

| | |
|---|---|
| 동화 | 「나비와 수닭」<br>「놀고 먹던 꿀꿀이」<br>「두 장군 이야기」<br>「황금덩이와 강남떡」<br>「날개달린 룡마」<br>「이마 벗어진 앵무새」<br>「미련한 곰」 |

## 3. 결론

### 1) 동화 및 우화에서 동질적 문학의 가능성 발견

지금까지 우리는 한정된 자료를 바탕으로 아쉬운 대로 북한아동문학의 모습을 그려보았다. 그 과정에서 본고는 이론의 추상성과 실제 창작의 구체성을 함께 아우르는 데 무엇보다 애를 썼다. 자칫 개념적 이해가 불러올지 모르는 오해의 위험성을 구체적 작품을 통해 방지하려고 노력했다. 그 결과를 다음 몇 가지로 정리할 수 있다.

(1) 주체사상에 입각한 그들의 이론이 비록 계급주의적 편향성을 드러내고는 있지만, 자칫 관념적인 수준에서 제시될 수 있는 여러 가치 개념들을 구체적 상황과의 관련 속에서 바라보아야 한다는 점을 인식했다는 데에서 적지 않은 의미를 찾을 수 있다.

(2) 아동문학의 기본 특성은 세계를 아동의 시점으로 관찰하고 평가하여 반영하는 데에서 찾을 수 있다고 함으로써 아동문학의 본질이 아동적 시점의 구현에 있음을 강조한 점도 주목할 만하다.

(3) 동심을 추상적이거나 관념적인 차원에서 고찰할 것이 아니라 사회 · 역사적 환경과의 상호관계 속에서 고찰해야 한다는 점을 강조한 점 또한 주목할 만하다.

(4) 북한의 아동문학이론에서 가장 특기할 사항은 우화를 동시, 동화와 같은 위상의 독립된 한 장르로 설정하고 있다는 것이다. 그러나 이는, 우화의 미학적 개념으로 보거나 문학 장르 구분의 일반적 관행으로 보거나 합리적인 설정이라고 할 수 없다. 통일아동문학사 서술을 위해 이 점은 반드시 짚고 넘어가야 할 문제이다.

(5) 동요 · 동시는 정치적 사상 · 이념에 의해 아주 깊이 침윤되어 있다. 달리 말하면 동요 · 동시가 예술적으로 가장 많이 훼손되어 있다고 할 수

있다. 이는 시가 감정 노출에 있어 거의 제약을 받지 않는 양식이기 때문으로 해석된다.

(6) 이와 대조적으로 동화는 정치적 사상·이념으로부터 가장 멀리 벗어나 있는 양식이다. 본고에서는 이를 '환상의 탈정치성'으로 해석했다. 즉, 동화의 환상성, 비현실성으로 하여 현실 정치로부터 거리를 유지할 수 있었다고 보는 것이다.

(7) 북한의 동화는 본질적으로 거의 대부분 우화적 성격을 띠고 있으며, 전래동화와 구별하기 힘든 작품들이 많다.

앞으로 아동소설, 아동극을 포함하여 더욱 많은 자료를 검토해 봐야 전모를 알 수 있겠지만, 필자의 생각으로는 본고의 이 같은 분석이 크게 빗나가지는 않을 것이라 여겨진다.

그리고 본론에서는 장차 쓰일 통일아동문학사가 편협한 것이 되지 않도록 하기 위해 우리가 가져야 할 마음가짐에 대해서도 나름대로 생각을 정리해 보았다. 그것은 첫째, 자기반성의 논리, 둘째, 사실 존중의 논리, 셋째, 민족문학의 논리로서 그 바탕을 관류하는 정신은 한마디로 존중의 정신이라고 할 수 있다. 우리는 북한의 모든 면이 우리와 아주 많이 다르다는 것을 잘 안다. 그것이 누천년 한민족으로 지내온 오랜 과거를 무색케 할 정도라는 것도 잘 안다. 해방 후 나뉘어 살아온 수십 년 동안 갇혀 생활해 온 폐쇄성으로 인해 그들의 정신이 얼마나 경직되고 낙후되어 있는가는 더욱 더 잘 알고 있다. 그러나 우리는 그들의 그 모습 그대로를 최선의 것으로 존중해 주는 마음자세를 가지지 않으면 안 될 것이다.

## 2) 북한의 아동문학가

마지막으로 확인 가능했던 북한의 아동문학가의 명단을 정리해 둔다. 196권에 기명으로 글을 실은 전체 1,043명은 일일이 추적했으나 그 이름들이 생소하여 많은 혼란과 고통을 겪었다.

남쪽의 문학적인 잣대로 북쪽의 문학을 재단한다는 것은 근본적으로 무리가 따를 수밖에 없다. 무엇보다도 실체로서의 북쪽의 현실을 인정, 감안하고 우리가 접근하여야 남북통일아동문학의 기반을 구축할 수 있다.

1,043명 가운데는 소위 군중문학통신원이 반수 이상 상당히 포함되고 있고 또 작곡된 가사만 쓰는 사람과 이미 1970년대와 1980년대에 사라진 사람도 상당히 많다.

2, 3편 이내의 발표자를 제거하면서 실수와 허수를 본인 나름대로 판단해보면 다음과 같다. 일차에서 한편만의 허수를 316명 추려내고 이차에 다시 두 편 정도의 허수를 227명 떼어내고 보니 꼭 500명이 남게 되었다. 따라서 북한의 아동문학가는 가용인원을 대체로 오백 명 정도로 추산할 수 있을 것이다.


(1) 동화작가

경명섭 고희웅 김광숙 김길남 김대승 김득순 김박문 김영훈
김의훈 김재원 김진열 김형운 로병수 리성칠 리송필 리영숙
리영재 리우현 리윤기 리의섭 리정의 리화선 림유춘 림종철
맹성재 문경환 문정실 민길웅 민운기 박상용 박정남 박찬수
박태선 배선양 변군일 손병민 손석일 안경주 유광일 윤학복
장준범 전승화 전종섭 정중덕 정지양 정춘식 정춘식 조대현
조수영 조혜선 지홍길 최낙서 최복실 최소향 최은애 최장선
최지순 최충웅 편재순 한태수 현순애 황령아 황철권


(2) 동요 · 동시작가

강승한 강운룡 구영희 김경태 김련호 김린상 김복원 김선혜

김수남 김승길 김신복 김영민 김영선 김영수 김영심 김옥형
김우철 김익찬 김정태 김조규 김창홍 김청일 김학연 남응손
라경호 리 맥 리대수 리선갑 리재남 리판근 림금단 림철상
마운룡 문경환 문동식 문희서 민병준 박명선 박세영 박희창
방정강 배 풍 백 하 변홍영 서기오 손봉렬 송기호 오영환
윤동향 윤복진 이원우 장덕철 장상영 장준범 전동우 정서촌
정춘식 조태룡 조태현 최 옥 최병환 한용재 허광순 허룡갑
허원길 황 민

(3) 동화선집 『행복의 동산』에서 보이는 동화작가

강효순 강 훈 김도빈 김신복 김용권 김우경 김재원 김찬홍
리동섭 리원우 마운룡 박인범 배 풍 원도홍 차용구 최낙서
허원길 황 민

(4) 소련 『아동문학』 잡지사에서 매년 위성국가들의 아동문학 상
   황을 소개하는 책자를 내는 바, 그 중 1987년 6월호 북한편에
   실린 '조선아동문학의 중요 인명사전'의 명단

윤복진 이원우 강효순 손봉렬 문경환 윤동향 원도홍 림금단
리동섭 마운룡 김영민 전기영 김영수 김 정 박준호 이준길
김청일 박 현 김우경 김승길 황령아 최학서 최복선 문희서
림철상 조문희 최원진 최성술(이상 삽화가)[31]

---

31 물음표한 사람들은 소련어로 표기되어 정확한 이름이 밝혀지지 않은 이들이다. 차
   후에 이들 모두의 보다 풍부한 정보가 밝혀지기를 기대하는 바이다.

이상 네 명단에서 최소한 두 번 이상 거론된 작가를 다시 확인하면 아래와 같다.

강효순 김승길 김신복 김영민 김영수 김우경 김재원 김청일
리동섭 림금단 림철상 마운룡 문경환 문희서 배 풍 손봉렬
원도홍 윤동향 윤복진 이원우 장준범 정춘식 최낙서 허원길
황 민

현재의 자료로서는 이들이 비교적 비중 있는 작가들이라고 할 수 있을 것이다.

## ※ 참고문헌 ※

### ★ 기본자료

『행복의 동산』(조선아동문학문고 4, 금성청년출판사, 1981).

『해바라기』(조선아동문학문고 6, 금성청년출판사, 1981).

『아동문학』(문학예술종합출판사: 평양) 1990. 1~1993. 12.

리동원(준박사 · 부교수) 집필, 이원우 · 윤복진 심사, 『아동문학』(김일성종합대
　　학출판사, 1981).

오정애 지음, 『조선현대아동소설연구(해방 후편)』(사회과학출판사, 1993).

장영 · 리연호(준박사) 집필, 『동심과 아동문학창작』(문학예술종합출판사, 1995).

정룡진(준박사) 지음, 『아동문학의 새로운 발전』(문예출판사, 1991).

### ★ 연구논저

논문

김용희, 「북한 아동시가문학의 일고찰」(『한국아동문학』 제1집, 1992).

방민호, 「전후소설에 나타난 알레고리 연구」(서울대학교 석사논문, 1993).

신현득, 「북한의 문예정책」(『한국아동문학』 제1집, 1992).

신형기, 「통일문학사 서술 방법론 개발의 전제」(『표현』 32호, 표현문학회, 1998).

우한용, 「문학사 서술의 방법론과 과제」(『표현』 32호, 표현문학회, 1998).

이재철, 「남북아동문학 비교연구(1)」(『아동문학평론』, 1996, 가을).

정춘자, 「북한의 인민학교 국어교과서에 대한 고찰」(『한국아동문학』 제1집, 1992).

최창숙, 「북한의 아동문학 고찰－동화 · 동극을 중심으로」(『한국아동문학』 제1집,
　　1992).

단행본

G. 루카치, 이춘길 편역, 『리얼리즘 미학의 기초이론』(한길사, 1985).

John MacQueen, 송낙헌 역, 『알레고리』(서울대학교출판부, 1983).

권영민, 『한국현대문학사 1945~1990』(민음사, 1993).

김윤식 · 정호웅, 『한국소설사』(예하, 1993).

김정웅, 『문예창작방법론』(대동, 1990).

이명섭 편, 『세계문학비평용어사전』(을유문화사, 1991).

이상섭, 『문학비평용어사전』(민음사, 1992).

이용필 외, 『남북한통합론』(인간사랑, 1992).

이재철 편, 『세계아동문학사전』(계몽사, 1989).

임범송 외, 『맑스주의 문학개론』(나라사랑, 1989).

최동호 편, 『남북한 현대문학사』(나남, 1995).

한국문학연구회, 『1950년대 남북한 문학』(평민사, 1991).

홀거 지이겔, 정재경 역, 『소비에트 문학이론』(연구사, 1990).

『문학예술사전』(과학백과사전출판사: 평양).

『북한 이해』(통일교육원, 1996).

## [부록] 북한아동문학인 중요 인명사전(28명)

여기 소개하는 28명은 조선작가동맹 중앙이사회(KNDR) 이사명단으로 1987년 소련 모스크바에서 발행된 노어로 된『아동문학』에 실린 것을 의역한 것이다.

1. 윤복진1908~1991 : 동요작가. 경북 대구 출생. 10세 때부터 어린이를 위한 시와 노래를 쓰기 시작했다. 그때부터 발표된 수많은 동요들은 어린이들에게 애독되었다. 초기 작품들은 식민지시대의 어려운 상황과 어린아이들에 대한 애정을 그리고, 인간의 자유와 행복을 추구했다. 이 시기 대표작으로는 「종달새」, 「동네의원」, 「두만강을 건너」 등이 있다. 해방 후 조선문학가동맹 아동문학부 사무장을 지내다 전향했으나 6·25전쟁 때 월북했다. 이 시기 동요집으로『우리의 아름다운 나라』,『강물』등이 있으며 그는 '할아버지가 노래한다'고 말함으로써 어린이의 사랑과 존경을 받았다.

2. 이원우1914~1985 : 동요작가. 평북 의주군 출생. 초등학교 졸업 후 노동자로서 독학으로 문학공부를 했다. 해방 후 몇 년 동안 <작가동맹 중앙이사회>의 아동문학 부장주임을 맡았다. 다양한 재능을 가진 작가로서 시와 중편소설, 동화를 썼으며, 평론집과 다른 작품집을 출판했다. 저작물로 동시·동요집『미소옆에』,『우리나라 새들』, 중편소설 「기다렸던 날」, 「도끼를 만드는 직공」, 평론집『아이들을 위해 작품을 어떻게 쓰는가』가 유명하다. 그가 평생을 바친 문학은 북한뿐만 아니라 다른 나라 독자에게도 사랑을 받았다.

3. 강효순1915~1983 : 소년소설가. 황해북도 안악 출생. 해방 후 작가동맹 편집부장을 거쳐 부위원장을 역임. 단편소설 「지식에의 긴 여

행」·「들장미꽃」, 중편소설「쌍무지개」·「분단의 위원장」, 장편「노을 비친 만경봉」 등과 그밖에 대표동화로「행복에의 열쇠」·「뿔난 너구리(미국 너구리)」 등이 있다.

4. 송봉렬1918~ : 동요 · 동시인. 충남 홍성 출생. 1961년 평양문학전문학교 졸업. 다년간 작가동맹의 임원을 역임했고, 월간『아동문학』지 기자를 거쳐 금성청년출판사에서 근무하기도 했다. 그는 수많은 동요 · 동시 외에 시나리오를 쓰기도 했으며 대표작으로 서사적 작품「만경대의 아이들」·「저항의 백성」, 동요「철의 황소」와 영화화된 시나리오「사랑의 아름다운 소리」가 있다.

5. 문경화1920~ : 동요 · 동시인. 개성시 동현지역 출생. 1960년 평양문학전문학교 졸업 후 작가동맹회원으로 동요 · 동시를 쓰며 금성청년출판사에서 근무했다. 대표 작품으로는「은의 머리빗」·「다시 창문이 열렸다」·「숲속의 꾸즈니대장간」과 동화「인형을 위한 집」외에 많은 단편소설 · 시 · 우화가 있다.

6. 윤동향1921~ : 동요 · 동시인. 평북 박천군 출생. 1942년 평양사범학교를 졸업하고 해방 후 조선문학출판사에서 근무했다. 1937년 고향에 남아 있는 가난한 어머니를 그린「엄마의 이야기」를 발표했다. 젊은이의 우수를 나타낸 글을 썼으며, 아미 태양을 향하고 있는 꽃봉오리 같은 어린이 영혼의 감동적인 천진난만함을 찬양하는 많은 작품을 발표했다. 시집『해바라기씨』, 영웅서사시「빨치산지대의 딸」, 동요「만경대는 활짝 핀 꽃들」·「행복에 찬 나루터」·「자매와 병아리」 등이 있으며, 뛰어난 기교로 민족적 선율을 노래하였다.

7. 원도홍1927~ : 소년소설가. 평양 출생. 평양사범학교 졸업 후 저널리스트로 일하고 작품을 발표하여 1963년부터 작가동맹 맹원이 되었다. 현재 조선문학출판사 근무하고 있다. 단편소설에「찬란한 분

수」·「큰나무 열매」·「청춘의 꽃」·「산속 막사의 감자」·「얼룩무늬 다람쥐의 창구」 등 다수가 있으며 환상과 흥미로운 작품들이 어린이들에게 끊임없는 호기심을 불러일으키고 있다.

8. 림금단1933~ : 동요·동시인. 량강도 진천군 출생. 김일성종합대학 문학부 조선문학과 졸업 후 출판사 '조선문학'에 근무했다. 여성시인으로 자신의 작품 속에서 순박하고 정직하고 평범한 어린이의 정신세계를 노래하고 있다. 장편동시에 「사랑의 노래」·「새싹이 움틀때」, 동요에 「사랑의 무지개」·「공작새」 등이 있다.

9. 리동섭1934~ : 소년소설가. 량강도 김정숙군 출생. 해방 후 고급중학교를 졸업 후 인민학교 교사로 근무했으며 6·25전쟁에 참전하여 첫 작품 「쉴때에」를 발표했다. 1960년 평양문학전문학교를 졸업 후 작가동맹 회원이 되었다. 현재 조선문학출판사에 근무. 작품으로는 어린이의 삶을 그린 중편소설 「발자국 소리」와 전쟁 중 어린이를 위해 쓴 중편소설 「반짝이는 눈」 등이 있다.

10. 마운룡1934~ : 동요·동시인. 함북 라진 출생. 원산사범기술학교 졸업 후 평양사범학교 부설 작가특별과정을 이수하고 조선문학출판사에서 근무했다. 어린이를 위한 많은 동요와 동시가 있다. 대표작에 「영광스러운 길을 따라서」·「백두산에서의 사격」 등이 있다.

11. 김영민1937~ : 동요·동시인. 함북 화대군 출생. 중·고등학교 졸업 후 김일성종합대학 문학부 조선문학과를 졸업했으며, 1961년 문학출판사에서 근무했다. 현재 월간지『아동문학』의 문학학술 편집자이며 작가동맹 회원이다. 널리 알려진 작품으로 「행군과 나팔」·「만경대」 등과 다수의 논설·르포르타주보고문·방문기 등이 있다.

12. 전기영1938~ : 소년소설가·극작가. 평남 평원군 출생. 1959년 문학전문학교 졸업 후 잡지사『아동문학』에서 근무했다. 그 후 조선

문학출판사에 근무하며 어린이를 위한 단편·중편소설을 많이 발표했다. 그는 극작가로서도 유명하며 단막극「의자」이후「형제와 자매」·「천둥이 친다」등을 발표했는데, 그밖에 중편소설「독지강가의 아들」과 전시 어린이에 바친「새의 날개」등이 있다.

13. 김영수1938~ : 동요·동시인. 강원도 금화군 출생. 평양사범학교 부설 작가특별과정을 졸업하고 조선문학출판사에서 근무했다. 시골아이들의 정신적 세계를 노래하고 어려운 민족적 비극을 노래하였다. 알려진 작품으로는 동요「미소와 웃음」·「오월의 달밤」·「묘종이 좋아야 풍작이 된다」등이 있다.

14. 김  정1940~ : 소년소설가·전업작가. 함북 명천군 출생. 사범학교 졸업 후 몇 년간 교사생활을 했으며 김일성대학 부설 작가과정을 졸업했다. 1974년 전업작가 대열에 들어섰으며 현재 작가그룹 '4월 15일' 소속이다. 널리 알려진 작품으로 중편소설「닻을 올리다」, 전시 시대를 기록한 중편소설「중학 1년생들」, 단편소설「일요일」등이 있다. 작품 속에서 깨끗하고 밝은 어린이들의 세계를 훌륭하게 표현하여 어린이뿐 아니라 성인 독자들에게도 사랑과 존경을 받고 있다.

15. 박춘호1940~ : 소년소설가. 강원도 안변군 출생. 평양사범학교를 거쳐 김일성종합대학 문학부를 졸업했으며, 신문·정보기관에서 통신원특파원으로 근무했다. 이 시기에 어린이를 위한 중편소설·단편소설을 발표하였다. 현재 조선문학출판사에 근무하고 있으며, 널리 알려진 작품으로 중편소설「바다는 잠들지 않는다」·「동굴의 신비」·「독사」·「영웅의 아들」등이 있다. 작가는 어린이들의 유별난 일들을 기록하고 어린이들의 특성을 그려냈다.

16. 리준길1942~ : 소년소설가. 황해북도 사리원 출생. 1974년 김형직 사범학교 부설 작가과정을 졸업하고 김일성대학 문학부의 아동문

학 전공강사가 되었다. 그 후 조선문학출판사에서 일하였으며 1966
년 어린이를 위한 작품 중편소설「곱슬머리 화가」를 출간했다. 잘
알려진 작품으로는 중편소설「염원공상」·「굳센 아이」·「용감한
병사가 승리하였다」등이, 책으로는「어린이를 위하여 어떻게 쓰
는가」가 있다. 작품의 특성은 날카로운 사회문제를 제기하고 청년
교육의 문제점을 다룬 데 있다. 거기에는 항상 성취한 주인공의 성
격이 있으며 인간의 인격형성과정을 보여준다. 작가의 소설 내용은
혁명투쟁에 관련되었을지라도 그것의 본질은 어린이의 일상생활
의 기록이다.

17. 김청일1942~ : 동요·동시인. 평북 신의주 출생. 평양사범학교 문
학부 조선문학과를 졸업하고 교육도서출판사에서 편집원으로 일
하며 어린이를 위한 작품을 썼다. 현재 조선문학출판사에서 근무하
고 있으며 널리 알려진 작품으로는 단편소설「세 번째 소망」, 동시
「나는 빨리빨리 자란다」·「귀뚜라미 밤에 울다」, 동요「우리의 평
양동산」등과 10권의『아동백과사전』이다. 많은 참고서·학습서
만드는 일에 참여하고 있다.

18. 박  현1945~ : 소년소설가. 함북 금책시 출생. 만경대혁명학교 졸업
후 6·25전쟁 때 인민군장교로 종군했다. 1968년 전업작가 대열에
들어서 현재 작가그룹 '4월 15일' 소속이다. 15세 때 이미 아동문학
가로서의 재능을 보인 단편소설「형제와 자매」를 발표했다. 널리
알려진 작품으로 중편소설「조순」전쟁 중 부모를 잃고도 삶에의 신념과
인간에 대한 사랑을 잃지 않는 소녀 조순 이야기,「그녀는 아홉 살이었다」
소년혁명가의 영웅적 삶이야기와 단편소설「아들의 맹세」등이 있다.

19. 김우경1945~ : 동화작가. 평북 신의주 출생. 1974년 김일성종합대
학 부설 작가과정 졸업 후 작가동맹 회원으로 선출되었다. 현재 작

가그룹 '4월 15일'에서 일하며 동화「금빛별의 집」·「물방울」·「가장 아름다운 진주」등 다수가 있다.

20. 김승길1947~ : 동요 · 동시인 · 작가. 평북 신의주 출생. 김일성종합 대학 문학부 조선문학과 졸업 후 청소년 소년단원의 평양궁전문학 써클에서 일했다. 현재『소년신문』편집부에 근무하며 어린이를 위한 글을 쓰고 있다. 작가는 어린이를 위한 시 · 중편소설 · 단편소 설 등 다양한 장르를 넘나드는데 알려진 작품으로는 동시「나는 조 선의 꽃봉오리」·「어린 형제의 질문에 대답한다」·「거치른 아프 리카에서」·「우리들은 젊다」등이 있다.

21. 황령아1956~ : 소년소설가. 개성시 고려지역 출생. 김형직사범대학 문학과를 졸업했으며 현재 조선문학출판사에서 근무하고 있다. 작품으로는 중편소설「소나무산의 세 친구들」, 전래동화집『백일 홍』·『들국화』이외 많은 중편소설과 단편소설이 있다.

22. 최낙서1933~ : 동화작가. 황해남도 삼천군참정리 출생. 6 · 25전쟁 때 서부전선 포병연대 박격포중대 대장이었으며, 김일성종합대학 부설 작가과정 이수 후 작가동맹 회원이 되었다. 아동문학창작 전 공이며 현재 조선문학출판사 근무하고 있다. 교훈적 성격의 소설 이 많으며 알려진 작품으로는 중편소설「그려진 토끼의 경쟁」·「개 구리교수의 여행」·「꿀단지」·「나무자물쇠 선물」외에 단편소설 · 시 · 야담 등 다수가 있다.

23. 최복선1927~ : 소년소설가 · 극작가 · 황해남도 해주시 출생. 전쟁 후 몇 년이 교사생활을 했으며 1956년 평양문학학교 졸업 후 국립 아동극장에서 일하며, 청년을 위한 희곡을 썼다. 1966년부터 작가 동맹 회원이 되었으며 현재 조선문학출판사에서 근무하고 있다. 아 동을 위한 재능 있는 작품들이 출간되었으며, 잘 알려진 작품에는

희곡「망경대의 아들」·「마음의 등대」, 중편소설「비밀의 길」·「우리 소년단지대」, 단편소설「약속」·「금빛 다람쥐 바구니」등 다수가 있다.

24. 문희서1938~ : 동요 · 동시인. 황해북도 서흥군 출생. 사리원사범학교 졸업 후 몇 년간 교사로서 재직하고 아동을 위한 시를 썼다. 1927년 전업작가 대열에 들어섰는데 현재 조선문학출판사에서 근무하고 있다. 알려진 작품으로는 동시「아영의 노래」·「어디엔가 집이 보인다」·「더욱더 넓은 우리의 무대」·「집」외 다수가 있다.

25. 림철삼1940~? : 동요 · 동시인. 자강도 화평군 출생. 전쟁 후 강계사범학교를 졸업 후 얼마간 교사생활을 하며 어린이를 위한 글쓰기를 시작했다. 1967년 평양사범학교 부설 작가과정 이수 후 청년교육부에서 일하며 어린이를 위한 시와 소설을 썼다. 현재 작가동맹 회원이다. 알려진 작품으로「꿀벌의 노래」·「꽃색동이가루」·「전화벨이 울린다」·「소년단원 앞으로!」와 아동소설집『토끼새끼와 새끼곰』등 다수가 있다.

26. 조문희1941~ : 삽화가. 함북 화대군 출생. 1964년 평양예술대학의 미술연출과를 졸업하고『꽃봉오리』아동잡지사에서 삽화가로 일을 했다. 작가의 서정적인 그림, 감동적인 아이들 영혼의 천진난만함을 그린 그림은 큰 인기를 얻었다. 아동의 특질을 나타내는 심오한 작품을 그리기 위해 어린이 집에서 교사로 일하고 어린이 운동경기의 심판관으로 일했다. 잡지『꽃봉오리』와 그밖에 아동물 출판물에 많은 삽화를 그렸다. 작가의 예술적 재능이 잘 드러난 작품으로「안녕하세요?」·「스포츠의 날」·「손녀딸이 첫 글자를 배웠다」등이 있으며 약 30편의 작품이 조형예술 국가전시회에 전시되었다.

27. 최원진1944~ : 삽화가. 황해남도 해주시 출생. 평양예술대학 미술 연출과를 졸업하고 『소년신문』에서 삽화가로 일했다. 그는 사색적인 화가로 특별히 예민함과 영감을 가지고 대상의 본질을 간파하여 어떠한 특징적 성격도 잘 그린다. 작가의 작품은 『소년신문』과 『새날』 신문에 계속 게재되었다. 「해군대장의 칼」 같은 예술적 산문에 삽화를 그리며 현재 금성청년출판사 삽화부장으로 근무하고 있다.

28. 최성술1937~ : 삽화가. 일본경도 출생. 1960년 8월에 북한으로 귀국하여 얼마 동안 야금 · 금속공장에서 일했으나 평양예술대학 미술연출과를 졸업한 후 금성청년출판사에서 삽화가로 근무했다. 작가의 개성은 그림 속에 어린이다운 모습으로 나타나는데 그림 속에는 변함없는 유머와 해학과 풍자도 보인다. 「어리석은 곰」· 「삐그덕 소리가 나는 짧은 장화」 등 어린이 책에 삽화를 그렸다.

(『한국아동문학』 15호, 1998. 8. 1. 발표,
『아동문학평론』 89호, 23권 4호, 1998. 12. 30 정리 발표)

이재철
# 아동문학의 이해

| | |
|---|---|
| **초판 1쇄 인쇄일** | \| 2014년 7월 30일 |
| **초판 1쇄 발행일** | \| 2014년 7월 31일 |

| | |
|---|---|
| 지은이 | \| 이재철 |
| 펴낸이 | \| 정구형 |
| 편집장 | \| 김효은 |
| 편집/디자인 | \| 신수빈 윤지영 박재원 |
| 마케팅 | \| 정찬용 정진이 |
| 영업관리 | \| 한선희 이선건 이상용 |
| 책임편집 | \| 윤지영 |
| 표지디자인 | \| 박재원 |
| 인쇄처 | \| 미래프린팅 |
| 펴낸곳 | \| **국학자료원** |

등록일 2006 11 02 제2007-12호
서울시 강동구 성내동 447-11 현영빌딩 2층
Tel 442-4623 Fax 442-4625
www.kookhak.co.kr
kookhak2001@hanmail.net

| | |
|---|---|
| ISBN | \| 978-89-279-0851-7 *93800 |
| 가격 | \| 25,000원 |

* 저자와의 협의하에 인지는 생략합니다.
 잘못된 책은 구입하신 곳에서 교환하여 드립니다.